BEST SELLER

Carmen Santos nació en Valencia el 8 de marzo de 1958. Vivió en Düsseldorf (Alemania) desde los cuatro hasta los dieciséis años. En 1974 regresó con su familia a Valencia y siete años después se trasladó a Zaragoza, ciudad donde desde entonces se siente en casa. En 1989 decidió abandonar un trabajo de oficina, seguro pero monótono, para hacer realidad su sueño de dedicarse a la literatura. En el año 2001 fue finalista del concurso XV Premio Internacional de Cuentos Max Aub. En marzo de 2003 obtuvo el primer premio en el V Premio Internacional de Relatos Paradores de Turismo de España con «La Cumpasita», una historia de amor a caballo entre la Guerra Civil española y nuestros días. En el año 2003 publicó *La vida en cuarto menguante*, novela con gran carga erótica que narra el amor entre una mujer madura de clase acomodada y un joven pescador que ejerce la prostitución para completar sus ingresos. En 2004 apareció en Debolsillo su novela anterior, *La cara oculta de la luna*, una obra de intriga cuya protagonista se ve obligada a enfrentarse a la misteriosa desaparición de su marido durante un recorrido turístico por los canales de Amsterdam.

Biblioteca

CARMEN SANTOS

Días de menta y canela

DEBOLS!LLO

Primera edición en Debolsillo: junio, 2009

Printed in Spain – Impreso en España

ISBN: 978-84-8346-062-7 (vol. 591/2)
Depósito legal: B-21021-2009

Fotocomposición: Fotocomp/4, S. A.

Impreso en Litografia Rosés, S. A.
Progrés, 54-60. Gavà (Barcelona)

P 8 6 0 6 2 7

A Avelino y Daniel

A mis padres

Y a todos los que emigraron al norte de Europa
durante los años sesenta, en busca de una vida mejor

1

Héctor Laborda había muerto solo en un vetusto edificio de Düsseldorf. Una pareja de policías con uniforme verde y gorra de plato, alertada por los vecinos a causa del hedor que llevaba días invadiendo el rellano de la escalera, halló el 24 de diciembre de 2003, a las once de la mañana, sus restos empotrados en un sillón orejero junto a la ventana. El periódico alemán no decía si los uniformados disfrutaron de su cena aquella Nochebuena. Ni cómo celebraron la Navidad los demás inquilinos del inmueble, habitado íntegramente por jubilados de la *Deutsche Bundespost.** Se recreaba en la mugrienta Biblia que reposaba abierta sobre las rodillas del cadáver cuando irrumpieron las fuerzas del orden, y en la botella de Fundador que ocupaba una mesita auxiliar sembrada de periódicos añejos y restos de comida, a escasos centímetros de los pútridos despojos de Laborda. Un coñac destilado en el sesenta y uno. El timbre de papel que sellaba el tapón pudo haber sido lo último que vieron los ojos del anciano *Gastarbeiter*,** conjeturaba el autor del artículo, un tal Benno Hoffmann.

* Servicio de Correos Federal de Alemania.

** «Trabajador invitado», inmigrante.

No sé qué me empujó a navegar por internet aquel 29 de diciembre. Ni por qué abrí la edición digital de un periódico alemán precisamente en la redacción. Odiaba internet y llevaba siglos sin leer la prensa germana. Quizá lo hice por desesperación. Quince minutos antes, el jefe me había encargado mi primer trabajo de reportera: un pequeño artículo para el siguiente suplemento dominical del periódico. Tema libre, fue su consigna. ¡A las siete en mi despacho con una tormenta de ideas!, agregó después con risa de hiena. Y me dejó exprimiéndome las neuronas embotadas de turrones de chocolate, cava y cenas tan opíparas como innecesarias. Entre semejante chatarra mental se imponía agudizar el ingenio al máximo.

Centré mi atención en una de las imágenes que ilustraba la crónica alemana. Era un primer plano de la Biblia que debió de haber sido la última lectura de Héctor Laborda. El fotógrafo la había captado abierta. Distinguí con claridad lo manoseadas y quebradizas que estaban las hojas. El difunto, o quien fuera, se había despachado a gusto subrayando con lapicero temblón línea tras línea. Amplié la instantánea usando el ratón. El título Salmo 51 encabezaba la página. A continuación leí «Miserere». Yo no había abierto una Biblia desde que hice la primera comunión y me sobrecogí. Había algo macabro en el hecho de que aquel anciano hubiera muerto sin más compañía que una vieja botella de coñac y esa Biblia decrépita. Elegí al azar uno de los párrafos subrayados. Decía:

> Líbrame de la sangre, Dios, Dios de mi salvación, y aclamará mi lengua tu justicia…

El cadáver olvidado de ese emigrante me hizo recordar el otoño del setenta y cuatro, cuando papá encontró trabajo de chófer en la empresa que construía la autopista del Mare Nostrum y no se lo pensó dos veces. Se despidió de la Deutsche

Bundespost, alquiló un camión de mudanzas en cuyo buche dos mozarrones coloradotes amontonaron nuestros muebles, el televisor en color y el tocadiscos *hi-fi*, embutió a la familia en el Ford Consul de color vainilla y no cesó de cantar a dúo con mamá «Lo que quieres es que te coma el tigre, que te coma el tigre...» hasta pasado Besançon. A mi lado, Anita no paró de refunfuñar por lo bajini. En La Junquera, un policía asomó su única ceja a la ventanilla de papá y le pidió la documentación. Las protestas de Anita se convirtieron en llanto. La benjamina renegada de papá ya había nacido en Düsseldorf, al año y medio de que mamá y yo llegáramos de Valencia. Mi madre siempre decía que Anita había salido más alemana que Adenauer, porque papá se olvidó de poner la marcha atrás. El infractor miraba entonces a esa hija tan germana y meneaba pesaroso la cabeza. A mí me infló de españolía para equilibrar la balanza. Y acabé con el corazón atiborrado de rancio amor patrio.

En el aparcamiento del bar fronterizo donde íbamos a merendar, papá abordó a un camionero que se descolgaba de un tres ejes con matrícula española. ¿Sería tan amable de hacernos una foto, caballero?, le espetó. El rey de la carretera se despegó una a una las pestañas somnolientas, asomó un ojo huero al objetivo de la Kodak y pulsó el botoncito rojo. La instantánea nos inmortalizó a los cuatro alineados ante la rejilla del radiador, rebozada por un millar de mosquitos teutones y galos. Papá y mamá sonreían, y la mariposa de la ilusión les aleteaba entre las quijadas. Yo les emulaba con el entusiasmo de mis dieciséis años alimentados con esencia de españolía, mientras Anita mostraba a la Instamatic su lengua de sediciosa. Tenía diez años y medio y no dejó de añorar Alemania hasta los treinta y cinco, cuando se marchó a Bonn con un germano empleado en el *Bundestag*, que veinticuatro meses después la llevó en su alado Mercedes al Berlín reunificado sobre los escombros del Muro. Ahora mi hermana tiene dos hijos rubiales que no hablan español y se chamuscan en cuanto el sol les lame la piel.

—¿Qué, de paseo por la red? Te recuerdo que a las siete te quiero en mi despacho con un saco de ideas...

Levanté la vista. Ramón proyectaba sobre mi escritorio la sombra de una planta maligna con inclinaciones carnívoras. Nunca disimuló que me consideraba una inútil integral. La enchufadilla del director. Encima, demasiado madura para estudiarle el trasero de reojo, como hacía cuando su secretaria Lorena caminaba delante de él. Pegué de nuevo la mirada a la página web en color. La Biblia me observaba desde el Salmo 51, como si le diera mucha pena mi precario futuro en el periódico. Minimicé la fotografía. Apareció la vieja botella de Fundador, haciéndome guiños desde su santuario digital, con la sabiduría de quien ha sido testigo privilegiado de la extinción de una vida. Entre las dos me soplaron la respuesta:

—¿Qué te parece la historia de un emigrante español jubilado que muere en su piso de Alemania más solo que la una, con la única compañía de una botella de coñac Fundador del sesenta y uno, además de una Biblia fosilizada donde había subrayado partes de un salmo que habla de derramamiento de sangre y justicia?

Ramón congeló la sonrisa. Leí en sus ojos el impulso de rechazar la propuesta. Después, la codicia de periodista ante una noticia prometedora.

—¿De dónde has sacado la historia? ¿No te la estarás inventando?

Señalé hacia la pantalla a todo color.

—Viene hoy en un periódico digital de Alemania. Puedes comprobarlo tú mismo.

—Sabes de sobra que no sé alemán —gruñó Ramón.

Me encogí de hombros. No me convenía seguir haciendo

eslalon entre minas antipersona. Nunca muerdas la mano que te da de comer, pensé. Y decidí dar un poco de jabón al jerifalte, por si acaso:

—Lo había olvidado. Como hablas tantos idiomas...

Él no replicó. Robó una silla a la mesa de al lado. Se sentó enfrente de mí. Me miró bajo el entrecejo, oscuro como el bosque donde el Lobo Feroz acecha a la inconsciente de Caperucita. Se me ocurrió que si no se reía, mi engreído jefe no era nada feo. Hasta poseía un chasis aceptable. Y olía bien en las distancias cortas.

—Vamos a ver, Clarita —empezó él con aire de suficiencia—. Abuelos que buscan consuelo en la Biblia, hay para dar y vender. Y abuelos que mueren solos y desatendidos en sus casas, por desgracia, también. —Se interrumpió para perderse durante unos segundos en una espiral de reflexión, de la que salió resoplando como un toro—. Aun así, la idea tiene su punto, lo reconozco. Pero tú estás muy pez en esto. En los cinco meses que llevas en el periódico, sólo has hecho tareas de secretaria y algo de archivo. No estás preparada para una historia tan ambiciosa. Confórmate con algo fácil para empezar.

Volví a odiarle con toda mi alma. Tragué saliva para encajar el nuevo latigazo.

—¿Has pensado cómo te vas a documentar? —añadió él—. Un periódico recién creado no puede tirar el dinero así como así, máxime teniendo la competencia de diarios tan asentados como *Las Provincias* y *El Levante*. Esto no es la facultad de Periodismo, querida. Ni sirve para que una filóloga frustrada se dedique a hacer prácticas a costa del presupuesto. ¿Estamos?

Lo de filóloga frustrada me dolió. Y salté. Ya me daba igual pisar una mina o un campo completo.

—Vale, yo no he hecho ningún máster en Estados Unidos...

Eso iba por Ramón, que perfeccionó sus estudios en Nueva York y después trabajó cinco años en *The New York Times*. Nadie sabía cuál fue su rango allí, sólo que volvió de las Américas casado con una caña de bambú rubia que hablaba español como si tuviera un chicle por lengua. Él no movió ni las comisuras de los labios. Como ya era tarde para callarme, seguí hablando:

—... es la primera vez que trabajo en un periódico y sólo llegué a cuarto de Filología Hispánica. Toda la redacción lo sabe y se encarga de que no lo olvide. Pero sé escribir. Y si en vez de echarme los perros cada vez que abro la boca, me echaras una mano, te lo podría demostrar.

La vista de Ramón se detuvo sobre mis pechos. Esa mañana me había puesto una camiseta muy ajustada, comprada la tarde anterior en una boutique destinada a jovencitas escuálidas, para celebrar la eficacia de la dieta, que me había pulverizado siete kilos y medio. No quise ni pensar dónde estaría echando la mano imaginaria ese presuntuoso macho cuarentón. Él clavó en mí una mirada sombría. Y proclamó:

—¿Sabes qué te digo, Clarita? ¡La historia es tuya! Dos páginas. Ni una palabra de más, ni una de menos. Lo mismo rige para la pasta gansa. Mañana por la tarde quiero saber cómo piensas organizarte el trabajo. Y salvo que me cuentes algo muy convincente, ¡no habrá presupuesto para viajes! Ni a Alemania, ni a Castellón de la Plana. Te apañarás con internet, que para eso sabes alemán mejor que Schroeder. ¿Me explico? —Lubricó el puñal con una sonrisa de coyote alevoso para que se hundiera mejor entre mis costillas—. Cualquier problema que tengas, me consultas. No es cortesía. ¡Es una orden! —Ramón emitió su risa copiada a las hienas—. Y mira, por ser tú, tienes un mes de plazo para presentarme un artículo que me deje alucinado. ¡Demuéstrame de qué eres capaz!

Supe que acababa de cavar mi propia tumba, por haber hecho caso a esa Biblia fósil y a su amiga, la entrometida botella de coñac. Oteé con disimulo hacia las demás mesas. Tres de mis cuatro vecinos más próximos tecleaban como posesos con miras a terminar sus artículos antes del cierre. Sólo me observaba Ricardito, el fotógrafo nuevo que retrataba a los fiambres de los sucesos. Debía de haber escuchado la conversación íntegra, porque me miraba como hace el enterrador en los tebeos de Lucky Luke. No le faltaba más que frotarse las manos huesudas y sacar del bolsillo una cinta métrica para cerciorarse de que mis despojos cabrían en la caja de pino. Ramón se levantó. Escupió desde el ángulo izquierdo de la boca algo así como: ¡Mañana a las ocho! Hizo mutis por el foro, sin molestarse en devolver la silla a su sitio.

A las nueve llegué a casa y hallé el salón convertido en un hospital de campaña. Raúl diseminaba su cuerpecito de tres años y medio sobre el sofá de dos plazas. Un enorme esparadrapo blanco le había comido la frente. Fran ocupaba el diván. Para eso llevaba a su hermano dieciocho meses de antigüedad en este mundo. No lucía vendajes, pero la cara pálida le resplandecía igual que un tubo de neón. Como siempre, me asaltó el dilema de a quién abrazar primero. Lo resolví poniéndome en cuclillas entre ambos sofás y alargando un brazo hacia cada niño.

—¡Mamá…! —gritaron los dos a la vez. Se me adhirieron como pequeñas lapas.

Por la puerta asomó Emilio, en pantalón de chándal y camiseta.

—Vaya horitas de llegar. Los críos lisiados, el baño lleno de sangre, Paquita al borde del infarto de miocardio y mi media naranja jugando a los periodistas hasta las tantas. Menuda gracia hice con pedirle a Paco que te metiera en el periódico. Y encima, le debo un favor.

Me hirió que hasta Emilio aludiera a mi condición de enchufada. Pero estaba demasiado asustada para discutir. Solté a los críos.

—¿Qué ha pasado?

Emilio arrojó el trasero encima del puf que trajimos de Marrakech cuando aún aliviábamos la libido sobre la mesa de la cocina, como Jack Nicholson y Jessica Lange en *El cartero siempre llama dos veces*. O sea, antes de la caída del Imperio romano.

Pues nada, respondió con mucha sorna, que se le había evaporado la tarde en el Hospital Infantil porque Paquita le había suplicado auxilio desde un teléfono de Urgencias. Y es que nada más llegar del colegio, el borrico de Raúl se había colado en el baño grande para colgarse del toallero en plan Tarzán de los Monos. Como estaba hecho un toro, lo arrancó y se estampó contra el suelo, revuelto con la toalla, algún tornillo oxidado y hasta un pedacito de azulejo. Paquita acudió al oírle berrear. Se encontró al niño y las baldosas llenos de sangre que ni en *La matanza de Texas*. En eso asomó Fran. Al ver a su hermano hecho un eccehomo, se mareó y se desplomó sobre el gres. Si la reportera más dicharachera de Barrio Sésamo tenía a bien tocarle la cabeza a la criatura, notaría un chichón como un huevo de gallina. Para haberse desnucado el angelito. Y la pobre Paquita, a sus años y siendo hipertensa como era, llamó corriendo a la vecina de enfrente, la salida esa del pelo platino, que llevó al trío a Urgencias en el coche. Allí acudió él, atacado de los nervios al imaginar a los niños ingresados en la UCI, o algo peor. Mientras los médicos le cosían la herida a Raúl y hacían pruebas a Fran, a Paquita le dio un soponcio en la sala de espera. Y cuando por fin salieron de allí, le tocó llevar a esa mujer a su casa y después limpiar el baño, que parecía el escenario de una masacre. Así que, con el permiso de su esposa y de los accidentados, iba a meterse en el sobre sin dilación. Era demasiado viejo para resistir emociones de tal calibre. Entre la madre aprendiza de periodista y los hijos gimnastas, o tal vez suicidas en potencia, íbamos a matarle a disgustos.

—¿Por qué no me llamaste?

—Porque tenías el móvil desconectado, querida. Con los nervios, no me acordé de buscar el teléfono del periódico y en esa sala de espera, que parece la tierra de irás y no volverás, ya no fui persona. Lo siento en el alma. —Un destello malévolo iluminó los ojos de Emilio—. Te dejé un mensaje en el buzón de voz. Pero veo que no lo has oído. Menuda reportera, que no conecta el móvil.

Emilio se levantó. Me pasó por la cabeza que su silueta era el doble de ancha que cuando fue novio de mi hermana. O sea, antes de que Nerón incendiara Roma y se ensañara con los cristianos. Me arrepentí al instante de mi reflexión, cuya maldad nacía del rencor sembrado por sus palabras. Decidí ser benévola y echar la culpa al pantalón de chándal. Habría que comprarle algo más favorecedor para andar por casa.

—Me abro, no puedo más —rezongó él—. Que te explique Paquita mañana lo de las curas. Buenas noches...

Mi media naranja salió al pasillo sin darme tiempo a replicar algo ingenioso. O, al menos, un poquito digno.

Preparé la cena a los niños, que apenas comieron media salchicha de frankfurt cada uno. Les perdoné el baño y les acosté enseguida. Sentada a los pies de la cama de Raúl, aguardé a que me llegara el son acompasado de su respiración. Entonces regresé a la cocina y me hice una ensalada. El percance de los niños había impedido a Paquita preparar la cena. Rumié como una vaca solitaria el batiburrillo de lechuga, tomate y zanahoria. Añoraba el jaleo de los renacuajos y la cháchara de Emilio. Hasta eché en falta sus reproches por haber vuelto a trabajar. Se habían convertido en un hábito como el de ponerse ese horrible resto de un chándal, manosearse el lóbulo de la oreja derecha mientras veía la televisión, o empezar a leer el periódico por la contraportada. Aunque gracias a la brillante sugerencia que le había hecho a Ramón, pronto mi marido carecería de materia prima para sus reproches.

Y yo, de trabajo.

2

La memoria asomó sin avisar para arrastrarme a un lugar donde una telaraña de voces nos enredaba a mamá y a mí. El tío Nicolás acababa de dejar sobre la mesa del comedor una botella de coñac. Anda, llévale esto a mi hermano, que a saber qué beberán esos cuadraos, le dijo a mamá. Mis primas Amparo y Feli se dedicaban a sus asuntos en algún rincón. O quizá se habían quedado en casa con la tía Cloti. Ya se sabe que la memoria es voluble y archiva lo que le place. La abuela Felisa empapaba de lágrimas un pañuelito que almibaraba el aire con efluvios de lavanda. La abuela Felisa olió a lavanda incluso el día de su muerte, cuatro lustros después. Papá comentó en el hospital que era por culpa del azúcar y que a él le ocurriría lo mismo. Y al tío Nicolás. Y a la tía Julia. Las cosas de la sangre eran así. Esa tarde estival del sesenta y dos, la yaya susurró al oído de mamá que tuviera mucho cuidado, porque los extranjeros eran diablos de pelo rojo que hablaban con lengua de perro. Tía Julia le alargó un pañuelo limpio.

—Tenga, *mare*, que menudo choto me ha cogido.

La abuela se sonó los mocos. Sentenció que esos demonios casi mataron a su marido cambiándole los pulmones por carbón mientras dormía. Narraba la leyenda familiar que el abuelo partió a Francia en el treinta y dos para probar fortuna en las minas de Alès, de donde regresó al año y medio con los bolsillos vacíos y tosiendo serrín negro. Desde entonces, la pobre lloraba cada vez que alguien le mentaba el extranjero.

Tío Nicolás afirmó que era hora de irse para que mamá y yo pudiéramos descansar. Al día siguiente nos esperaba un viaje muy duro. La tía Julia puso en marcha la carrocería rolliza y espoleó a su marido Miguel a hacer lo mismo. Hasta la abuela dejó de llorar. Tras regarnos con besos húmedos, la familia de mi padre desapareció compactada en una piña. Mamá guardó la botella de Terry en el bolso de la merienda para el viaje, pero la dádiva de mi tío nunca llegó a manos de papá. En la aduana alemana la confiscó un guardia de pelo rojo que hablaba con lengua de perro. Y mi madre se hartó de llorar.

La madrugada de la partida quiso desperezarse con tres golpetazos sonoros. Era tía Julia tocando diana desde el piso de arriba. Cuando la hermana de mi padre quería llamar a mamá, golpeaba el suelo tres veces con el palo de la escoba y la solicitada se asomaba por la ventana de la cocina que daba al patio de luces. El sistema funcionaba también a la inversa. Entonces mamá aporreaba el techo con tal energía que la pintura se descascarillaba y le moteaba el pelo de briznas blancas. Mi madre fue enérgica hasta para morir. En esa ocasión dio tres manotazos a la mesita de noche, propiedad del Hospital Provincial donde llevaba días ingresada, y nos preguntó a papá y a mí por Anita. Él respondió que la niña había ido a buscar un café. Mamá estiró un poco el cuello, levantó la cabeza y afirmó que no podía esperarla. Cuando regresó mi hermana, ya había muerto.

En la mañana que cambió nuestras vidas, tío Miguel y tía Julia nos acompañaron a la parada del Europabús. En cuanto mamá y la tía vieron aquella mole de chapa, rompieron a llorar. Mi tío me revolvió el pelo con la mano derecha y murmuró:

—No les hagas caso, que mañana vas a ver a tu papá. ¿A que tienes muchas ganas?

Mi cabeza azarada le dijo que sí. Me abracé a Tonín, el muñeco que me habían dejado los Reyes en casa de tía Julia. Desde mi estatura de cuatro años veía pantalones de cuadros trazados por rayas flacas, esos que mamá llamaba «príncipe de Gales», pantorrillas de mujer jaspeadas de vetas azules y un anárquico ejército de maletas de cartón atadas con correas, entre las que me contemplaba con fijeza un niño. Al sur de su cara de bollo asomó una tira de carne rosada y amenazante. Pegué la mejilla a la pernera del tío Miguel. Cuando separé la cara de mi cobijo rasposo, el niño y la lengua habían desaparecido.

De pronto, mamá y yo estábamos sentadas en asientos de escay pegajoso. Ella ocupaba el del pasillo. Había dejado la bolsa de la merienda en el suelo, entre sus rodillas cubiertas por una púdica falda de capa, y seguía llorando. Al otro lado del cristal, tía Julia boqueaba como un pez globo entre el agua que le escurría mejillas abajo. El tío Miguel se rascaba los párpados con sus dedazos ennegrecidos de reparar motores de trenes en la Renfe. Mis tíos movieron las bocas. Y las manos. Hasta que se quedaron diminutos como Pulgarcito y se los tragó el ogro de la lejanía. Yo me acurruqué con Tonín en el regazo de mamá.

Cuando desperté, mamá se había dormido y suspiraba en sueños. Me separé de ella para asomarme a la ventana. El sol, amarillo como un limón, me mordió los ojos al mirarlo. Escuché un chasquido detrás de mí. Un proyectil me golpeó la sien derecha. Oteé por la rendija que quedaba entre mi asiento y el cristal. Vi dos ojos negros riendo bajo la única ceja de carbón. Más abajo asomó una lengua insolente. El niño levantó un artilugio como el que usaba Miguelito, el del quinto, para masacrar a las lagartijas del descampado. Anunció:

—Tengo más…

Un latigazo de miedo me apartó de la rendija.

—¡Oscarín, deja en paz a la niña, que hoy cobras! —bramó un vozarrón de mujer detrás de mamá—. ¡Si es que no gana una para disgustos con este hijo mío! ¡Dios de mi vida, qué cruz!

Me acurruqué en la falda de mamá, y me dormí sobándole las manitas a Tonín. Cuando desperté por segunda vez, el limón del cielo era una naranja que hacía picar los ojos aún más que su precursor. No me acerqué a la ventana, por si me bombardeaba el niño de la lengua. Las corvas me escocían al contacto con el escay, a cada segundo más pegajoso. Mamá despertó. Me aplastó el remolino del flequillo con la mano, un gesto odioso que nunca dejó de hacer.

—Mamá, ¿cuándo llegamos?

Ella replicó que muy pronto y propuso jugar al veo veo. Entre la quemazón de los asientos y el traqueteo del autobús, las horas se escurrieron gota a gota hasta que el conductor paró en un descampado a la orilla de la carretera. El pasillo se llenó de gente en busca de la puerta. Al otro lado del cristal brincaba un niño cabezón y cejijunto. Me vio. Una sonrisa atravesó su cara de bollo. Levantó el artilugio que había visto antes por la rendija. Un proyectil se estampó contra el cristal, opaco de polvo viajero. El niño sacó la lengua. Su triunfo fue breve. Acudió una señora gorda embutida en una falda de tubo y le dio un pescozón. Desde mi tribuna disfruté viendo llorar a Oscarín, pero mamá no me dejó regodearme con su castigo. Tiró de mí con la mano que no sujetaba la bolsa de la merienda y me sacó del autobús a la torrina de mediodía.

Mi madre se hizo muy amiga de la de Oscarín. Les unía el hecho de viajar con su retoño al encuentro del marido, a quien vieron partir meses atrás en un tren de emigrantes. En los márgenes de las carreteras por las que traqueteaba el autobús, compartimos con la señora Pura y su francotirador nuestra carne empanada y la tortilla de patata. La señora Pura aportó albóndigas de bacalao y una cuadrilla de sardinas rebozadas. Entre bocado y bocado, las madres se contaban los meses de añoranza vividos desde que se fueron sus hombres, de los que sólo sabían por cartas donde ellos afirmaban encontrarse bien de salud, gracias a Dios, y prometían llevarnos pronto a la tierra donde Dios ni se molestaba en encender la luz por las mañanas.

—Es que es tan triste estar siempre sola... —comentaba la madre de Oscarín.

—Y que lo diga, señora Pura —ratificaba la mía—. Estar sin marido es como comer paella sin garrofón.

Cruzamos Francia de noche. En la aduana alemana, un policía descubrió el coñac de tío Nicolás y lo confiscó, porque mamá no llevaba dinero para pagar el arancel exigido. Acurrucada en su regazo para dormir, la oí lloriquear hasta que concilié el sueño. Cuando desperté y me asomé a la ventana, el cielo se había agrisado como si el señor Dios, del que tanto hablaban mamá y la señora Pura, hubiera olvidado encender la luz. El frío me trepaba piernas arriba, igual que las hormigas del descampado un día que escarbé con un palo en el agujero donde Pili, la del segundo izquierda, había asegurado que vivían. Tiré de la manga materna.

—Mamá, tengo frío.

La aludida abrió los ojos, aún abultados por el berrinche. Susurró:

—Es que ya estamos en Alemania. —Atravesó el cristal con mirada somnolienta y dio un respingo en el asiento—. ¡*Mare de Déu,* qué tierra más triste! Ni una pizca de sol. Si vamos a vivir como los topos.

Se agachó para coger del suelo la mantita de lana tejida por la yaya Clara. Me tapó y volví a amodorrarme.

Tras horas de zarandeos por tierras de crepúsculo, alguien

exclamó que estábamos entrando en Düsseldorf. Mi madre se irguió en el asiento. Alisó con las manos la maltrecha tela de su falda. Sacó un frasco de colonia y un peine. Me empapó el pelo, pulverizando sobre él chorros gélidos desde la botella de plástico. Tras el remojo capilar, se ensañó con el remolino de la frente. Después se peinó el cabello negro, cuyo color legó año y medio después a Anita. Le vi tiznarse los labios de color guinda con un palito.

—¿Qué haces, mami?

—Ay, hija, pareces el negrito preguntón.

Cuando mamá no sabía qué contestar, se sacaba de la manga a ese niño cuyas preguntas nunca obtenían respuesta. A falta de otro referente, acabé asociándole con el negrito del África tropical que cantaba la canción del Cola Cao.

—¡Estate quieto o cobras! —exclamó la señora Pura a mi espalda—. ¡Ya tengo ganas de que te meta en cintura tu padre, ya! ¡Vas a ver lo que vale un peine!

Oí lloriquear a Oscarín.

El autobús se detuvo. Ante mi ventana apareció papá, con su bigotillo trazado por una cadena de hormiguitas trabajadoras. Los dedos de mamá aleteaban como gorriones, y sus labios recién tiznados de rojo exclamaron: ¡Qué delgado está, Dios mío! Y las lágrimas se cogieron de la mano unas a otras para deslizarse por las mejillas en hileras disciplinadas, igual que nos colocaba en Valencia la señorita para entrar en el parvulario.

Y mientras yo introducía en el lavavajillas los platos de la cena improvisada una noche de diciembre de 2003, sentí correr por mis pómulos lagrimones como los destilados por mamá aquel atardecer tan lejano. Porque llevaba consumida más de media vida desde entonces. Porque no sabía qué parte de mis recuerdos era real y cuál se había inventado la memoria en su molesta manía de mentir. Y porque fui consciente de que no lo iba a averiguar jamás. Mi padre no nos acompañó en ese viaje. Anita aún no había nacido. Y mi madre ya no vivía para corroborar la veracidad de mis recuerdos. Ni siquiera quedaba Oscarín, que resultó portar un corazoncito tierno bajo su afán francotirador y abandonó este mundo demasiado pronto por culpa del sida.

3

El día empezó mal. Emilio me sermoneó sobre lo absurdo de mi vuelta al trabajo. Los niños dijeron, nada más abrir los ojos, que estaban malitos y no podían ir al cole. Entre los tres me hicieron sentir tan culpable que en cuanto apareció Paquita, más pálida que un queso de Burgos, di permiso a los chicos para faltar a la escuela. El semblante de nuestra asistenta se demudó un poco más, pero no hizo ningún comentario. Emilio acabó el café y anunció que necesitaba el coche para hacer una visita, pero si me daba prisa podría acercarme al periódico. Media hora después bajé del vehículo familiar, mal pintada y vestida como si las prendas me hubieran ido cayendo desde alguna azotea conforme caminaba por la acera. Al examinarme en el espejo del ascensor, pensé que mi atuendo ofrecía una sola ventaja: el engreído de Ramón no perdería el tiempo en mirarme el busto.

Me equivoqué. El jefe me examinó los pechos a fondo mientras me encargaba la tarea de la mañana: husmear en el archivo para ayudarle a documentar su siguiente reportaje. Esto es lo que debes buscar, dijo. Me alargó una nota escrita a mano. No aludió a nuestra reunión de las ocho, aunque tampoco se ensañó conmigo, un detalle que hasta le agradecí. La mañana se me consumió recopilando la información solicitada, a la par que me asustaba por momentos de mi propia audacia. ¿Quién me mandaba desafiar a ese pavo real, metiéndome en camisa de once varas? Si yo no tenía ni idea de periodismo. El pánico me inspiró la idea de dejar el diario antes de quedar como una idiota kamikaze.

Hacia las once llamé a casa por el móvil.

—Los niños están como toros —dijo Paquita con ánimo moribundo, ahogada en un guirigay de voces infantiles y sonidos electrónicos—. Llevan toda la mañana jugando con los cachivaches que les han traído los Reyes, o el Papá Noel ese, que yo con la moda de repartir los regalos en Nochebuena me hago un lío. A mis sobrinos se los dejan los Reyes el seis de enero, como está mandado...

—El Niño Jesús, Paquita —le recriminé—. No me enrede a los críos. En casa viene el Niño Jesús por Nochebuena, porque cuando viví en Alemania se hacía así y a Emilio le gustó la idea. Y por Reyes les caerá otro regalillo, para respetar la costumbre española.

—Vaya cosa, el Niño Jesús... —gruñó Paquita—. Como si no tuviéramos bastante jaleo con el barbas gordo ese de los americanos. Si es que yo estas modas modernas...

Corté antes de que Paquita ahondara en su defensa de la tradición y les quitara la ilusión a los críos. Ya se les fugaría sola.

A las doce asomó por el archivo Mark, el veterano que redactaba las crónicas de sucesos a las que ponía imagen el joven Ricardito. Mark era gay militante bajo su fornido cuerpo de leñador del Oeste y estaba de vuelta de casi todo. En la redacción corría el rumor de que había conocido tiempos mejores en su profesión: había llegado a ocupar un puesto importante en un prestigioso periódico de Nueva York, donde nació en el año cuarenta y cuatro de padre estadounidense y madre valenciana de Paiporta. Nadie sabía qué avatares le habían arrojado a la sección de sucesos de un humilde diario recién nacido. Él nunca hablaba de su pasado norteamericano. Ni de ningún otro. Mark era el único en la redacción que me daba consejos profesionales y afirmaba que tenía madera, aunque no especificaba de qué.

—Te invito a un café rápido antes de que sirvas de almuerzo a las arañas. Dicen que las del archivo son clavaditas a Godzilla.

Sonrió entre su barba cobriza y entrecana. ¡Cuánto le agradecí que me rescatara del pánico que ya se me desbordaba por las orejas!

—Me he enterado de lo de tu artículo —comentó él, de camino hacia la máquina de café.

—¡Qué pronto se ha corrido la voz! Seguro que ha sido Ricardito...

Mark se apresuró a defender a su compañero, con quien hacía muy buenas migas:

—Ricardo no ha dicho ni pío. Me he enterado por otro cauce. Ya sabes que me llevo muy bien con las altas esferas...

Otro chismorreo que circulaba por la redacción afirmaba que Mark tenía una antigua amistad con Ramón, a quien conoció en Nueva York cuando nuestro ínclito jefe residió allí. Algún lanzado aseveraba que Ramón rescató a Mark de un naufragio personal tan implacable como el del *Titanic* y le colocó en la sección de sucesos de nuestro modesto diario. Pero nadie disponía de datos fiables para confirmar la veracidad de esa información.

—Ya sé que me he echado la soga al cuello yo sola —dije—. Llevo toda la mañana pensando si no sería mejor pedir el finiquito ahora mismo y ahorrarme el ridículo que voy a hacer.

Mark se paró en silencio ante la expendedora de café y fue encajando un puñadito de monedas por la ranura.

—Café solo sin azúcar, ¿no?

—En efecto. Eres un sol.

Él ni se inmutó.

—Ya lo sé. —Me tendió el brebaje y sacó para él un cortado extradulce. Mark no hacía dieta. Rescató su vaso de plástico. Me miró—. Has hecho bien en desafiar a Ramón. Ya iba siendo hora. Tú tienes madera. Yo lo sé y él también lo sabe. Sólo te falta echarle coraje a mansalva. Nada más.

En el otro extremo del pasillo apareció Ramón, como una amenaza súbita llovida del espacio sideral. Llevaba en la mano izquierda una carpeta de cartulina azul enrollada a modo de tubo, con la que marcaba el paso igual que un capitán de la Legión. Sólo eché en falta a la cabra. Cuando llegó a nuestra altura nos miró, entonó una risilla de verdugo y me arrojó conforme pasaba:

—¿Ya tienes lo que te he pedido? Sabes que me corre prisa...

No se entretuvo en aguardar la respuesta. Mientras le odiaba con toda mi alma, pensé que un hombre así no merecía un trasero como el que acababa de desfilar ante mis narices. Dije a Mark:

—¿Ves? Me tiene manía.

Mi amigo sonrió, más leñador del Oeste que nunca.

—Te está pinchando para que reacciones, Clara. En el fondo es buena gente, pero tiene que cumplir con su papel de negrero. No es fácil poner en marcha un tinglado como éste desde cero y sacarlo a flote. —La hendidura bajo la nariz de Mark exhibió sus enormes dientes de mascador de cereales, herencia sin duda del padre gringo—. Además, tiene buen culo. Y no disimules, que te he visto mirárselo a conciencia.

Me convertí en una guinda con pelo. Fui educada por mis padres para ser modosa ante todo y me daba vergüenza que me sorprendieran evaluando los glúteos de un hombre, un peritaje al que me estaba aficionando con la madurez. Sorbí mi café amargo.

—¿Ya sabes cómo vas a documentarte para el artículo? —preguntó Mark.

—No tengo ni idea.

Mark apuró el cortado. Arrojó el vasito a la papelera y me examinó un rato con aires de búho filósofo. Después dijo:

—Yo empezaría por llamar al que escribió ese artículo en el periódico alemán. Seguro que al principio o al final vendría su nombre.

Me sentí herida en mi amor propio.

—Sé cómo se llama: Benno Hoffmann. Me fijé ayer.

—Muy sagaz, *my darling* —se mofó Mark—. Pues mejor me lo pones. Un trabajo que tienes hecho. Ahora averiguas el teléfono de su periódico, preguntas por el susodicho y a ver qué puedes sacarle sobre nuestro emigrante y el lúgubre salmo que estaba leyendo.

—Eso no es tan fácil —objeté—. ¿Y si me manda a la mierda?

Mark se encogió de hombros.

—Hazte a la idea de que la negativa ya la tienes. Lo único que puede pasar es que al tío le dé por ayudarte. No pierdes nada con intentarlo. —Mi amigo batió como paipáis las pestañas rojizas—. Y con esa voz tuya, Clarita, con la que podrías hacerte de oro susurrando guarradas en algún teléfono erótico, fijo que el alemán te pide hasta una cita.

En momentos como ése me daba por dudar que Mark fuera homosexual.

—Cualquiera que te oiga diría que me estás tirando los tejos.

Mark se echó a reír. Ya no parecía un búho aficionado a pensar, sino un gremlin sátiro.

—Ay Clarita, lo nuestro es un amor imposible. Si no tuvieras los senos tan generosos y algún pelillo en las piernas, podríamos concebir esperanzas. Pero a mí me van los hombres viriles. Cuanto más viriles, mejor. O sea, de pelo en pecho y con traza de camionero.

—Como Ramón —se me escapó.

La faz de Mark se encharcó de melancolía.

—A nuestro bienamado Ramón podríamos englobarle en la categoría de camionero refinado. Eso le da un morbo añadido, desde luego. Además conserva buen cuerpo para su edad. Claro que con lo que se cuida... Lástima que yo sea mayor y a él le vayan tanto las tías. ¡Y es que nadie es perfecto!

—Y que lo digas...

Él suspiró con hondura.

—En fin, hazme caso y llama al tipo ese. Si te sale borde y no colabora, ya discurriremos otra cosa. Además, siempre te queda el recurso de peinar internet a conciencia. —Con la mención de la red, Mark se sacudió la inesperada morriña—. Y ahora, basta de cháchara, que Ramón quiere ver a mediodía mi crónica sobre el fiambre que ha aparecido esta mañana en los jardines del Turia. ¿No te has enterado?

—Cómo me voy a enterar, si llevo horas emparedada.

—Ya te lo contaré con calma, que es de película. Ahora te dejo que vuelvas con tus arañas... —Mark emitió tres carcajadas de cowboy remojado en whisky—. Ocurren cosas alucinantes en esta vida. Cualquier día dejo el periódico y me dedico a escribir novelas policíacas... ¡Y ríete de Hammett y Chandler! —Sus facciones se reorganizaron para componer una expresión de las que anuncian sabrosas confesiones—. Llevo un archivo de crímenes en casa, ¿sabes?

—Ten cuidado con esas cosas, no se te vaya la olla.

Mark sonrió, de nuevo con el saco de la morriña a cuestas.

—Ya hice una vez ese viaje y regresé. No pienso hacerlo otra vez. Hasta luego, Clara. Esta tarde me cuentas...

Mi amigo me dejó sola, intentando interpretar sus últimas palabras. Habían sido demasiado sibilinas y desistí de sacar conclusiones sobre su pasado. Siempre sería un misterio. Como las desapariciones de barcos en el Triángulo de las Bermudas. O las voces del más allá grabadas en el viejo Belchite. Regresé con las arañas del archivo. Allí se me hizo la hora de comer, sin que hubiera tenido un solo minuto para llamar a Benno Hoffmann.

4

Pisé la calle a la una y media. El primer impulso fue ir a casa para comprobar cómo estaban los niños y la sufrida Paquita. Pero recordé que era martes. El día en que le hacía la compra a mi padre en el supermercado. Estuve a punto de llamarle para posponer la visita al miércoles, aunque deseché la idea enseguida. Papá estaba muy apático desde que murió mamá. Apenas bajaba a la calle, casi nadie le visitaba —entre otras razones, porque de sus hermanos sólo quedaba tía Julia, que llevaba años en una residencia de ancianos— y el frigorífico me mostraba sus entrañas huecas en cuanto se me ocurría abrirlo. De pronto, me atacó la premonición de mi padre muerto en el sillón orejero donde pasaba las horas asomado a la calle. Y quien hallara su cadáver, quizá encontraría cerca algún objeto absurdo como la Biblia donde Héctor Laborda leía un tenebroso salmo cuando murió. La conciencia de que cualquier día podría toparme con papá de la misma guisa que aquel emigrante nunca retornado, me hizo decidirme. Llamé a Emilio para asegurarme de que él comería en casa y paré un taxi.

Mi padre tenía la televisión encendida a un volumen infernal y no le hacía el menor caso. Ocupaba en bata de felpa el sillón junto a la ventana, absorto en observar el exterior a través de los visillos, como si fuera un policía del FBI espiando a un sospechoso. No se percató de mi presencia hasta que hice callar el televisor. Entonces arrancó la vista de la calle y me miró con ojos del tamaño de platos soperos.

—¡Caray, qué susto me has dado! ¿Por dónde has venido, que no te he visto?

—Pues cruzando la calle desde el súper. ¿Y cómo ibas a verme con los visillos echados?

—Me entero de todo lo que pasa ahí fuera —se jactó él.

Yo lo puse en duda, pero no le contradije. Fui a la cocina y dejé las bolsas de víveres en el suelo. Abrí la nevera, un páramo níveo donde languidecían cuatro botellas de cerveza Heineken, dos huevos descarriados, una lata de atún semivacía, uno de los filetes de ternera que compré días atrás, convertido en una media suela púrpura, un cuenco con natillas de asombrosa frescura y un botellón de leche entera de la despensa. Dentro hallé justo lo que me temía: de los seis briks de la variante desnatada que llevé la semana anterior, aún quedaban cinco. Naturalmente, intactos. Corrí al salón.

—¡Ya te has comprado leche entera! ¿No te acuerdas de lo que dijo el médico?

—¡Qué sabrá el matasanos! Seguro que él no toma aguachirle de ése...

—¿Y las natillas de dónde salen?

Papá sonrió con la picardía de un gato viejo.

—Me las dio la vecina ayer, cuando pasé a encargarle la leche. Las hace ella. Guisa como los ángeles del cielo...

—¿Qué quieres, que te suba el azúcar? ¿Y si te pasa algo?

—¡Eres peor que tu madre! —refunfuñó él—. Venga matarme de hambre y luego se va ella antes...

Me callé la réplica que me hubiera gustado darle y fui a la cocina. Distribuí por los armarios y el frigorífico los víveres dietéticos recién adquiridos. Estuve tentada de verter por el fregadero la leche prohibida y echar al inodoro las natillas, con su galleta María incluida. Al final no lo hice. No valía la pena. Papá se enfadaría conmigo; luego correría a encargarle a la jamona de al lado más alimentos vetados por el médico y aceptaría cualquier dulce que la otra le ofreciera. ¿Y si le mendigaba las golosinas?

Volví al salón. Cogí una silla y me senté enfrente de él.

—Papá, no puedes vivir aquí tan solo. Vente con nosotros. Te lo pasarías bien con los críos.

—¡Esos bueyes que tienes se me meriendan en dos días! —exclamó él—. Anda, que la hicisteis buena con eso de criar a los cuarenta. Y encima, dos tan seguidos. ¿Es que no teníais bastante con uno? Cuando el pequeño tenga veinte años, estaréis con un pie en el asilo. ¡O criando malvas!

Me sacó de mis casillas que papá me restregara por las narices mi maternidad tardía. Cuánto llegaba a odiarle en esos momentos.

—¡Sabes de sobra las perrerías que hicieron para que pudiera quedarme embarazada! —me defendí—. Y las ganas que teníamos de tener hijos. Sobre todo Emilio...

—¡Paparruchas! Te castigó Dios porque te liaste con el novio de tu hermana.

Empecé a sospechar si mi padre no estaría perdiendo la cabeza en su insana soledad.

—¡Qué cosas dices! Lo de mi infertilidad es genético. Y viene de tu familia, para más señas. Mira la tía Julia. Y Anita también tuvo que someterse a tratamiento en Bonn. ¡Eso no tiene nada que ver con Dios!

Papá siguió en sus trece:

—Si no te hubieras metido por medio, Anita no se habría ido con el cuadrao ese que parece el tubo de la risa. Mira que es largo el jodío. Y ahora no vendría por aquí con esos rubiales que no hacen más que llamarme «Opa». Parecen de los del doctor Mengele. Seguro que los cuadraos les hicieron algo en el hospital cuando nacieron...

—¡Ya te quedaste anoche a ver *Los niños del Brasil*!

—Te diré. ¿Qué quieres que haga si no puedo dormir? Tendré que entretenerme en algo.

Le supliqué de nuevo:

—Sé razonable y vente con nosotros.

Él me dedicó una mirada de tristeza inagotable. Meneó la cabeza de izquierda a derecha. Susurró:

—De aquí me sacáis con los pies por delante. ¡Aún siento a tu madre en cada rincón de esta casa!

Reprimí un ataque de lágrimas. La maternidad y los años me habían vuelto muy proclive a los desahogos acuosos, que me asaltaban en los momentos más inoportunos.

—La vida se escurre como los *ratolins* de iglesia —sentenció papá—. Cuando te quieres dar cuenta, eres viejo y no te queda nada.

Intenté animarle.

—¿Sabes qué? Voy a hacer una tortilla francesa, un lenguado y ensalada. Verás qué plato combinado. ¡De restaurante!

Él se encogió de hombros.

—Eso no tiene sustancia. Ya podrías traer panceta de vez en cuando.

—¡Papá!

Huí a la cocina por no escuchar más herejías. Su voz me rebotó en la nuca:

—¡No se te ocurra tirar las natillas!

Mi padre almorzó con inesperado apetito. Encajado en el sillón como un feto dentro de la placenta, sostenía la bandeja de la comida sobre sus rodillas huesudas. Yo había hecho otra tortilla para mí, por no volver a la redacción con el estómago vacío. Me la comí sentada enfrente de él. Viéndole tan afanoso, creció de nuevo la imagen de Héctor Laborda, tal como le imaginé cuando leí la crónica de su huraña muerte. Igual que él, mi padre vivía solo y llevaba meses dejándose morir junto a la ventana. El día menos pensado le llevaría la compra y me encontraría con su cadáver. Y a ningún periodista le daría por glosar su final en un periódico, porque mi padre ya no era emigrante y su muerte no sería noticia.

Al acabar mi tortilla, bebí un poco de agua y dije:

—Oye, papá...

Él me miró a través de sus cataratas.

—¿Cuando trabajaste en Correos, en Düsseldorf, conociste a un tal Héctor Laborda? Debía de tener más o menos tu edad...

Mi padre tomó un sorbo de la Heineken que me había hecho abrirle. Meneó la cabeza.

—¿Cómo voy a acordarme ya? —Bebió otro trago—. Éramos muchos españoles en Correos, en las fábricas y por todos lados. —Se quedó pensativo y recitó—: Españoles, italianos, griegos, turcos... Para dar y vender había. Anda que los italianos... pues no eran maricones ni nada. Iban por ahí con el peine en el bolsillo del pantalón y cuando te descuidabas, lo sacaban y se arreglaban el pelo. ¡Jodidos espaguetis! ¿Y te acuerdas de los griegos? Aún eran más tapones que nosotros, que ya es decir. Y cabezones como las setas. Y los turcos..., bah, los turcos...

Papá se incorporó a cámara lenta. Pensé que el sillón orejero le estaba comiendo la movilidad, pero no me atreví a recordarle la insistencia del médico en que caminara. Sabía cuál sería su respuesta. Él se acercó al armario del salón, único y achacoso superviviente del mobiliario traído de Alemania en el setenta y cuatro, escarbó un buen rato dentro de un cajón y exhumó una caja de hojalata. Con ella regresó al sillón y se hundió entre sus brazos tapizados de floripondios.

—¿Ya no tienes el álbum de fotos? —pregunté.

Las manos de papá levantaron la tapa y revolvieron el hojaldre de fotografías marchitas.

—Éstas no son de la familia. Por eso tu madre me las hacía guardar aquí. Ya sabes cómo era para esas cosas.

Me puso delante una instantánea en blanco y negro a la que se asomaban, como desde un ventanuco abierto a otro mundo, cuatro hombres de cabellos oscuros y rostro de color gris perla, divididos en horizontal por el estilete de un bigotillo escuálido. Vestían monos de trabajo parduscos y se alineaban ante una tapia fabril, sobre la que se derramaban las nubes en marejada de plomo.

—La foto nos la hizo Domenico, el italiano —murmuró mi padre en medio de una repentina sonrisa—. El terror de las nenas. Menudo chuleta.

Papá expulsó una carcajada. La primera desde que había entrado en el piso ese mediodía. Su dedo índice, todavía amarillento de cuando fumaba cigarrillos sin filtro, tamborileó sobre la cabeza del hombre que ocupaba el extremo izquierdo de la imagen.

—A que no me has reconocido.

Admití que no.

—Es que los años no respetan ni al Papa de Roma, que mira cómo está de arruinado... —se lamentó papá. Señaló al siguiente retratado—. Éste es Moscú. Lo conocí en el tren.

—¿Moscú?

Me llegó otra risotada paterna.

—Lo llamábamos Moscú porque era comunista perdido. Más rojo que la Pasionaria y Carrillo juntos. Ése se largó a Alemania para escapar de Franco. Por lo visto, los de la Secreta le dieron un día una paliza que casi lo matan y lió el petate por si las moscas. Y es que se hacía más pesado que una mosca mula. Todo el santo día dándonos el mitin, sin ton ni son. Una vez lo cogí por banda y le dije: Mira Moscú, a mí déjame de pláticas que no quiero líos. Yo he venido a Alemania para ganar dinero y traerme a la familia. —Papá se zambulló en un mutismo pensativo. Cuando emergió, masculló—: Buen chico, el Moscú. Se fue de la Henkel y no volví a saber de él. Bah, habrá muerto ya. Como todos...

El dedo de mi padre se deslizó sobre el hombre que posaba a la derecha de Moscú.

—Éste era el Poeta. Fuimos a Alemania en el mismo vagón. Él subió en Madrid. Era el único de nosotros que tenía estudios. Duró poco en la Henkel. Menos aún que Moscú. El día del viaje nos dijo que íbamos en el tren de la ilusión, porque cada uno llevaba la suya en la maleta y no había dos iguales.

—Vaya, sí que era poeta... —me oí susurrar—. Anda, cuéntame cosas del tren. Nunca nos hablaste de aquello.

Papá se encogió de hombros.

—Hace tanto ya...

Apuró los últimos dos centímetros de cerveza. Miró el recipiente vacío con pesar bajo las cejas canosas y lo dejó sobre el terrazo. Yo amontoné mi plato encima del suyo, recogí el vaso del suelo y transporté la bandeja a la cocina. Fregué apresuradamente la vajilla sucia y la distribuí en el escurreplatos. Consulté el reloj. Eran las tres y cinco. Si no me daba prisa, no tendría tiempo ni de tomar un café decente en el bar antes de subir a la redacción. Cuando regresé al salón, mi padre había apartado el visillo y se asomaba con sigilo a través de la rendija abierta. Me sentí muy miserable por haber estado a punto de anteponer una dosis de cafeína a la compañía de un hombre que vegetaba todo el día en soledad. Volví a ocupar mi silla. Él soltó la cortina y se giró hacia mí.

—Nosotros fuimos con papeles y un contrato como Dios manda —murmuró su voz entre las solapas de la bata—. No como esos moros que se nos quieren colar en las pateras. ¡Lo nuestro era legal!

Yo pensé que los de las pateras perseguían el mismo sueño que los emigrantes españoles de los sesenta, sólo que en condiciones mucho más desfavorables. Pero no abrí la boca. Contradecir a papá hubiera significado varios minutos de discusión baldía y no me sobraba el tiempo. Él susurró:

—Nada más enterarme de que buscaban hombres para ir a trabajar a Alemania, fui corriendo a apuntarme. Me estaba quedando cegato de tallar la madera; no hacía más que echar horas y no sacaba ni para pipas. Así que fui a la oficina donde tramitaban los papeles... caray, ya ni me acuerdo de dónde estaba. Y es que nos volvemos ceporros con la edad...

Mi padre extrajo un mondadientes del bolsillo y lo mordisqueó. Tenía arraigado ese vicio desde que el cardiólogo le obligó a despedirse de los cigarrillos.

—Varias semanas después me llamaron para ir al reconocimiento médico —siseó—. Cuando nos tocó el de los cuadraos, nos hicieron ponernos en fila como en la mili y nos miraron los dientes igual que a las caballerías. No respetaban ni las partes, ya sabes. Nada menos que nos reconoció una *Fräulein*. Y era guapa, ya lo creo. Igualita que la Janet Leigh en esa de *Psicosis*. Caramba, si pasé vergüenza.

Papá profirió un largo suspiro.

—Era duro el reconocimiento. No creas que lo pasaba cualquiera. —Su índice derecho apuntó al ojo del mismo lado—. Con éstos vi llorar a un tío como un armario de grande, porque le habían sacado no sé qué en la espalda y se quedó sin papeles. Menudo choto cogió. Parecía una magdalena. Pues resulta que el tío había vendido todo lo que tenía para venir a Valencia, convencido de que enseguida lo mandarían a Alemania, y se tuvo que volver al pueblo con una mano delante y otra detrás. Así las gastaban los cuadraos. Nos querían bien sanos para exprimirnos, no fuéramos a ponernos malos y arruinarles la *Krankenkasse*.*

—¿Y el siguiente paso fue el viaje?

—Nos dijeron: el jueves día tal, a tal hora, en la Estación del Norte. El que llegue tarde se queda en tierra, que el tren no espera.

Mi padre se estudió las manos jaspeadas de manchas marrones y suspiró.

—En el tren no íbamos más que hombres, todos jóvenes y fuertes, más pobres que los *ratolins* de iglesia. Cada uno con su maleta de cartón a cuestas. Menuda birria de maletas. Y aun así nos sobraba sitio. Como íbamos con lo puesto... —Papá se rascó el párpado derecho con la yema del dedo índice—. Tu madre me había preparado merienda: pan, chorizo, una tortilla de patata y agua. No daba para más. En el andén nos repartieron un número a cada uno en el que decía el vagón donde te tocaba ir. Había que colgárselo del cuello para que se viera bien, como el ganado... Y cuando llegamos a la estación de Colonia, había un tío imbécil dando vueltas con un megáfono, que no hacía más que ladrarnos. Creo que era español, pero parecía un nazi de ésos.

Se despegó con dificultad del sillón. Pasó por delante de mí, arrastrando sobre el terrazo las suelas de sus pantuflas raídas. Decidí comprarle unas nuevas y dárselas cuando fuera a casa en Nochevieja.

—Voy a beber agua —le oí decir.

Eché un vistazo rápido al reloj. Se me acababa el tiempo, pero algo dentro de mí se resistía a dejar a medias la historia que nunca me interesó y de pronto me fascinaba. Oí trastear a papá en la cocina, me llegó el fluir del agua del grifo y la cadencia de una tosecilla enclenque. Inmediatamente después se

* Seguridad Social alemana.

aproximó el reptar de las zapatillas y papá se volvió a empotrar en su sillón. Él y el mueble lucían igual de ajados. Pensé que mi padre era viejo. Y estaba muy cansado de vivir. Bajo la punta de su nariz se arrugó una sonrisa enana, casi microscópica.

—Subimos al vagón que nos tocaba, a empujón limpio porque éramos muchos. Para mí que no falló ni uno. El tren era una mierda pinchada en un palo, con asientos de madera que te dejaban el culo cuadrado. —Papá expulsó remolinos de desdén—. Y luego estaba el tío hijoputa ese de Irún, donde nos metieron en una nave y nos dieron de comer. Y el tío venga a decirnos por el altavoz que hiciéramos el favor de no llevarnos los cubiertos. Una birria de cubiertos de aluminio que se partían de mirarlos. Y el que comía a mi lado, que en Alemania ya no lo volví a ver, se puso a gritar: ¡Hijo de puta, a ver si crees que somos gitanos! —La cabeza de mi padre se balanceó con menosprecio—. Ya ves, el tío ignorante, igual creía que el otro le iba a oír...

—¿Os hicieron bajar del tren para la comida?

—Bah, comer... lo que es comer... Una mierda de rancho nos pusieron. Para matar el hambre y vale. Menos mal que llevaba la merienda, que si no... Y luego vuelta al tren; no paramos hasta Colonia. Cuando pisamos la estación, todos sin afeitar y oliendo a tigre, teníamos el culo pelado como los monos de ir tantas horas sentados. Y es que nos llevaban a mata caballo. En Valencia, casi no nos dejaron despedirnos de la familia. Nos vino el tiempo justo para subir al tren. Y cuando me asomé a la ventana y vi a tu madre en el andén, tan guapa, con ese pelo tan negro que tenía, y la pobre sin parar de llorar y diciéndome adiós con la mano, se me puso una cosa aquí... —papá se apretó el pecho con las dos manos— que no podía ni respirar. Al final, la pena se me escapó por los ojos y no veía tres en un burro. Me metí dentro para que tu madre no me viera así, ¡que el hombre ha de ser una roca delante de su mujer! Luego me asomé otra vez, pero la estación ya se había quedado donde Cristo perdió el gorro. Y tu madre también. Cada vez más pequeña se hacía y aún la veía mover la mano. No me quité de la ventana hasta que se me secaron las lágrimas, no fueran a verme los compañeros. ¿Y sabes qué? Cuando me senté, resulta que todos llevaban los ojos rojos. Moscú, el que más. Y entonces va y salta el Poeta, Antonio creo que se llamaba, y nos sale con que íbamos a ganarnos el futuro de nuestros hijos y ése era el tren de la ilusión, porque cada uno llevaba la suya en la maleta y no había dos iguales. ¡Y no se le chungó ni Dios!

Papá aproximó la cara a la ventana y retiró una esquinita del visillo. Antes de que ocultara el rostro entre los pliegues mustios de la cortina, descubrí el esmalte que se espesaba entre sus pestañas fatigadas y creí sentir dentro la tristeza de aquellos hombres que viajaron con las manos vacías hacia un futuro incierto en una tierra extraña. Y la de todas las mujeres que les siguieron. Y me sentí muy cerca del desconocido Héctor Laborda, que quizá partió en un convoy similar y fue hecho prisionero por el futuro que había pretendido conquistar. Un futuro donde ya no quedaba espacio para ninguno de ellos.

5

La voz de Benno Hoffmann me recordó a los chicos alemanes que me gustaron de adolescente y jamás se fijaron en mí. A él le hizo mucha gracia que una periodista española se interesara por un artículo rutinario, que rellenó ese día la sección de sucesos y no había sacudido los cimientos de ninguna alma. Y es que en los últimos años, argumentó, eran muchos los ancianos que morían solos en pisos malolientes, sin que nadie les echara de menos en la escalera o en el supermercado, por lo que un caso así no era noticia. Cierto que el de Laborda llamaba la atención por la peculiaridad de los objetos que le acompañaron en ese trance. O al menos, así lo interpretó él. Por eso los reflejó en su crónica e incluyó las fotografías que hizo de las reliquias. Incluso pidió a un compañero de ascendencia española que le tradujera las frases subrayadas en esa vieja Biblia. Resultó que formaban parte de un salmo de penitencia, el número 51, donde el pecador rogaba a Dios que le lavara a fondo de su culpa y le purificara de la sangre derramada. El resumen de su colega hizo revivir a Hoffmann el escalofrío que le provocó la visión del muerto, y el corazón le sopló que merecía la pena ponerse a investigar a fondo. Hasta propuso a su jefe un reportaje de interés humano sobre ese enigmático *Gastarbeiter*, pero el otro zanjó el asunto afirmando que no hacían periodismo amarillo, y el pobre viejo regresó sin remedio a las catacumbas del anonimato. Ahora sus restos ya estarían enterrados en algún cementerio de los suburbios de Düsseldorf, dentro de una tumba subvencionada por la póliza de defunción, suponiendo que hubiera tenido alguna.

El único familiar al que pudo localizar la policía, un hijo cuarentón que residía en España y no hablaba ni pizca de alemán, según había comprobado él de primera mano, no quiso saber nada del fallecido. Ni siquiera se interesó por los doce mil euros atesorados en la cuenta corriente del padre. Un capital que, sin ser una fortuna, era superior a lo que cualquiera habría imaginado viendo la pocilga donde había vegetado ese pobre hombre. Al final, el dinero y la botella de coñac habían sido legados a una institución presidida por un jesuita español que se dedicaba a investigar la emigración y preparaba una exposición sobre el tema para el año siguiente. Eso explicaba que recogieran objetos tan peregrinos como una botella de brandy, que a esas alturas ya se habría convertido en vinagre con alto grado de toxicidad.

Benno Hoffmann emitió una simpática risilla gutural. Un asunto muy raro, el de *Herr* Laborda, rubricó. Y añadió que lamentaba no haber logrado despertar el interés de su jefe por la cuestión del vástago renegado de Laborda. El desapego del hijo apuntaba sin lugar a dudas a algún desmembramiento familiar que, junto a la tétrica muerte del padre, habría proporcionado material para escribir un buen reportaje sobre los *Gastarbeiter* que se afincaron en Alemania a comienzos de los sesenta. Pero así era la rutina de un periodista de a pie y a esas alturas, su idea descansaba en el mismo cementerio que ese pobre viejo.

El periodista de a pie suspiró. Declaró que como a él ya no iban a servirle de nada los escasos datos que había recopilado, me los enviaría por correo electrónico. También incluiría la copia escaneada de una hoja de periódico que había guardado el finado entre las páginas de su Biblia. Era un papel amarillo y desflecado donde ya no se distinguía el nombre del diario ni la fecha. Por el formato, él calculaba que dataría de los años setenta, pero no había tenido tiempo de indagar en la hemeroteca. Había tres artículos que resumían hechos un tanto escabrosos: el atropello mortal de una niña en una céntrica avenida; una pelea de borrachos en una taberna del barrio viejo, que se saldó con un muerto, y el hallazgo en un bosque de la periferia de Düsseldorf del cadáver de un hombre literalmente cosido a cuchilladas. Tal vez la intuición femenina me ayudara a esclarecer por qué ese anciano guardaba algo tan morboso dentro de una Biblia. Él aún no había logrado pergeñar ninguna explicación.

Me costó lo mío dominarme para no gritar de alegría. Dignidad, Clara, me reprendí. Escruté de reojo los escritorios más próximos. Ricardito andaba haciendo oreja, de eso no cabía la menor duda. Era cotilla por naturaleza. Aunque él no hablaba alemán, sólo un poco de inglés chapucero, por lo que su espionaje no podría darle ningún fruto. Mark revoloteaba alrededor del fotógrafo y parecía muy atareado. Dos mesas más allá, Ramón hostigaba a Luis, el reportero estrella del periódico. Ambos parecían tan agobiados que no hacían ni caso a los glúteos que Lorena exhibía ante ellos con su insolencia de veinteañera. Pese a que nadie reparaba en mi persona, sofoqué hasta el último rescoldo de grito y me apresuré a aceptar el ofrecimiento del colega, no fuera a arrepentirse de su generosidad.

Imaginé a Benno Hoffmann sonriendo de oreja a oreja al otro lado de la línea, cuando me pidió el teléfono y la dirección de correo electrónico. Prometió enviar el e-mail en cuanto acabara un trabajo urgente que le impedía dispersarse y me propuso llamarle a la redacción si alguna vez iba por Düsseldorf. Intercambiaríamos impresiones sobre periodismo ante una buena cerveza del lugar. Dado mi impecable alemán y ese hablar dulce que evocaba la elegancia de Diana Krall al cantar, sería una conversación de hondo interés. Rastreé con los ojos a Mark, que ya se había acomodado ante el ordenador y aporreaba las teclas con la potencia de una apisonadora. Quizá tuviera razón y mi triunfo profesional aguardaba en un teléfono erótico. Prometí a Hoffmann visitarle si recalaba en su ciudad, le agradecí la ayuda prestada y nos despedimos con gran cordialidad.

Eran las cinco de la tarde. Acababa de visitarme la esperanza bajo la inesperada colaboración de un centroeuropeo inclinado al flirteo telefónico con voces sin rostro. Debía comunicárselo a Mark sin falta. Salté de mi sitio. Recorrí los dos metros que me separaban de su escritorio. Aparté la silla de visitante y me senté frente a él. Mi amigo alzó la cabeza y me estudió muy socarrón.

—Te ha ido bien con el teutón, ¿no?

Mark nunca dejaría de sorprenderme. Era evidente que no andaba tan atareado como parecía.

—A mí no se me escapa nada, querida —se mofó él, como si me hubiera leído el pensamiento—. ¿A que se te ha puesto suave como un guante?

Admiré de nuevo su sagacidad. ¿Qué clase de calamidad pudo arrojar a un hombre así a cubrir los sucesos en un modesto periódico recién fundado?

—Pues diría que sí. Si supiera la edad que tengo…

Una sonrisa rasgó el cortinón de su barba.

—Tú haz caso al tío Mark, que más sabe el diablo por viejo que por diablo. ¿Cómo le suena la voz?

—Muy bonita. Como de tener veintitantos años y estar bueno.

Él me miró con escepticismo burlón.

—Hum, entonces cuidadín con alimentar fantasías de adulterio. Los de las voces bonitas, en persona son callos de lata recalentados. Te lo asegura un experto.

Estampó el índice sobre la tecla Enter. El ordenador se declaró en rebelión emitiendo un violento campanillazo. Mark meneó la cabeza. Profirió un blandengue «shit». La parte anglosajona de su personalidad detestaba las palabrotas, en particular las españolas, y las dosificaba con sumo cuidado.

—¡Bien, señora! —exclamó, en cuanto restauró la superioridad del hombre sobre la máquina—. Vamos al grano, que tengo mucha prisa. A ver: aparte de ponerse sabrosón, ¿qué te ha dicho exactamente?

Me sentí como si fuera el doctor Watson a punto de exponer a Sherlock Holmes los datos recién investigados.

—Pues... Héctor Laborda tiene un hijo en España que no habla alemán y no ha querido saber nada de su padre ni de sus ahorros. Doce mil euros, según Hoffmann. Ha donado todo, es decir, la pasta y la botella de Fundador, a una institución que investiga sobre la emigración y recoge objetos relacionados con ello. Creo que pretenden montar una exposición. Y el alemán ha prometido enviarme esta tarde por correo electrónico lo poco que ha recopilado sobre Laborda. Dice que lo de ese salmo subrayado en la Biblia le pareció tan desconcertante que propuso a su jefe hacer un reportaje de interés humano sobre la muerte del emigrante, pero al otro no le interesó. Le reprochó que era hacer periodismo amarillo. Por eso me cede la información.

Mi consejero pareció complacido.

—Buen olfato, ese chico —murmuró—. Esperemos que lo que te mande valga la pena... —Miró a la pantalla del ordenador y suspiró pesaroso—. Y ahora, sintiéndolo en el alma, necesito paz y concentración para acabar esto, o Ramón me corta los atributos masculinos en rodajitas. Y no me gustaría perderlos. Pese a mi provecta edad, hacen su papel. Luego me cuentas qué te ha escrito tu admirador telefónico...

Mark se concentró en su trabajo. Le dejé solo y me dediqué a ordenar la información que había buscado en el archivo por encargo de Ramón. Después preparé el esquema de trabajo que me había pedido para esa tarde a las ocho. Aparte de las sugerencias de Mark, no se me ocurrió gran cosa para despertar su interés por el artículo. Me sentí abocada al fracaso más estrepitoso.

A las siete cuarenta y cinco llegó el correo electrónico del casanova del periodismo germano, donde me notificaba el número de teléfono y la dirección en Zaragoza del único hijo de Laborda, llamado también Héctor, más las señas del *Institut für Forschung der Migration aus Spanien*,* la institución regida por Antonio Vargas Maldonado, el jesuita que investigaba la emigración española de los años sesenta, y cuya sede se encontraba en el centro de Düsseldorf. Abrí el fichero adjunto. Era la página de sucesos de la que me había hablado Hoffmann. Quise comunicar la buena nueva a Mark, pero le vi sentado con Ricardito en el acuario de Ramón. Los tres se miraban como si hablaran de algo muy importante. Saqué una copia de todo en papel, guardé mis tesoros en el cajón y seguí estrujándome la mollera en busca de argumentos que exponer a Ramón.

Cuando llegó la hora de entrar en el despacho del jefe, Mark y Ricardito se habían esfumado como por arte de magia. Ramón me recibió nervioso y con aire de cabreo. La información enviada por Hoffmann le pareció muy pobre. Sentenció que ese material no merecía que le dedicara ni un mísero segundo de trabajo. Desesperada, hice hincapié en el hecho de que el emigrante hubiera fallecido leyendo un salmo de peni-

* Instituto para la Investigación de la Emigración Española.

tencia que hablaba de culpa y sangre derramada. Saqué a relucir hasta la hoja de periódico que había guardado el anciano entre las páginas de su Biblia y resumí al jefe los tres morbosos sucesos que narraba el recorte. ¿Es que un periodista como él no veía que ahí había tomate del bueno? Ramón entornó los párpados y me miró fijamente. Temí ser despedida ipso facto. Para mi sorpresa, el jefe reflexionó unos segundos, suspiró como si le dolieran todas las muelas y me concedió una prórroga de veinticuatro horas para presentarle algo consistente. De lo contrario, me asignaría otro tema para practicar. Ya estaba bien de perder tiempo y dinero.

Pese al pobre resultado de la entrevista, abandoné el periódico a las ocho y media con algo más de ánimo. Tomé el tranvía para volver a casa. Estaba lleno de gente y tuve que viajar de pie dos paradas. Antes de llegar a la tercera, se levantó el hombre que se sentaba delante de mí y fue hacia la puerta. Conquisté su sitio sin vacilar. Me quedaban quince minutos de trayecto y estaba muy cansada. Recosté la cabeza contra el respaldo y me rendí al empuje descendente de los párpados. Cuando logré abrirlos, reparé en una niña de color chocolate y ojos inmensos que me miraba desde el asiento de enfrente. Tendría cuatro o cinco años. Viajaba con una mujer muy bella que andaría bordeando la treintena. Como llevaba abierto el chaquetón acolchado, se veía su llamativa mezcla de ropas étnicas, cuyo estampado en tonos amarillos conjuntaba con el turbante que le ocultaba parte del cabello ensortijado. Ella me contempló con sordo desasosiego y desvió las pupilas hacia la ventana. Miré de nuevo a la niña, que me regaló una sonrisa de nieve. Me apresuré a devolvérsela.

Entonces vino a verme mi madre, tal como seguía viviendo en las fotografías de los primeros años sesenta. Mamá me llevaba cogida de la mano derecha y tiraba de mí, porque yo tenía cuatro años y no me amoldaba a sus pasos enérgicos que hacían sisear la falda marrón como una serpiente. Al otro lado iba papá. Cargaba con nuestra maleta y la bolsa que había alojado la merienda del viaje. Los tres recorríamos un camino escoltado por árboles ceñudos, que entrelazaban sus ramas sobre nuestras cabezas para susurrarse secretos que sólo ellos entendían. Mamá murmuró que ese bosque parecía el de «Franquistei» y se le encogían las tripas de miedo. Oí replicar a papá que no debíamos temer nada porque aquello era un jardín muy bonito y enseguida veríamos la mansión donde íbamos a estar de maravilla las dos. Al rato, mamá exclamó:

—¡Virgen de los Desamparados, si parece la casa de Rebeca!

Quise saber quién era esa niña. Mamá aludió al Negrito Preguntón. Años después, mis padres me dejaron ver en la televisión una película en blanco y negro donde la voz de una mujer invisible afirmaba haber soñado la noche anterior con Manderley, mientras se perfilaba entre dos hileras de árboles un palacio tocado con una mantilla tejida por las nubes; entonces supe dónde había descubierto mi madre la casa de Rebeca. La mansión que nos acechaba a nosotros nacía en el verdor de un prado que recortaba una gran tonsura en la arboleda. Desde el extremo derecho del edificio, una torre barriguda vestida de pizarra negra apuñalaba con el pararrayos a los desprevenidos nubarrones. Las ventanas del tejado eran ojillos maliciosos que nos espiaban bajo un sombrero de carbón.

—¿Ves qué casa más bonita? Parece de cuento de hadas —murmuró papá.

Mamá soltó mi mano. Se santiguó. Después me agarró y tiró de mí hacia el lugar donde, según papá, íbamos a vivir las dos porque no podíamos quedarnos con él en la residencia para emigrantes. Además, mamá ganaría algún dinero haciendo la limpieza de la casona, que albergaba un colegio de Cáritas para chavales algo rarillos, por lo que no debía alejarme de ella ni un segundo.

Papá fue el primero que se paró delante del portón de madera. Dejó la bolsa en el suelo y pulsó un timbre negro. La puerta se abrió enseguida. Desde el interior nos estudiaba una joven corpulenta, de pelo blanquecino y rostro de color merengue. Se dirigió a papá en la lengua perruna que tanto asustaba a la abuela Felisa. Él afirmó con la cabeza, cogió la bolsa y nos indicó que debíamos seguir a *Fräulein* Berger. La rubicunda nos guió por un pasillo en sombras hasta una puerta de caoba que golpeó con los nudillos. Abrió. Entramos tras ella en una habitación grande donde olía a asfixia. Una mujer apergaminada nos repasó con severidad desde el otro lado de un escritorio. Su cabello era de un blanco rosado. Igual que el de las peponas que rifaban en las tómbolas de la Alameda, pero no lo llevaba recogido en un moño como mis abuelas, sino cardado en bucles que le enmarcaban la cara como las cornucopias que tallaba papá antes de emigrar. Sin levantarse, la alimaña de los bucles regaló a mi padre, aún aferrado al equipaje, un fugaz movimiento de cabeza. A mi madre la fotografió con los ojos hasta que reparó en mí. Los labios marchitos se ladearon en una mueca. A su lado se plantó un perro gigantesco y nos enseñó los dientes. Sentí tal miedo que casi se me escapó el pis.

La bruja de bucles rosados se llamaba *Frau* Weber y era la directora del colegio. Años después, mamá me contó que aquella arpía ocupaba una pequeña vivienda en un ala del edificio donde, según cuchicheaban las cocineras alemanas ante los fogones, compartía con su pastor alemán algo más que la rancia soledad de quien no sabe amar. De vez en cuando recibía visitas del padre Antonino, un guapo clérigo italiano de sienes nevadas que arrancaba hondos suspiros a las gargantas femeninas. Cuando el padre Antonino se quedaba a almorzar con la directora, el desabrido can y *Fräulein* Berger en los aposentos privados de la bruja, el cutis de la recia señorita extraviaba su inmaculada blancura y ella se convertía en un tulipán carmesí de piernas atolondradas. Un pollo sin cabeza, solía burlarse Maripaqui, una rústica manchega que ayudaba a las cocineras. Esos días, la comida que mamá y yo tomábamos en la mesa de la cocina, reunidas con las demás trabajadoras y sus niños, mejoraba en honor al padre Antonino.

Frau Weber dijo algo a la *Fräulein*, que nos hizo salir del despacho. Nos deslizamos tras su estela por un pasillo de madera brillante que rechinaba al pisarla. El corredor se abrió a una escalera que ascendía hasta una bolsa de negrura. Nuestra timonel señaló a un rincón, bañado por el colorido de una enorme vidriera. Bajo la lluvia policroma languidecía un banco de madera. *Fräulein* Berger intercambió unas palabras con papá y se alejó.

—¿Qué ha dicho? —preguntó mamá.

Él se encogió de hombros.

—Algo sobre esperar aquí...

Apoyó los bultos con sigilo en la pared y se frotó las manos. Una apretada nube de silencio nos acorraló a los tres, hasta que la dispersó un repentino taconeo. Reapareció *Fräulein* Berger, seguida de una mujer menuda y casi tan morena como mi madre. Debía de tener la misma edad. Sus ojos eran abultados y redondos como canicas. La señorita le dijo algo y se alejó. Los globos oculares de la recién llegada se agrandaron más aún cuando miró a mamá y dijo:

—Hola, soy Trini. Van a dormir con Rosa Mari y conmigo. *Fräulein* Berger me ha dicho que les enseñe la habitación. Vengan por aquí...

Mis padres elaboraron media sonrisa. Papá se inclinó para coger el equipaje. Vi a mamá santiguarse antes de apresarme la mano derecha. Trini avanzó delante de nosotros por la escalera que trepaba hasta la oscuridad. A la izquierda nos custodiaba una hiedra de hierro cuyas flores se enroscaban entre los barrotes. Nadie habló conforme subíamos. La negrura se fue espesando. De pronto ya no hubo flores de hierro vistiendo la austera barandilla. La escalera se estrechó tanto que papá tuvo que colocarse detrás de nosotras. Cuando se acabaron los escalones, Trini nos condujo por un pasillo angosto cuyo suelo de madera gimoteaba bajo los pies. Desde los ventanucos de la derecha, varias espadas de luz rebanaban la penumbra del corredor. Enfrente de las ventanas se sucedían puertas descascarilladas. Pertenecían a los dormitorios donde, según dijo Trini, antaño se alojó la servidumbre de la mansión y ahora dormían las trabajadoras extranjeras con sus hijos. Contó que llevaba medio año viviendo allí con su niña, Rosa Mari, de la que a buen seguro me haría amiguita porque teníamos la misma edad. Los ojos de Trini se hincharon de satisfacción. Sacó una llave del bolsillo de su bata gris y abrió.

La habitación era diminuta. Mi padre dejó el equipaje en el suelo y escapó al pasillo. Había dos camastros estrechos como lapiceros y uno algo más ancho, sobre el que caía un rectángulo luminoso desde el tragaluz del techo abuhardillado. Trini señaló la cama grande. Explicó que allí dormiríamos mamá y yo, porque no quedaban más habitaciones libres y la jefa nos había alojado con ella y Rosa Mari. Mamá sonrió con la boca tan chica como la cabeza de un alfiler. Se sentó en el catre que iba a ser nuestro y examinó las paredes amarillentas, el vetusto armario y el ventanuco por el que se colaba un jirón de cielo.

—No es muy bonito, pero aquí paramos poco —la consoló Trini—. Bueno, tengo que volver al trabajo. La cama ya está preparada. Me ha dicho la *Fräulein* Berger que puedes descansar hasta mañana. Empezamos a las siete. Yo te explicaré lo que hay que hacer.

Trini se esfumó, veloz como un duendecillo de ojos saltones. Vi a mamá hacer pucheros bajo el baldaquín oblicuo del techo. Me senté a su lado. Ella añadió algo por lo que me regañó toda la vida: sorbió mocos con mucho ruido. Después sonrió y me abrazó.

—Vamos con papá.

En el pasillo, mi padre fumaba con disimulo ante la rendija abierta de una ventana.

—En cuatro días vivimos todos juntos. Ya lo veréis —prometió su boca entre una aureola de humo que huyó despavorida al exterior. Apagó el cigarrillo apretándolo contra la suela del zapato. Tiró el despojo por la ventana y cerró. Tardó al menos seis meses en poder cumplir su promesa y sacarnos de la mansión de Rebeca.

6

Pese a ser las diez de la mañana del 31 de diciembre, Mark me aconsejó ante la máquina de café que telefoneara cuanto antes al hijo de Laborda.

—Quizá no sea el mejor día —añadió—. El tío ya estará preparándose para pillar la intoxicación anual de langostinos, o el pedal de cava semiseco... Ay, *filla*, ¿has probado el de nuestro aguinaldo? Puro matarratas. Te aconsejo que se lo regales a tu peor enemigo... —Calló unos segundos para tomar aire—. Resumiendo: el tiempo apremia; mañana es fiesta y el viernes, quién sabe si el señor no se habrá pirado a esquiar al Pirineo hasta sepa Dios cuándo. Por cierto: ¿te he dicho que tengo un buen amigo maño que está loco por el esquí? En invierno sube cada fin de semana a Candanchú. —Mark meneó la cabeza en un arranque de causticidad—. El día menos pensado recibiré una mala noticia, porque el pobre esquía de pena...

—Conoces a gente en todas partes.

Él añadió una sonrisa picarona.

—El tío Mark tiene amigos hasta en el infierno. A propósito del infierno, ¿cómo se te presenta la Nochevieja?

Me encogí de hombros ante el panorama que me aguardaba.

—Pues ya ves... cena familiar en casa con mi padre y mis suegros. Mi hermana vive en Alemania y apenas le vemos el pelo. Los hermanos de Emilio tienen hijos mayores que se lo montan a su aire, así que aprovechan las fiestas para viajar o se van de cotillón. Y los amigos, lo mismo. Será una velada de lo más estimulante, con los tres abuelos cabeceando antes de las doce y los críos haciendo barrabasadas con las ruinas de los juguetes que les regalamos en Nochebuena. —Se me escapó un suspiro contra mi voluntad—. Como ves, en mi vida no queda espacio para la lujuria.

Mark volvió a sacudir la cabeza, ahora con aire de desaprobación.

—Muy mal, querida. Desde que te has quitado las almohadillas de las caderas, estás muy sexy. Mi consejo es que exprimas a tope a tu señor marido, o te busques un amante fogoso. Es una pena que desperdicies así tus últimos años buenos.

Me dio por reír para ocultar el desconcierto ante semejante ocurrencia.

—¿Me estás incitando al adulterio?

Él se puso unos grados más serio.

—Te estoy diciendo que una mañana despertarás y te darás cuenta de que estás a punto de cumplir sesenta años. Es una revelación ligeramente amarga y más vale que tengas buenos recuerdos para endulzarla.

Descubrí toneladas de tristeza desbordando el iris azul de Mark. Desde el corazón le deseé que hubiera logrado acumular muchas vivencias gratas a lo largo del misterioso pasado que nos ocultaba a todos.

—¿Tú qué haces esta noche?

Mark me guiñó el ojo derecho.

—Tengo mis planes. —Dibujó una sonrisa de trampero surgido del *Far West*. Arrojó el vasito del café a la papelera y exclamó con súbito histrionismo—: ¡Hala, ahora corre a llamar a ese tío! ¡Te espera la gloria periodística! Y a mí el trabajo. Así que me largo.

Cuando quise darme cuenta estaba sola, mirando la cafetera automática como si fuera a contarme su vida. Por supuesto, no lo hizo. Volví a mi mesa y busqué en la misiva de Benno Hoffmann el número de teléfono del hijo de Laborda. Lo marqué azotada por la inquietud. No sabía ni cómo empezar a hacerle preguntas. Si ese hombre no había querido saber nada de su padre ni de sus ahorros, ¿accedería a hablar conmigo sobre él? El auricular escupió una serie interminable de pitidos. Justo cuando decidí colgar, el silbido dio paso a una voz masculina que parecía espesada por el sueño:

—Diga...

Me aclaré la garganta y canturreé, con el dinamismo fingido de una vendedora de seguros:

—¡Buenos días! Quería hablar con Héctor Laborda, por favor.

—¿Padre o hijo?

Ese individuo sonaba demasiado joven para tener cuarenta y tantos años. Por otra parte, si hacía caso a Mark, las voces engañaban mucho por teléfono. Y teniendo en cuenta que Laborda padre acababa de fallecer ya anciano en un cochambroso piso de Düsseldorf, opté por el hijo.

—Entonces, yo mismo —fue la seca respuesta.

Inspiré hondo. Me resultaba muy difícil reunir las palabras adecuadas. Debí haber preparado un guión antes de marcar.

—Eh..., vamos a ver, yo... le llamo desde Valencia, en concreto del diario *El Correo de Valencia*. Quizá no le suene el nombre, porque llevamos saliendo hace muy poco tiempo, pero le aseguro que somos un periódico serio, en fin..., nada de sensacionalismos y esas basuras, y... estoy escribiendo un reportaje sobre su padre, hum..., mejor dicho, sobre su muerte y también su vida y..., quería hacerle unas pre...

Me interrumpió un violento bufido:

—¿Estás de pitorreo, tía? ¿No llamarás de esos programas de radio que putean al personal de buena mañana?

Menudo genio gastaba Héctor Laborda, hijo. Balbuceé:

—Le aseguro que esto va muy en serio. No tengo intención de burlarme de nadie. Eh..., el otro día leí en un periódico alemán el artículo acerca del... hum... el... el fallecimiento de su padre y... decidí escribir un reportaje sobre..., eh, su vida como emigrante, que de paso reflejaría la realidad de los trabajadores que emigraron a Alemania a principios de los sesenta y...

—¡Joder! —me cortó él de nuevo. No fui capaz de discernir si su voz sonaba aliviada o consternada—. ¡Qué mal rollo, tía! Deberían meterla en la trena por sacarme de la cama y darme estos sustos. Usted quiere hablar con mi padre. El que palmó en Alemania era mi abuelo. Que aquí, en cada generación le cae a alguno la china de llamarse Héctor. En este caso a mí, que soy el mayor. Aunque no crea que me quejo —añadió con cándido orgullo—. Es el nombre de un guerrero troyano.

Ese joven había logrado dejarme perpleja. Susurré, sin saber ni por qué lo decía:

—Héctor, hijo de Príamo, el rey de Troya. Murió abatido por la lanza de Aquiles, el de los pies ligeros, que a su vez feneció a manos del bello Paris.

—¡Guay, tía! Ha leído a Homero —voceó mi interlocutor con repentina amabilidad—. Nos llevaremos bien. ¿Así que quiere hablar con mi padre?

—Pues sí, me gustaría. Si es posible, claro.

—Ahora está currando. No vendrá hasta mediodía. Suponiendo que aparezca por aquí a comer, que con él nunca se sabe.

Debía aprovechar la buena disposición de ese joven, antes de que se volviera a enfurruñar por haber sido despertado.

—Y... ¿no podría darme el teléfono de la empresa donde trabaja?

El chaval no replicó enseguida. Debía de estar reflexionando. Por fin, habló:

—Hombre, suele ir tan liado que es difícil hacerse con él. Pero mire, ¿sabe qué le digo? Se lo voy a dar y así me deja dormir en paz. Que esta noche me espera marcha palillera...

El joven declamó el número de Componentes Electrónicos Dupont S. L., la fábrica donde su padre trabajaba de director de producción.

—Mi viejo es un hacha para la electrónica —agregó en otro arranque de orgullo, este de tipo filial.

Aliviada, le di las gracias por su ayuda. Él se limitó a rugir ¡Adiós! y colgó sin darme tiempo a reaccionar.

La telefonista que contestó en Componentes Electrónicos Dupont S. L. vocalizaba con un desagradable timbre metálico. Como si fuera uno de esos robots parlantes que salen en las películas de ciencia ficción. De los malévolos, para más señas. ¿De parte de quién?, quiso saber cuando pregunté por Héctor Laborda. A juzgar por su forma de hablar, debía de pertenecer al gremio de las apáticas. A ver si le localizo en planta, remató con escaso entusiasmo. Di la conversación por perdida de antemano. Por eso me sorprendió escuchar, casi cinco minutos después, una voz de hombre muy similar a la del joven airado, aunque de tono mucho más oscuro.

—Laborda al habla —profirió con acerado laconismo.

Decidí ser más cauta esta vez a la hora de presentarme. Le resumí el propósito de mi llamada y expliqué que había intentado localizarle en casa, donde su hijo Héctor me había facilitado el teléfono de la empresa.

—Este chaval qué poca malicia tiene —intervino él, con una ironía que en otras circunstancias me habría resultado hasta simpática—. Parece mentira que tenga diecinueve años. —Engarzó un suspiro impaciente—. Y bien, señora... perdone, ¿cómo ha dicho que se llama?

—Rosell, Clara Rosell —susurré, temerosa de ser enviada a hacer gárgaras de un momento a otro.

—Vamos a ver, señora Rosell. Ya me llamó hace unos días un periodista alemán, que por cierto hablaba tan mal español que acabamos chapurreando en inglés. No recuerdo su nombre. Era una ristra de sonidos muy contundentes. Igual que una bofetada. Y yo no hablo alemán...

Sin lugar a dudas Benno Hoffmann, pensé. El auricular expulsó la risilla socarrona de Héctor Laborda.

—Su colega ya me contó eso tan emotivo de la botella de coñac del sesenta y uno. Mire, yo lo único que le puedo decir al respecto es que mi madre se la compró a mi padre la víspera de su viaje a Alemania. Él se marchó a trabajar allí solo y llevando menos de lo puesto, como tantos otros. Y con este dato concluye mi colaboración, porque la última vez que le vi tenía seis años y acabo de cumplir cuarenta y seis. Si hace el cálculo, verá que salen cuatro décadas sin haber tenido noticias de él. Hasta hace unos días, concretamente, cuando me llamaron para comunicarme que había muerto. Como usted comprenderá, no me iba a hacer cargo del cuerpo de un señor cuya cara ni siquiera recuerdo, ni tengo estómago para quedarme con los doce mil euros que ahorró. Créame, siento no poder ayudarle a escribir un maravilloso reportaje sobre mi padre, con la vieja botella de Fundador como elemento sensiblero. Estoy seguro de que le quedará un texto muy bonito, pero tendrá que buscar la información en otra parte.

No hacía falta ser un lince para intuir que la conversación se aproximaba a un final estéril. La desesperación me hizo ser imprudente:

—Sólo una pregunta, por favor: ¿su padre no les llevó con

él a Alemania una vez establecido allí? A su mujer y a sus hijos, quiero decir...

Laborda me interrumpió con vehemencia:

—¡Lo siento, no puedo ayudarle! Y ahora me perdonará, pero tengo mucho trabajo. Le deseo suerte con su reportaje.

Un brusco chasquido en la línea indicó que Laborda acababa de dejarme con la palabra en la boca. Estuve a punto de saltar de la silla y correr a suplicarle consejo a Mark, pero me contuve. Por mucho que él me estuviera ayudando, no podía andar todo el día consultándole cada paso a seguir. Dejé caer el auricular sobre su base. Me dediqué a pintar con el rotulador palotes en los márgenes del folio en el que estaba impreso el correo electrónico de Hoffmann. Me asaltó de nuevo el pánico por mi osadía. ¿De dónde iba a sacar la información necesaria para llenar un reportaje de dos páginas? Ojalá me hubiera tragado la lengua antes de desafiar a Ramón. Cuando tuve la hoja llena de garabatos, reparé en el nombre de Antonio Vargas Maldonado. ¡Aún no había disparado ese modesto cartucho! Debía llamar cuanto antes al jesuita. ¡Esa misma mañana!No tenía ni idea de qué iba a preguntarle. Seguro que ese hombre ni siquiera había conocido a Héctor Laborda. Pero quizá pudiera proporcionarme algo, cualquier dato, dirección o número de teléfono, que me permitiera seguir investigando y salir airosa de mi inmensa estupidez.

Antonio Vargas Maldonado poseía una voz profunda y melodiosa. Como los galanes maduros de las radionovelas a las que se aficionó mamá cuando regresamos de Alemania. O esos actores secundarios de cabellera argentina, que solían aportar un toque de mesura y sabiduría a las películas de antaño.

—¿Así que la historia de esa vieja botella de coñac ha viajado hasta Valencia? —exclamó él, nada más escuchar mis explicaciones—. Curioso, realmente curioso. Como suelen decir mis colegas párrocos en sus homilías: los designios del Señor son inescrutables. —Detecté una inesperada ironía en su voz. Como si se burlara de los sermones que ofrecen los curas durante las misas—. ¿En qué puedo ayudarla, señora o señorita?

Reivindiqué mi condición de señora. Tratándose de un religioso, quizá me proporcionara alguna ventaja ejercer de honorable casada. Y empecé a balbucear:

—Verá… como ya he apuntado antes, mi periódico me ha encargado un reportaje sobre Héctor Laborda, eh…, que se apoyaría en el hallazgo de esa veterana botella de coñac y de la… —Aún no sé qué me hizo callarme el dato de la Biblia subrayada y la vieja página de sucesos alojada entre sus hojas. Carraspeé para disimular lo que se me antojaba una doblez—. Hum… y serviría para ilustrar la vida de los hombres y mujeres que se establecieron en Alemania hacia comienzos de los sesenta.

Me detuve para tomar aire. El jesuita no rellenó el silencio.

—Mire… yo misma soy hija de emigrantes. Viví con mis padres en Düsseldorf, precisamente, y creo que en España estamos dando la espalda a aquel fenómeno social. Casi nadie quiere acordarse ya de qué fue la emigración. Y estoy convencida de que la gente que se buscó la vida allí, es decir, los emigrantes de la primera generación, merecen que recordemos lo que hicieron. Sería un pequeño homenaje.

Vargas seguía callado, aunque su mutismo transmitía una predisposición favorable. Le imaginé meneando la cabeza con aquiescencia. Al fin, habló:

—Tiene usted toda la razón. Pero sigue sin decirme en qué puedo ayudarla yo.

¡Puede evitar que me ahogue!, estuve a punto de exclamar. En cambio, dije:

—Pensé que quizá podría saber de alguien que hubiera tenido contacto con Héctor Laborda, o a lo mejor usted mismo le trató alguna vez...

La voz del jesuita me interrumpió:

—En efecto, yo conocí a Héctor.

Creí sentir cómo se abría el cielo sobre mi cabeza y un coro de angelitos mofletudos me cantaba al oído que no estaba todo perdido.

—Fue un buen cristiano —prosiguió Vargas muy despacio, como pensativo—. Pero Dios le sometió a una prueba muy dura y Héctor se rompió. A veces, el Señor puede parecer cruel. Tal vez lo sea. No sé qué decirle. Llevo más de cuarenta años de sacerdocio y he tenido momentos en los que me ha costado mantener la fe. Uno de ellos fue cuando lo de Héctor...

El jesuita se calló bruscamente.

—Y... ¿qué le ocurrió? —me atreví a preguntar.

Mi interlocutor pareció despertar de un trance.

—Señora..., es Rosell, ¿verdad?

—Sí...

—Mire, señora Rosell, me gustaría colaborar en su reportaje. De hecho, estaré encantado de proporcionarle cualquier información que necesite sobre la emigración. Poco a poco estamos reuniendo un archivo bastante completo en papel. También llevamos una base de datos. Ambas cosas están a su entera disposición. Pero no me creo con derecho a divulgar la vida de un hombre que ya no está en este mundo para darme su autorización.

El cielo sobre mi cabeza se cerró de golpe, aplastando los mofletes de los pobres angelitos a mitad de su cántico.

—Podríamos poner en el reportaje un nombre ficticio... —propuse a la desesperada.

—La vida de un hombre es algo muy íntimo —sentenció Vargas—. Héctor merece que le dejemos reposar en paz. Además, tiene familia en España: un hijo que andará por los cuarenta y tantos, creo..., y aquí... —Se interrumpió como si temiera haber hablado más de la cuenta, inspiró y prosiguió—: No sería ético que me tomara la libertad de difundir algo que no me pertenece. Lo siento mucho. Pídame cualquier información que no afecte a la vida de nadie y, si está en nuestros archivos, se la haré llegar enseguida. Y ahora, si tiene la bondad de perdonarme, me espera una reunión. Ha sido un placer hablar con usted, señora Rosell. Que tenga un buen día...

Antonio Vargas Maldonado cortó sin un mísero adiós. Era la segunda vez en la misma mañana que me despachaban a causa de Héctor Laborda. ¿Qué crimen habría cometido ese hombre para acabar muriendo más solo que la una mientras leía un salmo de penitencia, y para que ahora quienes le conocieron se resistieran a hablarme de él?

7

—No sé para qué abres ese vino. Si no les va a gustar.

Emilio se afanaba ante la mesa de la cocina en descorchar un Rioja del noventa y cinco, mientras yo freía para los niños las hamburguesas caseras que había dejado preparadas Paquita. Nuestros retoños atravesaban la fase de rechazar todo lo que no fueran salchichas o cataplasmas de carne picada, y había que agudizar mucho el ingenio para darles de comer algo saludable.

—A nosotros sí que nos gusta —matizó él—. Y me niego a estropear la cena bebiendo el matarratas que priva a tu señor padre.

Me sentí obligada a defender a mi progenitor, pese a sus execrables gustos en cuestión de vinos.

—Hombre, los tuyos tampoco son unos gourmets.

Mi media naranja depositó la botella abierta sobre la mesa, se deslizó como un gato hacia mí y me rodeó por detrás con los brazos.

—Las mayores herejías culinarias las he sufrido en tu casa —me pinchó—. Reconócelo.

Sentí sus labios picoteando con suavidad cada recoveco de mi oreja derecha, mientras las manos palpaban mi trasero. Aparté la cabeza.

—¡No seas sátiro! ¿Y si entran los críos? O tu madre, que sería peor. Luego tendría que contárselo a su confesor.

Mi suegra era tan devota que corría a confesarse hasta cuando comía más bombones de la cuenta. Y se excedía con los dulces todos los días. Por eso parecía un globo aerostático con piernas y falda. Emilio se rió, sin retirar ni siquiera el meñique de mis glúteos.

—Si nuestros viejos ya están medio fritos. ¿No has visto cómo se les cierran los ojos? Con la cena caerán como pajarillos. Entonces llevaré a los míos a su casa. Tú mientras, te encargarás de que tu padre y los chicos se metan en el sobre por la vía rápida y cuando vuelva, lujuria y desenfreno a granel. ¿No te parece el plan perfecto?

Aparté la sartén del fuego y me desasí de Emilio. Él se apoyó contra la bancada y se quedó mirándome con picardía. Saqué dos platos del armario. Coloqué una hamburguesa en cada uno. Esa visión me puso de los nervios. ¿Cómo podían pedir mis hijos siempre lo mismo para comer? ¡Qué aburrimiento!

—No estoy de humor. Estas fiestas me deprimen. Hace un momento me estaba acordando de cómo celebrábamos la Nochevieja en Alemania. —Fui consciente, en un doloroso relámpago, de lo lejos que quedaba ya aquella época—. Nos juntábamos con unos amigos de mis padres, a veces en su casa y otras en la nuestra. Las mujeres se pasaban la velada guisando y después fregando las montañas de vajilla de la cena. Los hombres no movían ni un dedo. Se dedicaban a fumar y a beber tinto español de garrafa. Antes, durante y después de la cena. A las doce, hombres y mujeres brindaban con un espumoso rosado que sabía a pis. Y nada más asomar el nuevo año, mi padre pinchaba «El emigrante» de Juanito Valderrama. Daba lo mismo que cenáramos en nuestra casa o donde estos amigos. Él se llevaba el disco bajo el brazo. Imagínate qué cóctel. Los mayores acababan casi llorando y la hija de esa gente y yo forrándonos a bofetadas. Es que nos llevábamos a matar. —El recuerdo de aquellos intercambios de sopapos me hizo sonreír—. La dichosa Rosa Mari. Menuda rata de alcantarilla.

Con los brazos cruzados encima del estómago, Emilio se dejó sacudir por varias carcajadas. Sus ojos se achinaron hasta reducirse a una rendijilla. Recordé que ese gesto contribuyó a que me enamorara de él cuando aún era novio de mi hermana.

—¡Pues sí que te veo mal! Tú sólo hablas de Alemania cuando estás con la moral al nivel del garaje. —Guardó las risas y sus ojos recuperaron el tamaño habitual—. ¿Y Anita no participaba en la gresca? Porque mira que es peleona la niña cuando le da el pronto.

—Era muy cría. Además, Anita siempre fue a su aire. Era la marciana en una familia de por sí alienígena. —Descansé el trasero contra la parte de la bancada donde estaba encastrado el fregadero. A mi espalda, las hamburguesas aguardaban el inminente traslado al salón. Resolví que debían esperar. Se me acababa de ocurrir una pregunta que llevaba rumiando casi veinte años. ¡Ahora era el momento de hacerla! Se la arrojé a Emilio sin miramientos—: Oye, ¿por qué me preferiste a mi hermana?

Emilio no entró al trapo.

—Se va a enfriar la cena. Y los abuelos se nos dormirán si no aparecemos pronto.

—Dímelo, porfa —le rogué, poniendo voz melosa. La zalamería siempre me había dado resultado con él—. Llevo siglos dándole vueltas.

Él sonrió con retintín.

—Las tías sois un rato retorcidas. Menos mal que no tenemos hijas. Porque mira que salirme con eso precisamente ahora... —Inspiró muy fuerte y se lanzó al ruedo con arrojo torero—. Para empezar, matizaré que andaba enamoriscado de tu hermana. Ojo: cuando empezamos a salir, que te quede claro. No quiero malentendidos que en el futuro te sirvan de arma arrojadiza. La primera vez que la vi, tan morena, tan pizpireta y con ese cuerpo que tenía, decidí que ese bombón me lo iba a zampar más temprano que tarde.

—¡Menudo salido estabas hecho!

La sonrisa de mi santo esposo se dilató despacito, hasta que las comisuras de los labios le acariciaron las orejas.

—¿Qué quieres? A los veintiséis años piensas con el nabo. Y el señor Nabo me dijo que a por ella sin tregua. Y me sentía enamorado y todo. Vamos, no a lo tremendo, como me pasó contigo. Pero estaba bien con Anita. Hasta le propuse vivir juntos cuando llevábamos un año saliendo. Pero ella quería acabar primero la carrera.

—Ésa fue una de las pocas cosas que me contó. Casi nunca me contaba nada.

Emilio siguió hablando como si yo no hubiera metido baza:

—Y entonces, llegó la noche en la que se me ocurrió llevarla a escuchar jazz a Perdido. En todo un año, la muy ladina nunca me había dicho que odiaba el jazz. —Intercaló una carcajada mordaz—. Y allí estabas tú, esperando sentadita a que acabara de actuar ese saxofonista pirado con el que salías. ¿Te acuerdas?

La imagen de Anita entrando en el local con ese hombre moreno, barbudo y llamativamente guapo, que ya ejercía de abogado laboralista y le sacaba seis años, aferrada la pobre a su mano como si temiera que alguna mala pécora se lo arrebatara en un descuido, me arrancó una mueca. A veces, aún sentía celos de los meses que Emilio compartió con mi hermana.

—¡Pues claro! De no haber sido por eso, Anita nunca nos habría presentado. Jamás me presentó a ninguno de los chicos con los que salía.

—Porque te tenía miedo.

—¿A mí?

—Te tenía unos celos horribles. Competía contigo a lo bestia. Y esa noche perdió por goleada. Hombre, yo en ese momento no lo vi así de claro. Tampoco la mañana en la que te encontré al salir del bufete y fuimos a tomar un café. Ni siquiera caí cuando ya nos pegábamos cada día más de media hora charlando en la cafetería. Los tíos somos lerdos para esas cosas. Tú lo pillarías al vuelo. Seguro. Cuando los hombres vamos, las mujeres ya habéis vuelto tres veces...

—Yo sólo sabía —susurré—, que estaba colada por el novio de mi hermana y no podía prescindir del ratito que pasábamos juntos. Pero no iba a por ti. No quería hacer daño a Anita.

—¡Yo tampoco! —Una sonrisa moldeó los labios de Emilio en un delta de picardía—. Lo del morreo fue un arrebato, que me hizo consciente de que pensaba más en ti que en mi novia. Y es que en el fondo, lo de tu hermana... sólo fue sexo, Clara.

—Pues ella...

Él no me dejó seguir:

—¡Ya sé que me quería! De una forma muy agobiante, por cierto. A veces asfixiaba más que una boa constrictor. —Emilio se encogió de hombros—. Y... mira, por ser Nochevieja, te voy a contar un secreto que he guardado como oro en paño todo este tiempo. En Perdido, hubo un momento en que te levantaste para ir al baño. El capullo del saxofón estaba masacrando «Mood Indigo» del pobre Ellington. De eso me acordaré toda la vida. Y cuando te vi alejarte hacia el lavabo, me dije que tenías mucho mejor culo que Anita. —La picardía se concentró bajo las cejas de Emilio—. Vas a llamarme salido, pero fue entonces cuando me enamoré de ti. Por eso digo, que esa noche Anita perdió la guerra tan sui géneris que os teníais declarada. Y afirmo otra cosa: ¡sigues teniendo un culo de vicio!

Lejos de animarme, el cumplido de Emilio me aplastó bajo un saco de tristeza.

—No es verdad —murmuré—. Me he hecho mayor. Y nadie se fija en el trasero de una señora de mediana edad.

Emilio me escrutó muy atento, sonriendo con tal levedad que sus ojos no llegaron a achinarse ni un milímetro.

—A ti te pasa algo más gordo que la depre navideña —concluyó. Se aproximó y me acarició la mejilla izquierda. Sentí un escalofrío. Emilio llevaba mucho tiempo sin dedicarme ese gesto. Me susurró al oído—: Vamos, cuéntamelo. Los de fuera pueden esperar un rato más.

Colgué los brazos alrededor del cuello que dos décadas atrás solía sembrar de besos a la menor ocasión.

—Si es que no sé qué me ocurre. Últimamente me siento como si se me hubiera pasado el arroz. Y siempre hacemos lo mismo. Todos los santos días. Ya no nos quedan ni ganas de follar cuando nos metemos en la cama… —Paré unos segundos a reponer el aire de los pulmones—. Y encima, en el periódico me he metido en un lío horrible y no sé cómo salir.

—¿Qué clase de lío? —preguntó Emilio con súbita alarma.

Me separé de él. Vi que en sus ojos castaños se extendía una sombra de inquietud.

—He sido una bocazas. El otro día convencí a mi jefe de que soy capaz de escribir un reportaje de dos páginas sobre un suceso que leí en un periódico digital de Düsseldorf. Y ahora no tengo ni idea de cómo salir del atolladero.

Emilio emitió un suspiro que sonó a alivio. Sin duda había temido algún conflicto que le hiciera quedar mal con su amiguete de infancia Paco, el valedor que me enchufó en el periódico.

—Ah, bueno, eso no está mal. Así despegas de una vez. ¿Qué clase de suceso es?

—El día de Nochebuena encontraron muerto en su piso

de Düsseldorf a un emigrante español de la edad de mi padre. Al parecer llevaba casi dos semanas fiambre y nadie le había echado en falta. Lo descubrieron porque los vecinos avisaron a la policía por el pestazo que salía al rellano de la escalera. Había dos detalles llamativos en los que hizo hincapié el periodista alemán. Uno es una botella de Fundador del sesenta y uno que había encima de una mesita auxiliar, justo delante del muerto. Conservaba el precinto intacto y todo. Y el otro es la Biblia que el cadáver sostenía abierta sobre las rodillas. Tenía subrayados a lápiz fragmentos de un salmo de penitencia de lo más tétrico. Concretamente el número 51, titulado «Miserere». Nada menos. Y a mí se me ocurrió plantearle el tema a Ramón cuando me asignó mi primer artículo y él lo amplió a un reportaje de dos páginas. —Me detuve para respirar. Emilio había cruzado los brazos sobre el abdomen y me miraba expectante—. Y aún hay más: entre las páginas de la Biblia, el emigrante tenía guardada una hoja de periódico viejísima que hablaba de tres sucesos a cuál más macabro. El papel está tan estropeado que no se ve ni la fecha, pero el alemán me dijo ayer por teléfono que cree que es de los años setenta.

—Suena muy interesante...

—¡Sí, pero me viene grandísimo! No sé dónde ampliar esa información. ¡Y son dos páginas que llenar! Encima, hoy he hablado con dos personas que conocieron a ese hombre y me han despachado finamente. Una de ellas era su hijo, un tío de cuarenta y seis años que llevaba sin tener contacto con su padre desde los seis. ¿Sabes?, no hace falta ser un genio para olerse que aquí hay algún misterio. Y una buena historia. Por eso Ramón aún no me ha mandado a la mierda. Pero no sé por dónde tirar...

Emilio me miraba pensativo.

—No sé qué decirte. ¿No te dejan viajar a Alemania para hablar en persona con esa gente? A veces, funciona.

—¡No hace falta ir tan lejos! El hijo vive en Zaragoza. Ni siquiera habla alemán. Pero Ramón no me dará ni un euro para viajes si no le convenzo de que merece la pena. Ayer me fijó un plazo de veinticuatro horas para presentarle algo consistente, pero hoy hemos tenido un día de locos y no me ha hecho ni caso. —El pánico que me colonizaba desde el día 29 me clavó sus dientes amarillos en la nuca—. ¡Y yo no sabré sacarle partido a este tema, haré el ridículo y me quedaré sin trabajo! —Tras la histeria, sólo me quedó fuerza para encogerme de hombros. Añadí—: ¡Por lo menos, ya no podrás reprocharme que haya vuelto a trabajar! Cuando vengas del bufete, me tendrás esperándote con el delantal puesto y la cena preparada, como una buena esposa y madre.

Las manos de Emilio se instalaron en mis mejillas.

—Clara —me dijo—, si me quejo de vez en cuando es porque me agobio con los críos. ¡Aunque los quiero con locura! Pero, caray, ya podrían habernos salido un poco más tranquilos. Porque ya me dirás, bregar con esas fieras a nuestros años. Y si echo cuentas de la edad que tendremos cuando Raúl cumpla los veinte, me entra un vértigo que no veas...

Me reí para matar la angustia. Le abracé con la vehemencia que empleaba cuando ambos teníamos una veintena de años menos. Hacía tanto de eso.

—Yo no quiero que te quedes sin curro —afirmó Emilio con imprevista voz de niño—. Además, te ha sentado bien el periódico. Estás de mucho mejor humor que cuando dejaste la Central del Bricolaje por los embarazos.

—¿Tú crees?

—Por supuesto. ¡Y más buena también! Desprendes erotismo a granel.

—¡No exageres! —le reprendí—. Vale que me animes, pero no mientas.

—Yo nunca miento en estos temas. Son demasiado serios.

Mira, te voy a proponer un trato: tú sacas adelante ese reportaje y yo me pongo a régimen. ¡Prometido! Te premiaré con un físico que ni Richard Gere en sus buenos tiempos. Un cuerpo para el pecado.

—¡Qué ocurrencias tienes! Siempre pensando en lo mismo.

—El sexo es la sal de la vida, mi amor —canturreó Emilio, imitando el acento cubano.

Me desprendí de sus carnes salerosas, que se habían vuelto más mullidas con la madurez.

—Anda, salgamos, que los abuelos tendrán hambre. Y las hamburguesas estarán como témpanos. No sé si calentarlas...

—Y digo yo... —Mi consorte me contemplaba con aire meditabundo—. ¿Por qué no vas a Zaragoza y abordas al hijo de ese tío? Ya sé que es un poco drástico, pero a veces hay que echarle morro. Y si Ramón no quiere pagarte el viaje, puedes decirle que corres tú con los gastos. Eso no nos va a arruinar.

—¿Lo dices en serio?

—En mi vida he hablado más en serio. Eso sí: ¡no se te ocurra llevarte el coche, que lo necesito yo! —Me dedicó una sonrisa sardónica—. Además, esa carretera es muy mala y tú conduces de aquella manera...

—¡Siempre tan machista! —salté.

Por las risas que pusieron banda sonorosa al chisporroteo ocular de Emilio, se me ocurrió que me estaba tomando el pelo. Después sospeché que quizá lo había dicho en serio. Mi querido esposo nunca había confiado demasiado en mi habilidad al volante.

8

Emilio emitía a mi lado los tenues ronquidos del macho humano que acaba de saciar su apetito carnal. Rastreé en la oscuridad las cifras luminosas del despertador. Marcaban las cuatro y diez de la madrugada. Yo seguía sin el menor atisbo de sueño. Ni siquiera la amenazadora perspectiva de que a las siete se nos meterían en la cama los niños, logró que me entraran ganas de dormir. Llevaba desde la cena cavilando cómo poner en práctica la idea de viajar a Zaragoza para hablar con el hijo resentido de Héctor Laborda. Era de esperar que Ramón no pusiera objeciones a la excursión, teniendo en cuenta que estaba dispuesta a financiarla de mi propio bolsillo. Aun así, me inquietaba plantearle la propuesta. En la oscuridad insomne del año recién estrenado, mi jefe me inspiraba más pavor que nunca pese a su hermoso trasero. O quizá, a causa de él. Desde que había tenido a los niños, la belleza masculina me trastornaba las neuronas más allá de lo admisible. Y Ramón era un hombre guapo, incluso con su abominable inclinación a la prepotencia. Me di la vuelta por enésima vez y quedé apoyada sobre el lado izquierdo, de espaldas a Emilio y su música ambiental gestada en la garganta. El reloj seguía desgarrando la negrura con su viscosa claridad de esmeralda: las cuatro y veinte.

A las doce había llamado Anita para felicitarnos el nuevo

año. Siempre se nos adelantaba varios minutos, mortificándonos con su puntualidad tan germana. Informó que habían cenado en su adosado, situado a las afueras de Berlín, con otras dos parejas que también tenían niños pequeños. A medianoche el grupo salió al jardín y Martin prendió pequeños cohetes para festejar el año entrante. Igual que hicieron los vecinos de la izquierda, los de la derecha y los de enfrente. Ya sabes, es lo que se estila aquí, observó Anita. ¿Te sigues atragantando con las uvas?, añadió, desmedidamente mordaz. Ella no podía saber, porque nosotras no hablábamos de esas pequeñeces, ni tampoco intercambiábamos intimidades, que ahora las comprábamos en latas de doce unidades ya peladas. Aclarada esa bagatela, mi hermana se despidió con su brusquedad característica, exclamando *Prosit Neujahr** que subrayó con un suave *Tschüs.*** Al teléfono, Anita solía transmitir la felicidad pomposa que le había crecido, como una verruga en la aleta de la nariz, desde que se marchó a Bonn con Martin, el alemán divorciado, rubio y algo taciturno, doce años mayor que ella, al que conoció en Denia, donde él veraneaba ese año y ella pasaba el fin de semana con sus amigas. Casi dos metros de hombre envuelto en ropa elegante y aun así, un pelín desangelado. Como si el cerebro no supiera dotar de gracia a semejante superávit de extremidades. Cuatro meses después del encuentro mágico junto al Mediterráneo, Anita renunció a su plaza de funcionaria en la Generalitat y se marchó a vivir con su caballero de la triste figura. Al año fuimos todos de boda a Alemania. Aún no sé cómo intimaron. Anita nunca me dio detalles. Mi comunicativa hermana tampoco me ha explicado en qué consiste el trabajo de su Martin en el *Bundestag.* Y jamás me deja a solas con él durante más de cinco minutos.

* Feliz Año Nuevo.

** Adiós.

Volví a perseguir en la negrura las cifras verdes del reloj. Las cuatro y veinticinco. Sopesé la posibilidad de abandonar la cama para tomarme un vaso de leche y una cápsula de Lexatin, como última esperanza de salvar dos o tres horas de sueño esa maldita noche. Emilio seguía gruñendo a intervalos regulares. Alargué el brazo y le pellizqué al tuntún. Creo que hice blanco en un costado. Le oí girarse hacia el otro lado. Cesaron los ronquidos. Eso me animó a prescindir del somnífero. El silencio comenzó a suavizarme las neuronas. Pero la calma duró poco. Una voz de hombre abusó de la quietud para trinar en mi cabeza con entonación de jilguero: «Tengo que hacer un rosario con tus dientes de marfil para que pueda besarlo cuando esté lejos de ti...». El tiempo aprovechó la intromisión y se arrojó por la pendiente del recuerdo, hasta detenerse en la última noche de 1970. Cuando mis padres apuraban su treintena; cuando mis pechos ya luchaban contra la ley de la gravedad dentro del primer sujetador, muy lejos de lactancias y cremas reafirmantes; cuando Emilio ni siquiera era una promesa en el horizonte y mis futuros problemas de infertilidad se camuflaban tras las sangrías mensuales que mamá llamaba con solemnidad «el período». También le gustaba susurrar con aire de misterio «le ha venido eso» y «Clara ya es mujer». Mientras el año agonizaba, papá y Ezequiel, el marido de Trini, invadían en el pequeño salón dos tercios del sofá y se enturbiaban la vista con el tinto español que vendían los supermercados Aldi, en garrafas de cinco litros forradas de anea. En la cocina, mamá enjabonaba los platos que arrebataba a una torre de vajilla sucia, los enjuagaba bajo el chorro de agua caliente y Trini los secaba con un paño blanco ribeteado de azul. Una botella de vino espumoso rosado aguardaba dentro de la nevera su inminente ejecución. Oí a mi madre murmurar que Onassis acompañaba todas sus comidas con champán y que ella haría lo mismo si su marido acertaba alguna vez en la Lotto.

¡Oye, y qué cosas tienen los ricos! exclamó Trini, a la par que agitaba el trapo húmedo. El hervidor de agua avisó silbando de que su contenido estaba listo para hacer el café. Mamá lo retiró del fuego. Y nos dispensó a Rosa Mari y a mí de ayudar en las restantes tareas domésticas.

Las dos nos sentamos a la mesa de la cocina, donde poco antes nos habíamos apiñado los siete para cenar. Ahora sólo la ocupaba Anita. Encaramada a una silla cubierta por un colosal cojín, manchaba cuartillas con sus lápices de colores. Rosa Mari se sentó en el banco largo de los dos que formaban la rinconera de madera tapizada de escay azul. Me preguntó si tenía la última *Bravo*. Recuerdo que le sonreí con soberbia. Compraba la revista cada semana y me la leía de norte a sur y de este a oeste. Hice levantarse a Rosa Mari. Abrí la tapa del asiento. Saqué la *Bravo* del arcón donde mamá me dejaba guardar mis tesoros. Se la tendí a la impertinente, que me la arrebató con avidez. Trini prohibía a su hija leer una publicación que hablaba de famosos impúdicos e incluía artículos de iniciación sexual para adolescentes. Hasta le registraba la habitación cada dos o tres días. Me volví a sentar y observé cómo Rosa Mari devoraba las páginas. De repente emitió un grito. Anita no levantó la vista de sus manchas de colores. Nos hacía el mismo caso a las mayores que nosotras a ella: ninguno. Tampoco se inmutaron las madres, que habían guardado la vajilla y preparaban las tazas de café, más las seis espigadas copas que mamá compró en una oferta de los almacenes Karstadt. Rosa Mari posó su índice sobre la revista.

—*Guck mal, Old Shatterhand** —susurró.

Las integrantes de la segunda generación siempre nos comunicábamos en alemán. Y mamá repartía collejas por doquier

* ¡Mira, Old Shatterhand!

cuando Anita y yo despreciábamos en su presencia el castellano. Mi hermana nos miró.

—*Ihr seid blöd!** —dijo, y se abismó de nuevo en el oleaje policromo.

Rosa Mari temblaba de excitación. Desde que meses atrás nuestros padres nos llevaron al cine para ver una película de Winnetou, bebía los vientos por Lex Barker, el actor norteamericano que interpretaba a Old Shatterhand, el inseparable amigo del apache Winnetou. Yo prefería a Pierre Brice, un francés tan guapo que sentía ganas de llorar cuando le veía caracterizado de indio noble, con su melena negra y un traje cuyos flecos ondeaban al viento como tallarines recién cocidos. Aquella tarde casi acabó en catástrofe, porque califiqué a Lex Barker de arenque crudo; Rosa Mari me dio una bofetada, yo le pateé la espinilla derecha y mamá soltó la mano de Anita para darme un pescozón. En medio del alboroto, Anita se esfumó; la encontramos, tras horas de infructuosa búsqueda, sentada en el escalón de nuestro portal. Nadie se explicó jamás cómo una niña de siete años logró llegar sola desde el centro hasta el suburbio donde vivíamos. Ella no soltó prenda. Ni siquiera cuando mamá le aplicó el tercer grado en la cocina. Por esa época empecé a sospechar si mi hermanita no sería uno de aquellos alienígenas invasores con el dedo meñique tieso, que hacían la vida imposible a Roy Thinnes en la serie de televisión y se desintegraban al morir.

—¡El champán, Delfina, que van a dar las doce! —gritó papá desde el salón.

Mi padre sólo llamaba a su legítima por el nombre completo cuando el tinto de garrafa le empañaba los ojos. Para el día a día, mi madre era simplemente Fina.

Mamá y Trini pasaron por delante de la mesa como una exhalación. Cada una transportaba tres copas engarzadas en-

* Sois tontas.

tre los dedos por el tallo. Rosa Mari seguía babeando sobre la revista. Cuchicheó si le dejaba recortar las fotografías de su héroe. Ese repentino poder encendió en mí la llama de la maldad. Repliqué que le regalaba la hoja entera. A mí no me interesaba ese arenque crudo. Rosa Mari explotó y me atizó una bofetada por encima de la mesa. Superada la sorpresa, le devolví otra más sonora. Anita saltó de la silla y huyó de la cocina.

—*Mama, Rosa Mari und Clara prügeln sich!** —la oí gritar.

Mamá llegó cuando mi contrincante se había puesto en pie para sacudirme mejor. Me hizo salir de la rinconera y me dio una colleja. Apareció en escena Anita seguida de Trini, toda desorbitamiento de ojos y embrollo de piernas.

—Con lo mayores que sois y siempre os estáis pegando. —Trini propinó a su hija un cachete, que sonó blandengue comparado con el de mamá—. ¿No os tenemos dicho que las señoritas no se pegan?

—¡Las monas estas! —rezongó mamá—. Trece años que van a cumplir y zurrándose como verduleras. Menudo ejemplo para la niña. —Se volvió hacia Anita, que nos observaba sin pestañear—. Y a ti ¿cuántas veces te he dicho que en casa se habla español, eh?

—¡El champán, Delfina! —insistió papá desde el salón.

Mamá corrió hacia la nevera. Regresó a la mesa con la botella condenada a muerte. Y zanjó el asunto:

—¡Hala! Se acabó lo que se daba. Hoy os dejamos probar el champán, ¿a que sí, Trini?

La aludida asintió con la cabeza.

—A ver si empezáis a portaros como señoritas —recalcó la madre que me tocaba compartir con Anita, la alienígena.

Las cuatro fuimos al salón en comitiva de féminas. Desde

* ¡Mamá, Rosa Mari y Clara se están pegando!

el sofá, los hombres nos miraron impacientes a través de su calima báquica. Papá voceó:

—¡Delfina, que van a dar las uvas!

—¡Qué uvas ni qué ocho cuartos! —exclamó mamá—. ¡Que esto no es España! —Le tendió la botella—. Anda, ábrela tú, que para eso eres hombre.

Papá se puso en pie entre bamboleos y se hizo cargo del espumoso. Desde el televisor, una pareja de presentadores engalanados lanzó al aire serpentinas en varias escalas de gris. Copitos de confeti les envolvían con el alboroto de una nevisca.

—¿Ves el vestido que lleva esa chica? —le dijo mamá a Trini—. ¡Es rojo!

—¿Cómo lo sabes?

—Porque se nota —se encabezonó mi madre. Cuando se obstinaba así, era inútil contradecirla—. Tengo una foto de cuando festejaba con Enrique... que llevaba un jersey rojo... huy... estaba de guapa... y se ve igual que el vestido ese.

—Ea, será pues —admitió Trini. En contraste con su hija, no era discutidora.

—A ver si nos toca la Lotto y nos compramos una tele en color... —suspiró mamá.

¡Pop!, hizo el tapón del espumoso al estrellarse contra el techo. Miré hacia arriba. El corcho había picoteado la pintura como un cuervo malévolo. Papá se inclinó sobre la mesita auxiliar, cuyo tablero llevaba disfraz de mármol. Llenó las copas. En cinco de las seis rebosó la espuma. Vi a mamá morderse el labio inferior.

—*Prosit Neujahr!* —gritaron los presentadores de la tele, medio ahogados por un estallido de trompetillas y pitidos de matasuegras.

Ezequiel despegó del sofá sus huesos narcotizados por el tinto. Los demás ya estábamos de pie alrededor de la mesita encharcada. Mamá cogió una copa y me la metió entre los dedos. Como eres mujer…, susurró ufana. Yo recordé los dolores de tripa que me torturaban cada veintiocho días y sentí náuseas. Los mayores gritaron ¡Feliz Año Nuevo! y se besaron unos a otros. Tomé un sorbo. Aquello tenía el sabor que siempre había atribuido a la orina. El mareo me invadió el paladar. Corrí al baño sin soltar la copa. Allí me arrodillé ante la taza del váter e inauguré 1971 vomitando la cena.

Cuando regresé al salón, nadie parecía haber reparado en mi ausencia. Papá se inclinaba sobre el mueble patifino, donde se alojaba el tocadiscos, que ya emitía los trinos anuales de Juanito Valderrama:

Tengo que hacer un rosario con tus dientes de marfil para que pueda besarlo cuando esté lejos de ti…

—¡Viva España! —gritó papá con voz gangosa.

—¡Por la *terreta*! —le secundaron los otros adultos.

Los cuatro levantaron sus copas y las vaciaron de un trago. Rosa Mari me encajó el codo en el costillar.

—*Der Sekt ist genauso ekelhaft wie du!** —susurró llena de rencor.

Anita nos observaba desde un rincón, sin mover ni un milímetro sus negras pupilas de alienígena. Me fijé en sus meñiques. Ninguno de los dos estaba tieso.

Y adiós mi España querida, dentro de mi alma te llevo metida, y aunque soy un emigrante jamás en la vida yo podré olvidarte…

Papá sorbió mocos, se inclinó sobre el tocadiscos y dio la noche libre a Juanito Valderrama. Subió al máximo el volumen

* ¡El champán es igual de asqueroso que tú!

del televisor, algo que sólo hacía en Nochevieja, porque se armaba bulla en todas las demás viviendas del bloque. Durante el resto del año no nos dejaba ni hablar alto, para que los vecinos alemanes no nos señalaran con el dedo. En la pantalla, James Last agitaba la perilla rubia mientras su orquesta tocaba el tema de Lara de *Doctor Zhivago* bajo una profusa nevisca de confeti.

—Ay, esa película. ¡Qué bonita! —suspiró Trini.

—Y tan triste... —añadió mamá.

Los hombres peinaron con los párpados la bruma de los ojos y se desplomaron sobre sus dos tercios del sofá. Las mujeres corrieron de nuevo a la cocina. Regresaron con la cafetera, cuatro tazas y el cuenco del azúcar. Distribuyeron una pieza tras otra encima del falso mármol y cada una ocupó un sillón. Rosa Mari y yo nos acurrucamos sobre la alfombra, a los pies de nuestras madres. Anita tuvo más suerte. Papá le hizo sitio a su lado.

El recuerdo de cómo estrenamos el año 1971 me empujó a abandonar la cama a las cinco de la madrugada. Bebí un vaso de leche en la cocina, fui al salón y me acurruqué en el sofá, bajo la manta a cuadros con la que solía taparse Emilio durante las siestas. Justo acababa de dormirme cuando irrumpieron los niños. En el reloj del vídeo eran las siete y media.

9

Cuando el 7 de enero subí al tren con destino a Zaragoza, agradecí a Ricardito que dos días atrás se inmiscuyera en mi conversación con Mark.

—Llévate algo de comer y un botellín de agua —sugirió—, que ese tren es como los del salvaje Oeste. Sólo faltan los indios atravesándolo a uno con flechas desde los caballos…

—Haz caso a este indeseable —le apoyó Mark—, que ha hecho muchos viajes a Teruel en ese cascajo. Por cierto, ¿sabes que el Richie se nos ha comprado coche?

Ricardito sonrió y se le iluminaron los gigantescos dientes de piraña. Por primera vez desde que había empezado a trabajar en la redacción, sentí una brizna de simpatía por él. Y también pena, teniendo en cuenta el aire de enterrador que desprendía su persona. Con una pinta así sería el pretendiente ideal para Miércoles Addams. ¿Tendría pareja ese sepulturero?

—Un Focus que es canela fina —continuó Mark—. Richie me ha llevado a mediodía a comer un bocata en la Malvarrosa. Buen coche, sí señor…

La sonrisa de Ricardito se hinchó como una tortilla francesa al calor de la sartén. Espoleado por el apoyo de Mark, me recomendó que llevara a mano ropa de abrigo por si se estropeaba la calefacción del vagón, algo que en esa línea ocurría con frecuencia. Dicho eso, murmuró que debía enseñar unas fotografías a Ramón y se alejó presuroso.

Mark farfulló entre las barbas:

—Me encanta este chico. Feo, pero tierno como un gatito. Por desgracia, es hetero. —Intercaló un segundo de pausa y añadió—: Así que has convencido a Ramón para que te deje ir a Zaragoza. ¿No ha insistido en que recurras a la red?

—Pues no te lo vas a creer, pero el periódico me costea hasta el billete de tren y el hotel —respondí, orgullosa de mi proeza. Ramón me había hecho sudar tinta, antes de admitir mi argumento de que tras la solitaria muerte del emigrante se ocultaba una buena historia—. Y en lo que respecta a internet, llevo varios días buscando información sobre Héctor Laborda..., bueno, cuando Ramón y Luis no me tienen metida en el archivo... y no he encontrado nada. Al parecer, el único periódico que habló de su muerte fue el de mi amigo Hoffmann. Y ya sabes que a su jefe no le interesó seguir con el tema. Así que no me queda más remedio que dar la paliza en persona al hijo de Laborda...

—Te lo estás tomando muy a pecho. Eso está bien.

—¡No pienso hacer el ridículo! —recalqué, con una vehemencia que me sorprendió incluso a mí.

Mark esbozó una de sus muecas más satíricas, aderezada con aprobación paternal.

—¡Di que sí! Demuéstrale al machista de Ramón que puedes con el reportaje.

No supe si me estaba arengando, o se estaba divirtiendo a mi costa.

El día después de Reyes me vi sentada en el vagón semivacío de un tren tan espartano, que no poseía cafetería ni, por supuesto, televisores colgados del techo que emitieran algún bodrio entretenido. Recordé las palabras de Ricardito y me asomé al exterior. De momento, no nos escoltaban apaches sanguinarios con las caras pintarrajeadas, sólo las últimas fincas de Valencia. Ricardo me había advertido que el viaje a Zaragoza duraba casi seis horas, por lo que llevaba en el equipaje varias barritas dietéticas de cereales y un botellín de agua, más el libro que me había regalado Emilio para Reyes. Una novela policíaca bastante tediosa. La paternidad debía de haberle embrollado las neuronas. Antes elegía historias más interesantes. Después de cuatro páginas de esforzada lectura, cerré el libro y me dediqué a mirar por la ventana. A lo lejos se perfiló la montaña que sostiene las ruinas del castillo romano de Sagunto. A mi madre le encantaba pasear entre aquellos restos e imaginar que antaño hubo allí viviendas con recibidor, comedor, cocina y cuarto de baño. Todo lo distribuía a su antojo, como si estuviera visitando un piso de protección oficial. Papá le daba la razón y los dos se lo pasaban en grande jugando a los arqueólogos. Como si fueran niños. Siempre interpretaron el mundo a través de sus peculiares filtros.

Recordé que papá había pasado el día de Reyes con nosotros, pero por la noche insistió en marcharse a dormir a su casa. Como Emilio no mostró intención de despegarse del sofá, tuve que sacar el coche del garaje y atravesar media Valencia para llevar a mi padre a su piso.

—En tu casa no hay quien pare —me reprochó a mitad de trayecto—. No entiendo esa manía que te ha entrado con volver a trabajar. ¡Con tus hijos es donde tienes que estar! Tú tenías que haber acompañado a Raúl a quitarle los puntos, no ese sargento de Paquita. Mira tu hermana, lo bien que cuida de su familia… —Papá hizo una pausa, como si se le hubiera ocurrido algo crucial—. Claro que el cuadrao ese tiene dinero. —Sentí su mirada escrutándome sin piedad a través del velo de las cataratas—. ¿Es que Emilio no gana suficiente para alimentaros a todos?

Intenté no sulfurarme. Odiaba cualquier comparación con

Anita. Desde niña me dolía que mi hermana fuera el ojito derecho de mi padre.

—¡No empieces, papá! Es deprimente estar todo el día metida en casa, echándote encima kilos y más kilos hasta acabar como una vaca lechera.

—¡Bobadas! —sentenció mi progenitor—. Como la tontería de meterte a periodista. Si querías trabajar, haber vuelto a la Central del Bricolaje, que es una buena empresa... y con futuro.

—¡Como si fuera tan fácil recuperar un trabajo después de casi seis años! —exclamé destilando bilis—. Y para que lo sepas, lo del bricolaje era una mierda. Todo el santo día sacando facturas y traduciendo esas asquerosas instrucciones de manejo de taladros, cortacéspedes y podadoras de setos. O las guías para hacerse uno mismo los muebles que venden por piezas. ¡Aún no he conocido a nadie que no se haya aplastado un dedo con el martillo! —Eso lo dije pensando en Emilio, que a los pocos meses de vivir juntos se desgració el pulgar y el índice de la mano izquierda intentando montar una estantería. Al final, fue su hermano mayor quien tuvo que concluir la obra.

—Si hubieras terminado la carrera, como Anita... —murmuró papá entre sus dientes postizos.

—Pues para lo que le sirve ahora...

Me mordí el labio inferior para no acabar esa noche diciendo alguna inconveniencia de la que me arrepintiera después. El resto del trayecto lo hicimos en silencio. Aparqué en doble fila para acompañar a mi padre a su casa. Nada más pisar la salita, él se quitó la chaqueta y la arrojó sobre el sofá. Se instaló en el orejero y puso en marcha el televisor con el mando. Ni siquiera parecía darse cuenta de lo mucho que me humillaban sus continuas comparaciones con Anita. Creo que papá nunca fue consciente de cuánto rivalizábamos Anita y yo por su afecto, que él regalaba casi íntegro a la niña, como aún solía llamarla.

Cogí su chaqueta y la llevé al dormitorio. Abrí el armario. Dentro todavía colgaban algunas ropas de mamá: el traje de dos piezas que se puso para la boda de Anita, el abrigo gris que papá le compró con motivo de su último cumpleaños y que la pobre no llegó a estrenar. ¡Qué poco quedaba de una vida llena de trabajo y ahorro! Sentí ganas de llorar. Pese a su mentalidad conservadora, mamá fue la única que me apoyó cuando se enteraron de que Emilio había dejado a Anita por mí. Salí de la habitación. Papá se había dormido, con la barbilla hundida en el pecho. Sabía que si le despertaba se pondría hecho un basilisco. Le puse una manta sobre las rodillas, bajé el volumen del televisor y le di un beso en la frente. Él no se inmutó.

Para echar el recuerdo de mi padre del tren, leí otras veinte páginas de la novela. Tras dos horas de tedio y muchos apeaderos que se parecían a los de la vieja Irlanda retratada por John Ford en *El hombre tranquilo*, comí una barrita de cereales y dejé el libro sobre el asiento de al lado, que seguía desocupado. Me puse en pie y bajé la bolsa de viaje del portaequipajes. Saqué un pequeño bloc, la copia impresa del artículo de Benno Hoffmann y la página de periódico escaneada que me había enviado el colega por correo electrónico. Había llegado la hora de discurrir las preguntas que iba a hacer al hijo de Laborda cuando le asaltara. Sólo me había dado tiempo a buscar en internet la dirección de su empresa. De pronto, sonó el móvil. Lo rescaté del bolso y comprobé el número que aparecía en la pantallita. Era Emilio.

—¿Cómo lleva el viaje la reportera más dicharachera de Barrio Sésamo? —bramó con desproporcionada energía. Este asunto parecía hacerle más ilusión a él que a mí.

—Pues mira, recorriendo el salvaje Oeste con la Unión Pacific. ¡Menudo tren!

De reojo, vi que el anciano que viajaba al otro lado del pasillo sonreía detrás de su bocadillo, una flauta de casi medio metro que me hizo babear de envidia.

—Oye —dijo Emilio—, una cosa: cuando te fuiste esta mañana, como no me dejaste café hecho me ha tocado hacérmelo a mí... y se me ha caído la cafetera...

La torpeza de mi cónyuge me explotó en el estómago.

—¿Para eso me llamas? ¿Para decirme que te has cargado la cafetera? Si era nueva...

—¡Que no cunda el pánico! —me interrumpió él—. Se ha roto la jarra de cristal, no el aparato eléctrico. ¿Me explico?

Yo sólo pensé que ahora me tocaría remover Roma con Santiago para comprar una jarra nueva. Gruñí:

—No se te puede dejar solo. ¿Y los críos?

—Los críos ¡fenomenal! —informó Emilio; ofendidísimo de pronto—. No me los he comido, ni los he perdido por ahí, ni nada de eso. Además, hoy los he llevado al colegio. Como ves, estoy hecho un padre modelo.

Yo seguía con ganas de gresca. Ni siquiera sabía por qué.

—¡Tienes unas manos que parecen pies! Pero... de elefante.

Emilio suspiró, dolido.

—En realidad llamaba para ver qué tal le va a mi intrépida mujercita, pero mejor sigo trabajando. Aquí por lo menos no me abronca nadie.

—No... si encima tendré que pedirte perdón.

—Por supuesto que sí —Emilio había recuperado el tonillo bromista que me cautivó cuando nos conocimos—. Pero mira, por ser tú, te perdono... Y además, cuelgo, que tengo una llamada por la otra línea. Esta noche me cuentas cómo te ha ido con ese tío, ¿vale? Hasta luego...

Cortó sin darme tiempo a responder. La agresividad se transformó en sentimiento de culpa. ¿Por qué me había enfadado así por una simple cafetera de cristal? En medio de tanta culpabilidad, me pregunté si años atrás habría seguido adelante con Emilio, desencadenando el conflicto familiar que originó su ruptura con Anita y el hecho de que me fuera a vivir con él sin haber pasado antes por la Iglesia, de haber sabido cuánto se estancaría con los años el torrente desbocado de aquella pasión. Al concluir mi reflexión, me sentí miserable por partida doble. Me atacó el impulso de llamar a Emilio para disculparme, pero no lo hice. En lugar de eso, me concentré en pensar las preguntas que iba a hacerle al hijo de Héctor Laborda cuando cayera sobre él.

Llegué a Zaragoza a las tres menos cuarto. Subí con mi bolsa de viaje por la rampa automática de la estación y vagué a través del inmenso y helado hall de estilo vanguardista, hasta que encontré la puerta que desembocaba en la parada de taxis. Allí aún hacía más frío. Después de cinco minutos de espera en la fila, me correspondió el vehículo de un hombrecillo calvo que habló sin tregua mientras me conducía al hotel donde Lorena me había reservado habitación. Según el taxista, mi alojamiento estaba a cinco minutos de la plaza del Pilar. Con sólo cruzar el río a pie por el puente de Piedra, podría visitar la basílica de El Pilar y otros monumentos sin necesidad de utilizar un medio de transporte. Está en un buen sitio, señora, recalcó mascando su puro maloliente. Me cobró un dineral por la carrera.

Nada más bajar del taxi fui azotada por un latigazo de aire gélido. Mark ya me había hablado del cierzo, el viento característico de Zaragoza que él, tan friolero como un pollito bajo su recia envoltura de leñador, recordaba con verdadero espanto. Aterida, corrí hasta la entrada del hotel. En recepción me dieron enseguida la llave de la habitación. Antes de subir, hice un alto en la cafetería. Me salté el régimen a la torera devorando un sándwich de jamón y queso, al que siguió mi primer café con leche en meses. A las tres y media llevé el equipaje a mi cuarto, donde me di una buena ducha. Cuando me vestí y retoqué el maquillaje, eran las cuatro. Resolví llamar un taxi y presentarme por las buenas en la fábrica de Héctor Laborda, aun a riesgo de que él estuviera ausente. No había querido concertar una cita desde Valencia, porque estaba convencida de que ese hombre volvería a darme calabazas. Abordándole sin previo aviso, al menos obraría en mi favor el efecto sorpresa. O eso quise creer.

Componentes Electrónicos Dupont S. L. se hallaba en un polígono industrial bastante alejado de Zaragoza, al que se accedía desde la autopista que va a Barcelona. Tras haber dado infinidad de vueltas por calles que discurrían entre naves clónicas, el taxista se detuvo ante una construcción aislada que se diferenciaba de las demás por su tamaño y el resplandor níveo de la fachada. Aquí es, señora, farfulló, como si triturara entre los labios el fétido puro de su antecesor. Mi monedero sufrió un revés aún más duro que el anterior. Cuando vi alejarse el taxi, plantada en medio de ese polígono erigido entre la autopista y la nada, me sentí como si fuera Clint Eastwood caminando por la calle principal de un villorrio habitado por forajidos. Mi coraje se estampó contra el asfalto. Si esa fábrica hubiera estado en las afueras de Valencia, habría vuelto a la redacción sin pensármelo ni un segundo. Pero me encontraba a varios kilómetros de una ciudad desconocida, el taxista ya había desaparecido en el horizonte y yo no me había acordado de pedirle el teléfono de la compañía de taxis. Sólo me quedaba la opción de entrar. Respiré hondo y me dirigí a la puerta principal de la zona de oficinas, decidida a cosechar un nuevo desaire del hijo resentido del emigrante.

Lo primero que vi al traspasar el umbral fue un mostrador. Al otro lado acechaba una joven de mechas rubias artísticamente revueltas y domadas con fijador. Pese a ser invierno, llevaba una camiseta roja de tirantes, evocadora de los bañadores que vestían las jóvenes neumáticas de *Los vigilantes de la playa*. Me sentí como un loro añejo. Odié a la rubia por ello. Creí leer desdén en sus ojos castaños, bordeados por una raya azul trazada con excelente pulso entre las pestañas. La neumática se exprimió un saludo del busto forrado con lycra carmesí. Reconocí la voz de androide maligno con la que hablé por teléfono.

—Buenas tardes —dije, muy digna—. Yo... venía a hablar con Héctor Laborda.

—¿Tiene cita?

—No exactamente, pero debo tratar con él un asunto importante.

El desdén de la vigilante de la playa se transformó ante mis ojos en desconfianza.

—¿De qué empresa es? —quiso saber.

—Soy de *El Correo de Valencia*.

—¿Son proveedores?

—Es un periódico. El señor Laborda ya me conoce. Hemos hablado por teléfono.

La desconfianza de la rubia comenzó a impregnarse de estupor. Igual me estaba tomando por loca. O tal vez ese Laborda era un mujeriego y la recepcionista sospechaba un asunto de faldas detrás de mi visita. Me sentí tan avergonzada por la situación, que me habría escondido bajo la baldosa de mármol que pisaban mis pies, de haber tenido suficiente fuerza para levantarla. La rubia me estudió pensativa durante un rato. Farfulló, con su voz metálica reducida a un fino alambre:

—Voy a ver si el señor Laborda está en su despacho. ¿Su nombre?

—Clara Rosell.

Ella parpadeó como si justo ahora acabara de reconocerme. El estupor se convirtió en inquietud. Descolgó el teléfono, marcó muy despacio y oí cómo le exponía a Héctor Laborda quién le aguardaba en recepción. El receptor escupió algo que sonó a juramento, aunque no pude entender qué decía. La vigilante de la playa apartó el auricular unos centímetros. A juzgar por la expresión de su cara, el desahogo de Laborda no debió de ser precisamente correcto. Ella esbozó una sonrisa, murmuró algo ininteligible y colgó. Señaló con un impreciso movimiento de mano un sofá compuesto por módulos posmodernos que llenaba un rincón de la recepción.

—Si hace el favor de esperar allí, el señor Laborda vendrá enseguida a hablar con usted.

Le di las gracias y me arrastré hasta el asiento. Ahora saldría ese hombre de algún despacho, hecho una furia, y me pondría de vuelta y media delante del sucedáneo de Pamela Anderson. ¿Quién me mandó desafiar a Ramón con un trabajo que me venía tan grande?

No sé cuánto tiempo pasé encogida en una esquina del sofá, estudiándome las punteras de los botines por entretenerme en algo, cuando una voz masculina atronó sobre mi cabeza, derrochando la energía de un dios punitivo y todopoderoso:

—¿Usted no conoce el significado de la palabra «no», verdad?

Alcé los párpados con precaución. Un hombre en bata blanca, cuya estatura me pareció gigantesca desde mi desfavorable posición, me miraba con mucha ira acumulada en sus ojos de color esmeralda. De hecho, poseía el iris más verde que había visto jamás. Un auténtico prodigio de la naturaleza. Recordé la copla que cantaba mi madre cuando se metía en la cocina, o mientras limpiaba la casa: «Ojos verdes, verdes como la albahaca. Verdes como el trigo verde y al verde, verde limón». Me levanté a cámara lenta, estrujándome la mente en busca de algún argumento para aplacar a ese individuo. De pie ya no parecía tan enorme, aunque seguía siendo bastante más alto que yo.

La inquietud no me impidió estudiar a fondo a mi contrincante. Tenía frente a mí a un varón de cabello negro, tan corto como si estuviera haciendo el servicio militar. La piel era pálida y apenas mostraba arrugas, salvo unos cuantos pliegues insignificantes alrededor de los ojos. La zona inferior del rostro estaba adornada por una barbita recortada con coquetería, en la que conté sobre la marcha cuatro o cinco hebras de plata. Eché un vistazo rápido más abajo del mentón. Lo que dejaba entrever la bata abierta parecía hallarse en buen estado de conservación. Concluí que Héctor Laborda, junior, era un hombre apuesto. El efecto inmediato de esa conclusión fue una sonrisa involuntaria, me temo que bastante boba.

En cuestión de segundos se esfumó la cólera de Héctor Laborda. El iracundo se transformó en un encantador de serpientes, cuya dentadura irradiaba salud al sonreír. Los labios bien trazados murmuraron:

—No sé qué voy a hacer con usted, Clara Rosell.

El embaucador de reptiles y madres cuarentonas estresadas introdujo las manos en los bolsillos de la bata y me observó pensativo. Tras lo que me pareció una eternidad, suspiró y dijo:

—Vamos a ver si somos capaces de comunicarnos usted y yo. —Se dirigió a la vigilante de la playa—: Mariló, por favor, dile a Virginia que estoy en la sala de reuniones. En la dos. Salvo urgencias, ¡que no me interrumpa ni Dios!

La recepcionista agitó la melena rubia y cogió el teléfono sin demora. Al parecer, Héctor Laborda mandaba lo suyo en ese lugar. Él me miró con sus ojos felinos y la ironía le frunció los labios a la altura de las comisuras. De pronto, separó el brazo derecho del cuerpo y lo balanceó en el aire como si me ofreciera su casa.

—Adelante, por favor...

Atravesé junto a él un pasillo escoltado por tabiques prefabricados cuya cristalera dejaba ver el interior de los despachos. Laborda se paró delante de una puerta. La abrió y me invitó a entrar en un recinto de dimensiones reducidas, ocupado por una mesa rectangular y seis sillas. Contra la pared del fondo se apoyaba un armario bajo, sobre cuyo tablero había un teléfono y una cafetera de filtro. Recordé la hazaña matinal de Emilio y nuestra absurda conversación telefónica. Una placa de amargura se me pegó al paladar.

—Siéntese, por favor. ¿Quiere un café? —preguntó Laborda con exquisita cortesía. No quedaba el menor rastro de cabreo en él—. ¿O prefiere otra cosa? Puedo traerle algo de la máquina. Chocolate, té...

Me dejé caer sobre una de las sillas. Deposité el bolso en el suelo, a mi lado.

—No se moleste, gracias. Un café estaría bien.

Mi anfitrión se dirigió al armario. Inclinó el tronco, abrió una puerta y sacó dos vasitos de plástico. Me puso uno delante y acercó la jarra de café. Estaba medio llena. O medio vacía, según se mire.

—Usted dirá.

Vertió el líquido dentro de mi vaso hasta que susurré: Basta, gracias. Entonces llenó el suyo y devolvió la cafetera a su sitio. Rebuscó de nuevo dentro del armario. Al acabar la exploración, me acercó un bote de leche en polvo y un sobrecito de esos que incluyen azúcar y una cucharilla de plástico. Se sentó enfrente de mí. Como la mesa no era ancha, me vi contemplando su cara en primer plano. La cercanía y la luz de los tubos de neón me permitieron descubrir pequeños asentamientos de canas a la altura de las sienes.

Un hombre apuesto, concluí de nuevo. Sentí un súbito acaloramiento en las mejillas.

—No encuentro la sacarina —se excusó él—. Lo siento.

—Por curiosidad, ¿cómo sabe que tomo sacarina?

Él sonrió con picardía.

—No lo sabía. Pero a nuestros años, la mayoría de las mujeres huyen del azúcar. Al menos, las que yo conozco, empezando por mi mujer.

Me molestó que hubiera adivinado mi edad. También, que sacara a relucir a su esposa. Para lo último no hallé ninguna explicación en ese momento.

—La verdad es que he conocido a gente… —empezó él.

Se detuvo bruscamente, sonrió de nuevo y se puso a beber con parsimonia. No le había visto que se echara azúcar, por lo que deduje que le gustaba el café amargo. En cuanto a su frase inconclusa, no hacía falta ser un genio para continuarla.

—Plasta —murmuré.

Ahora la sonrisa de Laborda parecía deseosa de echarse a volar entre un majestuoso batir de alas.

—Eso lo ha dicho usted, no yo… En fin, realmente he conocido a gente… bueno, definámosla como tenaz, pero hasta este punto… No sé, igual no me expliqué bien por teléfono, si se ha aventurado a coger el coche…

—He venido en tren —maticé en un arranque de tozudez.

Él celebró la aclaración con dos carcajadas mordaces.

—Pues no sé qué es peor, si venir por carretera o en ese tren infame. He viajado a Valencia por los dos medios y sé lo que digo… —Intercaló un suspiro que sonó a resignación—. En fin, o no me entendió el otro día, o escribir sobre la muerte de mi padre es realmente importante para usted. No sé qué me inquieta más, la verdad.

Eché un poco de azúcar en mi café, lo removí y tomé un sorbo. Aún persistía en el paladar la amargura por mi desencuentro con Emilio. Quizá debería llamarle desde el móvil en cuanto acabara con Héctor Laborda. O él conmigo, dadas las circunstancias. Decidí que con ese hombre sólo me daría resultado la sinceridad, ya que parecía inmune a las pamplinas. Dejé el vasito encima de la mesa.

—Tiene razón. Esto es muy importante para mí. Voy a explicárselo desde el principio: la semana pasada leí un artículo en un periódico digital de Düsseldorf sobre... bueno, la muerte de su padre... —No me pareció conveniente ahondar en el contenido del escrito. Aunque Laborda apenas hubiera conocido a su progenitor, era muy cruel sacar a relucir las condiciones en que hallaron al cadáver—. Y... propuse a mi jefe escribir algo para el suplemento cultural sobre... esa cuestión, desde un enfoque digamos que sociológico, y hablar también de lo que fue la emigración; resulta que a mi jefe le gustó la idea y me encargó un reportaje de dos páginas. Y ahora...

Él me interrumpió con suavidad:

—Ahora se las ve y se las desea para reunir material con que llenar las dos páginas.

—Vaya, ¿tanto se me nota?

En sus ojos destelló el brillo mefistofélico.

—Por la desesperación. Si hubiera encontrado información por ahí, no habría venido a incordiarme sabiendo que no estoy por la labor. ¿Me equivoco?

Negué con la cabeza. A través de mi turbación, reparé en que ya no quedaba sarcasmo en su semblante. Pero sí mucha afabilidad, cuando añadió:

—Vamos a ver... me encantaría ayudarte. Sobre todo ahora que hablamos en persona y... —Sus ojos resbalaron de pronto sobre mis pechos. Debió de ser un movimiento tan involuntario como el imprevisto tuteo, porque el rostro de Laborda se tiñó enseguida de rosa. Sometió su mirada díscola y carraspeó—. A pesar de los pesares, me pareces una profesional seria. Pero es cierto lo que te dije por teléfono. No tengo la menor idea de cómo vivió mi padre, ni recuerdo su cara, ni lo que le gustaba o dejaba de gustar. Mis padres se separaron cuando yo tenía seis años y mi madre volvió conmigo a Zaragoza. No sé qué les hizo tomar una decisión tan drástica en una época en la que separarse era una catástrofe para el español medio y la gente aguantaba hasta que la muerte la librara del cónyuge. Es una cuestión que mi madre no me aclaró nunca. Sólo sé que para ella, con su mentalidad de entonces, volver a España separada fue una terrible deshonra.

Laborda cayó en un pensativo silencio. Decidí aprovechar el giro favorable que había tomado la conversación y le pregunté:

—¿Así que llegaste a vivir en Alemania?

Resultaba extraño tutear a ese hombre de repente.

—Un año, o así —puntualizó él—. Pero no me acuerdo de nada. Según mi madre aprendí a hablar alemán, pero es evidente que lo olvidé. Y nunca me ha dado por recuperarlo. Reconozco que en mi trabajo me habría venido muy bien saber comunicarme con los alemanes. Aunque a estas alturas... —Se encogió de hombros— uno ya no tiene las neuronas para asimilar un idioma tan difícil.

—Yo viví en Alemania hasta los dieciséis —murmuré.

No tardé en arrepentirme de mi exceso de confianza. Era peligroso hablar demasiado. Aún no sabía por dónde podría salir ese hombre y no quería arriesgarme a que se volviera a cerrar en banda. Contra todo pronóstico, él sonrió muy meloso.

—Vaya, detecto el factor sentimental que te mueve en todo esto. Eso me hace lamentar aún más no poder ayudarte. —Un nuevo movimiento de hombros subrayó su declaración de buenas intenciones—. Pero no sé más de lo que te he dicho. Es la verdad...

De pronto, sonó el teléfono. Héctor Laborda dio un respingo de alarma. Trazó una mueca de contrariedad, pidió perdón y, sin dejar de mirarme, estiró el torso hacia el armario para descolgar.

—¡Sí! —le gritó al artilugio. Primero escuchó con atención

y con el entrecejo cada vez más sombrío; después asintió dos veces con la cabeza y exclamó: Joder, qué marrón. Me envió una mueca como de disculpa por la palabrota, dijo: Ahora voy, y colgó. Apuró de un trago el café que le quedaba y consultó el reloj con súbito nerviosismo.

La situación era más que obvia. Vacié mi vaso y me preparé para ser despachada en breve.

—Lo siento mucho —murmuró él—, no quiero parecer descortés, pero hay una avería muy gorda en producción y tengo que dejarte. Es el pan de cada día en esta santa casa. Lamento de verdad no poder colaborar...

Cogí mi bolso del suelo y me levanté. Tenía la sensación de haber hecho el ridículo a conciencia. Y encima, iba a salir de esa fábrica con las manos vacías. Laborda se puso en pie, recogió los vasitos vacíos, mi cucharilla y el sobre de azúcar abierto y echó todo a la papelera.

—¿Vuelves a Valencia en el maravilloso tren? —quiso saber.

—Sí, mañana. Esta noche me quedo en el hotel Ibis.

Él abrió la puerta. Me invitó a pasar primero, ejecutando el regio balanceo de brazo con el que me había guiado hasta allí minutos antes.

—Entonces estás muy cerca de la plaza del Pilar —observó, mientras caminábamos hacia recepción—. No desaproveches la oportunidad de hacer turismo. Si cruzas a pie el puente que tienes delante mismo del hotel, en menos de cinco minutos te presentas en el centro. Verás algunas aberraciones arquitectónicas que nos legaron hace años unas reformas un tanto sui géneris, pero aun así da gusto callejear por ahí y tomar unas tapas. —Miró de nuevo el reloj. No pude distinguir de qué marca era, aunque parecía de los caros. Se veía que a ese hombre le marchaban bien las cosas con la electrónica—. Si te da tiempo, no dejes de visitar la Seo. Te gustará.

Debí reconocer que Laborda era un hombre educado. Me

acompañó hasta el mismo mostrador de recepción. No me quedó claro si lo hizo por cortesía, o si sólo pretendía asegurarse de que por fin me perdía de vista. La rubia neumática levantó la melena leonina y nos miró.

—¿Llevas coche o quieres que te pidamos un taxi? —me preguntó él.

Yo suspiré. Me sentía como una adolescente a la que descubren colándose en el hotel de su estrella favorita para pedirle un autógrafo y acaba siendo invitada por la estrella a Coca-Cola y patatas fritas.

—Sí, gracias, me vendría bien. No llevo coche.

—Mariló, llama un taxi para esta señora, por favor.

Mariló se apresuró a obedecer. Él me tendió la mano con talante afectuoso.

—Bueno, Clara Rosell. A pesar de nuestro malentendido inicial, ha sido un placer conocerte.

Me estrujó los dedos a conciencia, dijo adiós y se dirigió a una puerta de chapa azul situada a la derecha del mostrador de la recepcionista. Cuando la abrió, atisbé por unos segundos el interior de la nave de producción y escuché el murmullo de las máquinas. La puerta se cerró enseguida. La imitadora de Pamela Anderson señaló la zona del sofá posmoderno y dijo que podía esperar allí. Me senté en la misma esquina de antes, menos arrugada que cuando llegué pero cargada con mucho más desconcierto, pensando que después de todo, Héctor Laborda no debía de ser tan duro como me hizo creer al principio su monumental enfado.

10

Llamé a Emilio desde la soledad de la habitación del hotel. Estaba en una reunión y no se le podía molestar, informó Mamen, su secretaria, una señora de cincuenta y cinco años confesados que aparentaba muchos más y vestía como Concha Velasco cuando rodó *Las chicas de la Cruz Roja*. Dejé el móvil en la mesita de noche. Eran las siete y media de la tarde en una ciudad extraña y sólo me acompañaba el fracaso de mi absurda conversación con Héctor Laborda hijo. Me quité el traje de chaqueta, un modelito de raya diplomática que compré nada más empezar en el periódico y que solía ponerme cuando pretendía dar imagen de profesionalidad. Lo colgué dentro del armario para evitar que se arrugara y me arrojé en ropa interior sobre la colcha. No me apetecía ir caminando al centro, como me había aconsejado Laborda, aunque al asomarme a la ventana había podido cerciorarme de lo cerca que estaba. Tampoco tenía ganas de ver la televisión, así que abrí la novela policíaca que me había regalado Emilio. No logré concentrarme en la lectura. Cerré el libro y cogí el mando a distancia del televisor. Pulsé un botón cualquiera. Resultaban poco interesantes los personajes que fueron asomándose a la pantalla. En lugar de la fauna televisiva, empezaron a bailar ante mí los ojos de Laborda. Los más verdes y bellos que había visto jamás. Me pregunté cómo había sido ese hombre de niño. Él había contado que regresó a España con seis años, tras haber vivido uno en Alemania. Según eso, debieron de llevarle a Zaragoza en el sesenta y cuatro. ¿Dónde andábamos los Rosell por esa fecha?

Rebusqué en el modesto archivo de mi memoria. El sesenta y cuatro fue el año en que Estados Unidos se abismó en el nido de avispas vietnamita. Cuando Mary Quant presentó al público la minifalda y papá perseguía con los ojos a las primeras descaradas que habían olvidado la decencia en el armario de su casa. Cuando Johnny Guitar cantaba en el jardín contiguo a nuestra casa «Souvenir Souvenir» de Johnny Halliday o el «Rock de la cárcel» de Elvis Presley, si estaba contento, y canciones de Salvatore Adamo, si el tridente de la melancolía le agujereaba las paredes del alma. Johnny Guitar era flaco y adolescente. No se parecía en nada a Sterling Hayden cuando interpretó la película homónima de Nicholas Ray. Papá le adjudicó ese mote, porque en los días cálidos nuestro vecino salía al exterior vestido con camiseta blanca de hombrón y sus dedos, unidos por las manos a unos pálidos brazos de gelatina, rascaban las cuerdas de una guitarra descomunal. En cuanto le divisaba desde la ventana de la cocina, mi padre se desternillaba de risa y gritaba: ¡Fina, va a llover! Al poco rato golpeaban el cristal goterones como mandarinas y papá se congratulaba de su acierto, sin tener en cuenta que la lluvia no se debía a sus poderes adivinatorios ni a la ineptitud musical del famélico trovador, sino a las inclemencias del clima alemán.

Aquel año vivíamos en un modesto barrio de casas unifamiliares cercano al aeropuerto. Varias veces al día, los aviones rugían por encima de los tejados como leones voladores y se escondían entre la guata del cielo. Si papá estaba en casa, sacaba la cabeza por la ventana y afirmaba que esos supositorios iban a Madrid o a Barcelona. Y mamá añadía que el millonario Onassis siempre viajaba en avión y bebía vino blanco con burbujas que bailaban la conga dentro de la copa. Teníamos un casero cuya nariz era un fresón sembrado de puntitos negros, fruto silvestre que él abonaba con litros de cerveza y *Schnaps*. Era conductor de tranvías y había habilitado el primer piso de su casa como vivienda de alquiler. El cuchitril poseía un único dormitorio, al que se accedía por un breve pasadizo que nacía en la cocina y donde el tío Fresón, como llamaba papá al casero, había instalado la letrina. Cuando los mayores debían satisfacer sus necesidades fisiológicas, cerraban la puerta de la cocina y la del cuarto, pasaban los dos cerrojos y quedaban emparedados en una catacumba de un metro de ancho por uno de largo, donde el único nexo con la vida era un ventanuco en el techo abuhardillado. Si en ese momento Anita y yo estábamos en la habitación, quedábamos encerradas hasta que volvía a abrirse la puerta. Por las noches, nuestros padres se hacinaban en una cama turca arrinconada en el diminuto salón, a la derecha de un sofá desahuciado y enfrente de la ventana. Al no haber más cuarto de baño que el angosto retrete, de vez en cuando mamá nos llevaba a Anita y a mí a unos baños públicos, donde nos refregaba por turnos en una bañera alquilada. La cocina, minúscula y parca en muebles, formaba el centro geográfico de la casa. La atalaya de papá que, a falta de horas extras por culpa del verano, pasó las tardes de aquel mes de agosto acechando desde la ventana a la hija del tío Fresón, aficionada a tumbarse en biquini sobre el césped, y desde donde más de una vez halló, en lugar de jóvenes curvas femeninas, al raquítico vecino de la guitarra.

El sesenta y cuatro fue el año en que papá se esfumó una tarde de septiembre. A mamá no pareció afectarle. Me mandó a la habitación para vigilar la siesta de Anita, que ya tenía casi doce meses. Yo detestaba velar el sueño de mi hermana. Y odiaba que me obligaran a compartir las noches con ella. Mientras jugaba a ponerle un pañal a Tonín con un trapo viejo donado por mamá, la intrusa dormía bajo las gotas de luz que chorreaban desde la ventana del techo oblicuo. Cerré los ojos e imaginé que un pajarraco gigante atravesaba el cristal, prendía a mi hermana con el pico y se la llevaba al lugar donde la compraron mis padres meses atrás. París, decían los mayores que se llamaba. Icé los párpados. Anita seguía allí, succionando el chupete en el centro de la cama. La rabia me empujó a sacárselo de la boca. En la cara de mi hermana se abrió un cráter rosado del que brotó un grito helador.

—¡Clara, ponle el chupete a la niña! —vociferó mamá desde la cocina.

Sus palabras acabaron de congelarme la sangre. Devolví el pezón de goma a su sitio. El llanto de la intrusa cesó. Miré hacia arriba. Ningún ser infernal introducía su pico por la ventana para secuestrar a la bola renegrida que se había camelado a papá. Coloqué el trapo en la entrepierna lisa de Tonín, al que la industria del juguete no había dotado de pene, si bien a mis seis años aún no había reparado en esa ausencia. Le puse el pelele y lo acosté junto a Anita. Me asomé al hueco de la puerta. Mamá pelaba patatas al otro lado del retrete. Observé cómo las cortaba en trocitos y oí el borboteo que hizo el aceite cuando se tragó los tubérculos descuartizados. Me giré hacia la cama. Anita seguía chupeteando el sucedáneo de tetilla. A papá no se le oía. ¿Y si el pajarraco se lo había llevado a él por error?

La voz de mamá se coló desde la cocina. «Chilau-yú yé yé yé...»

A mi madre le gustaba mucho cantar. Y papá decía que su mujer poseía la voz más bonita del mundo. Mejor que la Piquer y Juanita Reina juntas. Pero sólo le permitía lucirse en casa. Un día se puso furioso porque ella entonó «Tatuaje» mientras abría una lata de sopa de rabo de buey. Esa canción es de fulanas, Fina, le regañó, una mujer decente no anda buscando a un hombre por las tabernas. Mamá estuvo varios días triste y nunca más cantó esa copla. Delante de papá tampoco tarareaba «She Loves You», porque él aborrecía a los mariquitas esos del flequillo y a todos los demás afeminados que parecían nenas y que en lugar de música hacían ruidos desagradables.

De pronto, oí:

—¡Fina, baja con las chicas, que ya estoy aquí!

Era la voz de papá. Y sonaba muy lejos. Caminé de puntillas hasta la puerta de la habitación. Atravesé el retrete y me asomé a la cocina. Mamá sacaba la cabeza por la ventana.

—¡Chist, no grites! —le oír regañarle al aire—. Que luego dice ese señor que hablamos muy alto.

—¡Que le den morcilla! —fue la respuesta que subió desde el fresco otoñal.

—¡Enrique, por Dios, no seas grosero! —se escandalizó mamá—. Ahora no puedo bajar, que la niña está dormida.

—Pues la tapas bien y te la bajas. Que te ayude Clara. ¡Y coge la radio!

Mamá se alejó de la ventana meneando la cabeza. Retiró la sartén del fuego y con la espumadera trasladó su contenido a un plato hondo.

—*Ai, mare de Déu*, este hombre no me deja ni hacer la tortilla —murmuró, como si hablara con las patatas. Entonces reparó en mí—. ¡Te tengo dicho que las niñas buenas no alcahuetean! Te va a pasar peor que al Negrito Preguntón por dejar sola a tu hermana. —Me cogió de la mano y me arrastró hasta la habitación—. Ven que te ponga la chaqueta. ¡Nos vamos de paseo!

El anuncio de mamá no me impresionó. Habría preferido averiguar la desgracia que le deparó la curiosidad a ese pobre negrito, pero sabía cuál sería la respuesta si me aventuraba a preguntarlo.

Poco después bajábamos por la estrecha escalera de madera. Mamá se había puesto la rebeca de los domingos y fiestas de guardar. Llevaba a Anita en brazos, envuelta en la mantita de lana que la abuela Clara tejió dos años atrás para nuestro viaje a Alemania. Yo bajaba delante de ellas. Mi madre me había empapado la cabeza para peinarme, pero eso no importaba porque me había correspondido transportar la Grundig, una tarea de gran responsabilidad. El transistor me impidió abrir la puerta de la calle. Mamá intentó ayudarme, pero no podía hacerlo sin soltar a Anita. En ese momento, el obstáculo de madera se abrió y entró la señora «Gallina» con un cesto de mimbre lleno de ropa blanca. Galina Nelles, la dueña de la casa, era redonda como la luna llena. Su pelo pardusco, convertido en escarola por permanentes de vil calaña, ponía marco a una nariz que la emparentaba en línea directa con la gallina de porcelana que adornaba el césped junto a cuatro enanitos culigordos y un diminuto molino de viento. Por eso papá la rebautizó añadiendo una ele a su nombre de pila.

Mamá le dijo *Guten Abend*,* también *Tschüs*. Enfiló el camino de losas que atravesaba el jardincito del señor Nelles. Ahora me tocó caminar detrás de ella. Me sentía orgullosa trasladando la Grundig, el tesoro más preciado de papá después del reloj de pulsera. Volví la cabeza hacia atrás. La señora Gallina nos observaba desde el escalón de granito de la entrada, con el cesto de la ropa apoyado en un costado y la nariz más afilada que nunca.

—¡No te entretengas, Clara! —me regañó mamá—. Tienes que abrirme la verja, no se despierte la niña y nos dé el té.

Odié a la niña por enésima vez. Corrí para alcanzar a mamá, que ya esperaba ante la empalizada de madera cuya misión era separar los dominios del tío Fresón de la calle. Des-

* ¡Buenas tardes!

corrí con dificultad el cerrojo oxidado, abrí y esperé a que pasara. Y entonces vi el elefante azul turquesa parado delante de la verja. Ronroneaba como el gatito que solía colarse en el jardín y me dejaba acariciarle. De pronto, el paquidermo de color cielo escupió por un costado a papá, que vino hacia nosotras con el bigotillo trazando un arco sobre la sonrisa de los labios. Me sentí dichosa cuando me cogió de la mano y me condujo ante la mole azul.

—Mira, Clarita. Este coche es nuestro. ¿Verdad que te gusta?

Asentí con la cabeza. La emoción de haber recibido antes que Anita la atención paterna me había robado el habla.

—Ahora nos vamos a dar una vuelta los cuatro.

Miré a mamá, que sonreía con su característica impaciencia.

—Hala, Enrique, ábreme que me siente con la niña, no se vaya a despertar.

Papá obedeció sin rechistar y en la tripa del elefante apareció un sillón azul. Mi progenitor echó hacia delante el respaldo y recuperó su autoridad masculina dando órdenes:

—Vosotras os ponéis detrás. Clarita a mi lado. Va a ser la encargada de la radio.

Me volví a empapar de emoción, mientras mamá se instalaba con mi rival en la parte de atrás.

—Hay que volver pronto, Enrique —advirtió ella—, que las chicas tienen que cenar.

Papá no replicó. Colocó bien el respaldo, me dejó sentada en el asiento y cerró la puerta. Yo me puse de pie para poder mirar por la ventanilla.

—¡Siéntate, Clara! —exigió la voz de mamá desde atrás.

Le hice caso sin rechistar. Mamá podía tener muy malas pulgas si se la contrariaba. Desde la izquierda, la mano de papá me arrebató la Grundig.

—Vas a ver, Fina, la música que os pongo —anunció.

All my loving I will send to you... escapó por las rendijas del altavoz.

—¡La madre que parió a estos pelucos! —vociferó papá. Le vi girar la ruedecita con la que se sintonizaban las emisoras.

—¡Enrique, por Dios! Que las *xiquetes* lo pescan todo.

—¡Con los bidones los ponía yo!

Mi padre trabajaba en una fábrica de productos de limpieza, pintando bidones de chapa con una pistola pulverizadora. No les daban una mascarilla y cuando llegaba a casa, lo primero que hacía era vaciar un vaso de leche que mamá le tenía preparado junto al fregadero de porcelana blanca. A veces vomitaba en el retrete y yo le observaba desde el dormitorio, porque la urgencia le había impedido cerrar la puerta. Al terminar, papá tiraba de la cadena, sonreía desde la boca mustia y decía que ya estaba bien de la *panxeta*. Meses después encontró trabajo en correos y nunca más le vi vomitar. Ni beber leche.

—¡A ver si en la fábrica les quedaban ganas de hacer ruidos desagradables! —rubricó.

Acudió a desagraviarle Siw Malmqvist, una sueca que tenía mucho éxito cantando melodías sensibleras en alemán. *Liebeskummer lohnt sich nicht, my Darling*,* nos aconsejó a través de las ondas. Eso gustó más a mi padre que los Beatles.

—¿Ves, Fina? Esto es música. Así sí...

Papá me devolvió la Grundig. Ordenó que la colocara en el suelo, sujetándola entre los pies para que no se golpeara. Mientras le hacía caso, vi de reojo cómo su mano derecha movía una palanca situada entre su asiento y el mío. El suelo del elefante azul tembló bajo mis pies.

—¡Hala, que nos vamos! —gritó mi padre.

* No vale la pena sufrir por amor, *my Darling*.

Como mis ojos no llegaban a la altura de la ventanilla, sólo pude observar a través del cristal bolos aislados de nubes, pedacitos de cielo y la fachada de alguna casa.

—¡Qué bien se va! —se admiró mamá. Hasta Anita debía de haber despertado, porque se oían los sonidos guturales que profería cuando regresaba de sus siestas.

—El verano que viene nos vamos a Valencia con el coche —anunció papá—. Que ya van dos años sin ir a casa. Verás la cara que se le queda a Nicolás... Y Miguel, ni te digo...

—*Mare de Déu!* —exclamó mamá—. Si nos hemos quedado sin un duro con la Cucaracha esta, que parece mentira que sea de segunda mano. Tantos marcos, *redéu.* Ni que fuera de oro. Y yo con la niña no puedo coger tantas casas como antes.

—No se llama Cucaracha, Fina. Es un Escarabajo. Volkswagen *Käfer*, que dicen los cuadraos.

A mi madre le disgustó la aclaración.

—¡Y qué más dará una cucaracha que un escarabajo!

—Hay que hablar bien, Fina. Si es escarabajo, no se puede decir cucaracha.

—Pues vaya cosa...

—Y dentro de nada, Clara se quedará con la niña y podrás coger más casas —prometió papá, con la entonación que empleaba para imponer sus proyectos a mamá y de paso, al resto de la familia—. Para eso la Clari ya es una mujercita.

Me espeluznó la perspectiva de tener que vigilar a mi hermana más allá de la hora de la siesta. Pero me cuidé mucho de protestar. Las niñas de los sesenta no conocíamos la rebeldía. En la Grundig, Frank Sinatra cantaba «Moon River» con su profunda voz de vividor. Papá se ahuecó como los gorrioncillos que se paraban en el alféizar de la ventana de la cocina.

—Esto es música, no los pelucos esos...

Selló su boca hasta que Frankie acabó de cantar. Mamá también se mantuvo en silencio. Cuando se extinguió la canción, la oí murmurar detrás del respaldo:

—Qué preciosa... esta canción. Dice la *Frau* Mannesmann que es de una película muy bonita de la Audreihébun.

Mis padres pronunciaban los nombres de los actores americanos como Dios les daba a entender. Gary Cooper era Garicóper, a Clark Gable le convertían en el Cargáble y la dignidad de Spencer Tracy quedaba ultrajada por el malsonante Espencetráci.

—Bah, esa chica no me gusta con tanto hueso. Es como un cocido sin carne —masculló papá—. ¿Y quién es la *Frau* Mannesmann?

—Pues la señora de los jueves. La que tiene la peluquería.

—¿La fulana esa? Ya puedes tener cuidado, que ésa no te va a enseñar nada bueno.

—Ay, Enrique, pobre mujer. ¡Si es tan buena!

—Una fresca es lo que es, con esas faldas que se le ve hasta la partida de nacimiento.

El diálogo de mis padres se atascó en las escandalosas minifaldas de la peluquera. Tras un lapso de silencio, papá exclamó:

—Fina, ¿sabes que ya somos un millón de emigrantes en Alemania?

—Anda, ¿y eso quién lo dice?

Mi madre siempre fue una gran escéptica. Y a papá le encantaba instruirla, porque para eso el hombre ganaba a la mujer en listura y si Dios hubiera querido que la hembra fuera la más aguda, no la habría sacado de una costilla de Adán sino derechita de la cabeza, que a fin de cuentas era donde se guardaba el entendimiento.

—Me lo ha dicho Domenico, que lo ha oído en la emisora de los italianos. Es portugués...

—Pero ¿no es italiano ese chico?

—El emigrante un millón, mujer, ése es el portugués. Ayer llegó a Colonia. A la misma estación que yo. Menudo recibimiento se ve que le hicieron en el andén. Por todo lo alto. Con flores y fotógrafos, como al Fraga Iribarne ese. Hasta una moto le han regalado.

—Pues vaya cosa. Para qué querrá una moto el pobre.

—¡Poco bien que le vendrá para ir al trabajo! —enfatizó el hombre de la casa.

El espíritu práctico de mamá no se dejó achicar.

—Ya le podían haber regalado buenos marcos —sentenció—, ¡y no tonterías! ¿Y si se cae de la moto y no puede trabajar, eh? Acuérdate de lo que le pasó a Andrés, el de la Sole, con la Vespa, que el pobre se quedó lisiado.

Mi padre meneó la cabeza por encima del volante. Zanjó el asunto con su máxima favorita de aquella época:

—Dios sacó a Eva de una costilla de Adán. Por eso las mujeres nunca veis la sustancia de las cosas.

11

Un zumbido electrónico brotó del teléfono y me devolvió al presente. Automáticamente pensé en Emilio. Pero ¿por qué no me llamaba al móvil como hacía siempre? Mientras descolgaba, eché un vistazo a la pantalla de mi Nokia. Estaba conectado y tenía cobertura. De paso miré el reloj. Eran casi las ocho.

—Diga —susurré al auricular.

—¿Clara Rosell? —preguntó con jovialidad un hombre que a todas luces no era mi marido.

—Sí...

A mitad de la raquítica palabra se me encendió la bombilla del reconocimiento. Pese a estar sentada sobre la colcha sin más ropa que la interior, me abrasó un golpe de calor. Tuve que coger de la mesita un pequeño bloc de notas y abanicarme con él. Escuché un discreto carraspeo.

—Hola, Clara. Soy Héctor... Héctor Laborda.

Un repentino ataque de optimismo redujo mi temperatura corporal casi hasta la normalidad. Igual ese individuo llamaba para contarme algo más sobre su padre. A lo mejor, mi reportaje tenía salvación. Y con él, mi dignidad. Apagué el televisor. Balbuceé:

—Hola...

La respiración de Laborda se deslizó dentro de mi oído, seguida por las palabras:

—Mira, te llamo porque cuando te fuiste esta tarde me sentí bastante mal. Primero por mi recibimiento... sé que estuve muy brusco. Me pillaste en mal momento. Y para rematar, el final tan accidentado de nuestra conversación. No me dio ni tiempo de borrar la mala impresión que debiste de llevarte de mí. Por otra parte, también quisiera comentarte una cosa relacionada con mi padre...

Se calló abruptamente. Pregunté, por llenar de alguna manera el silencio:

—¿Ya habéis resuelto la avería?

Le oí reírse, ahora sin la mordacidad envenenada de nuestra primera conversación telefónica. Su risa era luminosa, como la de un chico joven que aún no ha extraviado la inocencia.

—Sí, al final era menos grave de lo que pensábamos. Aun así, no hace ni veinte minutos que he salido de la fábrica... Hum, escucha: ¿podemos vernos para hablar de... lo de mi padre?

Como el genio de Aladino cuando surgía de la lámpara, los ojos de ese hombre saltaron del auricular y desplegaron ante mí su hipnótico verdor. Me vi obligada a abanicarme de nuevo con el bloc.

—Sí, claro...

—A todo esto no te he dicho que estoy aquí abajo, es decir, en recepción. Vamos, en tu hotel.

Batí con fuerza el improvisado abanico. La idea de que ese hombre se hallara a sólo dos pisos de mí me había vuelto a desasosegar. Dignidad, Clara, me reprendí. Piensa en el artículo, añadió la voz de la razón. Tomé aire y dije:

—Bien, dame cinco minutos y bajo.

—Te espero en la cafetería, ¿de acuerdo?

—Vale, ahora voy.

Colgué antes de que él pudiera añadir algo más. Devolví el bloc a su lugar en la mesita. Me despegué de la cama y me encajé el pantalón negro surcado de rayitas gris perla, la camiseta de lycra blanca y la americana. Antes de abandonar la habitación, entré en el baño para comprobar el estado del maquillaje. Reparé algún estrago menor y pasé el cepillo por la melena con intención de ahuecarla.

Héctor Laborda no me esperaba donde habíamos acordado. Le hallé paseando delante del mostrador de recepción, mientras hablaba por su teléfono móvil y gesticulaba moviendo la mano que le quedaba libre. Sobre el brazo izquierdo llevaba colgada una prenda de cuero negro. Pidió disculpas mediante una sonrisa cariñosa y prosiguió la conversación. Me sentí estúpida, como suele ocurrirme cuando alguien que debería estar hablando conmigo es secuestrado por ese artefacto. Le indiqué por señas que le aguardaría en la cafetería. Él asintió con la cabeza. Sin los alerones de la bata blanca golpeándole las perneras del pantalón, no quedaba ningún obstáculo para estudiarle a fondo. Y eso hice, aunque con disimulo. La rapidez del reconocimiento no me impidió confirmar lo que ya creí ver por la tarde: el cuerpo de Laborda se hallaba en buen estado. No es que fuera el de un atleta y, desde luego, ese hombre aparentaba la edad que tenía, quizá incluso un poco más, pero sin duda resultaba muy seductor. Me precipité al interior del bar y derramé mi persona sobre la silla más próxima. Me sentía como la infeliz *Fräulein* Berger cuando el padre Antonino asomaba sus sienes de plata por el colegio de Cáritas. Igualita que un pollo sin cabeza.

Laborda apareció enseguida. Colgó la prenda de cuero, al parecer un abrigo o un chaquetón tres cuartos, sobre el respaldo de una silla libre, apagó el móvil y lo dejó encima de la mesa. Vestía con un toque muy juvenil. Llevaba americana de pana azul marino sobre pantalón vaquero y camisa blanca. ¿Le elegía la ropa su mujer? El aleteo del corazón se calmó cuando creí detectar un proyecto de barriga bajo la corbata. Pero enseguida me asaltó la duda. Quizá la tripita fuera un efecto óptico de la camisa, cuya tela parecía algo recia. Regresé a la condición de pollo descabezado. Laborda se sentó enfrente de mí.

—Los técnicos —se excusó, señalando el teléfono—. Son unos críos y no paran de consultarme cosas. Oye, he estado pensando mientras esperaba: ¿te apetece que vayamos al casco antiguo y tomemos unas tapas? Te invito. Es lo menos que puedo hacer después de haber sido tan rudo.

A la vez que tragaba saliva, intenté analizar la situación. A punto de cumplir cuarenta y seis años, me hallaba en una fase sumamente crítica de mi vida, a la que los niños habían borrado hasta el último trazo de lujuria. Cada mes que pasaba me sentía más caduca. Y eso me hacía muy vulnerable a los encantos de un hombre guapo como el que tenía enfrente. En esas condiciones no me convenía de ninguna manera ir de tapeo con Laborda. Él pronto se daría cuenta del efecto que causaba sobre mí, suponiendo que no lo hubiera advertido ya. A lo mejor, sólo me invitaba para ver babear a una pobre mujer hambrienta de emociones. Los hombres son muy vanidosos. ¿Por qué iba a ser éste diferente? Decidí que no estaba dispuesta a alimentar el ego de Laborda. Que se lo nutriera su mujer. O la recepcionista neumática que trabajaba en su empresa. Sacudí la cabeza.

—No te molestes, aunque gracias —farfullé a velocidad de bólido—. Es que... estoy muy cansada. No siento ni hambre, vamos. Mañana tengo que madrugar... y espero que me telefonee mi marido dentro de un rato. Arriba, a la habitación. Es que esta mañana se me ha caído el móvil... en el tren... y no funciona. —Nada más fabricar el embuste, recordé que llevaba el Nokia en el bolso y además estaba conectado. Si a Emilio le daba por llamarme en ese momento, quedaría ante Laborda como una estúpida mentirosa. O una mentirosa estúpida—. Bueno, a veces funciona... y a veces no —maticé.

Él se encogió de hombros como si lo sintiera de verdad. Me arrepentí de haber rechazado la invitación. Y encima, sentí el estómago zarandeado por un hambre canina.

—Lástima, conozco unas tascas estupendas. Pero otra vez será. —Laborda hizo una pausa, como si se estuviera preparando lo que me iba a contar a continuación. Encajó una sonrisa triangular entre la barba, inspiró y dijo—: Puesto que tienes prisa, mejor voy al grano: en realidad, la culpable de que haya venido a hablar contigo es mi mujer.

Debí de mirarle con estupor, porque él aclaró:

—Indirectamente. No es que me haya mandado venir. Ni siquiera sabe que estoy aquí... —Tomó más aire—. Te estoy desconcertando, ¿verdad?

Pensé que las circunstancias exigían disimulo:

—No, no, qué va.

—¿Sabes que mientes muy mal, Clara Rosell? —se mofó él, todo suavidad.

Noté que mi cara se ruborizaba como una señal de stop. No supe qué decir y Laborda se apropió del turno de respuesta.

—Es que... mi mujer es psicóloga.

Empecé a sospechar si no me hallaría ante un pobre neurasténico. Muy apuesto, pero carne de psiquiatra. La separación de sus padres debió de descuartizarle la psique como una res indefensa. ¡Qué pena de hombre! Tan atractivo y tarumba perdido.

Al no ocurrírseme ninguna observación sagaz que aportar, él siguió hablando:

—Su máxima ilusión cuando hizo la carrera era montar

una consulta y dedicarse a la psicoterapia. Ahora trabaja en una empresa.

Y a mí, ¿qué podía importarme dónde se ganaba los garbanzos esa buena señora? Sin embargo, decidí mostrarme cortés y pregunté:

—¿En Componentes Dupont?

—No, en una empresa de selección de personal. Pero esto en realidad no viene a cuento.

Desde luego que no, pensé.

—Te lo explico para que te hagas una idea de la manía que tiene la pobre con analizarnos a todos. A los chicos, a mis suegros y en especial a mí. No sabes las palizas que me da con el tema de mis padres desde que empezamos a salir juntos. Y de eso hace ya veintiséis años...

Decidí conceder a mi interlocutor un margen de confianza. Quizá el neurótico no fuera él, sino su psicóloga y a todas luces entrometida esposa. En eso, Laborda me sobresaltó dando un respingo:

—Vaya, ni siquiera te he preguntado si quieres tomar algo. Te estoy abrumando a palo seco. ¿Qué te apetece?

—No sé. A estas horas... Un zumo de naranja.

Él saltó de la silla y se aproximó a la barra. Cuando regresó con las bebidas, siguió hablándome de su mujer como si no se hubiera interrumpido siquiera.

—Lleva veintitantos años sermoneándome acerca de la conveniencia de conocer a mi padre. Por eso de ver las cosas con perspectiva. Yo siempre he hecho oídos sordos a esa jerga de psicóloga. Me ataca los nervios, no lo puedo evitar. Pero... cuando me llamaron de Alemania para comunicarme lo de mi padre... confieso que me afectó. Más de lo que habría imaginado. He pasado, y estoy pasando, unos días... digamos que bastante malos...

Laborda se aclaró la garganta. Debía de sentirse incómodo

exponiendo sus sentimientos a una mujer prácticamente desconocida. Aunque, por otra parte, nadie le había pedido que lo hiciera.

—Me estoy yendo por las ramas otra vez. No suelo ser tan disperso, ¿sabes? El caso es que Claudine...

Recuerdo con toda nitidez que le interrogué con la mirada. La aclaración no se hizo esperar.

—Claudine es mi mujer. Se llama así por mi suegro, que es francés de la France. Bretón, para más señas. El caso es que cuando murió mi padre, ella volvió a la carga con el rollo psicológico y yo seguí a la defensiva. Hasta esta tarde. Y en ese cambio de opinión has intervenido tú...

Por fin iba a conocer mi papel en el tejemaneje de la semifrancesa hurgadora de mentes. Le miré y me hundí hasta el cuello en sus ojos. ¡Qué verdes eran! Él me regaló la sonrisa de tres ángulos y se puso a sorber su café, escrutándome por encima de la taza. La turbación me hizo pensar que no padecería de insomnio si se hinchaba de cafeína a esas horas.

—Bien —siguió Laborda—, es hora de pasar al quid de la cuestión: a raíz de tu visita se me ha ocurrido una idea que puede ser beneficiosa para ambos...

—¿Para ti y para... tu mujer?

Él fue rotundo:

—¡Para mí y para Clara Rosell! —Trazó una mueca burlona—. Dado tu tesón, no me extrañaría que hubieras convencido a tu superior para que te deje investigar en Alemania. ¿Me equivoco?

Me dio vergüenza confesar que ni siquiera me había atrevido a plantearle algo así a Ramón. Contesté encogiendo los hombros y meneando la cabeza con suficiencia. Que lo interpretara como le viniera en gana. Además, si no mediaba palabra, mi ocultación de la verdad sería menos grave. Desde niña odio mentir. Mamá debió de gestarme con alma de beata. Laborda pareció interpretar mi paripé como una afirmación. Inspiró y dijo:

—Te propongo lo siguiente: déjame acompañarte a Alemania. Está claro que a mí me vendría de maravilla moverme por allí con alguien que sabe alemán. Pero a ti también te beneficiaría mi compañía. Hay cosas que la gente sólo cuenta a un familiar directo, que en este caso soy yo. Por lo tanto, yendo conmigo podrás conseguir un montón de datos para llenar tus dos páginas de artículo. Una información que a ti no te darán si te presentas sin más como periodista.

Recordé el hermetismo de Antonio Vargas Maldonado, el jesuita de la fundación investigadora de la emigración. Héctor Laborda no iba nada desencaminado.

—Es de locos —susurré, para disimular un improcedente brote de alegría.

—Puede... A lo mejor se me ha ido el tarro, como dicen mis hijos —bromeó él entre carcajadas—. Pero no soy peligroso. ¡Palabra de honor!

Acabamos riendo a dos voces. De pronto sentí la boca seca. Tomé el primer sorbo del zumo que me había traído Laborda.

—¿Cuántos hijos tienes?

—Dos —respondió él—. El mayor acaba de cumplir los diecinueve. Es el que te dio el teléfono de donde trabajo. Me ha salido inteligentísimo, aunque un tanto inocentón. Pero esto último ya se lo curará la vida... supongo. —Me miró con sorna desde su lado de la mesa—. El otro es más vivo. Tiene diecisiete años, pero se las sabe todas. ¿Y tú?

—Dos también. Uno de cinco años y otro de tres y medio. Es que... soy una madre un poco tardía.

—Bueno, hoy en día tenemos a los hijos cuando nos conviene...

O cuando podemos, pensé. No creí oportuno sacar a relucir los años de espera estéril, los tratamientos de fertilidad que me dejaron hecha un trapo y el aborto de seis meses que casi me facturó al otro mundo antes de quedarme embarazada de Fran. No era el tema apropiado para una conversación de trabajo. Cambié de tercio.

—Desde luego, tu mujer tiene que estar encantada contigo —ironicé—. Por fin decides hacerle caso y organizas en un pispás un viaje relámpago a Alemania. ¿Eres así de impulsivo para todo?

A Laborda se le nubló el semblante a velocidad de crucero. Acabó mirándome con inesperada turbación. ¿Le habría molestado lo que le había dicho?

—*Touché*... —murmuró, al cabo de unos segundos, arrastrando las sílabas—. Me has pillado. Hay algo más. Esto no lo sabe ni Claudine. Igual tampoco debería contártelo a ti, al fin y al cabo no te conozco, pero...

Me sonrió con tal mezcla de apuro y ternura, que Laborda se fugó de mi mente y en su lugar se instaló para siempre Héctor. Ahora, la que carraspeó a conciencia fui yo.

—Bah, qué más da —dijo él, encogiéndose de hombros—. Pareces una periodista seria. ¿Puedo confiar en tu discreción?

—Sí, claro —farfullé, tragando saliva.

Él se rascó la nariz.

—Hace cinco años, cuando murió mi madre, estuve revisando sus papeles para... bueno, habíamos puesto el piso en venta y me tocó decidir qué valía la pena conservar y qué debía echar a la basura. Lo que suele hacerse en esos casos... Y entre un montón de facturas viejas me encontré una carta que le había escrito mi padre dos años atrás. Es decir, en el noventa y siete.

Me acabé el zumo de un tirón. Empezaba a ponerme nerviosa el giro que tomaba la conversación.

—Era una carta extraña —continuó Héctor—. Hasta diría que inquietante. Mi padre empezaba suplicándole perdón por el daño que nos había hecho. Luego se declaraba culpable de haber pecado contra dos de los diez mandamientos, aunque no especificaba cuáles, y al final se despedía diciendo que aun teniendo las manos manchadas por su gran culpa, conservaba la esperanza de ser perdonado por Dios antes de morir. —Inspiró hondo—. Daba cierto repelús, la verdad. No se la enseñé a Claudine por evitarme alguna de sus interpretaciones rebuscadas. Así que guardé ese despropósito bien lejos de ella. Y ahora, esa mierda es lo único que tengo de mi padre. Los desvaríos de un pobre diablo que no debía de estar muy cuerdo.

—¿Y después de leer esa carta, no te dio por averiguar su paradero para encontrarte con él? —pregunté con cautela.

—Lo estuve pensando —admitió él, casi susurrando—. Pero al final, me rajé. Después de haber vivido de espaldas a ese señor durante casi cuarenta años, no me veía de cháchara con él.

Un impulso irracional me incitó a compartir con Héctor lo poco que sabía sobre la muerte de su padre. Tal vez no me reportara ningún beneficio de cara al artículo, pero me sentía obligada a hacerlo.

—¿Cuando te llamaron de Alemania, te informaron de que tu padre tenía sobre las rodillas una Biblia española?

—Sí, algo dijo el periodista ese. Pero hablaba inglés peor que Tarzán y no me enteré muy bien.

—El alemán publicó una foto de la Biblia en el artículo que sacó la edición digital de su periódico. Estaba abierta por la parte de los salmos, concretamente por uno de penitencia, y había subrayados varios fragmentos. Ampliando la imagen se leían bastante bien. Uno de ellos me resultó de lo más tétrico. Creo que decía algo así como «Líbrame de la sangre, Dios, Dios de mi salvación, y aclamará mi lengua tu justicia...». Si tienes una Biblia en casa, puedes consultarla para más exactitud. Se trata del Salmo 51 titulado «Miserere».

Héctor se encogió de hombros.

—Eso demuestra que mi padre no andaba muy allá de la azotea.

Me vinieron a la cabeza las crípticas palabras de Antonio Vargas Maldonado sobre Héctor Laborda cuando hablamos por teléfono el día 31 de diciembre: «Dios le sometió a una prueba muy dura y Héctor se rompió».

—O que le ocurrió algo terrible —maticé—. Hablé por teléfono con el periodista alemán. Me contó que tu padre guardaba dentro de la Biblia una página de periódico estropeadísima que relataba tres sucesos. —Me interrumpí para hacer memoria—. A ver si los recuerdo... Uno era el atropello de una niña que murió a raíz del accidente. El otro se refería a una pelea de borrachos en una taberna del barrio viejo que se saldó con un muerto, y el tercero hablaba del cadáver de un hombre que había aparecido en un bosque del extrarradio. Le habían matado a cuchilladas. Mi colega escaneó el recorte y me mandó una copia por correo electrónico. Los bordes de la hoja están hechos polvo y ya no se ve la fecha ni el diario de donde procede, pero según él, por el formato podría ser de los años setenta.

Héctor me miró con cara de hallarse en pleno proceso de asimilación. Tardó en abrir la boca. Al fin, concluyó:

—Como ves, parece que me sobran razones para ir a Alemania, ¿no?

Yo no contesté. Aún no tenía claro si había hecho bien o mal compartiendo con él mis modestas bazas.

—Una cosa, Clara —arrancó él con repentina energía—. Me gustaría leer lo que hayas escrito sobre mi padre antes de que lo publiquéis.

Me alarmó lo que parecía una intromisión en mi trabajo.

—¿Pretendes ejercer de censor?

—Para nada. ¡Prometo no meterme en tu terreno! Sólo quiero estar seguro de que el artículo será respetuoso y no alimentará el morbo. Es por mi madre. Aunque esté muerta, la pobre no merece que sus penas sean utilizadas como carnaza. Es una pretensión justa, ¿no crees?

—No sé qué decirte. Tengo que consultarlo con mi jefe. Y lo de acompañarme a Alemania, también. Falta saber si el periódico estará dispuesto a costear la expedición.

—Yo pagaré mis gastos, por supuesto. No aspiro a que tu periódico me subvencione esta psicoterapia casera.

Al oír la palabra «psicoterapia», me acordé de la entrometida Claudine.

—¿Qué opinará tu mujer de este tinglado?

—Ni idea. No la he podido sondear. Hoy no he comido en casa. Pero seguro que se alegrará. Con los años que lleva dándome la paliza.

A Héctor se le inundó la cara de sonrisa. De pronto, parecía ilusionado con el proyecto. Yo intuí que Claudine no iba a alegrarse tanto como pensaba su marido. Aunque ése no era asunto mío. El problema más inmediato era trabajarme a Ramón. Y sobre todo, controlar mi propensión a encandilarme cada vez que me asomaba a esos ojos verdes.

—Déjame unos días para darte una respuesta —pedí.

—¿Puedo confiar en que me llamarás con lo que sea?

—Por supuesto. ¿Por quién me tomas? Soy una mujer de palabra.

—Eso no lo dudo —ronroneó él. Una vez planteado su descabellado plan, parecía más relajado y hasta dispuesto a jugar a la seducción. Yo no me sentía con ánimo de coquetear sin criterio. No tenía edad para subir a la habitación cargando el lastre de una calentura estéril. Miré el reloj con ostentación, esperando que él captara el gesto.

—Huy, las nueve. Tengo que dejarte.

Héctor reaccionó con inesperada sorpresa.

—Vaya, se me ha pasado el tiempo volando. Lástima que tengas tanta prisa.

Me puse en pie. La conversación me había ablandado las rodillas. Temí haber quedado incapacitada para dar un paso. Eso me aceleró aún más.

—Ya hablaremos con calma por teléfono.

Alargué la mano derecha y se la puse a Héctor delante de la nariz. Él se levantó con gesto de turbación y me estrujó los dedos sin piedad. Tardó en liberarlos. Cuando al fin me soltó, colocó la silla vacía en su sitio y dio la vuelta a la mesa hasta quedarse delante de mí. Muy cerca. De nuevo fui asaltada por el triángulo níveo de su sonrisa. Me vino a la cabeza una mañana estival enterrada bajo una veintena de años, cuando Emilio me besó a traición en el portal de la finca donde él trabajaba para dos abogados laboralistas. Sus labios también dibujaban un sombrero de tres picos entre la barba, que sacrificó a los cuarenta porque odiaba llevarla llena de canas. Me di cuenta de que echaba de menos a aquel Emilio. Y a una Clara que ya no existía.

—Bueno, quedamos en que me llamas —recalcó Héctor—. Por cierto, no tengo tu teléfono.

Hice ademán de abrir el bolso en busca de papel y bolígrafo. Él no me dio tiempo. Extrajo del bolsillo interior de la americana una tarjeta de visita y una lujosa estilográfica. Me tendió ambos objetos. Leí su nombre debajo del de la empresa. En la siguiente línea ponía «Director de Producción».

—Puedes escribir en la parte de atrás —sugirió él.

Anoté el teléfono de la redacción y el número del móvil. Le devolví tarjeta y pluma. Él echó un vistazo a las cifras recién garabateadas. Una sonrisa burlona le abrillantó los ojos. Así debió de mirar Mefistófeles al iluso de Fausto cuando supo que tenía su alma en el bote.

—¿Éste no será el número del móvil que se te ha caído en el tren?

—Sí, pero no importa. Lo llevaré a arreglar en cuanto llegue a Valencia —balbuceé—. En cualquier caso, en la redacción seguro que me localizas. Y de todos modos, te llamaré yo antes.

Cuando quise darme cuenta, Héctor ya me había dejado caer un beso en cada mejilla. Las suyas emanaban un aroma parecido al perfume que usaba Emilio.

—Bueno, Clara Rosell, no te entretengo más, no se te vaya a impacientar el marido. Espero tu llamada.

Prometí telefonearle pronto y me tambaleé con vaivén de borracha hacia la puerta de salida. Héctor caminó a mi lado hasta la barra. Allí susurró «Adiós» y se separó de mí para pagar lo que habíamos consumido. Yo salí de la cafetería con la sensación de llevar sus ojos de esmeralda clavados como alfileres en la espalda. O incluso un poquito más abajo. Eso me hizo mucha ilusión.

12

Mark llevaba demasiado rato mirándome con escepticismo de anglosajón. Al final, dijo:

—No vayas con ese tío a Alemania.

Estuve a punto de atragantarme con el café recién sacado de la máquina. Eran las cinco y cuarto de la tarde. Nada más descender en Valencia de ese tren anacrónico que me recordaba el vehículo donde Ana Karenina regaló sus primeras palabras al conde Vronski, había ido a la redacción en taxi para hablar con Ramón antes de que me lo secuestrara otro redactor. Tras media hora de dura negociación había logrado que me subvencionara tres días en Düsseldorf, más ida y vuelta en avión, para investigar sobre el padre de Héctor. Recalcó que se dejaba arrastrar a semejante dislate, porque la historia prometía y había logrado despertar a la periodista que vegetaba bajo mi caparazón de secretaria factótum, pero mucho ojito con volver de vacío, porque no vería un aumento de sueldo hasta el día de mi jubilación, si es que seguía en el periódico para entonces. Salí de su despacho sin saber si congratularme por el resultado de la entrevista, o morirme de pánico sin más. Ahora me quedaba la faena de informar a Emilio sobre el inminente viaje y mi potencial acompañante. La noche anterior le resumí por teléfono mis pesquisas, por supuesto sin profundizar en el apartado Héctor Laborda, hijo. Mi santo esposo apenas hizo comentarios, pero atribuí su frialdad al cansancio acumulado a lo largo del día. Y ahora Mark, la persona que más me había alentado en esta historia, me salía por peteneras.

—¿A qué viene esto, Mark? —pregunté—. Precisamente tú, con lo que me has animado siempre.

—Ay, Clarita, *filla*, lo lista que eres para algunas cosas y lo obtusa que te veo ahora. A ver, descríbele a tu tío Mark con detalle al hijo del emigrante.

Noté cómo el calor me iba tiñendo de escarlata. Bebí café para disimular el pavo. Cuando creí que el cutis habría recuperado la coloración normal, alejé el vaso de la boca y murmuré:

—Pues... es un señor muy agradable, muy educado...

Mark me interrumpió con brusquedad:

—¡Al grano, Clara, que tengo prisa! El *body*... ¿cómo tiene el *body*?

—Hum..., ¿qué quieres que te diga? No es un jovenzuelo, pero está muy bien. Bastante alto. Delgado. Viste con clase...

Mi amigo volvió a guillotinarme los titubeos:

—Vamos, que está bueno...

—Hombre..., lo que se dice bueno...

Él sonrió bajo un aura de causticidad que le envolvió como el velo de una novia.

—Bien, esa parte está aclarada. Ya sé que el caballero te gusta del cuello para abajo. ¿Es guapo?

Un nuevo rubor trepó hasta mis mejillas.

—Pues, hombre... sí —susurré, hurtándole la mirada—. Podría decirse que sí. Tiene unos ojos increíbles. Verdes... como las esmeraldas...

—Ojos verdes. —Mark se había recreado en cada sílaba con irritante ironía—. Eso me recuerda una copla de la Concha Piquer que privaba a mi difunto padre...

—¿Tu padre no era americano?

—En efecto. De la mismísima New York City. Pero era un fan de la Piquer. —Mark tomó aire y canturreó con parsimonia entre las barbas—: «Ojos verdes, verdes con brillo de faca, que se han clavaíto en mi corazón. Pa mí ya no hay soles, lucero, ni luna, no hay más que unos ojos que mi vida son...». Me la sé de pe a pa. Y también esa de «Tatuaje». Ah, qué maravilla de canción para escucharla cuando ardes de amor por un hombretón...

Lo que me faltaba: Mark poniéndose sentimental delante de la máquina de café. Él profirió tres carcajadas que cortaron el aire en tiras.

—Y volviendo a nuestro amigo de los ojos verdes, Clara, no creas que vas a distraerme del tema. ¡Bájate de ese tren ahora mismo! Aún estás a tiempo.

Yo protesté. ¿Qué otra opción me quedaba?

—¡No puedo echarme atrás! ¿Cómo voy a decirle a Ramón que me rajo? Con lo que me ha costado convencerle para que el periódico me pague el viaje.

—Clara, salta a la vista que ese tío te gusta. Por si no te habías percatado, te has puesto roja como un camión de bomberos describiéndome sus ojitos «verdes como el trigo verde». Piensa en lo que va a suponer ese viaje. Te vas a pasar tres días pegada a él. Eso es muy mal rollo.

—Si no vamos a hacer nada... —susurré.

Mark se retorció como una culebra por culpa de un súbito ataque de risa. Cuando se calmó, arrojó su vaso vacío a una papelera cercana.

—Entonces, mucho peor. ¡Te socarrarás! ¡Se te fundirán todos los fusibles!

Yo sacudí la cabeza. Era la monda. Vaya consejero que me había buscado.

—Contigo no hay quien se aclare —le reproché—. Te recuerdo que hace poco me sugeriste que me buscara un amante... Menos mal que no me lo tomé en serio...

Mark inició un irónico balanceo de cabeza.

—Una cosa es echar unos polvetes lúdicos —sentenció, y la expresión de búho librepensador se instaló donde segundos atrás sólo había hilaridad—, y otra... Mira, corazón loco, sólo hace cinco meses que nos conocemos, pero para mí eres un libro abierto. Tú no eres una folladora. Eres de las que se enamoran hasta las uñas de los pies...

Me incomodó que Mark me hubiera calado tanto. A falta de argumentos para rebatir su enojosa afirmación, me encogí de hombros.

—Dicho así...

—Tú volarás a Alemania con ese tío pensando que va a serte útil... y no niego que vaya a ayudarte. En otras condiciones, te diría que adelante sin temor. Pero presiento que te vas a prendar de él como una lela, suponiendo que no lo estés ya, y pase lo que pase con ese buen hombre... vas a sufrir... —En la cara de Mark, el búho cedió su puesto al gremlin rijosillo, otro de los entes que nutrían su compleja personalidad—. Me caes muy bien, Clarita, aunque tengas esa delantera enorme que embelesa a los heteros. No me gusta presenciar cómo mis amigos se meten en líos, sin hacer nada para evitarlo. Por eso insisto: ¡retírate, ahora que estás a tiempo!

—No puedo, Mark. Me juego mucho. —Tragué un excedente de saliva—. Y... vale, reconozco que ese hombre... me gusta un poco...

Mark me obsequió con una sonrisilla socarrona. Me sentí muy estúpida por haber intentado engañar a la persona más sagaz de la redacción.

—Bueno, vale, admito que me gusta. Transmite algo... en fin, no sé decirte qué transmite. Digamos que tiene un polvo y ya está. Pero ya soy mayorcita y sé controlar mis impulsos sexuales...

—Los impulsos sexuales, querida, una vez desatados no los controla ni la Santa Inquisición —me instruyó Mark con semblante de infinita sabiduría. Parecía un cura con inclinaciones licenciosas predicando templanza desde el púlpito—. A propósito, ¿no te he contado nunca la historia del homosexual algo maduro, pero muy ingenuo, que se lió con un casado, le entregó a su amor el alma en bandeja de plata y acabó con el corazón en calzoncillos, porque el otro, aun gustándole los hombres más que a mis paisanos un rifle, prefirió seguir con su mujer por no perder a los hijos?

—No. No me la has contado nunca —murmuré. Lo que menos me apetecía ahora era escuchar fábulas moralizantes. Aun así, le seguí la corriente—. ¿Y qué le pasó a tu homosexual algo maduro pero ingenuo?

—Acabó muy mal, Clara. Se hundió en una depresión de caballo, descuidó su trabajo, un excelente trabajo, por cierto, y si no le tiende la mano un amigo hetero algo bruto aunque de buen corazón, aún estaría hinchándose de pastillas y bourbon.

Deduje que ese homosexual enamoradizo no era otro que el propio Mark. Y el amigo hetero, algo bruto pero de buen corazón, tenía todas las trazas de haber sido Ramón. Igual nuestro engreído jefe poseía humanidad bajo su coraza de macho dominador. El bueno de Mark acababa de contarme con rodeos la causa de su naufragio, una información altamente cotizada en la redacción. Y era precisamente Clara Rosell, el último mono del periódico, la que tenía el gusto de recibir la primicia. Lástima que no pudiera jactarme de ese honor. Mark añadió:

—Así que ten mucho cuidado. Tú también eres un alma cándida. Esas lacras de la personalidad no se corrigen con la edad.

—Debo seguir adelante, Mark. ¡No pienso quedar como una marujona boba delante de esos niñatos recién salidos de la facultad y de todos los Ramones que andan por ahí! Voy a por todas.

Sonrió de nuevo el gremlin rijoso entre las barbas entrecanas:

—Te voy a dar un consejo de amigo: si tu marido te pregunta cómo es el hijo del emigrante, no le des la descripción que me has dado a mí. Se te podría mosquear.

—¡Qué exagerado eres!

Mark se encogió de hombros e hizo amago de alejarse.

—Bueno, Clarita, voy a seguir currando, que el tiempo es oro y los artículos no se escriben solos. Reconozco que le echas ovarios, ¡sí señor! ¡Y qué Dios te coja confesada!

Lo de Dios me hizo gracia, teniendo en cuenta que venía de un ateo declarado. Mark se largó sin más comentarios, llevándose consigo al búho librepensador y al gremlin rijoso.

Por la noche, a Emilio se le agriaron primero el telediario y después el semblante, cuando le dije que el periódico me mandaba tres días a Düsseldorf para indagar sobre el viejo emigrante al que hallaron cadáver el día de Nochebuena. Y eso que esperé hasta haber acostado a los niños; al volver al salón le encontré hecho una rosca en el sofá grande, sobándose el lóbulo de la oreja derecha, con los párpados a media asta y la mirada asomando como un hurón por la rendija que quedaba entre las pestañas. Ése solía ser el mejor momento del día para adelantarle noticias que no hacían prever una buena acogida. Así que me senté en un extremo del sofá y dejé caer la bomba. De colofón anuncié que el lunes siguiente había quedado en el aeropuerto de Barcelona con el hijo del fallecido, que iba a participar en la expedición.

—¡Joder! —exclamó Emilio. De pronto se le abrían los ojos de par en par—. Precisamente la semana que viene, que andaré hasta las orejas de trabajo y apenas pararé por casa. Cuando llegue el viernes, los pobres críos no recordarán ni nuestras caras. Y encima nos tocará pagarle un montón de horas extras a Paquita. Cada vez que pienso en la pasta que nos cuesta esa mujer, me dan ganas de cerrar el bufete y quedarme de amo de casa…

—Piensa que es mi oportunidad. ¡Tengo que aprovecharla!

—No sé qué decirte —objetó él—. Si el maño ese no te ha contado nada interesante en Zaragoza, es absurdo seguir adelante. Y me da en la nariz que el individuo se te ha agregado para montarse su propia cruzada. —Emilio se despegó de la tapicería y se quedó sentado, tieso como un juez revenido. Me escrutó con repentina desconfianza. O quizá me la hizo ver mi mala conciencia—. Por cierto, aún no me has dicho qué tal es…

Salté del sofá como impulsada por un muelle y empecé a recoger los juguetes que Fran y Raúl habían dejado desparramados por la alfombra. Normalmente cedía esa tarea ingrata a Paquita y me limitaba a amontonar los trastos en un rincón para evitar tropezar con ellos. Pero era vital que Emilio no me viera sonrojarme. Y sé que me ruboricé en el mismo instante en que me agaché para coger una excavadora de plástico a la que ya faltaban las dos ruedas delanteras.

—Bah, es sosillo —murmuré, inclinada sobre la alfombra—. Y de pinta… muy poca cosa.

Apresé con la otra mano lo que quedaba de una rampa de lanzamiento para coches diminutos.

—Ahora sí que me has roto los esquemas —se mofó Emilio—. Cuando hablamos ayer, me dio la impresión de que el tío te había caído en gracia…

Como ya no me ardía la cara, me arriesgué a levantar la vista del sembrado de juguetes. Emilio sonreía, irradiando la mordacidad que sólo despliega un hombre con quien una ha compartido muchas noches. Y no todas ellas de lujuria.

Sus ojos se habían achinado hasta reducirse a una rendija burlona.

—Pues menuda excursión te has organizado —siguió pinchándome—. Nada menos que pasarte tres días revolviendo por esas tierras con un adefesio que encima es soso… No sé, Clara… estás perdiendo facultades.

Mi amor propio encajó ese dardo envenenado con muy poca deportividad. Me enderecé. Sin soltar los juguetes, me dejé caer al lado de Emilio.

—¡Cualquiera que te oiga diría que pienso con la entrepierna!

Una nueva sonrisa de mi esposo, que le sesgó los ojos aún más, incrementó mi irritación. Él se justificó entre dientes, mordaz:

—Yo no he dicho eso. El que se pica, ajos come. Por otra parte, reconoce que si esto lo hubieras planificado desde la entrepierna, tendría más lógica.

—¡Estás siendo muy machista! Las mujeres somos más inteligentes que todo eso.

—Las tías os ponéis como motos y sois capaces de cualquier cosa —contraatacó Emilio, con la voz sedosa que empleaba cuando parecía estar leyendo mi cerebro. Lo peor era que en esos momentos desarrollaba una enojosa clarividencia—. Te juro que no me explico cómo le has sacado a tu jefe la financiación de un proyecto tan descabellado. Pero ¿sabes qué? Me voy a callar, no acabemos de morros esta noche. Por mi parte, no tengo más que decir.

Me quedé inmóvil, con los juguetes mutilados sobre el regazo, temiendo que otro rubor delatara mi inadmisible fervor por Héctor Laborda. Por suerte, no hubo más acaloramientos faciales. Emilio rompió el silencio con inesperada benevolencia:

—Anda, deja esos trastos para Paquita y vamos a hacer

algo productivo. ¿Sabes que has vuelto muy guapa de Zaragoza? Cada día estás más apetitosa.

Me reí. Solté los juguetes, que se estamparon contra la alfombra. La excavadora perdió la tercera rueda. Y la tensión se disipó.

—No me lisonjees. Te recuerdo que te conozco desde hace más de veinte años. Sé de sobra lo que quieres.

Él se acercó y me mordisqueó el lóbulo de la oreja derecha.

—¡Qué bien habla la reportera más dicharachera de Barrio Sésamo, aunque no tenga razón! No te estoy halagando. Es verdad que estás muy sexy. Y... ¿a que tú quieres lo mismo que yo? ¿A que sí?

—Eres un viejo verde... —le chinché.

Los labios de Emilio ya descendían por la cavidad que se forma donde el cuello da paso a la clavícula. Una ola de placer me sembró la piel de carne de gallina.

—Y a mucha honra, Clarita. Los viejos verdes somos el colmo de la sabiduría...

En eso descubrí por el rabillo del ojo una sombra que nos espiaba desde el otro lado de la mesita auxiliar. El fisgón era Raúl. Me acordé con espanto del modo en que Anita observaba su entorno siendo muy niña. Igual que aquellos alienígenas que amargaban la vida a Roy Thinnes en la serie *Los invasores.* Sólo faltaba que mi benjamín hubiera heredado los desconcertantes genes de su tía, a la que apenas conocía. Di un respingo. Me separé de Emilio, como habría hecho una adolescente pillada in fraganti por sus padres. Él no debía de haber reparado en el pequeño intruso, porque me miró alarmado hasta el tuétano. Farfulló:

—¿Qué te pasa?

Raúl contestó por mí. Exclamó que un tigre malo se le había metido en la oreja y no le dejaba dormir. Ahora el que brincó fue Emilio. A regañadientes se ofreció para inspeccionar el dormitorio. Yo le seguí con el niño por el pasillo. Viéndole de espaldas en la penumbra del corredor, recordé la acuciante necesidad de comprarle ropa favorecedora para andar por casa. Y me sentí culpable por haber descuidado tanto al hombre que veinte años atrás dinamitó los cimentos de mi vida, y los de mi familia. ¿Y si le proponía que se volviera a dejar la barba? Estaba tan guapo con ella...

En el dormitorio, Fran se mecía en el profundísimo sueño de los niños y los justos. Emilio y yo miramos en cada rincón del cuarto, fingimos revolver la cama de Raúl y nos asomamos detrás de las cortinas. Después de tanta comedia, descubrimos que la fiera existía y sus rugidos venían del patio de luces. Al parecer, la gata siamesa de nuestra vecina teñida derubio platino estaba en pleno celo.

—De tal dueña, tal bicho —mascullló Emilio, que se mofaba de Neleta y de sus modelitos audaces desde que el pintoresco matrimonio se instaló en el piso de enfrente. Se rascó la bragadura con rencor—. Como le dé a Fran por despertarse también...

No hubo más brotes de lujuria. Nos tocó compartir el lecho conyugal con Raúl, que me masajeó los riñones con unas patadas dignas de las que me daba su tía Anita cuando me obligaban a dormir con ella en la cama del piso alquilado al señor Nelles. Desvelada por las coces de mi hijo y por el calentón infructuoso, me acordé de cuando papá nos llevó por primera vez a Valencia en nuestro Volkswagen Escarabajo azul de segunda mano, en agosto de 1965.

13

Anita dormía y ocupaba, junto a la bolsa de la comida y algún trasto más, tres cuartas partes del asiento trasero del Escarabajo. Sus pequeños pies se me incrustaban en el costado izquierdo. Delante, nuestros padres cantaban a voz en grito una canción de ese *chansonier* francés al que llamaban, con su lengua monolingüe, el «Gilbé Becó». Papá manejaba el volante, forrado con una funda que le había cosido mamá para que no le resbalaran las manos al sudar. Para conducir también se ponía unos guantes que llamaba de taxista y le dejaban los dedos al aire, como a los mendigos de las películas de la tele que nos vendió la peluquera del barrio y casi siempre estaba estropeada. Según papá, eso nos ocurría por fiarnos de una descarada que enseñaba las piernas y fumaba como un peón caminero; decía que en cuanto hubiéramos ahorrado lo suficiente, él mismo iría a comprar una televisión que no nos dejara bizcos. Pero llegó el verano y papá anunció que viajaríamos a Valencia con el Volkswagen, porque ya llevábamos dos años y medio lejos de la *terreta*. Mamá preguntó si teníamos dinero para un viaje tan largo. Su marido dijo que ya había hecho cuentas con Ezequiel, y si su Delfineta preparaba comida para dos días y dormíamos en el coche, sólo gastaríamos lo justo en Francia; al llegar a La Junquera ya estaríamos en España y aunque allí nos tocara seguir apretando el puño, en casa todo sería mucho más fácil.

Así que, cuando al fin osé protestar por la invasión de Anita, llevábamos desde la madrugada sin apenas bajar del Escarabajo. Papá sólo paraba cuando mamá y yo le suplicábamos que nos dejara ir al baño. La noche anterior habíamos dormido en el coche, bajo el alumbrado público de una ciudad llamada Besançon. Según papá, el presupuesto no alcanzaba para pagar una pensión y aunque hubiera dado de sí, no pensaba dejarles ni un franco de más a esos gangosos que hablaban con el mechero cruzado en el garganchón. Ahora era mediodía. El sol del sur de Francia se derramaba sobre el coche como zumo de naranja caliente. Tanto calor no parecía molestar a Anita, cuyas únicas señales de vida eran las patadas en mis riñones. Tampoco incomodaba a nuestros padres, que berreaban en la proa: «¿Por qué te vas, por qué te alejas? Fue sin querer que tu orgullo herí...». Parecían exultantes mientras les duró la letra, que conocían al dedillo. De pronto, mamá exclamó:

—¿Y si cantamos esa tan bonita de «Mademoiselle de Paris?»

—No nos la sabemos en español, Fina —objetó papá.

A ella no le importaron sus limitaciones lingüísticas. Entre lalalás, tiroriros y tururús canturreó la canción de esa *mademoiselle* oriunda de la ciudad que nos mandó a la impertinente de Anita. Papá no se sumó, pero le descubrí un vértice de sonrisa en la comisura derecha del labio. Me puse de pie ante el hueco entre los dos asientos delanteros y miré de soslayo a Anita. Bajo su cuerpo se extendía un cerco oscuro.

—¡Mamá, Anita se ha hecho pis! —berreé.

Mi madre se volvió y examinó con los ojos a la renacuaja.

—Enrique, hay que parar para cambiar a la niña —ordenó—. ¡Qué pena de tapicería, Dios mío! A ver cómo la limpio. Tendría que haber puesto una toalla...

Papá se quejó de que ahora le adelantarían todos los lentos a los que había dejado atrás, pero detuvo el Escarabajo en la orilla de la carretera, bordeada a ambos lados por una cadena de árboles frondosos. Mamá saltó del vehículo y echó hacia delante el respaldo de su asiento. Me hizo bajar.

—¡Quédate aquí, al ladito del coche! ¡Ni se te ocurra moverte!

Observé cómo cogía a Anita en brazos y la sacaba del Volkswagen. Mi hermana abrió un ojo y se echó a llorar. Incluso de mayor siempre tuvo un pésimo despertar.

—Esta niña está empapada —refunfuñó mamá—. Y asada de calor. Enrique, ¿y si aprovechamos para comer?

Papá consultó el reloj de pulsera que se compró durante su primer año de emigrante. Dijo que iba siendo hora de hacer callar al perrillo de las tripas. Salió al exterior y dio la vuelta a la carrocería azul turquesa. Enseguida, mamá le traspasó a Anita. Él se quejó de que la niña mojaba más que el río Turia cuando la riada del cincuenta y siete y le iba a manchar los guantes nuevos.

—¡Yo tengo que poner la manta en el suelo y sacar la comida, Enrique! ¡Y con la niña no puedo!

A veces, mamá sabía ponerse muy enérgica. Cuando papá la veía así, claudicaba y se dejaba mandar, pero antes se cercioraba de que no hubiera testigos susceptibles de difundir dudas sobre quién gobernaba en casa.

Comimos en una rastrojera junto a la cuneta. Mamá había extendido la manta bajo la sombra de un árbol. El agua de la botella, que solía viajar junto al asiento del copiloto, estaba ardiendo. Parece caldo gallego, observó papá con cara de asco. Y prometió que para el próximo viaje compraría una nevera de esas portátiles. Mamá espantó a un moscardón que acosaba a la tortilla de patatas.

—¡Cuántas moscas! —se quejó, sosteniendo en brazos a Anita.

La *nana* no llevaba bragas y ya no lloraba. Deglutía con apetito la tortilla que le daba mamá y algún cacho de carne empanada que papá le metía en la boca, cuando no se embobaba mirando los coches que rodaban sobre el asfalto, a escaso metro y medio de nosotros

—Si es que no paran de venir bichos. ¡Qué asco! Se nos van a comer por un garrón.

—Mira, Fina, mira. Un Tiburón. ¡Eso es un señor coche! ¿Te imaginas la cara de Nicolás si nos viera aparecer con una máquina así?

—Tú y tus coches. —Mamá espantó a una familia entera de moscas vestidas de luto—. ¡Clara, come! Hay que ver esta niña. Siempre está en Babia…

Yo sostenía con las dos manos el bocadillo de tortilla que me había hecho mamá con un trozo de las *baguettes* adquiridas por la mañana en un pueblo al sur de París. Allí papá consintió en que entráramos en un bar para desayunar. Él y mamá tomaron «café y olé», según le pidió a un camarero de bigote negro y cara de malas pulgas. Para las niñas hubo sendos vasos de leche, que papá encargó levantando los dedos índice y pulgar de la mano derecha y voceando: «Dos olé». El señor del bigote debía de poseer una prodigiosa imaginación, porque no se equivocó ni una sola vez.

Nos cercó otro escuadrón de insectos, que revoloteó alrededor del pan hasta que mamá lo dispersó a manotazos.

—¡Venga, Clara! Acábate el *entrepà*, que te lo van a comer las moscas. ¡Y a ti también!

—Deja a Clara, mujer —terció papá—. ¿No ves que tiene calor?

—También tiene calor la niña y parece una lima.

—Anita es de otra pasta, Fina. A Clarita hay que darle croquetas. ¿A que sí?

Papá me guiñó un ojo y me liberó del bocadillo. Abrió la fiambrera de aluminio azul con tapa rosa, eligió una croqueta y me la encajó entre los dedos. Mordí un extremo y mastiqué con desgana.

—Esta chica me va a llegar a Valencia como la estampa de la misión —refunfuñó mamá.

—Hala, Fina, que Clarita está más hermosa que un sol. ¿No la ves? Es el calor. Ya comerá en Valencia…

—No sé a quién ha salido la mona esta, tan delicada. Ni que fuera hija de la Gracia de Mónaco…

—Hay que comprar una nevera —insistió papá—. Ezequiel dice que puedes meter hasta mantequilla y no se derrite.

—¿Qué sabrá ése? —renegó mamá. Metió en la boca de Anita un grumo de tortilla—. ¡Harta tiene a la Trini con sus tonterías! Si no ahorrara ella, que es más lista que el hambre y vale un potosí, el tonto de él se lo compraría todo. Culo veo, culo deseo. Además, tú que sabes tanto, a ver: ¿de donde íbamos a sacar el hielo, eh?

—Mujer, algo habrá. El que las haya inventado, habrá pensado en todo.

—Bah, tú fíate de Ezequiel y verás… —sentenció mamá.

Las moscas zumbaban a nuestro alrededor, nos chupaban las orejas con sus lenguas viscosas e intentaban colársenos en la boca. Los coches franceses pasaban de largo como si fueran los aviones que papá admiraba desde la ventana de la cocina del tío Fresón.

—Hay que ver, estos franceses corren como galgos —dijo papá—. ¿Has visto el Renault?

—¡Locos es lo que están! —exclamó mamá, furiosa—. ¡Más que las cabras!

Él siguió con los ojos la estela del Renault, que no parecía dispuesto a detenerse ni ante Dios Todopoderoso. A los dos segundos, Anita selló la boca y se negó a comer más.

—¡Hala, ahora se me pone blanda la otra! —se desahogó mamá—. Estas niñas me van a llegar a Valencia que van a parecer *sardinetes*.

Papá aprovechó la inapetencia infantil para apremiar a su mujer a reanudar el viaje. Así esa noche dormiríamos en La Junquera y saldríamos para Valencia antes de que calentara el sol. Y al día siguiente a mediodía, si Dios quería, estaríamos en casa. Tía Julia nos guisaría alguno de sus arroces, beberíamos agua fresca y echaríamos la siesta en nuestras propias camas. Mamá engulló a toda prisa su ración de tortilla. Echó agua en un vaso de aluminio y dio de beber a Anita, que escupió a los cuatro vientos el caldo recalentado.

—¡Bebe, que te vas a secar como una pasa! —ordenó.

Mi hermana atrancó la boca. Para no haber cumplido aún dos años, era muy tozuda. Ni corta ni perezosa, mamá me acercó el vaso. Bebí dos tragos por evitar la ira materna. Sentí náuseas y me deshice en estertores.

—¡Ay, señor, señor! Las *nanes* estas…

—Anda, Fina, déjalas. Con el agua tan caliente se te van a poner malas. En el próximo pueblo entramos en un bar y pedimos que nos llenen la botella.

Refunfuñando, mi madre recogió la comida. Papá la guardó en el coche y mamá puso un pañal y braguitas secas a Anita. Nos acomodó a las dos en el asiento trasero. Mi hermana se quedó dormida enseguida. Yo sentí que se ondulaban en la tripa los primeros retortijones. Por la tarde me visitó la diarrea. A Anita la atacó al caer la noche. Pero ya habíamos llegado a La Junquera y mamá no renegó cuando descubrió lo que atesoraba su pequeña bajo el pañal.

A las cinco de la tarde siguiente, mi padre aparcó ante la finca donde vivían tía Julia y tío Miguel en el piso encima del nuestro, vacío desde el verano del sesenta y dos. Bajó el primero y se restregó con las manos la culera húmeda del pantalón. Mamá intentó alisarse la falda de flores con las manos. Anita se puso de pie en el asiento, perdió el equilibrio y se dio un coscorrón contra el cristal de la ventanilla. Rompió a llorar.

—¡Clara, a ver si cuidas mejor de tu hermana! —me reprendió mamá.

—Es que no se está quieta.

—¡Ay, Dios mío, como mires así por tus hijos! —gritó mamá entre los berridos de la renacuaja. Abandonó el coche, abatió el respaldo de su asiento y me hizo salir—. Anda, corre con tu padre...

Le vi coger en brazos a Anita. El gesto no bastó para calmar a mi hermana. Papá ya bajaba las maletas de la baca y no me hizo caso.

—Clara, quédate en el portal —ordenó, entre la primera y la segunda valija.

Fui a sentarme en el escalón de la entrada. Vino mamá con Anita, recién silenciada, y empujó la puerta.

—Vente dentro, Clara, que aquí hace mucho calor.

En la penumbra del vestíbulo nos avasalló por sorpresa el cuerpo esférico de la tía Julia.

—¡Clarita! —voceó, y me ungió las mejillas con besos salivosos. Reparó en Anita—. ¡Ay la niña, qué guapa! Es igual que tú, Fina.

El protagonismo se volcó una vez más en mi hermana. La tía la apretujó con tal ímpetu, que la homenajeada estalló en un nuevo berrinche. Asustada, tía Julia devolvió a mamá el escandaloso pedazo de carne y desde aquella tarde procuró mantenerse alejada de su nueva sobrina.

Subimos a casa de los tíos mientras papá seguía descargando la baca. El tío Miguel salió al pasillo a recibirnos. Me pasó su mano de lija por el pelo y admiró a Anita desde la distancia que un hombre sin hijos establece entre él y todo ser menor de veinticuatro meses. Su mujer nos preparó arroz con acelgas y echamos una siesta tardía en nuestro piso, que había atesorado casi tanto bochorno como el Volkswagen y olía a moho cautivo. Hacia las nueve nos visitaron el tío Nicolás y su gineceo completo. Amparo y Feli me besaron y escaparon a jugar con Anita. Me prometí no olvidar jamás esa traición. Tía Cloti quedó extasiada ante los sobres de salsa deshidratada, las latas de sopa de rabo de buey y las medias de nailon que mi madre había comprado para sus cuñadas. La abuela Felisa se enjugó las lágrimas con su pañuelo blanco perfumado de lavanda. De repente, se inclinó ante mí entre chirriar de articulaciones y me acercó una oreja al pecho.

—Ándate con ojo, Clarita, o los diablos de pelo rojo te cambiarán los pulmones por carbón como a tu abuelo, que en paz descanse.

Tuve que ayudarla a incorporarse.

—Venga, *mare*, no diga bobadas, que me asusta a la criatura —la reprendió papá.

Tío Nicolás se tocó la sien derecha con el dedo índice. Le oí murmurar muy bajito que la *mare* andaba cada día más p'allá. La abuela, que ya no veía tres en un burro pero era capaz de oír volar a una mosca a doscientos metros de distancia, siseó entre los dientes postizos:

—Se cree que no lo he sentío, el zagal este. Cría cuervos...

Mi padre meneó la cabeza, cogió a su hermano del brazo y le propuso bajar a la calle para ver el Volkswagen. Los dos regresaron media hora después, elogiando al Escarabajo y ese gran país donde un trabajador podía aspirar a tener coche como si fuera un potentado. Apareció el tío Miguel con una botella de coñac. Papá pidió a su Delfina tres de las seis copas de colorines que les regaló algún pariente cuando se casaron. Mi madre las sacó del aparador semivacío, las enjuagó en la cocina y se las llevó a los hombres. Éstos se habían sentado alrededor de la mesa del comedor y fumaban los cigarrillos alemanes que había traído papá. Las hembras huimos a casa de tía Julia, porque en la nuestra sólo quedaban tres sillas libres y nos habíamos juntado ocho féminas de tres generaciones.

Y así quedó inaugurado nuestro primer verano español como emigrantes venidos del frío germano.

14

El lunes pisé la Terminal B del aeropuerto del Prat a las ocho y cuarto de la mañana. Busqué la cafetería donde había quedado con Héctor. Desde lejos le distinguí entre la gente que se apretujaba ante la barra. Sorbía café con la indiferencia de quien se aísla de un entorno que no le interesa. Vestía muy moderno, con vaqueros y un jersey negro de cuello vuelto por fuera del pantalón. La tripita que creí descubrir cuando le vi en el hotel Ibis, no existía. Su vientre parecía una tabla de planchar. Una aserción a todas luces inquietante. El abrigo de cuero descansaba sobre una maleta de tamaño mediano, a la que Héctor se pegaba como si temiera a los ladrones. Debí de mirarle con excesivo entusiasmo, porque él apartó la boca de la tacita y se giró. En un segundo pasé de observadora a objeto de estudio. La sonrisa triangular rasgó su barba y a mí me abrió mil grietas en las rodillas. Arrastré hasta él la maleta de los viajes exóticos, que había dormido un plácido sueño en el trastero desde que me quedé embarazada de la niña que no llegó a nacer. Héctor me besó en la mejilla izquierda. Luego en la derecha. Le envolvía el suave perfume copiado a Emilio. «Ojos verdes, verdes con brillo de faca, que se han clavaíto en mi corazón», me canturreó al oído el vozarrón de Mark. Ahuyenté el recuerdo de esa copla y de las molestas profecías de mi amigo.

Exigí dignidad a la boba de Clara Rosell, que sin duda empezaba a chochear.

—¿Qué tal, Clara? —preguntó Héctor—. ¿Quieres tomar algo?

Me inquietó estar tan cerca de él, con todas las vías de escape obstruidas por los desconocidos de al lado y nuestro equipaje.

—No, gracias. He desayunado en el hotel.

—Y yo en el tren. Pero nunca hago ascos a un café.

Héctor no había pernoctado en Barcelona como hice yo. Había venido desde Zaragoza en un tren nocturno con camas. Según me explicó por teléfono, odiaba dormir solo en un hotel y lo evitaba siempre que podía.

—Yo prefiero no tomar nada —insistí—. Es que me da miedo volar y se me revuelve el estómago.

Héctor se echó a reír.

—A mí también me da canguelo de un tiempo a esta parte. Pero lo mato con cafeína.

—Curioso sistema. Creía que para eso sirven los Valium. —Se me escapó un puyazo maligno—: ¿Lo del café es una idea de tu mujer para controlar la ansiedad generada en los vuelos?

Héctor respondió con carcajadas.

—Mi mujer sufre tanto en los aviones que tengo que acariciarle la mano como a los críos. Así que tranquila. Si te pones de los nervios, aquí está tu psicólogo de guardia. Tengo mucha práctica.

Litros de sangre me ahogaron las neuronas y la facultad de pensar, o de responder con algo de ingenio. De mi ser quedó sólo una bombilla roja a punto de fundirse por exceso de calor. Él no dio muestras de haber advertido la mutación. Levantó la manga izquierda del jersey y consultó el reloj.

—¿Qué te parece si facturamos el equipaje y subimos a la

zona de embarque? Es un poco pronto, pero aquí no hacemos nada.

Aprobé la propuesta con una inclinación de cabeza, el único movimiento que logré hacer. Él dejó unas monedas sobre la barra. Levantó el chaquetón y extrajo un periódico de un bolsillo de la maleta. Explicó que lo acababa de comprar en el quiosco y le echaría un ojo durante el vuelo. No hablamos mientras arrastrábamos el equipaje hasta el mostrador que nos correspondía. Después de realizar los trámites de rigor y confiar nuestras pertenencias a una cinta de caucho negro, subimos a la zona de embarque por la escalera automática. Arriba, dos policías nos revisaron a conciencia antes de dejarnos entrar en el recinto reservado a los que van a volar.

—Y bien, Clara Rosell —preguntó Héctor cuando ya recorríamos un pasillo bordeado de tiendas—, ¿qué planes tenemos para hoy?

Creía estar recuperada del sofoco, pero aun así me sobresalté. Intenté forrar mi respuesta de eficiencia:

—A las cuatro y media nos espera Antonio Vargas, el jesuita...

—Ah sí. El hombre que me llamó de parte de la policía para comunicarme lo de mi padre. ¿Le has dicho que voy contigo?

—Sí, claro.

Caminamos algunos minutos más en silencio, hasta que Héctor se paró ante una de las puertas de embarque. Sacó su billete y lo estudió. Luego movió la cabeza con gesto satisfecho.

—Aquí es. Ahora toca esperar un rato...

Nos sentamos cerca de la manguera gigante por la que subiríamos al avión en cuanto abrieran el acceso. Me acordé de mi padre cuando se asomaba por la ventana de la cocina y afirmaba que los supositorios plateados del cielo iban a Madrid o a Barcelona. Tanto tiempo oyendo desvaríos paternos y viéndoles la panza a los aviones que despegaban del cercano aeropuerto, me dejó secuelas en la sesera. A los diez años quise ser azafata para volar a Madrid o Barcelona, vestir un uniforme azul con pañuelito al cuello y servir café a un comandante que poseyera los rasgos del Pequeño Joe de *Bonanza*. Ahora, con cuarenta y cinco, me hallaba curada con creces de aquella fiebre aeronáutica. No sentía ninguna ilusión por surcar los cielos. Sólo notaba el estómago apretado como una albóndiga de ansiedad.

—El bueno de Vargas pensará que soy un monstruo —murmuró Héctor—. Cuando le espeté que no tenía intención de hacerme cargo de... bueno, del cadáver de mi padre y que tampoco iría al entierro, noté cómo se quedaba helado. Reconozco que no fui nada cordial con ese hombre. Estos últimos días, no creas que no le he dado vueltas al tema. Ya no sé si hice bien o mal. Aunque a estas alturas da lo mismo...

Capté el conflicto que le agobiaba. Casi toda la vida sin saber nada de su padre, para que a los cuarenta y tantos un desconocido le comunicara su muerte por teléfono desde Alemania. Menudo dilema.

—Lo comprendería. Seguro. ¿Te comentó que conoció a tu padre?

La sorpresa de Héctor fue de antología.

—No. No me dijo nada. Claro que apenas hablamos. ¿Te contó algo sobre él?

—Poco. No estuvo muy comunicativo. Sólo dijo que tu padre fue un buen cristiano, pero Dios le sometió a una prueba muy dura y se rompió. Palabras textuales.

—Una prueba muy dura y se rompió... —se mofó Héctor con amargura—. Lenguaje de curas. ¿No fue más explícito?

—No. Le pregunté qué le ocurrió, pero me despachó diciendo que no se creía con derecho a divulgar la vida de un hombre que ya no está en este mundo para darle su permiso.

Y me despachó. Me quedé con un palmo de narices y con la sensación de que a tu padre le pasó algo horrible.

—Estos curas siempre tan sibilinos.

—No eres muy amigo de las sotanas, ¿eh?

—¡No los puedo ver! A mi madre le comieron el coco y la convirtieron en una beata. Como si la pobre no hubiera tenido bastante con volver de Alemania separada y sin un duro, en plena época de catolicismo por decreto y mojigatería. —Héctor suavizó su inmenso rencor con una sonrisilla—. Esto lo puedes incluir en el artículo, señora periodista. Tienes mi permiso. ¿A qué hora has dicho que nos recibe el jesuita?

—A las cuatro y media en la sede de la fundación que dirige. Esa que...

—Ya sé —me cortó—. La fundación a la que doné la dichosa botella de coñac y los ahorros de mi padre. En fin —intentó bromear—, seré educado con el señor Vargas. Lo prometo.

Le miré. Sonreía como un niño travieso al que hubieran pegado una barba postiza para acudir a una fiesta de disfraces. Quise agradarle.

—Eso no lo he dudado en ningún momento. Tienes pinta de buen chico.

La ironía chisporroteó en sus ojos y yo casi sufrí una nueva mutación en bombilla escarlata.

—Pues muy mal, Clara. En esta vida nada es lo que parece. Aquí donde me ves, iba para delincuente juvenil.

—¡Me estás tomando el pelo!

Héctor se rió con ganas. De pronto parecía de excelente humor.

—En absoluto. A los catorce era un bala perdida. No acabé en el reformatorio de milagro. Méritos hice muchos, desde luego.

¿Se estaría burlando de mí para amenizar la espera? Eché

otra ojeada a su cara. Vi la habitual mordacidad en sus ojos, pero ni rastro de burla. Héctor Laborda, padre de dos hijos, director de producción de una fábrica de componentes electrónicos y seductor por naturaleza, no estaba de broma.

—Quién lo diría. Con lo modoso que pareces —murmuré. Al instante, sospeché que tal vez no fuera nada modoso.

—Pues sí, Clara Rosell, mataba la frustración de la época haciendo barrabasadas, hasta que me pilló por banda un cura de la parroquia. Como mi madre era clienta de la casa, me llevó casi a rastras a hablar con él. Y ese tío no era un cuervo de los que le comían el coco a la pobre, sino un rojo que leía y quería cambiar el mundo. Así le fue, que duró en el barrio lo que un suspiro. Pero antes de que le trasladaran a un pueblo del quinto pino, consiguió enderezarme. Y no creas que lo tuvo fácil. Ahora intento aplicar su método con mi hijo pequeño, que es una pieza de cuidado, pero no me da resultado. Aunque su madre tampoco se hace con él. Y eso que es psicóloga. —Héctor rubricó la imprevista confesión con un suspiro—. En fin, no sé por qué te cuento esta película cuando estamos a punto de coger un avión.

Por segunda vez, Héctor se arrepentía de haberme permitido atisbar sus emociones. Igual que durante nuestra conversación en la cafetería del hotel de Zaragoza.

—Suena a película de joven descarriado que es reformado por un cura con pinta de Spencer Tracy —observé, por aportar algo que me pareció mundano—. ¿Eso también lo puedo incluir en el artículo?

—Mejor no —rió él. Sus dientes lucían níveos en contraste con la barba. Héctor era de pronto la viva estampa de un corsario saltarín surgido de una película en tecnicolor—. Claudine me mata si sale a relucir mi adolescencia de bandarra. —Consultó la hora—. Aún nos queda un rato. A ver, Clara Rosell, háblame de ti. Ahora voy a ser yo el periodista.

Vaya ocurrencia. Con lo monótona que se había vuelto mi vida desde que tuve a los niños. Ese hombre tenía ideas de bombero.

—¿Y qué quieres que te cuente?

El corsario no se dio por vencido.

—Pues, por ejemplo, tu vida en la emigración. Si añoras Alemania. Si viajas allí a menudo... ¿Sigo dándote ideas?

—No, gracias. Con eso vale —contesté a regañadientes; no me apetecía nada hablarle de mi vida en la austeridad de la emigración—. Pues mira, no echo de menos vivir allí. Volví a Alemania algunas veces con mi marido antes de que nacieran los críos, porque él insistió en conocer aquello. Y en cuanto a mi vida de emigrante, fue muy austera y con poco arraigo. Crecí con la sensación de no pertenecer a ninguna parte. No era alemana, ni tampoco española. No era carne ni pescado. Así que cuando mi padre anunció que había encontrado trabajo en Valencia y nos volvíamos a España, fue uno de los días más felices de mi vida. —Paré unos segundos para respirar—. Pero una vez en Valencia, no fue todo tan idílico. Me costó lo mío adaptarme a la vida española, porque seguía siendo un bicho raro. Creo que mis padres, como muchos emigrantes, se agarraron al recuerdo de un país que a su regreso ya no existía. Todo lo que me contaron de España y los valores que me transmitieron se habían quedado tan desfasados, que sólo me sirvieron para seguir siendo diferente. Aunque mi hermana aún lo pasó peor, no creas. Ella ya nació en Düsseldorf y siempre fue alemana hasta la médula. Más que Adenauer, según mi madre. Hace años se casó con un alemán, ahora vive en Berlín y es mucho más teutona que mi cuñado. ¡Dónde va a parar!

Por el rabillo del ojo vi sonreír a Héctor. Eso me estimuló a seguir hablándole de Anita, la alienígena en aquella familia de marcianos apellidada Rosell.

—Cuando mi padre nos dijo que íbamos a volver a España, mi hermana montó una escena de película. ¡Una mocosa de diez años! Después se pasó todo el santo viaje llorando. Pero a ella se lo perdonaban todo. Era la más graciosa. La más guapa. Un bellezón agitanado como mi madre. Yo no saqué ese físico, ni su gracia. Sólo fui la insignificante hermana mayor a la que caían los rapapolvos. —De pronto, el vértigo me hizo callarme. Estaba descubriendo mis frustraciones más íntimas a un hombre casi desconocido. Y él se bebía mis palabras como si le supieran a gloria. Las tripas se me enmarañaron hasta llenarse de nudos—. No sé por qué te cuento esta película —me disculpé—. Si apenas te conozco.

—Será porque a ninguno de los dos nos gusta volar —murmuró él—. Y hablar es mucho más cómodo que acariciarnos uno a otro la manita. ¿No crees?

Su mirada agravó mi revoltijo intestinal.

—Y por cierto, Clara Rosell —añadió él—. No sé lo guapa que será esa hermana a la que pareces tener pelusilla, pero tú no eres insignificante. No serás una Barbie, ni una de esas tías de rasgos tan perfectos que parecen diseñadas por ordenador, ni maldita falta que te hace. Porque tú eres bella… y mucho. A mí me encanta cuando ríen tus ojos porque te llenas entera de luz. Tu sonrisa es la más bonita que he visto en mi vida. Eres una mujer… muy atractiva, Clara. —Héctor enmudeció y se aclaró la garganta—. En fin, no sé… No he querido ser… Vamos, sólo quería decirte lo que… yo veo.

Mi corazón se volvió un pájaro que echó a volar con alas cuyas plumas eran de cera. Como las del atolondrado Ícaro, que osó acercarse demasiado al sol y pagó su insolencia con la muerte. Miré de soslayo al hombre que me había llamado bella y manoseaba a mi derecha el billete de avión con la mirada gacha. Héctor Laborda, el seductor de madres cuarentonas estresadas, estaba aturdido. De eso no cabía la menor duda. Una mujer menos hechizada que yo habría dicho algo intrascendente, aunque ingenioso, y las aguas habrían regresado a su cauce. Yo estaba intoxicada de embeleso. No logré abrir la boca. Y Héctor parecía haberse tragado la lengua. Así se nos fueron los quince minutos de espera restantes. Hasta que él dio un respingo y anunció que era hora de subir al avión. Vi que ya habían abierto la puerta de embarque. Me aplastó un alud de pánico. Porque odio volar. Y porque las palabras mágicas de Héctor habían despertado a una Clara que llevaba años vegetando en el trastero, junto a la maleta de los viajes exóticos y las utopías. Mientras me adentraba a su lado en la tripa gigante conectada al avión, me acordé de Mark, el paradigma de la sagacidad. Él vaticinó desde el principio lo que me iba a ocurrir. Debí haber seguido sus consejos. Pero ya era demasiado tarde para echarse atrás. Me estaba enamorando de un hombre al que me unía una relación estrictamente laboral. Iba a volar a Alemania a merced de un corsario barbudo con ojos de diablo, que me había dicho que era bella y en esos momentos caminaba a mi lado con traza de andar preguntándose por qué demonios había sido tan bocazas.

15

Nada más aterrizar, llamé a Emilio mientras esperábamos junto a la cinta del equipaje. Héctor también pegó la oreja a su móvil. Supuse que sería para dar el parte de novedades a Claudine. Emilio me contó que había llegado tarde al trabajo por llevar a los niños al colegio y encima Paquita sufría un resfriado de caballo, que sin duda contagiaría a los críos y por extensión, a él mismo. Concluidos los lamentos, dejó caer la bomba nuclear:

—Acabo de hablar con Anita.

La noticia me agrió el esófago. ¿Qué tenía que departir Anita con mi marido?

—¿Y qué quería?

—Llamó a casa para hablar contigo y al decirle Paquita que ibas para Düsseldorf, me telefoneó al bufete.

—¿Desde cuándo tiene tu número del trabajo?

—Desde que se lo dio Paquita esta mañana, querida. ¿Estás celosilla, a estas alturas?

—¿Yo? Para nada.

—Pues no lo parece —se burló Emilio—. Bueno, ahora viene lo mejor de la película: va a ir a verte. Al parecer nuestro cuñado está de vacaciones y se hace cargo de los rubiales hasta mañana. Dice Anita que quiere hablar contigo.

Mi hermana tan oportuna como siempre. Apenas daba señales de vida, nuestras conversaciones telefónicas parecían telegramas de voz, y ahora quería presentarse en Düsseldorf para platicar conmigo. Anita se había vuelto loca. Sólo así podía explicarse semejante impulso.

—¿Y cuándo aparecerá la señora? Yo esta tarde tengo que ir a hablar con el jesuita ese de la fundación.

—Creo que el tren llega hacia las seis.

—¡Así, por las buenas! —refunfuñé—. A ver qué hago con ella ahora. Esto es un viaje de trabajo, no un encuentro familiar.

—¡Clara, por Dios! Mañana vuelve a Berlín. No te cuesta nada cenar con ella y hacerle sitio en la habitación esta noche. Hija, para una vez que os veis. Parece que te moleste.

—¡No me molesta, Emilio! Pero sabes que desde que rompiste con ella, nuestras relaciones son tensas, aunque disimulemos por el bien de la paz familiar.

—Pues razón de más para aprovechar su visita. A ver si lo arregláis de verdad. Por cierto, me ha dejado su número de móvil para que la llames. Ahora te lo doy. —Le oí revolver papeles al otro lado de la línea. Como siempre, debía de tener el escritorio sembrado de documentos. Tardó al menos tres minutos en recitar el teléfono de mi hermana—. ¡Bien, misión cumplida! Ésta es vuestra oportunidad para despejar las nubes. ¡Aprovéchala!

Menuda oportunidad, pensé.

Emilio no me dio pie a más protestas. Dijo que ya hablaríamos por la noche y colgó. Rastreé a Héctor con la mirada. Él ya había guardado su móvil y esperaba a una distancia de unos dos metros. De pronto levantó el índice derecho y señaló hacia la cinta transportadora, que nos devolvía nuestras pertenencias. Corrimos a rescatarlas.

—Acaba de decirme mi marido que va a venir mi hermana

de Berlín —comenté, mientras ayudaba a Héctor a bajar el equipaje al suelo—. Esta tarde. A ver qué hago con ella...

Él se rió. Se había puesto el abrigo, seguramente para que no le estorbara. Forrado de cuero negro parecía de nuevo un pirata, aunque éste era de la variante futurista. Como un extra recién escapado del rodaje de *Matrix.*

—Mujer, no nos vamos a pegar toda la tarde con Vargas. Seguro que te queda tiempo para tu hermana. Y por mí no te preocupes. Me dedicaré a explorar la ciudad.

—Es que mi hermana es impredecible. Hace siglos que nos comunicamos lo justo y ahora se entera de que estoy en Düsseldorf y le da por venir a verme. No entenderé sus ocurrencias en la vida.

Cada uno se aferró al asa de su maleta. Arrastramos el equipaje hacia la salida de la terminal en busca de una parada de taxis. Mientras hacíamos cola, Héctor comentó con sorna:

—No sé por qué pero deduzco que no te llevas muy allá con tu hermana...

—Deduces bien. Nunca estuvimos demasiado unidas. Será porque le llevo más de cinco años, o... porque, es que... hubo un asuntillo en el pasado. Mi marido fue novio suyo y la dejó cuando se enamoró de mí. Y mi hermana nunca me lo ha perdonado. —Frené el caudal de palabras. No debí haberle contado esa historia a Héctor. Me tomaría por una bruja sin alma. Intenté arreglar la indiscreción—. Pero no pienses que soy una arpía. Ni mi marido ni yo queríamos que pasara. Simplemente nos enamoramos.

Héctor silbó entre dientes.

—Bueno, esas cosas suelen ocurrir sin que nadie las busque. Es lo que la gente llama «destino». Aunque para tu hermana sería un palo de los grandes. Con esos antecedentes me parece un buen detalle que venga a verte. ¿A ti no?

—Sssíí... —susurré con la boca chica.

—En fin. —Héctor parecía deseoso de zanjar el tema. Como si no le agradaran los derroteros que estaba tomando—. A mí esas cosas no me suceden. No tengo hermanos y sólo un primo por parte de mi madre. Claudine también es hija única. Así que de rencillas entre hermanos, cuñados o primos sé bien poco.

Aguardamos en silencio hasta que por fin nos correspondió un taxi.

—Ve sentándote si quieres —propuso Héctor—. Yo me encargo de darle el equipaje a este hombre. Lo de hablar con él ya te lo dejo a ti.

Me instalé en el asiento de atrás. Héctor se acomodó enseguida a mi lado. Su aroma me azotó el corazón con una súbita taquicardia. Vi arder mi cara en el retrovisor. El conductor ocupó su puesto, le di las señas del hotel y salimos del aeropuerto para adentrarnos en calles cubiertas por nubes grises. Héctor se arrebujó en el abrigo.

—¡Qué luz más triste! Tiene que hacer un frío del carajo ahí fuera.

Yo fingí la tranquilidad que no sentía a su lado.

—Habrás traído ropa de abrigo, ¿no?

—¡Ya lo creo! Mi mujer me ha metido en la maleta hasta una gorra de cuero negro que me regaló para Reyes. Como si no conociéramos el frío en Zaragoza.

—¿Una gorra de cuero?

La risa brotó antes de que pudiera sujetarla. Esa Claudine debía de ser una hortera redomada. Héctor no torció el gesto. Sonrió como si le hubiera hecho gracia oírme reír en sus narices.

—No te hagas ilusiones. No vas a poder burlarte de mí, porque no pienso ponérmela ni en broma. Parezco el policía de los Village People. No sé cómo le dio a Claudine por comprarme algo así. No es su estilo. Ni el mío, desde luego.

Le miré. Y se me ocurrió que debía de resultar muy erótico en pelotas y con esa absurda gorra puesta. ¿Y si su mujer se la había regalado con intenciones lujuriosas y él ni se había percatado? No podía ser, me respondí. Ese hombre no parecía tan inocente. Además, me complacía más la teoría de la chabacanez de su mujer.

Pasaba de la una cuando bajamos del taxi, al comienzo de la calle peatonal donde estaba el hotel en el que reservé las habitaciones días atrás. Se ubicaba en el escueto casco antiguo de Düsseldorf, que se salvó de la Segunda Guerra Mundial, y sus coquetas fotografías en internet, además de unos precios bastante asequibles, me habían llamado la atención. Ya parados con las maletas en medio de la acera, la temperatura no era tan baja como había temido Héctor. Él murmuró que estaba salvado. Si no se le helaban las orejas, no sentiría la tentación de calarse la gorra de los Village People. Sentí que se me aceleraba el corazón. Los hombres con sentido del humor siempre habían ejercido un efecto peligroso sobre mí. Emilio era una prueba fehaciente de ello. Arrastramos el equipaje sobre unos cincuenta metros de adoquines hasta la entrada del hotel. El vestíbulo era igual de prometedor que las fotos de la página web. Demasiado estimulante para tener como vecino de habitación a un hombre atractivo, al que me acababa de figurar como su madre le trajo al mundo, aderezado sólo con un chabacano tocado de cuero. Ojalá nos instalaran en plantas diferentes.

Héctor me cedió que me encargara de los trámites de recepción. Nos asignaron dos habitaciones en el primer piso. No eran contiguas, aunque se hallaban muy cerca la una de la otra. El joven del mostrador nos dio las tarjetas de plástico con banda magnética que servían de llave. Después me entregó un sobre blanco deformado por extrañas protuberancias. También pesaba más de lo normal. Lo había dejado un señor para mí esa mañana, explicó. Consulté el remite con inquietud. El nombre que leí al dorso no fue precisamente tranquilizador.

—Es de Antonio Vargas —murmuré.

Una sombra de malestar distorsionó los labios de Héctor. Yo rasgué el sobre con los dedos. Extraje un manojo de llaves herrumbrosas. Detrás asomó una cuartilla doblada. La desplegué. Era del tamaño de una holandesa. Había sido escrita con estilográfica de tinta azul y pulcritud casi decimonónica.

—Letra de cura —murmuró Héctor, mirando el papel como si fuera a morderle la punta de la nariz.

Leí en silencio la carta del jesuita. No me dio ningún mordisco, pero sí una buena estocada de contrariedad.

—¡Empezamos bien! Dice Vargas que le ha surgido un imprevisto y no puede recibirnos esta tarde. Lo hará mañana a las once. Las llaves son del piso de tu padre. Nos las deja, por si quieres llevarte algo antes de que las brigadas municipales recojan sus cosas. Bueno, no hace falta que te haga de traductora simultánea. —Le tendí la carta—. Puedes leerlo tú mismo. Está en español. Al final viene la dirección del piso.

Héctor cogió la misiva con aprensión y la repasó sin abrir la boca. Creció la sombra que cubría sus rasgos. Al acabar la lectura, me devolvió el papel y farfulló:

—Vaya tela. La existencia de un hombre reducida a cuatro trastos que se llevarán unos desconocidos para echarlos en cualquier vertedero. Es como morirse dos veces. ¡Qué vida más perra!

Quise animarle. Aparte de hacerme reír y perturbarme las hormonas, ese hombre despertaba en mí el insensato afán de mimarle.

—¿Qué te parece si comemos algo? No creas que no me he fijado en que apenas has tocado la bandeja del avión.

Su sonrisa asomó tan cálida que casi se le derritieron los contornos de la boca.

—Es que parecía plástico —aclaró—. Y tú tampoco has probado bocado, que te he visto.

Me derretí. Durante el vuelo, Héctor había invertido la primera hora en leer el periódico que adquirió en el aeropuerto, más otros dos que consiguió de la azafata; el resto del viaje lo pasó encerrado en la cápsula de su propio silencio. No pensé que se hubiera interesado por lo que yo hacía.

—El canguelo —aclaré.

—Claro... —Su mirada asomaba entre los párpados tan blanda como el queso para gratinar—. ¿Qué propones?

—El problema es que aquí los restaurantes suelen cerrar la cocina a partir de las dos y ya no se puede comer caliente.

—Es la una y media. Mal asunto, ¿no?

—Fatal. —Me resultaba difícil pensar bajo su mirada desmayada. Qué lánguido se había puesto de repente. Debía de estar muerto de hambre, o afectado por la perspectiva de ir al piso donde falleció su padre casi desconocido—. Creo que lo mejor será subir las maletas a la habitación y buscar una cafetería.

Héctor se mostró de acuerdo. Cogimos las tarjetas llave y caminamos hacia el ascensor. Pulsé el botón de llamada.

—Por cierto, ¿se alegró tu mujer de que decidieras hacer este viaje?

La sonrisa de Héctor brotó con trazo desvalido.

—No mucho. ¿Te lo puedes creer? Media vida predicando que tenía que enfrentarme a ese agujero negro de mi infancia y cuando decido hacerle caso, por poco se enfada conmigo. Las mujeres sois imprevisibles.

O los hombres muy ingenuos, pensé. Aunque me cuidé mucho de decírselo.

—Hasta me preguntó qué pintaba yo deambulando por Alemania con una periodista desconocida —continuó él—. Y quiso saber cómo eres... No sé... igual pensó que tú y yo tenemos una aventura. A juzgar por su reacción...

En ese momento habría entregado la vida por saber cómo me describió Héctor.

—Le habrás dado motivos alguna vez…

Mi pretensión había sido ser graciosa, pero creo que fui impertinente.

—En absoluto —replicó él muy serio—. Llevamos casados veintitres años y jamás le he sido infiel ni he tonteado con nadie. Por eso no entiendo su reacción. —Se encogió de hombros—. En fin, le compraré algo bonito y le diré que he estrenado la gorra de cuero. Eso le gustará.

Cuando se abrió la puerta metálica del ascensor, recordé que debía llamar a Anita. Me sorprendió que me aliviara tanto la perspectiva de su inminente llegada.

16

Nuestra primera comida en Düsseldorf fue un bratwurst con salsa al curry y patatas fritas para cada uno. La tomamos en un *Imbiss*, como denominan los alemanes a los genuinos locales de comida rápida que ya existían mucho antes de irrumpir las hamburgueserías. Éste disponía de un rincón donde unas cuantas mesas con sus correspondientes sillas sobrellevaban el implacable goteo del tiempo. Así no tuvimos que deglutir la pitanza de pie ante la barra. Tras haber vaciado medio plato, Héctor se relajó y proclamó su entusiasmo por las salchichas con cerveza y guarrerías similares, que Claudine le tenía prohibidas porque en el último reconocimiento médico le habían detectado un aumento del colesterol. Muy poca cosa, se apresuró a matizar, apenas unas cifras. Pero su mujer se había obsesionado con evitarle un hipotético infarto de miocardio, más otros mil seiscientos posibles achaques, y él le seguía la corriente por no aguantar sus sermones. Aunque bien mirado, eso de hacer régimen no estaba del todo mal. Le impedía crecer a lo ancho, desgraciadamente la única dirección de crecimiento posible a estas alturas de la vida.

Apuró con deleite la jarra de medio litro de cerveza y se alojó en la boca la última patata frita. Concluyó el proceso de masticación con un suspirito de gozo.

—Esto con Claudine no lo podría haber hecho. Me habría amargado la comida con sus prédicas.

—¿Y no te desmadras ni cuando comes fuera de casa?

—Según... —contestó él—. Si almuerzo cerca de la fábrica suele acompañarme mi suegro y luego Claudine le saca la información. El pobre hombre nunca supo negarle nada a su hijita.

—¿Tu suegro trabaja contigo?

—Más bien yo con él. La empresa es suya. Bueno, lo fue al principio. Ahora entre Claudine y yo tenemos casi el cincuenta por ciento de las acciones. Él sigue siendo el mayor accionista, pero por fin ha decidido jubilarse y ya hemos pactado que me venderá su parte. De todas maneras, llevo muchos años dirigiendo el negocio, aunque él crea que toma las decisiones.

Se me ocurrió que Héctor había sabido casarse muy bien. Enseguida me arrepentí de haber pensado eso. Vi que él me miraba con mucha ironía.

—Y no está usted ante un braguetazo de manual, señora periodista —me pinchó—. Cuando conocí a Claudine, ella nunca me dijo que su papaíto tenía una fábrica que mueve una pasta gansa. De eso me enteré cuando me presentó a su familia. Y ya llevábamos dos años y pico saliendo.

—No pensaba en braguetazos, ni nada parecido —me defendí.

—Ya te dije un día que mientes fatal, Clara Rosell. Eres un libro abierto. —Héctor me abrumó con el delta de su sonrisa. Por poco tiempo. Al instante, mirada y sonrisa se zambulleron de la mano dentro de la jarra vacía—. ¡Una novela de Salgari o Verne, eso es lo que eres! —exclamó, como si hubiera leído la idea en el amarillento poso de cerveza—. Una de esas historias que hacen soñar.

El bratwurst me hizo la rueda dentro del estómago. ¿Por

qué me decía ese hombre cosas que llevaba años sin escuchar a nadie? ¿A qué estaba jugando conmigo? ¿Podía ser, a su edad, tan cándido para no advertir el malsano efecto que me causaban sus galanterías?

Los ojos de Héctor se bañaban pensativos en la jarra sin líquido. Mi ofuscación crecía sin parar. Se me ocurrió consultar la hora; desde la invención del reloj de pulsera el remedio universal para quien no sabe qué hacer ni qué decir. Eran las tres menos veinte. Anita había anunciado por teléfono que llegaría hacia las seis y cinco a la estación. Allí pensaba coger un taxi hasta el hotel. Calculé que no se presentaría antes de las seis y media. Héctor y yo teníamos casi cuatro horas para husmear entre las pertenencias que había dejado su padre. Decidí darle un toque de atención. No podíamos perder el tiempo jugando con fuego en ese *Imbiss* sombrío, donde se nos estarían impregnando las ropas del impertinente tufillo a sopa de cebolla y salchichas especiadas con curry.

—¿Te parece bien que vayamos ahora a casa de tu padre?

—Sí, será lo mejor. Así luego tienes más tiempo para estar con tu hermana.

—¡Ay, mi hermana! —suspiré—. Menudo incordio que se presente así. Te parecerá muy poco serio. Al fin y al cabo, estamos aquí para trabajar.

—¡No, por Dios! —exclamó Héctor—. Si después de ir al piso de mi padre, ya no podremos hacer nada hasta que hablemos con el dichoso cura. Suponiendo que el tío no nos dé calabazas otra vez. Así que, tranquila. Tú atiende a tu hermana, que tendréis mucho que contaros...

Si él supiera lo poco que nos comunicábamos Anita y yo. En mi imprevista función de líder de la expedición, saqué del bolso la carta de Vargas y la desplegué para consultar dónde estaba el piso en cuyo interior Héctor Laborda, padre, exhaló su último suspiro.

—Estamos de suerte, ¿sabes? Sé dónde está la calle. Mira por dónde, nosotros vivimos un tiempo a pocas manzanas de allí. En un piso pequeñísimo de Correos. Es que mi padre trabajó allí, igual que el tuyo.

Héctor trazó un mohín.

—No tenía ni idea de cómo se ganaba la vida mi padre. ¿Te lo ha dicho Vargas?

—Lo leí en el artículo alemán que me hizo meterme en este follón. —Doblé la cuartilla y la encajé en un compartimiento lateral del bolso—. ¿Nos vamos?

Como ya habíamos pagado la comida antes de llevarla a la mesa, no hubo necesidad de entretenerse en la barra. Fuera, la temperatura había caído en picado. O quizá la sensación de frío naciera del contraste con el calor subtropical que reinaba en el paraíso de las salchichas y el colesterol. Me abroché el abrigo y lié bien la bufanda alrededor del cuello. Héctor se cerró el chaquetón. Subió las solapas hasta donde dieron de sí.

—¡Vaya rasca! —exclamó—. Aún habrá que sacar la gorra de la maleta…

No es que me entusiasmara la perspectiva de recorrer la ciudad de mi infancia escoltada por el policía de los Village People.

—Y bien, señora. ¿Cómo nos desplazamos hasta el objetivo?

Contesté que sabía ir andando; la caminata nos llevaría de veinticinco a treinta minutos, pero no tenía ni idea de cómo llegar en tranvía desde donde estábamos. Héctor dijo que no le apetecía trotar con ese frío. Propuso abandonar la zona peatonal y parar un taxi. Veinte minutos después nos apeábamos de un Mercedes color marfil en una calle estrecha y despejada de tráfico. Junto al bordillo de la izquierda había cada dos metros árboles de ramas pelonas que parecían hacer cosquillas a las casas. Al otro lado de la cinta de asfalto, no había edificios sino un terraplén sombrío revestido de vegetación, cuya altura equivaldría más o menos a la de un primer piso y sobre el que de repente se deslizó un tren de cercanías raspando los raíles con estruendo. Héctor se sobresaltó entre las solapas de cuero. Anduvimos unos cuantos pasos hasta que llegamos al portal del bloque donde murió su padre. Él miró hacia arriba. Le imité en un acto reflejo. Ambos nos quedamos en silencio mientras contemplábamos la pulcra fachada gris del edificio de cinco plantas, cuya construcción dataría por lo menos de la época del milagro económico alemán.

—¡Qué calle más triste! —comentó Héctor—. Cada vez que se asome la gente a la ventana se dará de narices con el tren.

Encogí los hombros. Bajo el abrigo, el frío me trepaba piernas arriba desde la acera. Me dije que ya valía de demorarse. Saqué del bolso el repelente llavero que nos había dejado Antonio Vargas en el hotel. Había sólo dos llaves y no fue difícil acertar a la primera. Nos internamos en un breve patio con suelo de linóleo jaspeado en color musgo y blanco grisáceo. A un lado se alzaba una lóbrega puerta marrón que debía de ser el acceso al sótano. Al otro estaban los buzones, distribuidos en una hilera de cuatro cajas y otra de cinco. Nueve en total. A escasa distancia de nuestros pies arrancaba la escalera, estrecha y con escalones forrados del mismo material arcaico que el suelo.

—Es evidente que aquí no hay ascensor —se resignó Héctor—. Así haremos mejor la digestión. ¿En qué piso vivía mi padre?

Leí la plaquita encajada en el buzón que perteneció al viejo Laborda.

—Me temo que en el último. Desde la calle he contado cinco plantas.

Él bajó el cuello del chaquetón y resopló como si quisiera darse ánimos:

—Pues vamos allá.

Le seguí escaleras arriba. Bajo el anticuado revestimiento, lijado por un sinfín de pies anónimos, aunque muy limpio, la madera crujía con cada pisada. Héctor subía deprisa y ágil como un gato. No parecía quedarse sin respiración. La dieta que le imponía su mujer debía de ser eficaz. Tras un rato de ascenso silencioso arribamos al quinto. En las demás plantas habíamos visto dos puertas. Aquí sólo había una. Cogí la llave que no había empleado para acceder al portal y la encajé en la cerradura. Al abrir emanó del piso un hedor prieto que nos abofeteó con saña. Retrocedí de un salto. En mi retirada di un pisotón a Héctor, que aguardaba detrás de mí.

—Perdona...

—No te preocupes. Tengo los pies de granito —bromeó él, tapándose enseguida la nariz con la mano derecha—. Vaya pestazo, ¿no?

Recordé el artículo del colega Benno Hoffmann, periodista de infantería y ligón telefónico. Esa pestilencia sólo podía ser remanente de la que liberó el cuerpo en descomposición del viejo Laborda. La que empujó a los vecinos a llamar a la policía el día de Nochebuena.

—Habrá que abrir las ventanas —planteé.

—Ya voy yo.

Héctor inspiró como si se dispusiera a bucear en una charca infestada de microbios y se adentró en la burbuja de aire viciado. Escuché varios golpes en lo más profundo de la vivienda. Al instante, una corriente gélida trajo más hedor. Asomó Héctor con cara de repugnancia.

—¡Ya está! Vas a ver una caja de cerillas con el techo tan inclinado que agobia. Y está hecha una mierda. Bienvenida al corazón de las tinieblas.

Se apartó del hueco de la puerta. La mano derecha aleteó en un giro teatral. Parecía un soberano invitándome a visitar su palacio. Me dio por reír. Eso mitigó un poco el asco. Aprovisioné bien los pulmones con aire del rellano y entré en el microscópico recibidor. Héctor cerró la puerta detrás de mí. De reojo le vi desabrocharse el abrigo. Hice lo mismo con el mío. Luego decidí no quitármelo bajo ningún concepto, no fuera a manchárseme en esa pocilga para gnomos. Además, hacía demasiado frío allí dentro para aligerarse de ropa.

Héctor pasó delante y franqueó la puerta más próxima de las tres que nacían en el vestíbulo. Le seguí al interior de un cuarto diminuto. En la pared de enfrente había una cama de matrimonio, cubierta a medias por un mustio edredón de estampado chillón. A su diestra, una mesita de noche pasada de moda sostenía una lámpara sin pantalla y un vaso de cristal vacío pringado con huellas de dedos. Completaba el mobiliario un desvencijado armario de dos puertas que parecían dispuestas a escaparse de los goznes en cualquier momento. A través del ventanuco del techo, carente de visillos o estor, se colaba la luz del mediodía tamizada por la mugre añeja del cristal.

—Desde luego —observó Héctor, aún con una mueca de asco en los labios—, o mi padre estaba demasiado hecho polvo para mantener esto decente, o era un guarro redomado.

Regresamos al vestíbulo y nos asomamos con prevención a la siguiente puerta. Era la del cuarto de baño. Pese a su pequeñez, el constructor original, o quien fuera, se las había ingeniado para encajar una bañera, ya roñosa y sin cortina, la taza del váter y un pequeño lavamanos coronado por un espejo igual de menudo. De la pared desconchada colgaba una repisita de cristal. Me acerqué. El inventario de lo que reposaba sobre el vidrio polvoriento fue poco alentador. Un peine con caspa apresada entre las púas, un cepillo de dientes cuyas cerdas se rizaban hacia los bordes y un tubo de dentífrico chafado de tanto exprimirlo. ¡Qué repugnante! En ese baño debían de alojarse familias enteras de gérmenes, con linaje y hasta escudo de armas. Héctor escapó y me dejó a solas con los microbios. Cuando regresé al recibidor, él ya traspasaba la única puerta que nos quedaba por explorar. Resultó conducir a la salita.

Allí el abandono aún era más patético. Embuchada en un rincón se hallaba la cocina, si es que merecía ese calificativo la bancada de obra que alojaba un fregadero de porcelana desportillada y servía de apoyo a un hornillo eléctrico de dos fuegos y un escurreplatos oxidado donde cumplían condena tres platos llanos y dos hondos. Cuatro vasos, uno de los cuales cobijaba cuatro tenedores, tres cuchillos y otro trío de cucharas, completaban el menaje de cocina. En la pared de enfrente, empapelada con deslucidos dibujos geométricos que pasaron de moda muchas décadas atrás, se adhería un viscoso sofá. Encima de él languidecía la vieja Biblia retratada en el periódico digital. Estaba cerrada y aún más manoseada de lo que me sugirió la fotografía. El pequeño armario con vitrina lateral de cristal amarillo parecía rescatado de un mercadillo de muebles de los años setenta. Lo mismo podía decirse del televisor y de la cochambrosa estantería sobre la que cabalgaba. La mesita auxiliar frente al sofá quedaba casi oculta bajo capas de periódicos amarillentos y un plato con cuatro guisantes fosilizados. Un pedacito del tablero se atrevía a asomar entre tanto papel. Era verde y plagiaba el veteado del mármol. Otro vestigio de la estrafalaria estética de los setenta. Descubrí junto a la ventana abuhardillada el sillón orejero donde la policía halló los restos del viejo. Un ramalazo de morbo me azuzó a buscar en la tapicería raída las huellas de la descomposición que, según Hoffmann, había carcomido al pobre cadáver. Sólo vi mucha suciedad añeja.

—Vaya pocilga —siseó Héctor entre dientes. Se acercó al sillón. Apoyó la mano derecha sobre el respaldo, como si necesitara reponerse del impacto causado por ese tétrico lugar—. Pensar que mi padre vivió así su vejez, impresiona lo suyo, aunque apenas le conociera. ¿Decía el periódico dónde le encontraron?

—Sentado en el orejero —murmuré.

Él retiró la mano como si le hubiera picado una serpiente. Sacó a la luz un pañuelo. Se limpió los dedos con tal afán, que parecía estar sacándole brillo a la piel. Yo le habría dicho algo confortador, pero estaba tan abatida como él. Me puse a revolver el bolso en busca de la cámara digital que había traído.

—¿Te importa que haga unas fotos para el periódico? Por supuesto, si no te parece bien podemos ilustrar el artículo con algo del archivo.

Héctor se despegó del sillón.

—Puedes hacer las que quieras. Con tal de que no me saques a mí.

Arrastró los pies hacia el sofá, cuya tapicería descolorida quizá fue marrón cuando abandonó la fábrica. Vi de reojo cómo levantaba la Biblia y pasaba las hojas con dedos esquivos. Yo me concentré en captar lo mejor posible el mueble donde se apagó una vida que tal vez empezó con ilusión. Pese a mi ineptitud para la fotografía, quedé satisfecha. Ramón pondría pegas, seguro, pero si quería un trabajo profesional que hubiera mandado a Ricardito. Con su pinta de sepulturero, nuestro fotógrafo de sucesos habría encajado de maravilla en ese entorno.

La voz de Héctor reclamó mi atención:

—Escucha esto: «Tenme piedad, oh Dios, según tu amor, por tu inmensa ternura borra mi delito, lávame a fondo de mi culpa, y de mi pecado purifícame». Alegra el cuerpo, ¿eh?

Sonreí y me encogí de hombros.

—Y éste es el fragmento del que me hablaste el otro día. —Héctor se aclaró la garganta antes de leer—: «Líbrame de la sangre, Dios, Dios de mi salvación, y aclamará mi lengua tu justicia...». Caray con el Salmo 51. Vaya lecturas que se buscaba mi padre. —Cerró la Biblia y la arrojó encima del sofá—. Lo que no he encontrado entre las hojas es el recorte de periódico que dijiste.

—Se lo habrá llevado el periodista alemán para escanearlo —conjeturé—. Yo te lo puedo enseñar. He traído una copia. La tengo en la maleta.

—No estaría mal. Aunque por otra parte, no voy a entender nada...

Héctor fue hacia el armario atestado de cajones y puertas torcidas. Abrió la vitrina de un tirón tan enérgico, que el cristal tembló dentro de su marco. Yo guardé la cámara y avancé hacia él. Cuando llegué a su altura, se volvió. Vi que me tendía una fotografía enmarcada.

—¿Qué te parece? —murmuró—. Desde crío sin saber nada de mi padre, ¿y a quién tenía en esta antigualla asquerosa? A mi madre y a mí.

Cogí el marco deteriorado, procurando tocarlo lo menos posible. Me dediqué a estudiar la fotografía en blanco y negro. Mostraba a una mujer de unos treinta años, de pelo negro tan cardado que semejaba un casco de motorista. No me pareció guapa, tampoco fea. Más bien insípida. Como si ya alimentara dentro la larva de beata que, según Héctor, cebaron años después los curas del barrio. Llevaba de la mano a un chiquillo de mirada clara bajo el flequillo negro. Reconocí en el guapo proyecto infantil a Héctor, que ahora me miraba fijamente mientras yo escrutaba al niño que fue. Madre e hijo posaban ante una lúgubre barraca de madera. El cielo gris les acechaba desde lo alto como un pérfido dragón. Devolví a Héctor el pedacito mugriento de su pasado, saqué un pañuelo del bolso y me froté con él las yemas de los dedos. Me daba asco tocar cualquier objeto de esa casa.

—El caso es que este barracón me suena —observó él—. Es una imagen que me ha venido a la cabeza más de una vez, aunque jamás me dio por asociarla a Alemania. Pensaba que era de alguna película que vi de pequeño, o de un sueño. Vete a saber de dónde salen las tonterías que nos corren por las neuronas.

—¿No recuerdas nada de cuando viviste aquí?

—Casi nada. Esto... —alzó la fotografía y me apuntó con ella— y cosas sueltas. Por ejemplo: una cocina oscura como boca de lobo. Vamos, creo que era una cocina porque olía a comida... y había agua que salía de un grifo... Sí, un grifo que chirriaba cuando lo abrían. Y gritos... Recuerdo a gente chillándose en esa cocina, con muy mala leche...

—¡Qué fuerte! Parece una película de Hitchcock...

Él se estremeció con incomodo.

—Pues sí, ahora que lo dices... —Estudió de nuevo la foto—. Esto es igual que los campos de concentración que salen en las películas de nazis, ¿no?

—Lo que llamas campos de concentración son viviendas para inmigrantes. Algo muy común entonces. Las fábricas necesitaban mano de obra y la solicitaban al Estado, que reclutaba a trabajadores en los países más pobres de Europa, les hacía un reconocimiento médico durísimo y los metía en un tren con destino a Alemania. Como aquí escaseaba la vivienda y no había muchos alemanes dispuestos a alquilar pisos a extranjeros, los alojaban en residencias para inmigrantes, a veces de cuatro a seis personas por habitación, o en barracones de madera como éste, construidos para absorber la avalancha de inmigración. A los hombres que venían solos los metían en una vivienda compartida. Tenían cocina, pero no baño. Ni tampoco duchas. Los retretes colectivos estaban en otro barracón. Así que para visitar al señor Roca había que salir a la calle, aunque fuera en pleno invierno y se helaran hasta las piedras.

Tuve que callarme y reponer el aire. En mi afán de lucimiento, había largado la parrafada casi sin respirar.

—Cuánto sabes, Clara Rosell.

Héctor me miraba sin pizca de ironía. Más bien parecía admirado. O tal vez, su expresión sólo reflejara un descomunal abatimiento. El cuchitril donde murió su padre parecía haberle aplastado la moral.

—Últimamente he buscado información en mis ratos libres —aclaré—. Aparte de eso, sé cómo eran estos barracones por dentro. Unos amigos de mis padres vivían en uno así. Se lo alquiló la fábrica donde trabajaba el marido. Tenían tres hijos, dos chicos y una chica de mi edad que se llamaba Inés. Los tres dormían en una habitación diminuta y húmeda. Cuando íbamos a visitarles, Inés y yo jugábamos con las muñecas en un rincón del dormitorio. En la vida olvidaré el frío que hacía en invierno. Y encima, los hermanos eran unos brutos y nos hacían una perrería detrás de otra...

—¿Y vosotros? ¿También vivisteis en un barracón?

Me halagó su repentino interés por mi vida.

—Nosotros no, pero nuestra primera vivienda en la tierra prometida también se las traía. Para empezar no había ducha, sólo un retrete, así que mi madre nos llevaba de ciento a viento a unos baños públicos. Allí alquilaba una cabina, fregaba la bañera bien con Ajax, la llenaba de agua y nos frotaba a mi hermana y a mí con la esponja hasta desollarnos la piel. Todo muy pintoresco...

Héctor me regaló la sonrisa ablandadora de rodillas femeninas. Restituyó la fotografía a la balda de donde la había cogido. Allí quedó la reliquia, escoltada por dos enormes jarras de cerveza decoradas con escudos de colorines. Una a cada lado. Él cerró la vitrina. Abrió el primer cajón de los tres que había debajo. Alojaba un sacacorchos, dos bolígrafos y un pequeño bloc de notas.

—Cuántos trastos —murmuró. Lo cerró y abrió el siguiente—. ¡Bingo, Clarita! ¡Mira lo que tenemos aquí!

Extrajo un abultado fajo de fotografías y fue hacia el sofá. Allí dejó caer con aprensión medio trasero sobre una esquina. Los muelles gimieron lastimeros al recibir su cuerpo. Yo opté por seguir de pie junto a la vitrina de ámbar que custodiaba la infancia de Héctor. Él colocó las fotografías sobre su regazo y las fue estudiando en lánguido ensimismamiento. Dos veces meneó la cabeza con gesto consternado. Sentí curiosidad, pero no me acerqué. Era mejor dejarle husmear tranquilo en la vida de su padre. La súbita exclamación de Héctor me sobresaltó:

—¡Esto es la bomba! ¡Mira!

Levantó una foto para que yo la pudiera ver. Era el busto en color de un joven soldado. Recordé cuando Emilio hizo la mili en su prehistoria. Llevaba el mismo corte de pelo despiadado e idéntica cara de fastidio. Me aproximé y cogí el retrato. Mostraba a un chaval de ojos verdes y cabello negro, que apretaba los labios en un gesto hostil. Reconocí enseguida al muchacho que enamoró a Claudine en el abismo del tiempo. ¿Qué sensación le causarían a ella sus caricias de entonces? ¿A qué sabrían sus besos novatos? ¿Qué sentiría la psicóloga al alojar por primera vez su carne llameante entre los muslos? ¿Y ahora? ¿Habrían atesorado sabiduría las manos del hombre que llevaba veintitantos años casado con Claudine? Me ahogó una avalancha de pena por no haber conocido a Héctor cuando fue joven. Cuando los dos fuimos jóvenes. En mi sofoco, balbuceé:

—¿Eres tú?

Héctor asintió. No parecía haber reparado en mi agonía. O quizá disimulaba por delicadeza.

—La maldita foto que me hicieron cuando juré bandera. No veas si nos puteaban en el campamento. De ahí la cara de mala leche. Después de los curas, mis favoritos en la escala de odios son los militares.

Le sonreí en un acto reflejo. El iluso de mi cerebro exigió cautela.

—Lo que no entiendo es cómo ha llegado hasta aquí. Toda la vida sin saber de mi padre y resulta que el tío guardaba fotos mías. ¡Y vaya fotos!

—A lo mejor tu madre tenía trato con él, aunque sólo fuera para arreglar papeleos y cosas de ésas. ¿Y si le dio ella la foto?

Héctor me miró con aire de misterio.

—He descubierto otra cosa, Clara. —Golpeó el sofá con la palma de la mano derecha—. Siéntate aquí y te lo explico. Si quieres, claro, porque con la mierda que hay por doquier...

Me tocó acomodarme a su lado. El perfume que Héctor tenía en común con mi marido se impuso al mal olor del saloncito. Ardí como una tea bajo el agobiante paño del abrigo, pero no me lo quité. Héctor no dio muestras de haberse percatado de mi sofocón. Me puso una fotografía sobre el regazo. Era en blanco y negro. Y no retrataba a Héctor. Tampoco a su madre, sino a una joven de tersa belleza cuya melena rubia encerraba el óvalo facial en bucles de luz. El iris se intuía de un azul próximo al del océano. Y la blancura de la piel transmitía la pureza de la nieve recién caída. Esa desconocida era la antítesis perfecta de la puritana madre de Héctor. Levanté la vista. Él me observaba, pendiente de mi reacción.

—Aquí tienes más.

Sobre mis rodillas llovieron otras tres fotografías.

—Son todas de la misma tía —afirmó Héctor—. ¡Y atenta a esta foto! —Señaló con el índice la primera del montón—. Éste es mi padre. En mi casa no había ni un mísero retrato suyo y no recuerdo su cara, pero más claro... agua. Se me parece, ¿no? O yo a él, si lo prefieres —Intercaló un encogimiento de hombros—. Yo conservo menos pelo, pero aquí mi padre no tendría mucho más de treinta años. A esa edad, yo tampoco tenía entradas.

Héctor malogró una sonrisa irónica. Quedó la melancolía del hombre maduro que teme el acecho de la vejez. Él la borró con un resoplido.

—Volvamos a lo esencial: ¡Fíjate en el crío que llevan de la mano!

El padre de Héctor fue un individuo muy delgado, de pelo negro planchado hacia atrás en suaves ondas. Inquietaba el fuerte parecido entre ambos. Desvié la atención hacia el rubito que lucía una sonrisa mellada entre la mujer y el álter ego de Héctor. El niño tendría cuatro o cinco años. Aprecié en él cierta semejanza con Héctor, aunque no supe concretar en qué rasgos coincidían.

—Mira las ropas que llevan —sugirió Héctor—. Y el coche que se ve de refilón al fondo. Típico años setenta. O, en todo caso, finales de los sesenta.

No me atreví a expresar en voz alta lo que me sugería esa instantánea familiar. A mí, y a cualquier persona capaz de sumar dos y dos. Héctor lo resumió con su habitual concisión.

—¿Qué te apuestas a que mis padres se separaron porque él se enrolló con esta tía, que encima era guapísima? —Clavó una mirada triunfal bajo mi frente—. Yo diría que es más alemana que las salchichas que hemos comido hace un rato.

—Hombre, si tu padre dejó a tu madre por otra, eso explicaría que ella no te hablara nunca de él ni conservara fotos suyas. Menudo palo para la pobre. Y en aquellos tiempos tan mezquinos, si te dejaba el marido, ¿qué te quedaba en la vida?

—Desde luego. Y puestos a conjeturar, ¿qué te apuestas a que tengo por ahí un hermanito alemán?

Un hermano que ahora rondaría la cuarentena, deduje tras un rápido cálculo mental. Estudié a Héctor de reojo. Su expresión hermética no permitía interpretar qué sentía ante la perspectiva de no ser hijo único. Sugerí:

—Eso nos lo podrá aclarar Vargas mañana.

—Lo que no encaja es que mi padre tuviera en la vitrina la foto donde estoy con mi madre, y éstas las amontonara en un cajón —caviló él.

—Salvo que también se separara de esta mujer. No olvides que tu padre vivió y murió solo.

—O que ella falleciera antes que él. —Héctor se estaba entusiasmando con su juego de inventar hipótesis, a cuál más audaz—. Al fin y al cabo, ahora también sería vieja. Y el chavalillo de la foto ya andará camino de la decrepitud, aunque menos que yo, desde luego.

Quedé atrapada como una merluza en las redes de su mirada. Constaté la espesura de sus pestañas larguísimas. Y las arruguitas que rodeaban sus ojos, algo más profundas de lo que me pareció cuando le vi por primera vez. Claro que eso podía deberse a la noche que pasó en el tren. A lo mejor no durmió bien. Por otra parte, nunca había llegado a estar tan cerca de su rostro. Ni de sus labios.

—Vaya historia, Clara Rosell. Toda la vida afanado en odiar a mi padre para no echarle en falta, y ahora sólo me inspira lástima. Nadie merece morir solo en una porqueriza como ésta.

Los ojos de esmeralda me pedían a gritos una opinión. O quizá, algún bálsamo para calmar el desasosiego que captaban mis nervios electrizados. Y yo no albergaba otro deseo que colar mis dedos bajo su jersey de canalé negro, para comprobar si los músculos abdominales hacían frente a la decrepitud que tanto parecía preocuparle. Anhelaba acariciar sus labios con los míos y colmar cada rincón de mi persona con ese hombre que, a lo mejor, sólo necesitaba de mí unas cuantas palabras de ánimo para levantarle la moral.

—¡Me estoy quedando como un chuzo!

La voz me había salido destemplada, y no por culpa del

frío que hacía en esa miserable buhardilla. Él me apresó la mano que tenía más cerca. La encerró entre las suyas. Eso no me lo habría esperado jamás. Las pulsaciones del corazón se me alborotaron con tal violencia que temí sucumbir de un ataque cardíaco sobre el nauseabundo sofá del viejo Laborda.

—Es verdad —susurró Héctor—. Aún estás más helada que yo. Pero si cerramos la ventana, nos mareará el pestazo.

A escasos milímetros de mi boca se abrió el peligroso triángulo de su sonrisa. Eso fue la puntilla. ¿Cómo era capaz de sonreírme así? ¿A santo de qué me cogía la mano? ¿Es que aún no se había percatado de las bochornosas locuras que me sugería cada gesto suyo? Me puse a salvo saltando del sofá, como si una pulga criada en sus mugrientas entrañas se me hubiera colado bajo la ropa. Las fotografías que había sostenido en el regazo cayeron sobre la alfombra. Héctor se inclinó para recogerlas. De soslayo descubrí su vehemente sonrojo y el azoramiento grabado en la curvatura de su espalda. No tenía que haber sido tan brusca. El pobre no debía de ser consciente de lo que estaba haciendo conmigo. Los hombres no son perspicaces para esas cosas.

En silencio, Héctor siguió estudiando los testimonios fotográficos de cómo vivió su padre. Yo me coloqué al lado del sillón orejero donde falleció el viejo. El frío que irrumpía por la ventana abierta me azotó la columna vertebral. Empecé a temblar, pero no me moví de allí. Héctor suspiró. Separó unas cuantas fotografías. Con el resto formó un montoncito. Sujetando un fajo en cada mano, se puso en pie y caminó hacia el armario. Dejó caer el manojo de la derecha dentro del cajón aún abierto. Lo cerró de un golpe violento. Hizo amago de venir hacia mí, pero se detuvo y abrió la vitrina del cristal ámbar para sacar la instantánea de él y su madre ante el barracón de madera. Dijo:

—Me quedo estas fotos. Las de la rubia y el niño se las enseñaré a Vargas mañana. A ver qué nos cuenta. Por lo demás, paso de seguir escarbando en este basurero. Ya han surgido bastantes incógnitas por hoy.

Su mirada atravesó el cuarto de estar para entregarse a la mía. Leí en ella que Héctor era consciente de la tempestad que casi se había desatado en esa habitación. Y sentía tanto miedo como yo. Por primera vez en mi vida, deseé que mi hermana llegara cuanto antes de Berlín. Aunque en esas circunstancias, creo que me habría servido cualquier ser vivo cuya presencia se interpusiera entre ese hombre y yo, y me salvara de ser arrastrada por la tormenta. Héctor consultó su reloj.

—Las cinco menos veinte. Nos sobra tiempo hasta que venga tu hermana, ¿no?

Robé a mis músculos faciales una mueca y afirmé con la cabeza. Él sonrió desde los ojos nada más.

—¿Y si volvemos andando al hotel? —propuso—. Esa caminata de media horita que dijiste antes nos vendría de perlas para desentumecernos. ¿No crees?

Más bien para enfriarnos la calentura, pensé. Volví a asentir sin recurrir a las palabras.

—Y por el camino —añadió él—, te invito a tomar un café donde me digas, a modo de anticongelante. ¿Hace?

—Vale...

Le di la espalda, todavía congestionada por la lengua de hielo que me había lamido las vértebras. Cerré la ventana y al poco rato abandonamos la sucia guarida donde expiró el viejo Laborda y donde a duras penas había conseguido sujetar mis impulsos sexuales. Esa calamidad contra la que ya me advirtió Mark en Valencia. Lamenté no haberle pedido nunca el número de teléfono de su casa, ni el de su móvil. De haberlo hecho alguna vez, en cuanto me quedara a solas podría llamarle y utilizarle de consejero espiritual. Pero en lugar de platicar con un amigo, en breve me tocaría aguantar una tensa velada con mi hermana pequeña, en la que no confiaba lo suficiente para confesarle la locura que había estado a punto de cometer en esa hedionda buhardilla.

17

Cuando vi entrar en el hotel a mi hermana, con su maletita de Hermès en una mano y el bolso de Valentino colgado del hombro derecho, me sorprendió lo que se había marchitado desde la última reunión familiar, el verano anterior. Aún era Anita, la bella, con las alas ensortijadas de su melena acariciando el negro cuero del abrigo, los ojos heredados de mamá registrando cada detalle bajo las cejas de gitana, y los seis centímetros más de estatura que sacó en el reparto de genes. Seguía siendo la guapa de las hermanas Rosell, aunque su cabello ya no brillara como las plumas de un cuervo barnizadas por la lluvia, el cutis cobrizo se hubiera decantado hacia un tono verde aceituna y sus redondeces se adivinaran mucho más pronunciadas cuando las dejaba entrever el gabán abierto. En sólo seis meses la bella había caído en la charca de la madurez, y un ente ruin agazapado dentro de mí celebró que los años no se llevaran bien con Anita. Ella me detectó enseguida. Esbozó una sonrisa amplia, algo cansina. Incluso de lejos vi los pliegues que se le marcaron bajo los párpados inferiores. Eso me quitó las ganas de refocilarme en la mezquindad. Si mi hermana parecía envejecida, ¿cómo me vería la gente a mí, que soy la mayor?

Anita atravesó el vestíbulo con sus pasos enérgicos, también herencia de mamá. Se paró delante de mí, dejó la maleta en el suelo y me rodeó el hombro con el brazo derecho. Sus labios pintados de bermellón fingieron rozarme una mejilla, después la otra. Se apartó y me estudió con la mirada de aquellos extraterrestres televisivos de los años setenta que tanto disfrutaban fastidiando a Roy Thinnes.

—¡Estás mucho más delgada, por fin vistes bien y pareces más joven que el verano pasado! —exclamó.

Desde que se fue con Martin había recuperado el acento alemán que tuvo de niña. Busqué huellas de burla en su voz. No hallé ninguna.

—¿Qué te has hecho, Clara? ¿La cirugía estética?

—La única cirugía que me he hecho ha sido volver a trabajar y adelgazar siete kilos —me reí—. Y con los gastos que tenemos últimamente, estamos para que despilfarre el dinero haciéndome retoques. —Se me ocurrió una maldad a todas luces improcedente, pero la dejé escapar—: Entre Emilio y yo no ganamos tanto como tu Martin.

Mi hermana no se molestó. Sonrió benévola, como si ella fuera la adulta y yo una niña malcriada. La madurez le empezaba a mustiar el cuerpo, pero parecía ennoblecer su mente. Miró alrededor.

—¡Qué hotel más coqueto! No conocía este nidito de amor. ¿Me has reservado habitación?

—Tengo dos camas enormes en la mía y le he dicho al recepcionista que vas a dormir conmigo. Sólo necesita tus datos para rellenar la ficha. Claro que si prefieres estar sola...

—No. Me parece perfecto. Dormiremos juntas como en el cuchitril del tío Fresón. En recuerdo de los viejos tiempos. —Una sombra le nubló la sonrisa—. ¿Qué tal está papá? Al teléfono suena tan triste...

Me encogí de hombros.

—Echa de menos a mamá y se nos está haciendo abuelete. Ya no sé qué hacer para sacarle de la depresión. Le he propuesto mil veces que se venga a vivir con nosotros, pero se niega a dejar el piso. Dice que aún siente a mamá ahí dentro.

—Yo también le he dicho que venga a Berlín, pero no quiere volver con los cuadraos, como dice él. —Anita se quitó el abrigo. Lo colgó por encima del brazo izquierdo y levantó la maleta del suelo—. Anda, vamos a recepción, luego subimos esto arriba y nos sentamos en la cafetería. A ver qué se puede comer.

—¡Aún estoy a régimen! —protesté. Un acto absurdo, teniendo en cuenta que llevaba todo el día ingiriendo lo que no debía.

—Y a mí me convendría estarlo también —comentó Anita, con repentino abatimiento—. Últimamente engordo sólo con respirar. Pero comer es lo único que me tranquiliza cuando los *Jungs* me ponen de los nervios. Ya no me sirve ni el tabaco. ¿Aún se dice eso de ponerte de los nervios, verdad?

Le confirmé que mantenía al día su español coloquial.

En la cafetería, Anita recapacitó y decidió oponer resistencia a su feroz apetito. Las dos pedimos café con sacarina para engañarnos un rato más. Mi hermana preguntó por Emilio y los *Jungs*, como decía ella. Me irritó que se hubiera adelantado en mostrar interés por la familia. Pero disimulé.

—Los críos están como toros de lidia —contesté—. A mí también me ponen de los nervios a veces. Cuando pasaba el día en casa me agotaban, pero desde que trabajo en el periódico les echo de menos. Ya ves…

Anita sacó un paquete de tabaco del bolso Valentino, lo abrió con dedos inquietos y se ofrendó un cigarrillo. Me miró, indecisa:

—Sigues sin fumar, ¿no?

Afirmé con la cabeza.

—Haces bien. Martin me riñe porque fumo demasiado, pero si dejo el tabaco me pondré irremediablemente como una vaca. Ay, a ver donde tengo el chisme ese... *das verdammte Feuerzeug.** He olvidado cómo se dice en español.

Mi hermana escarbó dentro de su Valentino. Esos movimientos descontrolados no me parecieron propios de ella. Tampoco la resignación al hablar de sus kilos. La Anita que yo conocí habría puesto remedio inmediato al primer gramo de sobrepeso, o habría persuadido a su interlocutor de que una mujer sin líneas curvas es un vil palo de escoba. Encontró el mechero. Encendió su pitillo. Exprimió la boquilla con ansia de adicta. Tres silenciosas caladas después, sus manos dejaron de temblar.

—Suena interesante lo del periódico —manifestó entre bucles de humo—. A mí me iría bien volver a trabajar, aunque sin la carrera convalidada, a mis años y con hijos pequeños, ya me dirás. Y para perder el tiempo en cualquier trabajo estúpido, prefiero estar con los niños y mimar a Martin. Y eso que a veces...

Anita dejó la frase inconclusa y suspiró con repentino desánimo. Intercaló una risilla forzada y dijo:

—En fin, no puedo quejarme. Tengo dos hijos rubísimos que no parecen míos y a los que no he enseñado a hablar español. No me preguntes por qué. No lo sé ni yo. Martin es un sol y le adoro cada día más. Nos codeamos con la *crème* de Berlín y conozco a personas interesantes, de esas a las que la gente sencilla sólo ve en los periódicos. Es una buena vida y no tengo derecho a quejarme. Pero últimamente me afecta cualquier tontería. Martin dice que es la crisis de los cuarenta y que no debo darle importancia. Ayer mismo dijo que madurita estoy más *knackig*... hum..., ¿cómo traducirías eso?

—Apetitosa, sexy... —propuse.

* El maldito mechero.

—«Sexy» no me gusta. —Anita puso cara de asco—. Mis amigos no volverían a hablarme si me oyeran usar esa palabra. Es tan antigua...

Pensé que aparte de haberse ajamonado, la hija de emigrantes más germana de Renania del Norte-Westfalia se estaba volviendo una esnob de primera.

—Pues Martin dijo que madura estoy más apetitosa y sólo me falta admitir que ya no soy la más joven de la fiesta. Pero me cuesta aceptar las patas de gallo y que las tetas persigan al ombligo, ¿sabes?

—¡Qué exagerada eres!

Antes de que pudiera aportar mi propia experiencia con el paso del ecuador, un trance que viví sin una mísera crisis porque el embarazo de Fran me llenó la mente de ilusión, la tripa de niño y el cuerpo de líquidos retenidos, Anita lanzó otro suspiro desde su lado de la mesa.

—Cualquier día me opero de arriba abajo. Martin dice que ni se me ocurra, pero claro, él siempre está igual. —Un resoplido puso punto y aparte al discurso—. Y ahora cuéntame algo de Emilio. Aún no me has dicho cómo está.

En sus ojos parpadeó un ávido interés. Concluí que Anita aún añoraba a mi marido. Su primer novio de larga duración. El hombre que le abrió las puertas del goce carnal. Me sentí muy despreciable por habérselo robado.

—Está bien. Trabajando mucho y haciéndose mayor, como todos nosotros.

—El verano pasado le vi un poco... ay, ¿cómo es la palabra? ¿Fondón?

—Sí, anda sobradillo de peso —admití—. Pero si le sugiero que empiece a cuidarse, se enfada y acabamos discutiendo. Así que me callo.

Anita frunció los labios y meneó la cabeza.

—Mal hecho, Clara. Debes insistir por su bien. Los hombres son como niños y hacen chiquillerías. Igual que lo de afeitarse la barba. Nunca debiste permitírselo. Estaba tan guapo con ella. Fue un crimen peor que lo de Sansón.

Me dio por reír. Jamás habría esperado que mi hermana desarrollara sentido del humor a los cuarenta años.

—A mí no me mires. Yo nunca le puse a Emilio unas tijeras encima. Fue cosa suya. Se le metió en la cabeza que una barba con canas es patética y ya sabes lo terco que es.

—Sí, lo sé. Llegué a conocerle muy bien —susurró ella.

Bajó los párpados. Se dedicó a alternar caladas ávidas al cigarrillo con breves sorbos de café. Sus pestañas me apuntaban al corazón como si fueran agujas afiladas. Yo apuré el *espresso* en silencio, incapaz de apartar la vista de esos flequitos espesados con rímel negro. De pronto, me vi enfrentada a su mirada.

—Clara —murmuró con voz tenue—, no he querido hacerme la víctima. No pienses que he venido para remover rencores...

Dejó la taza sobre la mesa. Los dientes me rechinaron de toda la culpabilidad acumulada durante dos décadas.

—He venido para que hablemos claro —continuó ella—. Lo tenemos pendiente desde hace tiempo y cuando supe esta mañana que venías a Düsseldorf, me dije que hoy o nunca. —Se llenó el pecho de nicotina y echó el humo por la nariz—. Mira, yo... te he esquivado estos veinte años, y también a Emilio, porque no soportaba veros tan felices. Es duro que el hombre al que quieres con locura te deje plantada para irse a vivir con tu propia hermana. Y darte cuenta de que sólo fuiste un rollete sexual para él...

—Anita —la interrumpí—, no te infravalores tanto. Fuiste más que eso. Él estuvo... —Eché el freno justo a tiempo. Casi había dicho enamoriscado, la palabra que usó el propio Emilio en Nochevieja para definir lo que sintió por ella. Espetársela así a Anita habría sido muy cruel— ... enamorado —dije en lugar de eso.

—Sólo enamoradillo —matizó ella—. Pero no te preocupes. He tardado casi veinte años en aceptar lo que pasó. Ahora está asumido.

Me removí en la silla. Tragué saliva suficiente para regar dos campos de naranjos. Anita me estaba haciendo sentir tan ruin... Para embrollar aún más mi penosa situación, vi entrar a Héctor en la cafetería. Se detuvo junto a la puerta. Recorrió el local con la mirada hasta que nos divisó en el rincón. Sonrió con la desmesura de quien se siente violento y se acercó dando pasos vigorosos. Derrochaba energía, igual que Anita. Como si le faltaran bolsillos donde guardar tantísimo brío. Llevaba el jersey de cuello vuelto bajo el elegante abrigo tres cuartos que parecía inspirado en *Matrix*. Me molestó que vistiera de cuero negro como mi hermana. Sólo faltaba que los dos congeniaran. Presentí peligro. Mucho peligro. Héctor se plantó delante de la mesa. Amplió su sonrisa. Si seguía así, la boca le seccionaría la cabeza en dos como a los monigotes de *South Park*. Héctor Laborda, perfecto seductor, encantador de madres cuarentonas estresadas y, en breve, de hermanas empeñadas en remover lodos fétidos, saludó a Anita con la cabeza y me miró:

—Hola. Perdona que os interrumpa, Clara. Sólo será un minuto. Es que me voy a explorar los alrededores, luego cenaré algo por ahí y deberíamos concretar la hora de ir a ver a Vargas mañana, ¿no crees?

Me sentí morir. Si enrojecía ante la escrutadora Anita, estaba perdida. Tomé aire para refrigerar la sobrecarga de los fusibles. Balbuceé:

—Héctor, te presento a mi hermana Anita. —Mi mano se balanceó en un ridículo vaivén del uno al otro—. Anita, éste es Héctor. Trabajamos juntos en el artículo.

Anita apagó lo que quedaba de su cigarrillo y se infló de almíbar. Una sonrisa mostró sus colmillos superiores. Los celos me ahogaron cuando mi hermanita se levantó, dijo «*Freut mich*», balbuceó después con acento alemán «Me alegro» y se dejó besar las mejillas por el seductor de reptiles, que declaró estar encantado de conocer a la hermana de la que tanto le había hablado Clara. Yo me creí forzada a integrar a Héctor en nuestra cena. No me hacía gracia compartirle con Anita, ni que ella me viera babear en su presencia, pero me daba pena que el pobre acabara engullendo en solitario algún parco tentempié.

—¿Por qué no te vienes con nosotras? Anita y yo vamos a cenar codillo.

La sonrisa de Héctor alcanzó la longitud de una raja de sandía.

—Gracias, Clara, pero no quiero robaros intimidad. Lleváis mucho tiempo sin veros y estaréis deseando hablar de vuestras cosas. Yo picaré cualquier cosa por ahí y me acostaré pronto. Anoche dormí fatal en el tren y estoy hecho polvo. Los años, que no perdonan. —Se encogió de hombros con la coquetería del varón que desea lucirse ante dos mujeres—. Volviendo a lo de Vargas: como nos espera a las once, ¿te parece que quedemos a las diez aquí mismo? ¿O será demasiado justo?

—No, en una hora nos sobra tiempo para ir. La oficina de Vargas no está lejos de aquí.

—Entonces, arreglado. —Héctor se dirigió a mi hermana, que por fin se había vuelto a sentar. Ronroneó, como si un sortilegio le hubiera transformado en gato de angora—: Anita, ha sido un placer conocerte. —A mí me dijo—: Hasta mañana, Clara. —Y a las dos—: ¡Que disfrutéis del codillo!

Sonrió por última vez y se esfumó. Parecía haberle entrado mucha prisa por escapar de nosotras.

—¡Qué hombre tan atractivo! —murmuró Anita.

No perdió de vista a Héctor hasta que dejó de verse el último pedacito de cuero negro en el hueco de la puerta. Olfateé una lluvia de problemas. Si Anita le hacía la misma observación a Emilio, éste se mosquearía conmigo por haberle mentido al describir a Héctor.

—¿No te dijo Emilio de qué va el artículo y para qué me acompaña Héctor?

—Sí, todo menos lo guapo que es tu acompañante. —La voz de Anita era almibarada como ciertos venenos mortales—. No temas, hermanita. No le voy a chivar lo verdes que son los ojos de Héctor. Pero ten mucho cuidado con él. ¡Le gustas!

Me costó disimular la alegría recién inoculada por su advertencia.

—¡Vaya tontería! Si está enamoradísimo de su mujer. Además, a los tíos de su edad se les van los ojos detrás de las veinteañeras de culo prieto. Ni se fijan en las cuarentonas como nosotras.

Media boca de Anita trazó una risita pigmea.

—Le gustas, Clara. No hay más que ver cómo te mira. Insisto: ¡ten mucho cuidado! No hagas daño a Emilio.

—¡No voy a hacerle daño! —salté—. Se te dispara la imaginación. ¡Y no necesito tener cuidado con Héctor, ni con nadie! Voy a cumplir cuarenta y seis años. Los hombres no hacen cola para seducirme. El tiempo del ligoteo ha pasado con creces…

—Vale, vale. He venido para aclarar las cosas entre nosotras, no para que te enfades por una tontería.

Yo estaba alterada por la súbita aparición de Héctor y por el embarazoso consejo de mi hermana. Eso me anuló los reflejos y se me escurrió entre los dientes una nueva inconveniencia:

—Nunca me perdonarás lo de Emilio, ¿verdad?

Ella encogió los hombros con perturbadora impasibilidad.

—Ya te he dicho que no te guardo rencor. Es agua pasada...

—Pero aún piensas en él. ¡Reconócelo!

—Vale, confieso que a veces me acuerdo de Emilio —admitió ella, muy suave—. De cuánto le quería. De lo guapo que era cuando le vi la primera vez. Del sabor de sus besos... —Anita entrecerró los ojos con deleite de gatona pícara—... y de más cosas que son sólo mías.

Las intimidades de pareja que Emilio nunca me quiso contar. Ni me revelaría jamás. Sentí hervir los celos en la barriga. Anita se dio golpecitos en la frente con el índice de la mano derecha.

—Todo eso está aquí —recalcó—. Y nunca va a volver. Igual que la juventud. Y la ilusión de descubrir el cuerpo del primer hombre que te vuelve loca, cuando crees que la vida te tiene preparado un saco lleno de regalos. Bah, a veces no sé si echo de menos al Emilio de entonces, el que fue mío, o a mis veinte años que se han esfumado junto con el culo que dejaba bizcos a los hombres.

Anita suspiró. Encendió otro cigarrillo y lo estrenó inhalando ansiosa el humo.

—Y para tu tranquilidad, Clara: el Emilio de ahora es un extraño para mí. Sólo es el hombre mayor y gordito que se casó con mi hermana. En fin, no sé si me he explicado bien. Cada vez me expreso peor en español.

A pesar de lo abandonado que tenía el español, mi hermana se había hecho entender a la perfección. Volví a sentir la necesidad de mendigar su absolución.

—Anita, nosotros no pretendíamos hacerte daño. Los sentimientos nos avasallaron. Fue...

—¡Sé lo que fue! —me cortó ella—. Me olí que me lo ibas a quitar cuando os presenté en aquel asqueroso tugurio de jazz. ¿Sabes por qué?

Negué con la cabeza.

—Por tu sonrisa. Hace que los hombres se derritan. Y Emilio se quedó como la gelatina. Por eso quise mantenerle lejos de ti. Cuando eres tan joven crees que puedes controlar el destino. Y no es verdad. ¡Él es quien manda! A mí me utilizó de vehículo para que Emilio y tú os conocierais. Nada más.

—Anita, esto del destino es...

—¡La pura verdad! Lo vuestro ocurrió porque estaba escrito, nadie tuvo la culpa y es hora de enterrar el hacha de guerra, ¿no crees?

Le di la razón usando de nuevo la cabeza. Sabía que Anita no había venido a mortificarme por lo que sucedió veinte años atrás. No era una hipócrita. Pero me había dejado tan chafada como una cucaracha recién pisada.

—Mamá ya no está y papá... ya ves... cualquier día sólo quedaremos nosotras de nuestra estrafalaria familia Rosell. —Anita encadenó tres carcajadas en cascada melancólica—. Y yo... no sé, a lo mejor la edad me está volviendo sentimental, pero me gustaría llevarme bien con mi única hermana.

Por primera vez en mi vida sentí por Anita algo próximo al afecto que, según dicen, une a las hermanas bien avenidas. Ella expulsó un nubarrón de humo con parsimonia de vampiresa. Sentada de esa manera, sin que se le viera el dilatado trasero ni se le marcaran arrugas al reírse, volvía a ser la bella Anita de las curvas armoniosas que le envidié desde que se convirtió en mujer.

—¿Sabes que tiene razón tu Martin? —dejé caer—. Fumas más que un camionero. Eso no es sano.

—Ya lo sé. Pero prefiero envenenarme con esta mierda a acumular más chicha aún. Y hablando de chicha, es buena hora para ir a buscar nuestro codillo, ¿no? Ya deliro de hambre, como ese personaje de los tebeos que nos compraba papá en Valencia. ¿Cómo se llamaba?

—¡Qué alemana eres, por Dios! Es Carpanta.

Anita se rió, gorjeando como una tórtola juguetona. Se puso en pie de un salto. Yo la imité.

—Ah, por cierto —exclamó ella, ya en mitad del vestíbulo—. Aunque hayamos hecho las paces, no creas que pienso dejarte a solas con Martin. ¡Ni un minuto! Él es terreno vedado para ti, querida hermana.

Me quedé pasmada. ¿Estaba Anita de broma, o me estaba enseñando diez uñas dispuestas a rajarme como si fueran cuchillos jamoneros? Si mi cuñado ni siquiera me resultaba atractivo. Pese a su enorme clase, era demasiado desgarbado para inspirarme la fantasía erótica más descafeinada. Anita se había humanizado, pero seguía siendo muy posesiva con sus hombres. Ella cambió de tema:

—¿Llevas fotos nuevas de los chicos?

—Por supuesto.

—Luego me las enseñas y yo te dejo las de Swen y Erich. Cada día se vuelven más rubios. Parece mentira que sean hijos míos. ¡Qué cosas tiene la genética!

Abandonamos el hotel hablando de nuestros hijos, como si siempre nos hubiéramos llevado de maravilla. Mientras nos congelábamos pisando los adoquines del barrio viejo de Düsseldorf, escruté de reojo todos los rincones de las calles, cada ventanal que permitiera espiar el interior de un restaurante, con el deseo de divisar a Héctor tomando su cena solitaria. Por una parte anhelaba verlo, por la otra temía tropezar con él en la cervecería a la que me conducía Anita, que visitaba a menudo Düsseldorf con Martin y los niños. En lo más hondo de las entrañas, sentía pánico a que Héctor y Anita, tan enérgicos los dos y aficionados a abrigarse con lujosas prendas de cuero, simpatizaran y él dejara de hacerme caso.

Pero no vimos a Héctor en toda la noche.

18

Anita se durmió antes que yo, tras haberme contado anécdotas de su vida con Martin, el elegante funcionario del *Bundestag*. También sacó a relucir las hazañas de Erich, que sólo le sacaba dos meses a Fran, y las monerías de Swen, medio año más joven que Raúl. En algún momento comentó que si no viviéramos tan lejos, nuestros chicos podrían jugar juntos como suelen hacer los primos, en lugar de mirarse con recelo. Claro que primero tendría que enseñarles ella español a los suyos y yo alemán a los míos. Ahí me piqué. Puntualicé que mis hijos iban a un colegio privado bilingüe y eso, añadido al sueldo de la asistenta, la hipoteca del piso y los gastos generales, tenía la culpa de que nuestro presupuesto menguara sin parar. No recibí respuesta. Anita se había quedado dormida sin atravesar la fase del amodorramiento. Igual que de niña. Y ni siquiera había podido sonsacarle cuál era el trabajo de Martin en el *Bundestag*. Decidí preguntárselo durante el desayuno.

La respiración cadenciosa de Anita me hizo retroceder a la infancia, cuando ella se dormía antes que yo para destrozarme los riñones con sus patadas infantiles. Compartimos cama durante años, pero aquella proximidad física impuesta no logró que le cogiera cariño. Ahora también me incomodaba tener su cuerpo a mi lado. ¿Se habría sentido ella igual de violenta cuando salió del baño embutida en un camisón de seda negro, más apropiado para seducir a un amante que para dormir con su hermana mayor? ¿Sería esa plétora de encajes un regalo de Martin, o se habría aficionado Anita a la lencería fina con la edad? Aunque quizá hacía tiempo que dormía vestida para matar. ¿Qué sabía yo de las costumbres de Anita y Martin, de lo que se susurraban en plena faena, o de los jueguecitos sexuales que sazonaban su rutina? Mi hermana y yo llevábamos toda la vida esquivándonos la una a la otra. No se pueden reparar tantos desencuentros en una sola tarde y un pedacito de noche.

Me coloqué boca arriba. Crucé los brazos bajo la nuca. Empezaba a ponerme nerviosa. A ese paso tendría que tomar un somnífero si quería estar despejada por la mañana para hablar con Vargas. Los resoplidos de Anita me invadían el oído derecho. A la luz del alumbrado de la calle, que escalaba hasta el primer piso donde nos alojábamos, intenté distinguir su cuerpo durmiente. Sonreí en plena penumbra. La edad no le había arrebatado la costumbre de llenar la cama hecha un roscón. Sólo había aumentado su tamaño. Dormir a su lado equivalía a surcar el río del tiempo en un vapor guiado por un timonel caprichoso que se detenía donde se le antojaba.

Y aquella noche de enero, compartida a disgusto con mi hermana pequeña, que en seis meses había sido avasallada por la madurez y los kilos, el barco hizo escala en una tarde de septiembre del setenta y dos. El año en que detuvieron a Andreas Baader y dos semanas después a Ulrike Meinhof. Cuando el grupo terrorista árabe Septiembre Negro perpetró en los Juegos Olímpicos de Munich el secuestro de varios atletas israelíes, que acabó en la muerte de once deportistas y un policía alemán. Cuando los Wings de Paul McCartney dieron su primer concierto en la Universidad de Nottingham y el Doctor Spock asomaba las orejas puntiagudas a los televisores de

Alemania Occidental. A mis catorce años suspiraba por Mark Spitz, el nadador que se parecía a Omar Sharif y había ganado siete medallas de oro en las Olimpiadas recién malogradas. Me privaban los Pop Tops, Gilbert O'Sullivan y Neil Diamond, también la canción de las palomitas de maíz, pero ocultaba esa lacra en el saco de las vergüenzas, porque en clase boicoteaban por cursi a quien escuchara algo más suave que Alice Cooper, T. Rex o Deep Purple. Aquel otoño los Rosell llevábamos dos años viviendo en un piso alquilado a la *Deutsche Bundespost*, una antigualla diminuta con un único dormitorio que ocupábamos Anita y yo, mientras nuestros padres dormían en el sofá cama del salón. Pero el cubil ofrecía varias ventajas. Se hallaba en el céntrico barrio de Bilk, a dos pasos del Volksgarten, un parque inmenso con un lago donde los domingos papá alquilaba un bote de remos y paseaba a sus tres mujeres aportando el sudor de su frente y la lumbalgia del lunes. La cocina era lo bastante grande para que mamá viera cumplido su sueño de poseer un banco rinconero tapizado de escay azulón, el último grito en cuestión de muebles. Y Anita y yo disfrutamos tras la mudanza dándonos baños de espuma en nuestra primera bañera propia, hasta que mamá decretó que no éramos la Cleopatra esa remojándose en leche de burra y se acabó la tontería de malgastar agua y gel.

Era otoño y yo temblaba como las hojas que saltaban de los árboles, porque esa tarde iba ir a una *Fête.* Así llamábamos en el instituto a los bailes donde había tocadiscos, Coca-Cola, caudalosos ríos de cerveza e individuos del otro sexo, borrachitos de testosterona y jugo de cebada fermentada. Como siempre, mi padre se despachó a gusto contra esos guateques de hippies melenudos donde no pintábamos un pimiento las chicas honradas. A los cinco minutos de sermón intercedió mamá. Sabía a la perfección cuándo y dónde colocar el ariete para derribar la muralla. Papá claudicó enseguida y otorgó su beneplácito. A cambio tuve que soportar su segunda soflama a favor de la decencia femenina, esa virtud que las vikingas libertinas dejaban olvidada en el ropero de sus casas. Para papá, todo ser nacido al norte de Lyon era vikingo y por extensión, vicioso.

El baile se iba a celebrar en un aula de mi instituto. Dos semanas atrás, nuestra delegada y tres amigas habían invitado, con permiso de las autoridades docentes del *Gymnasium*,* a un grupo de cuarto del liceo masculino de enfrente, donde estudiaban los chicos que rondaban a las guapas de mi clase. A los chavales no les seducía celebrar las fiestas en el instituto de las chicas, porque la presencia de dos profesoras coartaba los magreos, la cerveza fluía con cuentagotas y los adefesios que no tenían a quien sobar al ritmo de «Mamy Blue» regresaban a casa más bien sobrios. Pero el elenco masculino siempre se presentaba puntual, con sus pantalones de campana y las greñas que exasperaban a mi padre.

Recién arreglada para el evento, abrí el ropero donde Anita y yo guardábamos las prendas que nos compraba mamá en los saldos de C & A y Karstadt. Ensayé posturitas ante el espejo que acababa de pegar papá a la cara interior de la puerta. Para que las chicas no tengan que mirarse en el recibidor, había dicho mientras maniobraba. Pero sus féminas sabíamos que se refería a mí, porque le enfurecía salir del baño y chocar conmigo frente al mueble del diminuto vestíbulo. El martes me había pillado pintándome los labios con el carmín rosa caramelo de mamá. Y mi progenitor, por lo general un machista de talante pacífico, estalló en mis narices como un petardo fallero:

—¡Ya tenemos a la *xiqueta* haciendo la pava!

Mamá me defendió a voces desde la cocina:

—¡Deja a Clarita, Enrique, que está en la edad...!

* Instituto de enseñanza secundaria.

Él apuntó con la nariz al hueco de la puerta.

—¡Pamplinas! —berreó. Un consumo de energía superfluo, porque en esa casa bastaba un susurro para enviar la voz al rincón más remoto—. ¡Más estudiar y menos *pardals* en la cabeza! ¡Eso es lo que hace falta! ¡Y aprobar las matemáticas! ¡Eso es lo que hace falta!

Volvió hacia mí su cara teñida de púrpura.

—¡Y tú, límpiate esa boca! ¡Pareces una cualquiera! A ver, ¿cuándo has visto a tu hermana pintarse los labios, eh?

No osé contestar ni moverme. Cuando Enrique Rosell Gil se inflamaba, convenía esperar en silencio a que se calmara por sí mismo. Eso solía ocurrir a los cinco minutos, más o menos. Papá ladraba fuerte, pero nunca mordía. La cólera de mamá traía peores consecuencias. Ella voceó:

—Pero, Enrique, ¡si Anita tiene nueve años!

—¡Es igual! Como si tuviera veinte. La niña no se pintará boca de mamona. ¡Te lo digo yo!

Papá no podía saber en septiembre del setenta y dos, que a los veinte años su hija predilecta se aficionaría al carmín de color bermellón, cuanto más intenso mejor. Para adivinar eso tendría que haber sido vidente. Y él no lo era. Le observé de reojo. La tormenta parecía en vías de remitir. Sólo era cuestión de aguantar un poco más. Mi padre quiso rematar su labor correctiva:

—¡Hala, quítate eso! Y como te vuelva a ver pintada de mona, no vas el jueves al guateque de los melenudos. ¡Ni a ése, ni a ninguno! Total, ahí sólo hay bolcheviques gorrinos que ya ni van al barbero...

—¡Enrique, deja en paz a la chica! Con la ilusión que le hace...

—Ya veremos, ya veremos... —gruñó papá.

Cuando la voz le brotaba del cuello de la camisa, papá se parecía al oso Yogui vagando por el parque de Yellowstone.

Y eso presagiaba el final del estallido. Él se adentró en la cocina sin añadir ni una palabra más. Me fui al baño. Corté medio metro de papel higiénico y me froté los labios ante el espejo hasta no dejar rastro de pringue rosa. Entonces descubrí a Anita bajo el quicio de la puerta. Me observaba con esos ojos que brillaban como aceitunas negras recién sacadas de la lata. La hija favorita de papá. La niña que jamás se iba a pintar labios de mamona. Seguro que había espiado la reprimenda completa.

—*Hau ab!*[*] —rugí.

Ella no se movió. Le cerré la puerta en las narices y eché el pestillo. Arrojé la bola de papel dentro del retrete, tiré de la cadena y lloré de rabia. Dos días después, papá cogió el coche nada más llegar del trabajo y fue a una tienda de bricolaje reventadora de precios. Regresó con el espejo y un bote de pegamento extrafuerte. Así las chicas no tendrán que mirarse en el recibidor, dijo en la cocina. Su media naranja contestó ¡Qué bien! y siguió empanando la carne de la cena.

Para el baile de los melenudos me puse un pantalón de pana color burdeos y una blusa de punto verde jaspeada en blanco, larga y estrecha como un huso. Resaltaba mi desmesura pectoral y alguna lorza que otra. Ambas prendas procedían de las últimas rebajas de invierno. Mamá les echó el ojo enseguida porque eran baratas. Yo las odiaba con toda mi alma. Habría preferido una falda de ante marrón hasta media pierna, combinada con botas de cordones frontales y un jersey corto de cuello vuelto, en amarillo limón, de esos que dejaban el ombligo al aire. O vaqueros de campana ajustados y bordados con florecitas de colores, como los que lucían los cantantes de *Hair* en las fotos de las revistas. Pero para eso había que tener un padre menos obsesionado por el recato de las mujeres, más

* ¡Lárgate!

una madre que no se despidiera tres veces de cada *Pfennig* antes de dejarlo partir. Y se imponía ser hija de gente acomodada, no de un *Gastarbeiter* empleado en correos que hacía el reparto de paquetes en el barrio de Bilk y sólo aspiraba a ahorrar muchos marcos para regresar pronto a la patria. Y, sobre todo, se debía poseer un cuerpo esbelto, casi de chico, con senos como avellanas que no requirieran camisas de fuerza de la talla superior. Así eran los de Sabine, la más bella entre las guapas de mi clase. La ninfa etérea cuyo encanto alelaba a los chavales del instituto masculino de enfrente. A su paso caían como moscas los de nuestra edad, los más mayores y algún renacuajo precoz de doce años. Yo envidiaba su delgadez, pero la intuía inalcanzable para mi morfología curvosa. Me habría contentado con parecerme a Gisela, que no semejaba un lenguado y tenía algún centímetro de pecho. Aun así coleccionaba admiradores porque no llevaba sujetador bajo las camisetas de algodón y enseñaba el ombligo encajado en un vientre chato. También era una autoridad en el arte de embaucar a los chicos. Un talento innato que a mí me había negado la naturaleza.

Delante del espejo odié mi ropa de saldo, mi carne insolente que marcaba protuberancias bajo cualquier prenda. Y en particular a Anita, que me observaba sin pestañear con su mirada de marciana. Sentada en su cama, con las piernas enredadas en posición de loto y la espalda apoyada contra la pared empapelada de margaritas blancas sobre fondo verde, chupaba gatos de regaliz de Haribo. Ya había consumido media bolsa. De pronto, sacudió la cabeza y murmuró:

—*Siehst fies aus,* Clara. *Das macht dich fett.**

Decidí contestarle en español. Por fastidiar. Además andaba cerca mamá y no deseaba ganarme una colleja.

* Estás horrible, Clara. Te hace gorda.

—¡No tengo nada mejor! ¡Y lárgate!

Anita se encogió de hombros, deshizo el laborioso nudo de las piernas y saltó sobre la alfombra. Al llegar a la puerta sacó una lengua envenenada de regaliz y abandonó el cuarto con la dignidad de una reina afrentada por súbditos ingratos.

Cinco minutos después, el último escollo que debía superar antes de marcharme era la revisión de papá. Inspiré muy hondo y fui a la cocina. Mamá pelaba patatas delante del fregadero. A esa hora siempre estaba mondando algo, ya fueran tubérculos o kilos de manzanas para llenar el frigorífico de compota, un postre por el que sentía debilidad nuestro padre. En la mesa, Anita manchaba una lámina de papel con las acuarelas. A su lado, papá admiraba arrobado el arte de su benjamina. Nada más verme, onduló una mano en el aire para que me acercara. Igual que Marlon Brando en esa película de mafiosos que hacía furor desde el verano, tan sangrienta que mataban hasta a los caballos. Papá me escrutó en busca de maquillaje o muestras de impudicia. Concluyó con un seco: ¡Vale! Movió la cabeza hacia arriba y hacia abajo. Otra vez me acordé de Marlon Brando haciendo de capo de la mafia, aunque mi padre no exhibía los enormes mofletes de don Corleone ni tenía la voz tan ronca. Él levantó el dedo índice y advirtió que mucho cuidado con los melenudos, porque eran lobos de colmillo afilado que manoseaban a las frescas, pero a la hora de la verdad sólo se casarían con una chica decente. Así había sido siempre y así sería en el año dos mil, porque una mujer sin honra tenía tanto futuro como una tortilla sin huevos. Mamá levantó la cabeza de las patatas.

—Deja a Clara, Enrique. Ya sabe lo que hay que hacer.

Papá emuló al oso Yogui y murmuró:

—Más vale. Más vale...

Anita detuvo el vuelo del pincel, levantó la cara y me sacó una lengua kilométrica. No estaba negra. Ahora lucía rosada como la que exhibió Oscarín en el Europabús que nos trajo a Alemania. El Óscar adolescente ya no asomaba la sinhueso para mortificarme. La necesitaba para emborracharse con ginebra y fumar marihuana en los tugurios más siniestros del barrio viejo. Una tarde le vi en un antro al que me llevaron Britta y Renate, mis amigas gorditas que tampoco enseñaban el ombligo acolchado. Óscar fumaba un porro, incrustado en un rincón con tres compadres de luenga pelambre que parecían gemelos de Peter Fonda cuando rodó *Easy Rider*. Sus ojos de vidrio, cegados por el humo del canuto que compartían los cuatro, miraban igual que los del caballo decapitado en la película de Brando. No creo que Óscar me viera a través del colocón. Aun así, pasé tanto miedo por si se iba de la lengua y papá se enteraba de mi escapada, que no volví a aparecer por la Altstadt. Ni siquiera para hacerme la encontradiza con Stefan, un asiduo a los garitos donde olía a porro y la música de Deep Purple, Led Zeppelin y los Rolling Stones espesaba la fumarada.

Stefan era la máxima estrella del instituto masculino. Tenía un aire a Ryan O'Neal cuando enamoró a Ali MacGraw en *Love Story*, la película que disparó las cifras de venta de los pañuelos de papel. Poseía una nariz respingona y unos labios suculentos al norte de su barbilla de trazo cuadradote, hendida en dos por un seductor socavón. Su testosterona ya fabricaba cañones de barba rubios y le hacía el más viril entre los chavales de catorce años. Era musculoso. Y un tanto bajito. Por eso se encaramaba a zapatos de plataforma con punteras macizas, que avanzaban cual buques rompehielos bajo las campanas de sus vaqueros desflecados. Esa tarde también iría al baile. Me lo había asegurado Renate el día anterior entre risitas histéricas. A ella se lo había dicho Ralf, un vecino suyo que jugaba en el mismo equipo de fútbol que mi ídolo. Por la noche fantaseé que Stefan se me declaraba bailando agarrados.

Las Tres Gracias llegamos a la fiesta cuando sonaba «In the Summertime». Desde el año setenta, los encargados del tocadiscos pinchaban esa canción para caldear el ambiente y la gente se colocaba en hilera e intentaba seguir una embrollada coreografía coral. Stefan ya bailaba en una de esas filas. Su melena lisa refulgía dorada bajo las luces policromas que convertían al aula en discoteca por un día. Los rompehielos se deslizaban sobre el suelo al ritmo impuesto por Mungo Jerry. Mi estómago casi reventó de la emoción. Pero entonces reparé en Sabine, ondulándose justo a su lado. La hurí con busto de lenguado agitaba la blonda cabellera al dictado de los zapatos con plataforma más machos de Düsseldorf. El culo rectilíneo se mecía embutido en unos vaqueros con floripondios bordados en los bolsillos de atrás. El jersey, amarillo limón y muy ajustado, moría varios centímetros por encima del ombligo. La risita de Sabine trinaba a través de la música cual paloma en pleno ritual de apareamiento. Stefan, la tórtola macho, sacaba pecho mientras movía cuello y cabeza hacia abajo y hacia arriba. Tal vez hasta escapara un uh, uh, uh de la caverna de su buche. Aunque eso nunca lo pude comprobar. La música estaba fuerte. Y yo demasiado lejos.

Britta y Renate se unieron a la hilera. Fui a por una Coca-Cola y me senté en una silla desde donde podía espiar a Stefan, y él me habría visto de haber arrancado sus ojos del ombligo de Sabine. Los Mungo Jerry dieron la alternativa a la guitarra eléctrica de Santana. «Black Magic Woman» desmembró las filas. Todos los chicos corrieron a buscar pareja frente a la que retorcerse. Stefan se adhirió a Sabine como una lapa. A Britta se le pegó Wim, un chaval granujiento que solía flotar en perpetuo estado de gracia etílica. Renate se quedó sola. Acudió a hacerme compañía en el rincón de las olvidadas. Los varones que acababan de ser rechazados se consolaban bebiendo cerveza en la esquina contraria. Lo hacían con prudencia, porque *Frau*

Wolter, la profesora de matemáticas más cardo del instituto, vigilaba el flujo de alcohol atenta como un halcón. Intuí que peligraba mi quimera de bailar agarrado con Stefan.

Sonó «Jin-Go-Lo-Ba». El pinchadiscos, un grandullón con boca de pez espada y greñas grasientas, parecía haberle cogido gustillo a Santana. Tomé un trago de mi Coca-Cola para calmar la angustia del esófago. Por encima de la botella busqué con los ojos a Stefan y a Sabine. La bilis me agarrotó el corazón. Sabine se ondulaba ante los ojos ávidos de mi amado, mientras él agitaba sus músculos chaparros al ritmo frenético de los bongos. Las guitarras eléctricas ululaban como un coro de tórtolos en pleno cortejo amoroso. Y en los amplificadores cantaba una voz de hombre: «Jin-gooo, jin-go-ba... jin-gooo, jin-go-ba... lo-ba-ba, lo-ba-ba...». Cada nuevo serpenteo aproximaba más a Stefan a Sabine. Su melena esparcía perlas de sudor que destellaban bajo las luces de colores. Y a mi Coca-Cola le faltaban toneladas de azúcar para endulzar tanta hiel. «Lo-ba-ba... lo-ba-ba... lo-ba...»

Antes de que se extinguiera del todo la música de Santana irrumpió Keith Richards con su guitarra eléctrica. Mick Jagger, el de los morritos de voluptuoso grosor, se quejó con aire indolente: «I can't get no satisfaction, cause I try and I try and I try and I try...». Para entonces la cabellera de Stefan ya se trenzaba con la de Sabine en un aura de sudor y hormonas. Apareció un adefesio pelirrojo e invitó a bailar a Renate. Ella botó de la silla como si llevara incrustado un muelle en el trasero. Me quedé sola en el rincón del olvido. De haber podido moverme, me habría alejado corriendo de tanto dolor, de la envidia que me agarrotaba y de mi humillante invisibilidad. Pero en el fondo sentía una malsana fascinación al observar el coqueteo de los bellos y ver cómo se aproximaban dos islas de carne movidas por el deseo. El mismo instinto que a mí me había hecho codiciar un botín fuera de mi alcance.

El disc-jockey quitó «Satisfaction» con brusquedad y sonrió entre la cascada de greñas. Puso un nuevo disco. La oscura voz del cantante de los Pop Tops entonó «Oh mamy, oh mamy mamy blue, oh mamy blue…». Era la canción de los magreos que las parejas aguardaban como agua de mayo en época de sequía. La noche anterior la bailé en mis fantasías con Stefan. En aquel instante mi ídolo se adhería igual que una sanguijuela a la carne transparente de Sabine. Le lengüeteaba el cuello. Arrimaba sus labios de muñeco a la boquita de piñón. Y las dos melenas rubias se fusionaron en una sola para ocultar el beso a mis ojos envidiosos. Imaginé la lengua de Stefan viajando hacia la campanilla de Sabine tras la cortina capilar. ¿Qué se sentiría al alojar una lengua masculina en la garganta? ¿Sería lo mismo que atragantarse con un chicle? Una vez oí relatar a Ulrike, la valquiria fornida que destacaba en gimnasia y lucía casi tan viril como Stefan, cómo fue su primer beso con lengua. Mientras hablaba se retorcía de risa ante la admiración envidiosa de sus oyentes y de las que hacíamos oreja. Ahora el paladar de Sabine se embuchaba la lengua que yo había codiciado y en su cavidad bucal morían trituradas mis fantasías. Me tragué el resto de la Coca-Cola y, de paso, mil doscientas lágrimas de amargura. De reojo comprobé si alguien había reparado en mi tormento. Nadie se fijaba en mí. Ni siquiera Renate, que a un metro escaso se dejaba sobar por las manazas de su desgarbado galán. Tal vez fuera mejor un chico feo que ninguno. Aunque estuviera medio borracho. Y de lejos ya oliera a sudor agrio de cerveza. De repente, Stefan y Sabine se separaron del coágulo de cuerpos danzantes. Les vi abandonar el aula cogidos de la mano. Lejos de *Frau* Wolter, el halcón hembra que me había suspendido el último examen de matemáticas. Fuera del alcance de mi voyeurismo masoquista. Escondí la botella de Coca-Cola vacía bajo la silla, rescaté el chaquetón del perchero donde habíamos colgado nuestras pertenencias al entrar y me escabullí con la cabeza gacha y calima en los ojos. El pez espada del pelo graso acababa de pinchar «Suzanne, Suzanne» de los Pop Tops para solaz de las parejas que se amasaban con afán panadero.

No hallé por el pasillo el menor rastro de Stefan y Sabine.

Aquel otoño del setenta y dos comencé a abjurar del recato inculcado por mi padre, la dichosa decencia femenina que sólo servía para acabar espiando desde un rincón cómo se magreaban los demás. Y descubrí una ley no escrita: ningún chaval de los que se cotizaban alto me sacaría jamás a bailar. Porque mis facciones no eran de hada como las de Sabine, ni el busto plano como una platija. Y los chicos guapos no reparaban en una gordita pechugona vestida con saldos de la temporada anterior. Por mucho que cada noche visitaran sus sueños en connivencia con la almohada. Ésa era la ley.

19

Anita se sirvió con avaricia del bufet de desayuno. Combustible hasta que coma algo en el tren, se excusó al ver mi cara de asombro. Yo tomé dos tostadas y un tazón de café con leche descremada. El diálogo fue parco esa mañana. Como si al habernos sincerado la tarde anterior, hubiéramos vaciado la cesta de los temas de conversación. O a lo mejor sólo estábamos demasiado somnolientas. Los Rosell nunca hemos sido aficionados a los parloteos matinales. Durante el desayuno no coincidimos con Héctor. Había desaparecido del mapa sin dejar rastro. Sospeché si no nos estaría esquivando adrede, aunque preferí atribuir su mutismo a la discreción. A las nueve y cuarto acompañé a mi hermana hasta el final de la calle donde, según el recepcionista, aguardaba el taxi para llevarla a la estación. Hacía tanto frío que cobijé la nariz dentro de la bufanda. Anita murmuró:

—*Mensch, ist es kalt heute morgen!**

Se detuvo, dejó la maleta sobre los adoquines y se subió el cuello del abrigo. Después abrió el bolso Valentino y extrajo unos refinados guantes de cuero negro. Se los puso tan deprisa que no pude distinguir si también eran de marca. Anita le-

* ¡Dios, qué frío hace esta mañana!

vantó su Hermès y seguimos andando hasta el taxi. La despedida fue tan rápida como la extracción de una muela a manos de un buen dentista. Yo me moría por regresar al calor del hotel. Me goteaba la nariz. Había olvidado los guantes en la habitación y los dedos ya semejaban polos de limón. Anita parecía impaciente por regresar con el desgarbado Martin y esos niños rubios que podrían pasar por hijos de cualquiera, menos de ella. Intuí que tardaríamos en vernos de nuevo. Y en volver a tener algo que contarnos.

Anita abrió una sonrisa relámpago. Se declaró feliz por haber recuperado a su hermana mayor después de dos décadas de guerra fría. Yo respondí que también estaba encantada. Anita me dio recuerdos para Emilio y rogó que cuidara mucho de papá. Le pedí que saludara a Martin de mi parte. Y se nos agotaron las cortesías. Ella dijo *Tschüs* y se deslizó dentro del taxi. Hizo amago de cerrar la puerta. A los dos segundos se detuvo y me miró con seriedad entre las pestañas rebozadas de rímel.

—Por cierto, Clara, ¡cuídate del de los ojos verdes!

Lo inesperado del zarpazo me dejó muda. Ella envió desde el coche una sonrisita sabihonda.

—A ti también te gusta.

Cerró la puerta. El conductor arrancó y sólo tuve reflejos para despedir con la mano a mi petulante hermana, que mecía sus dedos enguantados a ras del cristal en lento zigzag como si fueran escobillas de goma. Y así desapareció Anita, sin haber llegado a desvelarme cuál era el trabajo de su marido en el *Bundestag*. Regresé al hotel aturdida por sus palabras, con las manos y los pies en estado de congelación. En el vestíbulo me arropó una nube de calor, dulce como el aroma a menta y canela que derrochaba el horno de la señora Gallina cuando preparaba galletas por Navidad. Deslié la bufanda. Desabroché el abrigo y consulté el reloj. Las nueve y media. En treinta minutos reaparecería Héctor para perturbarme durante el resto del día y los dos siguientes. Después de la tregua intercalada por la visita de Anita, me aceleré como un bólido. No supe si temblaba de frío, o de puro pánico. Subí a la habitación en busca de los guantes. Despilfarré casi un cuarto de hora peinándome y revisando el maquillaje. Antes de salir comprobé en el espejo el estado de los vaqueros y la camiseta ajustada con cuya compra celebré el éxito de la dieta. Mi coquetería estaba adquiriendo un matiz enfermizo, aunque ¿a quién podía importarle eso?

Entré en la cafetería a las diez menos cinco. Y allí estaba. El desaparecido durante horas. El diablo de ojos verdes de quien, según Anita, debía cuidarme. Ocupaba la mesa donde estuve ayer con mi hermana. Llevaba un grueso jersey de color aceituna gordal, con cuello de tipo polo, que me hizo pensar en un noble inglés aposentado en la biblioteca de su mansión campestre. Sólo le faltaba llevar una pipa colgada de la boca. Y tener el pelo menos negro. Leía con atención un papel que sujetaba en la mano izquierda. Sobre el tablero se diseminaban más documentos, además del móvil y una taza de café, no pude distinguir si llena o vacía. Héctor había instalado su oficina provisional en ese rincón. Él arrancó la vista de los papeles.

Le gustas, había dicho Anita. ¿Sería fiable su capacidad de observación? Si estaba en lo cierto, la soga de la tentación se estrechaba alrededor de mi cuello.

Arrastré los pies hasta la mesa. Me paré delante de él, tiesa como las lanzas del cuadro de Velázquez. Vi que la taza de café estaba vacía. Héctor me arrojó un brioso «Buenos días». Agrupó los papeles en una pila y los dejó sobre una silla vecina. Murmuró:

—No te quedes de pie, mujer.

—¡Qué madrugador eres! —balbuceé—. Veo que has estado trabajando.

—He repasado el presupuesto de una máquina que queremos comprar y de paso he hecho algunas llamadas. Pero ya he terminado. ¿Se ha ido tu hermana?

Estaba condenada a charlar con Héctor como si Anita no hubiera abierto las compuertas de la zozobra con su comentario. Fingiendo naturalidad, coloqué mis cosas sobre una silla. Tomé asiento enfrente de él.

—Ahora vengo de acompañarla al taxi. No te hemos visto en el desayuno.

—He bajado muy pronto. Como anoche me acosté a la hora de las gallinas, a las seis y media ya estaba despierto.

—¿Cenaste bien?

—Sí, tuve suerte. Caí en un restaurante majísimo y resulta que el camarero chapurreaba español. Me aconsejó muy bien. ¿A que no sabes qué tomé?

—Ni idea...

—¡Codillo! Me corrí una sublime orgía de colesterol, ¡sí señor!

Se me escapó la risa floja. Mal asunto. La presencia de Héctor acababa de despertar a la Clara adolescente. ¿Cómo iba a mantener en esas condiciones un diálogo de adulta? La culpa de todo la tenía Anita. ¿Qué le habría costado callarse la boca? Desde niña siempre se metía donde no la llamaban.

—Nosotras tampoco nos privamos. Y por la noche estuvimos hablando durante horas, hasta que mi hermana se quedó frita a mitad de frase. Lo malo es que con la cháchara me desvelé y apenas he dormido.

Él amplió la sonrisa. Un brillo risueño barnizó su mirada. A mí se me caldearon las tripas. Maldita sonrisa. Si al menos se hubiera levantado de mal humor, habría podido mirarle a los ojos sin poner en peligro mis circuitos eléctricos.

—Veo que habéis aprovechado el encuentro —observó él.

—Aclaramos muchas cosas que nos envenenaban desde

que Emilio y yo..., bueno, Emilio es mi marido..., en fin, desde que nos enrollamos. Te comenté que primero fue novio de ella, ¿no?

—Sí, me lo dijiste ayer...

—Aunque, no sé..., creo que por mucho que ahora hayamos hecho las paces, no acaba de funcionar la química entre nosotras. Anita y yo somos antagónicas.

¿Por qué le contaba eso? Cuanta menos confianza desarrolláramos entre nosotros, mejor para ambos. Él guardó la sonrisa. Suspiró y se cargó nuestra banalidad protectora, como quien rasga un envase de celofán con las tijeras de cocina.

—Te voy a decir una cosa, Clara. Puede que no sea políticamente correcto... —Se aclaró la garganta—. Pero me voy a arriesgar, aunque después pienses que callado estaría más guapo... ¿Sabes?, ayer... cuando os vi juntas a ti y a tu hermana...

Enmudeció como si las sílabas se le hubieran pegado a la lengua. Se rascó la cabeza. Vi que se ruborizaba por segundos. Me inquietó ver a Héctor Laborda lijándose el cogote con las uñas y adquiriendo la coloración de un carabinero. Salvo que estuviera sufriendo un jamacuco ante mis ojos, en cuyo caso moriría la conversación y se armaría un galimatías, sin duda me esperaba algo muy embarazoso.

—Dios, creo que estoy siendo un bocazas de campeonato...

No hallé ni una palabra que enviar en su auxilio. Él irguió el torso e inspiró muy despacio. Eso debió de insuflarle la fuerza necesaria. El rostro pasó de rojo carabinero a rosa salmón.

—Bueno, ya no hay vuelta atrás. Ahí va eso: ayer vi claro por qué tu marido... te eligió a ti, Clara. Y le alabo el gusto. ¡Yo habría hecho lo mismo!

Sólo pude mirarle. Muda. Mareada de éxtasis. Aturdida

hasta la médula espinal. Y él se aferraba a mis ojos con los suyos. Mudo. No sé si extasiado. Pero sí aturdido hasta el tuétano. El trance duró hasta que él saltó de la silla, farfulló algo incomprensible y corrió hacia la barra. Regresó minutos después con dos *espressos.* A veces, los momentos embarazosos me agudizan la capacidad para observar los detalles. Por eso guardo el recuerdo de Héctor asiendo su cucharilla para remover el café sin haberse echado antes azúcar. Ni crema de leche. Ni nada de nada. Batió el líquido a punto de nieve, tomó un sorbo y parpadeó inquieto. Cuando habló, ya era el Héctor de siempre. Al igual que la sonrisa, torcida hacia un lado en un triángulo escaleno.

—Anoche observé una curiosa rivalidad entre vosotras, ¿sabes? Porque tu hermana es un bellezón. Eso salta a la vista. Aunque a mí me resulta... —Reflexionó durante dos o tres segundos— ... incompleta... Sí, digámoslo así. Le falta ese encanto que poseéis algunas mujeres y nunca he sabido definir. Sólo sé que es... un don. Y tu hermana es una mujer guapísima, seguro que de joven aún lo fue más, pero no tiene ese hechizo. Tú sí. Y ella te envidia por eso, mientras tú codicias su belleza cuando seduces mucho más que ella. Y me parece que ni siquiera lo sabes. —Héctor levantó la taza. La vació de un trago. Prolongado, tal vez calmante. Después añadió—: En resumen, eso es lo que me llamó la atención.

Ya parecía más tranquilo. A mí me invadió el pánico. Porque la inoportuna Anita estaba en lo cierto. Yo le gustaba a Héctor. Más que ella. Y verme correspondida por él suponía un riesgo mucho más grave que la destrucción de mis fusibles por abrasamiento. Allí había una amenaza real, palpable en la sonrisa de aquel hombre, en sus ojos lisonjeros, en las palabras que tanto le había costado formular. ¿Cómo iba a conjurar ese peligro durante dos largos días?

—En fin —musitó él—, perdona si me he metido donde no

me llaman. No suelo jugar a la psicología de salón. Espero no haberte incomodado.

Oí susurrar la voz de una niña embelesada:

—No me has molestado en absoluto. Lo que has dicho es lo más bonito que oído en mucho tiempo. No lo olvidaré nunca.

La mano derecha de Héctor se apartó de la taza para deslizarse sobre el tablero de la mesa. ¡Iba en busca de la mía! Sin lugar a dudas. ¿Qué iba a hacer yo si su embajadora llegaba a rozar mi piel? ¿Me convenía darle cuerda para que siguiera adelante? ¿Y si Héctor sólo era un vulgar mujeriego disfrazado de marido fiel? Quizá sedujera a montones de mujeres con esa táctica. Y mi situación no me permitía lanzarme a una aventura fútil. En Valencia me esperaban un marido al que quería, aunque sin la pasión del pasado, dos niños que me necesitaban y un precario prestigio profesional que salvar de la ruina. Debía controlar mis impulsos sexuales, por mucho que Mark defendiera la imposibilidad de reprimir esas tentaciones. Debía apartar la extremidad que pronto sería rozada por la de Héctor, y guardarla lejos de su alcance.

No hubo necesidad de salvar nada, porque Héctor retiró su mano con brusquedad. Levantó un poquito la manga izquierda. Consultó el reloj y me miró. A sus ojos se asomaba la faz del miedo.

—Las diez y veinte —dijo—. Convendría ponernos en movimiento, ¿no crees?

No sé si logré disimular mi alivio. Puede que no.

—Desde luego. La oficina de Vargas no está lejos. Si salimos ahora, podemos ir andando sin prisas.

Él se puso en pie. Recogió sus papeles y el móvil.

—Voy a dejar esto en la habitación y cojo mi abrigo. Tú ya lo tienes todo, ¿no?

Afirmé con la cabeza.

—¿Hace mucho frío? —quiso saber él.

—Muchísimo.

Prometió regresar en cinco minutos y se alejó dando pasos inusitadamente indecisos para el aplomo que solía mostrar. Como si se arrepintiera de haber estado a punto de tocarme la mano. O tal vez no. ¿Y si me lo había imaginado todo?

20

—Siéntense, por favor.

Antonio Vargas Maldonado señaló las dos sillas alineadas ante su escritorio de diseño funcional. Era tal como prometía su voz por teléfono. A primera vista no aparentaba más de sesenta y cinco años. De cerca, el cutis y las manchas pardas que le salpicaban las manos delataban por lo menos dos lustros más. Era de estatura mediana y macizo como un bloque de hormigón. Vestía un pulcro traje oscuro sobre camisa gris, sin remate de corbata ni alzacuellos. Una raya al lado partía en dos su cabellera blanca y aún espesa, como la de Cary Grant cuando salía de anciano en las revistas y llevaba gafas de montura negra. Vargas podría haber pasado por profesor universitario o incluso por un veterano poeta de juventud borrascosa, pero jamás por un jesuita con más de cuarenta años de sacerdocio a sus espaldas. Ocupé la silla de la izquierda. Sentado a mi derecha, Héctor estudiaba a nuestro interlocutor con desafiante cortesía. Éste a su vez le pasaba revista sin perder detalle. Creí estar asistiendo a un duelo de pistoleros del Oeste. De repente, Vargas sonrió. La nariz se le acható encima de la boca. Parecía un viejo boxeador retirado del ring tras la derrota definitiva. Su vozarrón pronunció con esmero:

—Eres igual que tu padre, Héctor.

Me alarmé. ¿Cómo le sentaría a Héctor ser comparado con el padre al que apenas conoció? ¿Y ese repentino tuteo? Ojalá no respondiera a Vargas con un desaire, agriando nuestras relaciones con él durante los primeros cinco minutos. Pero Héctor fue prudente. Se encogió de hombros y le devolvió la sonrisa. Sin sombra de animosidad. Ni irritación. Los dos parecían caerse hasta simpáticos. De momento.

—Eso no puedo rebatírselo, señor Vargas. Apenas recuerdo a mi padre.

Vargas reclinó los omóplatos contra el respaldo, estiró los brazos hacia delante y apoyó las manos encima del escritorio. Sin apartar de Héctor sus ojos grises, se balanceó sobre la silla giratoria a derecha e izquierda.

—Nada de señor Vargas, por favor. Antonio a secas. No te molestará que te tutee, ¿verdad? Aunque no te acuerdes de mí, te conocí cuando eras un renacuajo que apenas levantaba un palmo del suelo. No me diste tiempo a decírtelo cuando hablamos por teléfono hace días.

—Ahora soy más alto —bromeó Héctor—. Y mucho más viejo.

—Todos somos mucho más viejos —matizó Vargas. Clavó en mí una mirada mordaz—. Bien, señora Rosell… ¿me permite llamarla Clara?

Elaboré voluntariosa mi mejor sonrisa de buena chica y respondí que, por supuesto, podía llamarme Clara.

—¿Así que ha conseguido involucrar al hijo de mi viejo amigo en esta curiosa aventura?

Ese golpe me había pillado desprevenida. La sonrisa se me resquebrajó. Fui incapaz de responder. Héctor saltó en mi defensa:

—Se puede decir que yo he involucrado a Clara, señor Var…, Antonio. Es una larga historia. Resumiendo diré que ella fue a Zaragoza para hacerme preguntas sobre mi padre y yo le propuse emprender este viaje juntos y compartir la información.

Le miré, agradecida. Al instante me ardió la cara como cuando era adolescente y veía por la calle a Stefan, el guapo bajito que calzaba buques rompehielos. Vargas estudió a Héctor durante unos segundos. Luego su mirada se deslizó hacia mí con algo de malicia. Ese hombre debía de estar haciéndose la misma composición de lugar que mi hermana. Me volvió a asaltar el pánico. Héctor carraspeó dos veces.

—Bueno, al menos esta señora ha logrado acercarte un poco a tu padre, Héctor. Aunque sea...

Vargas se interrumpió con brusquedad. El tercer carraspeo de Héctor me puso en guardia. De un momento a otro saltaría con un comentario airado y la entrevista se nos iría al garete. Pero Vargas ejercía sobre nosotros un efecto sedante. Creo que nos intimidaba su aire paternal y algo tosco, que contrastaba con la astucia irónica de su mirada. Héctor no perdió las buenas maneras cuando puntualizó con retintín:

—Vamos a ver: sé que es tarde para interesarme por mi padre. Admito que debería haberlo hecho mucho antes. No voy a hablarle del silencio de mi madre y mi abuela cada vez que les preguntaba por él, ni describiré las caras que ponían las dos. Usted dirá, con razón, que al hacerme adulto podría haber investigado cómo era él. No lo hice y ahora me arrepiento. Sobre todo después de haber visto la pocilga donde vivía. Pero eso no le da a usted derecho a reprenderme como si fuera un colegial, por mucho que me hubiera conocido de pequeño..., Antonio.

Héctor había pronunciado el nombre del sacerdote con cordial ironía, no por eso menos punzante. El otro le recompensó trazando una mueca aprobatoria. Y yo asistía desde mi silla al combate de boxeo verbal entre dos hombres que parecían abocados a apreciarse. Vi a Héctor levantar el abrigo que había sostenido sobre las rodillas. Sacó del bolsillo interior las llaves de la casa de su padre, que custodiaba desde que abandonamos aquella cueva.

—Le devuelvo esto. —Dejó el llavero sobre el escritorio de Vargas—. Ayer vimos todo lo que había que ver.

Vargas abrió un cajón, recogió las llaves y las guardó dentro.

—Aún estás a tiempo de recuperar el dinero de tu padre —dejó caer, sin darle gran importancia, como si se le acabara de ocurrir—. Hasta que firmemos los papeles, sigue siendo tuyo.

—¡No he venido para rescatar el dinero! —recalcó Héctor. Aún se aferraba a la cortesía, pero ya no disimulaba la hostilidad—. ¡Lo doné a su fundación y no acostumbro a desdecirme!

Los labios de Vargas dibujaron una mueca satisfecha. Parecía gozar provocando a Héctor y éste había entrado al trapo como si el jesuita encarnara al padre ausente contra el que nunca pudo rebelarse. Héctor se dio cuenta enseguida de la pequeña victoria de Vargas. Percibí su esfuerzo por moderar la agresividad, cuando preguntó:

—¿Estaba enfermo mi padre? Porque para vivir entre tanta mierda... ya me dirá. Cualquiera que conserve un mínimo de facultades limpia de vez en cuando, o busca a alguien que lo haga... —Se extravió en una pausa meditabunda, de la que salió para añadir—: A todo esto, ¿de qué murió?

Una sombra oscureció el rostro de Vargas y le robó las ganas de pelear.

—De un ataque al corazón, sentado en el sillón donde pasaba las horas. Aunque tu padre llevaba muerto treinta largos años. Y... sí..., estaba enfermo. Muy enfermo. Pero no era su cuerpo el que fallaba. Él no padecía más achaques de los que pueda sufrir cualquiera a partir de los setenta. De salud andaba mucho mejor que yo, sin ir más lejos. Cuando nos veíamos, solía decirle en broma que nos iba a enterrar a todos. Pero mira, le ha tocado irse antes...

Vigilé la reacción de Héctor. Ya había recuperado la compostura y desafiaba a Vargas con semblante sarcástico. Por un instante me quedé sin aliento. Evoqué la imagen de Emilio para contrarrestar la inoportuna eclosión de deseo. Sólo acudió la del joven guapo y barbudo que me besó veinte años atrás en un portal de la calle Ruzafa. El padre de mis hijos no se presentó.

Héctor concluyó su reto visual, inspirando como si se preparara para el ataque. Y atacó:

—En la crónica que publicó un periódico de aquí cuando encontraron a mi padre, se afirma que sostenía una Biblia sobre las rodillas, abierta por la página del Salmo 51, que se titula...

—«Miserere» —le interrumpió Vargas con voz queda—. Recibe este nombre por las primeras palabras en latín, *Miserere mei Deus*, y es la súplica penitencial por excelencia. El salmo con el que David pide perdón al Señor por haber cometido los pecados de adulterio y asesinato...

Héctor cortó su disertación con ímpetu:

—También sabemos que dentro de esa Biblia, mi padre guardaba un viejo recorte de periódico, suponemos que de los años setenta, donde se informa de tres sucesos ocurridos en esta ciudad. ¿Cómo era, Clara? La muerte de una niña por atropello, una pelea de borrachos en la que hubo un muerto y... —Frenó el caudal de palabras para pedirme ayuda con la mirada.

—El hallazgo del cadáver acuchillado de un hombre en un bosque de la periferia —apunté. A cambio recibí una sonrisa agradecida de Héctor, que se sonrojó levemente y devolvió su atención a Vargas.

—Usted le conocía bien, Antonio. ¿Cómo explica que mi padre invirtiera sus últimos días en leer esa clase de salmos? No me dirá que no son lúgubres. Y más para un hombre que vivía solo en semejante antro.

La serenidad de Vargas se había ido desmigajando como una magdalena reseca conforme hablaba Héctor. Murmuró:

—Tu padre llevaba años estudiando la Biblia. Le distraía en su soledad. La Biblia tiene mucho que ofrecer a quien se acerca a ella sin prejuicios.

Héctor sacudió levemente la cabeza y trazó una mueca de escepticismo.

—¿Y para qué guardaba viejas crónicas de sucesos? ¿Es que estaba mal de la cabeza? ¿Algún tipo de demencia, quizá?

Vargas tomó aire. Me llamó la atención que lo expulsara con tanta inquietud. Respondió, muy cauteloso:

—Tu padre estaba muy cuerdo. Y eso en sus circunstancias no era precisamente bueno. De haber perdido la cabeza, habría sufrido menos.

—¿No cree que está pecando de sibilino, Antonio?

Antonio Vargas Maldonado nos contempló, como si allende los ojos grises el cerebro reprimiera el impulso de contarnos por qué Héctor Laborda, padre, llevaba treinta años muerto en vida. Sus células pensantes debieron de ganar por goleada, porque la boca guardó silencio. Héctor golpeó impaciente un talón contra el otro. Los laterales de sus suelas de goma rechinaron al chocar entre sí. Su mano derecha hurgó en el bolsillo interior del abrigo. Sacó las fotografías robadas del cajón de su padre. Adelantó el torso y las extendió sobre la mesa de Vargas como si fueran naipes.

—¿Tenía que ver el deplorable estado de mi padre con esta mujer y este niño?

Vargas alargó sus gigantescas manos. Levantó una de las instantáneas e invirtió varios segundos en examinarla. A su cara regresó la tristeza, aunque los ojos sonrieron al retrato con turbadora blandura. Murmuró:

—Tu padre conoció a Elke al poco de llegar a Alemania en el «Tren de la Ilusión».

—¿El Tren de la Ilusión?

Héctor le escrutaba con la burla encubierta que solemos dedicar a un viejo en los albores del chocheo. Yo me acordé del viaje de mi padre al país donde Dios ni encendía la luz por las mañanas. Y del compañero de vagón al que todos apodaban el Poeta. El único de aquellos hombres que poseía estudios. ¿Y si Antonio Vargas Maldonado era el Poeta?

—Sí, el Tren de la Ilusión —recalcó él, pasando por alto la manifiesta sorna de Héctor—. Lo decíamos, porque cada cual llevaba la suya en la maleta y no había dos iguales. Yo vine en uno de esos trenes. Llegaban cada jueves a la estación de Deutz, un barrio de Colonia, cargados de hombres dispuestos a dejarse la piel trabajando para enviar dinero a su familia. O para traérsela pronto y asegurar un futuro mejor a sus hijos.

Habría preguntado a Vargas si viajó con mi padre a la tierra de promisión, pero decidí que no era el momento. Además, ni el jesuita ni Héctor me hacían ya caso. Se habían hundido hasta las orejas en su descabellado duelo de tinte paternofilial. El absurdo choque entre dos voluntades en el fondo afines.

—¿Conoció a mi padre en el tren? —preguntó Héctor.

—En el tren, no. Nos conocimos en la residencia para inmigrantes que nos asignaron. Después trabajamos juntos en Correos. En la *Hauptbahnhof*. Vaya, perdona, olvidaba que no hablas alemán. En la estación central, aquí al lado mismo. Descargábamos de madrugada los trenes que traían las sacas con cartas y paquetes. Pasábamos un frío terrible en esos andenes. La de sabañones que nos salían. Y las manos se nos agrietaban hasta con los guantes puestos. Entonces los inviernos eran más crudos que ahora. Y esto no es una impresión mía. Está demostrado que con el efecto invernadero, la temperatura ha subido en todo el planeta.

Vargas llevaba un rato hablando sólo para Héctor. Eso tenía su lado bueno. Al amparo de mi invisibilidad podía espiar las reacciones de Héctor, que ahora contemplaba a Vargas con incredulidad y algo de admiración, sin duda involuntaria.

—¿Me permite una pregunta, Antonio? —dijo—. ¿Qué hacía un jesuita deslomándose como un emigrante más en la Alemania de los sesenta?

Vargas no se inmutó.

—Intuyo que no te caemos bien los religiosos.

—Digamos que no frecuento las iglesias.

—En eso no te pareces a tu padre. —Asomó la sonrisa de púgil—. Él era muy creyente. Por desgracia, la religión tampoco le ayudó.

A mi lado, Héctor ahogó un resoplido. Señaló con el índice derecho, afilado por la impaciencia, el puñado de fotografías que cubrían la mesa de Vargas como las cartas de un solitario.

—En conclusión: la mujer de la foto se llamaba Elke y fue la causante de que mis padres se separaran, ¿no es así?

Nuestro interlocutor basculó la cabellera de plata al asentir. Héctor no perdió el tiempo. Le arrojó la siguiente pregunta como si fuera el guante para retarle a duelo:

—Y yo tengo un hermano alemán, ¿no?

Vargas nos miró por turnos. De nuevo parecía en pugna con el impulso de contarnos lo que su cerebro se negaba a dejar escapar. De repente, susurró:

—Elke era una joven muy hermosa. Y tan alegre… ¡Estaba llena de luz! En toda mi vida he conocido a nadie como ella. Todos la adorábamos… Era un ser especial.

Vargas se reclinó contra el respaldo de su silla. Un velo de dulzura le suavizó las facciones que semejaban talladas a puñetazos. Se me ocurrió que los religiosos tampoco se libran de ser azotados por los impulsos sexuales. Y éste debió de andar bien loquito por la rubia que se coló en la vida de su amigo.

—La conocimos una mañana de invierno. Era camarera en

una cantina que había al lado de la estación. Tu padre estaba griposo y le llevé a ese bar para que entrara en calor antes de volvernos andando a la residencia. Los trenes se descargaban de madrugada y soplaba un aire siberiano por esos andenes. Creo que tu padre tenía mucha fiebre. Así que le invité a tomar aguachirle de ese que los alemanes llamaban café. Entonces aún no se estilaba aquí el café exprés. Y no creáis que esos dispendios eran habituales. La vida del inmigrante era trabajar duro y ahorrar hasta el último *Pfennig*. —Intercaló un efímero encogimiento de hombros—. Bueno, yo era menos estricto con el ahorro. A mí no me esperaban en España mujer ni hijos. Yo vine por razones políticas. No tragaba al régimen de Franco. Ni él a mí, por cierto. Así que no tenía previsto volver a España en mucho tiempo. Tu padre sí, Héctor. Él no se permitía ni un pequeño capricho. Pero esa mañana estaba helado como un pollo y no se me ocurrió nada mejor que llevarle a ese bar. Yo mismo lo arrastré hasta su destino...

La voz de Vargas murió como si le doliera recordar. Era la segunda persona a la que oía hablar del destino en un lapso de dos días. ¿Es que se estaban volviendo todos místicos?

—Sin pretenderlo, yo desencadené aquella pasión —continuó Vargas, algo más enérgico—. Acabé siendo el confidente de los dos durante muchos años. Fui testigo de cómo se prendaron el uno del otro. Y de lo que vino después. Las mieles... y la desgracia. —Su mirada se hundió en la de Héctor como una daga—. Tu padre creyó que lo ocurrido era el castigo de Dios por haber abandonado a su familia. Yo no supe qué decirle en ese momento. Me costó lo mío no perder la fe. Ahora quizá le diría que la desgracia es aleatoria y golpea sin criterio. Pero hace treinta años no conseguí salvarle. Y él... se vino abajo.

Héctor susurró:

—¿Es que esa mujer murió?

Vargas sacudió la cabeza. Su cara reflejó de nuevo la lucha entre guardar silencio o relatarnos lo que sabía, que debía de ser mucho.

—Elke aún vive —contestó—. Y precisamente por ella no debo seguir hablando. Sé que lo que os cuente saldrá en el artículo que va a escribir Clara. Me parece bien. Es su trabajo. Pero yo no soy quién para airear lo ocurrido. No soy dueño de ese secreto. Sólo puedo decir, Héctor, que cuando se le paró el corazón a tu padre, él ya llevaba muerto treinta años.

Las palabras de Héctor irrumpieron arrollándose unas a otras. Estaba enojado. De eso no cabía duda. Aun así, se apreciaba su hercúleo esfuerzo por no perder la buena educación.

—Con todos mis respetos, Antonio, tengo derecho a saber qué le ocurrió a mi padre. No he recorrido más de mil kilómetros en avión, para que ahora me despache con frases sibilinas. —Tomó aire y siguió hablando, algo más tranquilo—: De acuerdo, usted piensa que soy un desalmado porque no vine a su entierro y jamás intenté conocerle. No lo hice y ahora me arrepiento. Pero, sea como sea, ¡tengo derecho a que me dé esa información! Y además, él también podría haberse puesto en contacto con su hijo, ¿no?

—Lo intentó —afirmó Vargas—. Pero antes de llevarte consigo a España, tu madre le juró que jamás volvería a verte. Y vive Dios que cumplió su promesa. Conocí a tu madre y, sin ánimo de malmeter, sé de qué era capaz... Tu padre era buena persona, Héctor. Un hombre de principios, muy chapado a la antigua, incluso para aquellos tiempos, que fue atropellado por una pasión como he visto pocas. En el fondo, siempre consideró inmoral ese amor y nunca se perdonó haberos abandonado. Después de cerrarle tu madre la puerta en las narices varias veces, consideró que ya os había hecho bastante daño y dejó de insistir.

Vargas inspiró con profundo pesar. Me dio pena su apuro.

Aunque su silencio me perjudicara terriblemente, yo no estaba cabreada con él. Ese hombre en el fondo deseaba compartir con Héctor el secreto que, según él, pertenecía sólo a Elke. Vargas se frotó la barbilla.

—Propongo lo siguiente: Héctor, déjame hablar con Elke. Si ella me autoriza a contarte lo que ocurrió, esta misma tarde te pongo al corriente. Pero si me lo prohíbe, no abriré la boca. Lo siento mucho, pero no soy quién para hablar. Aunque te aseguro que si fuera por mí, te lo explicaría ahora mismo.

—¡Esto es absurdo, Antonio! —se quejó Héctor—. Parece un culebrón televisivo de sobremesa.

Vargas encogió los hombros de boxeador.

—Lo lamento de todo corazón, pero tengo las manos atadas.

A mi lado, Héctor se mordisqueó el labio inferior como si se hubiera resignado a abandonar la lucha con las vísceras hirviendo de rabia contenida.

—Supongo que tendréis un *Handy* donde localizaros —dijo Vargas.

—Lo siento. No sé qué es eso —respondió Héctor, con tozudez.

—Teléfono móvil —aclaré en un susurro. Apenas me atrevía ya a respirar. Me sentía como si fuera el relleno de un sándwich en medio de ese absurdo enfrentamiento, donde las palabras cortaban el aire con filo de machete.

Héctor había sacado la billetera y hurgaba en ella con los dedos convertidos en agujas de coser.

—Os pido que perdonéis mis fallos con el español —rió Vargas, en tono apaciguador—. Llevo aquí tantos años que a veces mezclo los dos idiomas. Y eso que hoy no he metido mucho la... ah, ¿cómo era?... la pata. ¿O sí?

Héctor no se dignó responder. Debía de estar seriamente disgustado. En vista de la situación, me tocó designarme a mí misma miembro honorario del cuerpo diplomático.

—Habla usted perfectamente, señor Vargas.

—Antonio, por favor —me reprendió él. Con inesperada coquetería pasó los dedos por su cabellera de plata. Creí conveniente sacarme de la manga otra sonrisita de chica formal, aunque a esas alturas sabía que no me iba a servir de nada. Héctor anotó con la estilográfica algo en una tarjeta de visita y se la tendió a Vargas.

—¿De qué parte de España viene, Antonio?

Capté su enorme esfuerzo por suavizar la tensión que se había creado entre él y el jesuita. El otro cogió la tarjeta. Sonrió, muy afable.

—De Madrid, aunque apenas voy por allí. Son muchos los años que llevo en esta ciudad. Ya soy más alemán que español. Me lo echaba en cara tu padre cuando iba a verle. Antonio, decía, te has convertido en un cuadrao.

—¿Le visitaba a menudo? —preguntó Héctor.

—Siempre que podía. Bueno, estas Navidades estuve un tiempo enfermo. —Vargas movió la mano como si restara importancia al asunto de su salud—. Achuchones de la edad que no hay más remedio que capear. Por eso no pasé a ver a tu padre en varias semanas. Me extrañó que no me llamara por teléfono. Si veía que tardaba en aparecer por ahí, bajaba a la cabina para telefonearme. Pero aún me encontraba algo pocho para investigar a qué se debía su silencio. Concluí que estaría pasando alguna de sus crisis. Y un buen día me avisó la policía de que había muerto. Mi número de teléfono era el único que encontraron a mano. Según ellos, llevaba... —Se detuvo, pensativo. Dadas las condiciones en que hallaron al padre de Héctor, supuse que estaría buscando las palabras menos duras— ... llevaba casi dos semanas muerto en el sillón. Para mí fue un golpe tremendo. Cuando alguien se va así, le queda a uno el dolor de no haber podido despedirse de él, ni haberle asistido de alguna forma en ese trance. Pero así es la vejez: los amigos van desapareciendo uno a uno, hasta que tú también te vas de viaje...

—Y esa mujer... Elke, ¿seguía en contacto con él? —quiso saber Héctor.

—Elke y tu padre se separaron hace casi treinta años. Aunque ella acudía a verle cada cierto tiempo, le llevaba comida, limpiaba ese desastre de casa que tenía, bajaba su ropa a la lavandería de la esquina. Pero ¡nunca iba por Navidad! Esa época era dolorosa para los dos y evitaban cualquier contacto.

La voz de Héctor azotó el aire como un latigazo:

—¡Ya! Supongo que si le pregunto por qué era dolorosa, me dirá que no puede contestar sin el permiso de Elke.

—En efecto, hijo. No me lo pongas más difícil. Si sólo dependiera de mí, hablaría igual que un libro abierto. —Vargas suspiró y abrió los brazos como si nos estuviera sermoneando desde lo alto de un púlpito—. Y ahora, si me permitís, debo interrumpir la charla. Te doy mi palabra, Héctor, de que en cuanto aclare esto con Elke te llamo al *Handy* que me has apuntado. Hoy mismo, si es posible.

Arrancó de la silla su cuerpo de púgil jubilado y se quedó de pie a su lado de la mesa. Macizo y canoso como un galán maduro del viejo Hollywood. Se me ocurrió que de joven debió de ser un hombre atractivo de recia delgadez. Algo así como John Garfield cuando hizo de boxeador en *Cuerpo y alma*. Héctor recogió las fotografías que aún cubrían el escritorio de Vargas. Las guardó en el bolsillo del abrigo. Pese a su expresión de fastidio, percibí su respeto por ese jesuita de facciones toscas que en el fondo debía de ser muy sensible. Héctor y yo nos levantamos a la vez. Vargas nos guió hasta la puerta con soltura de perfecto anfitrión. Reiteró su promesa de llamar a Héctor con la respuesta de Elke, dedicó un enérgico apretón de mano a cada uno y al instante nos vimos los dos en el rellano de la escalera.

Cuando pisamos la acera de la Graf-Adolf-*Straße*, la concurrida calle que conducía a la plaza de la estación central donde Vargas y el padre de Héctor descargaron los trenes correo cuatro décadas atrás, eran las once cuarenta y cinco. No habíamos pasado ni tres cuartos de hora con Vargas, y sólo le habíamos sacado unas cuantas vaguedades de tinte melodramático. Héctor se paró a un metro del portal. Parecía hinchado de agresividad contra nuestro interlocutor.

—¿Qué te parece el cura? ¡Me ha puesto de una mala uva! ¡Ese tío tiene la cabeza de hormigón!

No tuve ganas de criticar a Vargas. A pesar del perjuicio que me causaba su silencio, me caía bien. Él sólo pretendía proteger la intimidad de sus amigos.

—No te lo tomes así, Héctor. Si en el fondo te resulta simpático. Y tú a él también, aunque el puñetero se lo haya pasado en grande jugando contigo al ratón y al gato. —El recuerdo de cómo nos manejó Vargas me hizo sonreír. Héctor arrugó la nariz—. Creo que deseaba contarte lo que sabe y no lo hizo por respeto a esa mujer. Y me parece muy honesto por su parte.

—Ya..., si tienes razón —admitió él—. Pero aun así he tenido que morderme la lengua más de una vez para no soltarle alguna barbaridad. ¿Te fijaste en la cara que se le quedó cuando le hablé de la Biblia y del recorte de periódico? Para mí que se puso hasta nervioso. —Héctor se abismó en una repentina reflexión, cuyo desenlace fue un brote de impaciencia que le hizo acelerar el habla—: ¿Recuerdas cuando charlamos la semana pasada en el Ibis de Zaragoza?

Asentí con la cabeza. ¿Cómo iba a olvidar aquella conversación y el efecto que produjo en mis rodillas?

—Tú conjeturaste que igual le pasó algo terrible a mi padre. Y creo que ibas por buen camino. Presiento que se vino abajo por culpa de algún descalabro, aunque no se me ocurre qué pudo haber sido.

Me encogí de hombros.

—A mí tampoco. —En ese preciso momento intuí la desgracia que pudo haber hundido al viejo Laborda. El peor revés que me cabía en la imaginación. Exclamé—: ¡Igual le pasó algo al crío de las fotos! Te habrás dado cuenta de que Vargas evitó hablarnos de él. Ni siquiera te confirmó si es hermano tuyo. Enseguida barrió tu pregunta bajo la alfombra.

El rostro de Héctor se fue relajando.

—Sí, tu teoría suena convincente —murmuró, dilatando mucho las sílabas. Después añadió en voz alta—: ¡A lo mejor tiene relación con la noticia del atropello mortal que venía en la famosa hoja de periódico y por eso mi padre la guardó tantos años! —Él mismo se respondió sacudiendo la cabeza—. No..., no puede ser. La víctima era una niña.

Una remesa de vaho escapó de su boca. Yo sentí por primera vez el aire helado que me lijaba las orejas. Las de Héctor destacaban coloradas como gominolas de fresa. Supuse que las mías andarían a la par.

—Bien, Clara. Diría que tenemos una primera hipótesis —resumió él, conciso como si estuviera moderando una reunión de trabajo—. Ahora nos falta confirmarla. Pero dado el hermetismo del señor cura, estamos en un callejón sin salida.

—Nos queda la esperanza de que la dichosa Elke le deje hablar —observé, por aportar algo de optimismo.

La sonrisa de Héctor se amplió tanto que parecía nacer en las orejas roídas por el frío. Fui consciente de cuánto había echado en falta al seductor durante la refriega verbal con Vargas. Invoqué la imagen de Emilio para ahogar mi súbita taquicardia, pero él no acudió en mi auxilio. Tampoco vino el joven barbudo que me besó a traición en un portal. La turbación se me pegó a la garganta como una flema. Tragué saliva. No sirvió de nada.

—¿Sabes qué podemos hacer de momento? —preguntó Héctor—. Buscar un sitio agradable para comer. Yo invito.

Quise protestar. Él no me dio tiempo.

—No admito un no por respuesta, señora periodista.

Los labios de la señora periodista se derritieron en una mueca bobalicona.

—Me encanta cuando sonríes así —murmuró Héctor. Una inesperada ofuscación le invadió. Se subió el cuello del chaquetón hasta donde dio de sí—. ¿Hace más frío que antes, o me lo parece?

Yo llevaba los dedos ateridos dentro de los guantes y la nariz era un bulbo a punto de gotear. Metí la mano en el bolsillo derecho del abrigo. Saqué un pañuelo de papel y me soné.

—Creo que ha refrescado —contesté—. Tendría gracia que nevara hoy. Hace siglos que no veo nieve.

Él se frotó las manos con el ímpetu que confiere el estado de congelación.

—Venga, ¡movámonos antes de acabar como chuzos! Estos alemanes serían capaces de ponernos mañana en la portada del periódico local: dos españoles se congelan mientras platican en la acera. Sería patético, ¿no?

Cuando asomaba el sentido del humor de Héctor, me quedaba más tonta que la pobre *Fräulein* Berger al divisar las sienes plateadas del padre Antonino.

—¡Hoy voy a comer lo que me dé la gana! —se regocijó él—. Aquí no me ve mi mujer, ni hay espías que le den el chivatazo. ¡Vamos a disfrutar de lo lindo, Clarita!

La alusión a Claudine me empujó de vuelta a la cloaca de la realidad. Por fin apareció la estampa de Emilio, vestido con su viejo pantalón de chándal y la camiseta de algodón. Le escoltaban Fran y Raúl, que aún llevaba en la frente la rosada cicatriz de la caída. Los tres me preguntaron qué demonios hacía coqueteando con Héctor a casi dos mil kilómetros de distancia de las personas que más me importaban en este mundo. No supe qué responderles. Sólo tenía claro que me subyugaba la magia de ese hombre. Y él debía de estar divirtiéndose mucho jugando conmigo a la seducción. ¿O no estaba jugando?

21

Regresamos a pie al casco antiguo con intención de buscar la cervecería donde cené con Anita. No llegamos hasta allí. En una calle próxima a la plaza del Ayuntamiento, Héctor se prendó de una fachada antigua con ventanales rematados en capilla, que revelaban el interior de un restaurante de decoración inesperadamente mediterránea. Junto a la barra había un mostrador de mármol, sobre el que yacían expuestos todo tipo de crustáceos y pescados. El semblante de Héctor se iluminó como el de aquel muñeco Gusiluz que le regalaron a Fran de pequeño y tuve que esconder porque aterrorizaba a la criatura.

—Tiene buena pinta, ¿no? ¿Nos corremos una bacanal de marisco? Siento curiosidad por saber cómo lo prepara esta gente.

—Yo... si no te importa, tomaré otra cosa. Es que soy alérgica al marisco. Me sale un sarpullido que parezco uno de los zombis del videoclip que rodó Michael Jackson antes de blanquearse. Ese de *Thriller.*

Él sonrió de oreja a oreja como si le hubiera poseído el espíritu del difunto Oscarín. Sólo le faltó sacar del bolsillo un tirachinas y bombardear con piedrecitas a los viandantes.

—Si lo prefieres, podemos ir a la cervecería esa del codillo.

No quiero ser el culpable de que vuelvas a casa hecha un cuadro abstracto.

Sacudida por una risa de adolescente, le aseguré que no pensaba arruinarle su festín. Él no necesitó oír más. Al instante me vi entrando en el local detrás de él. El piso era de losas blancas y negras, colocadas a la manera de un tablero de ajedrez. La hilera de mesas de la ventana estaba ocupada. Y eso que era martes. Presto acudió un señor añoso con camisa blanca, mandil negro y pajarita del mismo color. Héctor le pidió en inglés un rincón tranquilo para dos. El del mandil nos guió entre mesas vestidas de azul y blanco hacia una puerta al fondo del establecimiento. Nada más franquearla, el mármol del suelo dio paso a una tarima de madera de cerezo. Los manteles, de color amarillo pálido, casaban a la perfección con el ocre de las paredes. Me dio por mirar hacia arriba. Desde una enorme cúpula de cristal se descolgaban haces de anémicos rayos solares que se estrellaban contra las mesas vacías. La garra del pánico me estrujó la glotis. Hacía demasiado que no almorzaba con un hombre en un lugar donde hasta las copas de agua, de profundo azul cobalto, parecían diseñadas para seducir a madres cuarentonas privadas de sexo por hijos con vocación de voyeur.

Me quité el abrigo. Ocupé la silla que me ofreció el camarero. Héctor también se aligeró de ropa. Se sentó enfrente de mí. Su camiseta blanca de escote redondo asomaba por la abertura del jersey color aceituna. Reparé en que su cuello era musculoso. Y la nuez se deslizaba hacia arriba y hacia abajo cuando tragaba. Mi estómago brincó como un perro glotón a la caza de una salchicha gigante. El del mandil encendió una vela gordezuela colocada en el centro de la mesa. Nos trajo las cartas. Preguntó, en inglés gutural y forzado, si deseábamos beber algo. Héctor me regaló una sonrisa que mi aterrado cerebro catalogó de alta seducción. Propuso elegir la comida y después un vino acorde. Para rematar me nombró intérprete de la expedición. La llama de la vela parpadeó tres veces en el espejo de sus pupilas. Me costó mover la lengua para hablar al camarero, que asintió y se alejó, dejándome sola ante el peligro. Por hacer algo, me dediqué a alisar con las yemas de los dedos el pulcro mantel que no necesitaba esos cuidados para nada. Él abrió una de las cartas. Andaba tan concentrado en los preparativos de su bacanal gastronómica, que ni parecía haber advertido que yo estaba como un flan.

Decidimos pronto lo que íbamos a pedir: anchoas fritas con alioli para los dos, salmón en salsa con patatas salteadas y espinacas para mí, y un surtido de mariscos a la plancha para Héctor. La elección del vino la dejé en sus manos. Tengo la hipótesis de que ese acto encanta a los hombres que ya no cumplirán los cuarenta. Y Héctor la confirmó con creces. Deliberó un rato con semblante de entendido y optó por un Riesling seco. Le apetecía probar los caldos alemanes, fue su argumento.

Héctor no sólo tenía buen apetito. Era ante todo un sibarita. Claro que sometido a dieta perpetua por su mujer, era de esperar que saboreara cada bocado como si fuera su última ingesta. Aunque yo también disfruté. Entre los dos vaciamos el plato de anchoas en un santiamén. El camarero acudió a llevarse el recipiente vacío. Héctor se limpió los labios con la servilleta y tomó un trago de vino.

—¿Sabes de qué me estoy acordando? —preguntó.

Negué con la cabeza. ¿Cómo iba a saberlo?

—De lo que dijo Vargas cuando le mencioné el Salmo 51 y se puso tan nervioso. Primero comentó que era la súplica penitencial por excelencia. Vale, eso ya nos lo sabíamos. Pero lo que dijo luego es nuevo. Al menos para mí, que llevo siglos sin pisar una iglesia ni abrir una Biblia. Si no fuera tan inculto en temas religiosos, habría caído en ese detalle, supongo...

Yo me había relajado comiendo el primer plato y me costó poner en marcha las neuronas. Pregunté, con cierta pereza:

—¿Te refieres a lo de David?

—Exacto. Vargas dijo que en ese salmo David pide perdón a Dios por haber cometido los pecados de adulterio y asesinato. Es decir, David pecó contra dos de los diez mandamientos, que eran, si no recuerdo mal: «No matarás» y «No cometerás adulterio»...

Se me encendió la bombilla de golpe. La pereza se disipó. Susurré:

—La carta que tu padre escribió a tu madre...

Ahora fue él quien irrumpió en mis palabras:

—... donde él se acusa de haber quebrantado dos de los diez mandamientos. Y años después muere con la Biblia sobre las rodillas, abierta por la página del Salmo 51, que precisamente suplica perdón por haber cometido adulterio y asesinato.

Me asaltó el vértigo. Nos estábamos enmarañando en una espiral de conjeturas audaces, basadas sin duda en la callada labor del Riesling y poco más. Creí llegada la hora de poner los pies en la tierra. No podía incluir esa sarta de suposiciones en mi artículo. Acarrearían mi defenestración definitiva en el periódico.

—Pero eso puede ser casualidad. Admito que lo del adulterio está claro. Tu padre se enredó con otra mujer estando casado con tu madre. Pero lo del asesinato... —Sacudí la cabeza—. En su carta pudo referirse a cualquiera de los ocho mandamientos restantes. No sé, creo que estamos divagando sin tener fundamentos en que apoyarnos.

El señor del mandil se coló en nuestra conversación con la mariscada de Héctor y mi salmón. No le habíamos oído acercarse y nos sobresaltamos a la vez. Cuando nos dejó solos de nuevo, Héctor suspiró:

—Supongo que tienes razón. Estoy especulando sin pruebas. Además, ¡cómo voy a ser hijo de un tío que haya podido ser capaz de matar! Se me está subiendo el vino a la cabeza. Mejor dejo el tema para cuando esté más despejado.

Levantó su copa con el brío de un tenor a punto de cantar el brindis de *La Traviata.*

—¡Vamos a brindar por el cabezota de Vargas y por el vino blanco alemán! Personalmente prefiero el Somontano, o el del Penedès, pero hay que probar de todo.

Agarré mi copa por el tallo y secundé el inesperado brindis. El cristal tintineó con fuerza. Mientras bebíamos, busqué en sus ojos indicios de embriaguez. Sólo vi el reflejo de la vela. Concluí que Héctor no estaba ebrio. Su repentina euforia parecía nacer de la visión del marisco que tenía delante, no del alcohol. Él dejó el vino encima de la mesa y se concentró en pelar su surtido de frutos del mar. Nuestra conversación se estancó en punto muerto. La tregua de silencio me sirvió para observar cómo ese hombre se deleitaba saboreando la comida. ¿Gozaría con la misma intensidad en la cama? La idea me arrancó una sonrisa, quizá algo pícara, porque él me miró, enrojeció como una fresa y siguió deglutiendo crustáceos. Me hizo gracia su propensión a ruborizarse igual que un adolescente.

No sé cuantos minutos llevábamos sin hablar, cuando él exclamó:

—¡Hacía tiempo que no disfrutaba así! ¡Ni de tan buena compañía! Te debo un almuerzo inolvidable, Clara.

Ahora la que se sonrojó fui yo. Alineé los cubiertos encima de mi plato vacío y ahogué la mirada en el fondo de mi copa.

—¿Nunca te rebelas contra la dieta de tu mujer? —salió de mi boca.

De reojo vi que de la mariscada de Héctor sólo quedaba un montón de cáscaras. Él desplegó la toallita húmeda que le habían traído y se limpió las manos.

—No. Me viene de maravilla para no engordar. Si comiera todo lo que me gusta, estaría como un tonel. Así que, me dejo someter. Lo malo es que cuando vamos a un restaurante, Claudine me sigue vigilando. ¡Y eso sí que me toca la moral!

—¿Lleváis mucho tiempo casados?

—Veintitrés años.

Por fin me atreví a mirarle.

—¡Eras un crío cuando te casaste!

—Pues ya llevábamos tres años saliendo —puntualizó él—. La conocí a los veinte. Ella tenía diecinueve y estudiaba en Madrid, porque en Zaragoza no se podía hacer psicología. Nos presentó un tío que fue conmigo al instituto. Un sábado por la noche me lo encontré de marcha con unos amiguetes del barrio, Claudine pasaba ese fin de semana en Zaragoza, andaba por ahí de copas con su grupo de amigos, incluido el tío ese, que era novio de una amiga, y el resto te lo puedes imaginar...

Preferí no hacerlo. Mencionar a su mujer había sido un craso error. Me había cargado la magia sin ton ni son. Héctor barrió sus labios sonrientes con esa lengua que aún sabría a marisco. Me dolió que se relamiera como un gato al recordar su primer encuentro con Claudine. La razón me advirtió que no tenía derecho a estar celosa, ni debía tolerar que arraigara mi absurdo deseo. Pero hacía horas que ya no controlaba mis sentimientos.

—Claudine era preciosa —murmuró él—. En cuanto la vi, pensé en Leslie Caron. ¿Sabes quién digo?

—Claro. Soy lo bastante carroza para saberlo. Es esa actriz y bailarina francesa que hizo *Un americano en París* con Gene Kelly.

—Veo que estás puesta en cine. —Los ojos de Héctor chispeaban cargados de electricidad—. Pues Claudine tenía esos rasgos de francesita sexy, aunque era más guapa que la Caron. Y tenía mejor cuerpo. Yo no había visto nunca una cara como la suya. Ni a una chica como ella. Y me pasó peor que a las moscas cuando les echan fufú.

Un brote de curiosidad malsana me empujó a seguir hurgando.

—¿Llevas fotos suyas?

—Sí, claro...

Sacó la billetera, la abrió y me mostró el retrato que atesoraba bajo el plástico protector. Una mujer de mi edad fruncía la boca en un mohín coqueto que me resultó arrogante. Su melena lisa brillaba en exaltado azabache, fruto sin duda de algún tinte, y moría nada más tocar los hombros. Dos pliegues de talante melancólico, de los que no disimula ningún corrector, envejecían la mirada de sus ojos castaños, muy bellos a mi pesar. Llevaba los labios opulentos pintados del color bermellón que también chiflaba a mi hermana. El carmín oscuro no era lo único que Claudine tenía en común con Anita. Las dos habían sido fabricadas con el molde de la belleza pura que se resquebraja al primer contacto con la madurez.

—Esta foto es muy reciente —murmuró Héctor—. Cuando la conocí era guapísima. No es que ahora no lo sea, entiéndeme. —Su boca trazó un rictus de culpabilidad—. Claudine me sigue resultando muy atractiva. Pero... no sé, Clara... —Tomó un sorbo apresurado de vino, cerró la billetera y la dejó en una esquina de la mesa—. A veces me sorprendo comparando a la Claudine de ahora con aquella francesita de diecinueve años que parecía una estrella de cine, y tengo la sensación de que se le ha extraviado algo... y no sé decir qué es.

Me embriagué contemplando a ese pobre hombre, que ni siquiera parecía consciente de estar revelándome la red de grietas que minaba los cimientos de su matrimonio, a todas luces menos ideal de lo que aparentaba. Ante mis ojos su mirada se oscureció de golpe. Sorbió más vino y susurró si me apetecía postre. Yo rehusé. Él también decidió saltarse esa parte. Pedimos los cafés al camarero, que asomaba a intervalos su discreta nariz por el hueco de la puerta. Una araña de silencio parecía haberse descolgado desde la cúpula de cristal para estrujarnos entre sus patas peludas. Me sentí tan incómoda, que dije lo primero que se me ocurrió:

—Y mientras tu mujer hacía psicología en Madrid, ¿tú qué estudiabas?

Héctor frotó el tallo de su copa con las yemas de los dedos. ¿Cómo no había reparado antes en lo grandes que eran sus manos? Sin embargo, pese a su tamaño no resultaban bastas. Poseían un trazo delicado. Ideal para mimar el cuerpo de una mujer, me susurró la voz de la libido. Tragué saliva. ¡Vaya ocurrencia! Él dejó de juguetear con el cristal. Levantó la vista. Rió entre dientes.

—Yo no estudiaba. Trabajaba de electricista en una empresa de instalaciones eléctricas. En mi casa no había pasta para pagar una carrera y como había sido tan mal estudiante, no tenía nota para solicitar una beca. Así que me tocó currar. No veas lo mal que lo pasaba cuando salía con Claudine y sus amigos universitarios. Eran de esos que van de intelectuales y me hacían sentir como un cateto.

—¡Si se te ve un tío cultísimo!

—Será ahora —ironizó él—. A los veinte era un zopenco. Lo reconozco. Pero para tozudo, yo. Decidí que no me iban a tocar más la moral y me puse a leer todo lo que pillaba, en plan autodidacta. O sea, sin orden ni concierto. Aunque algo calaría, porque machaqué a más de un listillo. —Se encogió de hombros con desdén retrospectivo—. Tampoco fue muy difícil. Esa gente en el fondo es superficial. A poco que te culturices y uses el cerebro...

Cuando el camarero añoso nos trajo los cafés, la mujer que conversaba con Héctor ya no era Clara Rosell, la insensata capaz de meterse en un intrincado atolladero por desafiar al presuntuoso de su jefe, sino una tea consumida por el fuego del fervor. El que sentía por Héctor Laborda y que me arrancó la sonrisa más pánfila que jamás exhibí ante un hombre. Él me la devolvió multiplicada al cubo. Ofuscada, saqué la sacarina del bolso. Le ofrecí a Héctor, que no quiso. Eché una pastilla en el café. Luego crema de leche del tarrito. Removí el líquido. Y me heló la conciencia de que ya no sabría salir del laberinto donde me había extraviado, como un *ratolí* imprudente atraído por un pedacito de queso. Estaba envenenada de amor por ese hombre y no existía en el mundo antídoto capaz de salvarme.

—Hasta los treinta y ocho no me saqué la ingeniería en electrónica —continuó él. Parecía gozar contándome su proceso de culturización. Y a mí me encantaba escucharle—. Me costó más de siete años, que no es poco, pero cuando se me mete algo entre ceja y ceja...

—¿Y al acabar la carrera te fuiste a trabajar con tu suegro?

Él sacudió la cabeza.

—¡Qué va! Con Pierre llevo veintitrés años. Me contrató a regañadientes cuando me quedé en el paro nada más casarme. Pobre hombre, con lo que le estaba costando aceptar que su hijita hubiera elegido a un tipo sin estudios ni dinero. A mí tampoco me hacía gracia trabajar en su empresa, no creas. Pero no me quedaba otra. Al principio, Pierre no se fiaba un pelo de mí y me recluyó en las catacumbas del departamento de Mantenimiento. El primer año fui chico para todo: hacía limpieza y engrase de máquinas, limpieza de planta, sacaba brillo hasta a las carretillas estibadoras del almacén. Lo curioso es que ahora, Pierre confía en mi gestión con los ojos cerrados. Claro que ya puede. Me he dejado la juventud en esa fábrica. Hasta mi relación con Claudine se resintió de tanto trabajar. Con decirte que hace ocho años me dio el pasaporte porque no me veía el pelo en casa.

Eso sí que no me lo había esperado.

—¿Te abandonó? —farfullé.

Él bebió café, como siempre sin haberse echado azúcar.

—Se largó con un compañero del colegio donde trabajaba de psicóloga.

¡Buen melodrama había destapado! Me estaba bien empleado por meterme en camisa de once varas. Ya podría haber hablado con Héctor del tiempo. O de la televisión. Esas nimiedades rellenan el silencio sin que el diálogo patine hacia terrenos resbaladizos.

—No entiendo cómo te dejó, con lo atractivo que eres.

Mi corazón saltó como una rana. ¡Qué indiscreta estaba siendo! Héctor pensaría que intentaba seducirle. ¿Y acaso no era eso lo que llevaba haciendo toda la comida en mi santa inconsciencia? La mirada de Héctor se iluminó sobre una sonrisa en cuarto creciente.

—Porque no has visto al otro. Era profesor de gimnasia. Un cachas total. Es muy difícil competir con un tío así si no estás nunca en casa...

Tener la inteligencia frita por la calentura no me impidió captar que aún le dolía ese abandono.

—Ahí me quedé, con el apoyo de los suegros que se pusieron de mi parte, un reciente ascenso a director de Producción, que suponía aún más trabajo, y los dos críos preadolescentes.

—¿Tu mujer renunció a ellos? —Decidí que yo nunca abandonaría a Fran y Raúl. Ni siquiera por una pasión de las que carcomen las neuronas. Pero ¿y por un hombre como Héctor?

—¡Yo le negué la custodia! —saltó él, con inesperada beligerancia—. Igual te parezco un cabrón, pero cuando te dejan así puedes llegar a asimilar que tu mujer se haya enamorado de otro. Y reconozco mi parte de culpa. Estaba drogado con el trabajo. No sabía hacer otra cosa. Claudine se sentiría como un mueble y se fue apartando de mí. Eso lo entendí. Lo entiendo, vamos. Pero de ahí a permitir que se llevara a mis hijos a vivir con el gimnasta, cuando en quince años de convivencia nunca le fui infiel… ¡por ahí sí que no pasé!

Me dio miedo la agresividad que tiznaba ahora sus palabras. Intenté quitar hierro al asunto:

—Pero al final lo arreglasteis, ¿no?

—Nos reconciliamos después de dos años horribles, en los que me vi negro para compaginar el trabajo con la educación de los críos. No sé cómo lo hacéis las tías que curráis, dicho sea de paso. Yo aguanté con la ayuda de mi suegra, que es un ángel. Creo que fue ella la que nos volvió a unir, trabajándose a cada uno por separado. —Héctor encogió los hombros. La irritación ya no intoxicaba sus palabras, pero persistía un fondo de amargura—. Un buen día me telefoneó Claudine con el rollo de que necesitaba hablar conmigo. Para portarme como un ex marido civilizado, le propuse cenar juntos esa noche. En un restaurante, claro. Cuando no sabes por dónde te la van a clavar, lo mejor es elegir un terreno neutral. Yo estaba convencido de que quería pedirme el divorcio y la custodia de los críos. Aún no habíamos iniciado ningún trámite. Pero no iban por ahí los tiros. A mitad del postre, Claudine se me echó a llorar y cuando se tranquilizó, me soltó que lo suyo con ese pavo… lo de pavo es de mi cosecha, claro…, en fin, dijo que liarse con él había sido el peor error de su vida y que nos echaba de menos, a los críos y a mí.

Los grandes dedos de Héctor frotaron el asa de la taza.

—Y yo, que aún no me había sacado a Claudine de dentro, le pedí que mandara al diablo al musculitos y volviera a casa. Lo más gordo es que ahora no sé si hice bien. ¿Te lo puedes creer? Después de seis años, a veces me pregunto si no habría sido mejor pedirle que formalizáramos el divorcio. Sé que no debería pensar así, porque la apuesta salió bien. En esta edición estamos más unidos que nunca; yo me ocupo de mi familia, Claudine parece feliz, mis suegros están radiantes de vernos juntos, a los chavales les vino de maravilla la reconciliación... y yo... —Héctor inspiró muy hondo—. Si te soy sincero, Clara, no tengo ni idea de si soy feliz o no.

Verle tan vulnerable hizo migrar a mi corazón hasta el núcleo del estómago. Intuí que tras la máscara recién horadada por mis preguntas impertinentes, mi encantador de serpientes, capaz de seducir con su hechizo a las víboras más venenosas, era un hombre débil que se sentía atrapado en la ratonera de su vida y carecía de valor para plantearse su situación. Y a mí me cautivaba aún más en su fragilidad. Tal vez porque le hacía mucho más humano. O porque siempre me han llevado al huerto los hombres que parecen suplicar ternura.

Me sentí exánime de pronto. No me quedaron fuerzas ni para dejar de mirarle. Y él, todavía atrapado en su telaraña de hiel añeja, no apartaba sus ojos de los míos. Durante un tiempo que se hizo infinito, los dos flotamos dentro de un momento lelo, como llamo yo a ese silencio embarazoso que se crea entre un hombre y una mujer cuando muere la conversación y las miradas se contaminan de anhelos inconfesables. Intuí en mi estómago, ahíto de salmón al estilo nórdico, que nos hallábamos muy cerca de cruzar la frontera que nos protegía del peligro.

—No sé por qué te aburro con estos cuentos —musitó Héctor y desvió la mirada hacia sus manos—. Pensarás que soy un plasta. Te traigo aquí para disfrutar de una comida agradable y te meto rollos que ni te van ni te vienen.

—¡No digas eso! Estoy muy a gusto... ¡de verdad!

Sus ojos de esmeralda escalaron de regreso hasta mis pupilas. Me ahogué en el segundo momento lelo. Así podríamos habernos bebido el mediodía, la tarde, incluso la noche, si del abrigo de Héctor no hubiera brotado la versión electrónica de «La cabalgata de las valquirias» de Wagner. Él dio un respingo.

—Mi móvil —consultó el reloj—. Será Claudine...

Cauteloso cogió el abrigo y hurgó en el bolsillo con expresión de delincuente pillado in fraganti. Sacó el teléfono con tal apresuramiento que ni miró la pantalla para verificar quién le llamaba. Pulsó un botón. Murmuró: ¡Diga! Su rostro perdió el aura de pecador cuando replicó la persona que estaba al otro lado de la línea. Héctor resopló de alivio y engarzó un rosario de monosílabos e interjecciones del tipo «sí, sí... ajá... vale». Remató el repertorio articulando una frase completa:

—A las cuatro y media, perfecto... Un segundo, mejor le paso con Clara. Ella tomará nota de la dirección. Si la apunto yo podemos acabar en Berlín...

Me tendió el móvil por encima de la mesa. Sonrió muy animado. Susurró:

—Es Vargas. Te va a dar la dirección de Elke. Anótala tú, por favor, que yo me lío con los nombres alemanes. Luego te explico.

Tragué saliva y cogí el teléfono. ¡Vargas dándonos las señas de Elke! Me di cuenta de que ni Héctor ni yo habíamos albergado esperanzas de que eso ocurriera. Con la mano libre descolgué el bolso del respaldo de la silla y lo coloqué sobre el regazo. Quise buscar el bolígrafo y el pequeño bloc que había cogido del hotel. Héctor me puso delante una tarjeta de visita y una estilográfica que sin duda sería un regalo de Claudine. La cogí y escribí lo que me dictaba Vargas con su grave voz de actor. Él explicó que la calle se hallaba en el barrio de Bilk, a dos manzanas del piso del viejo Laborda. Como jubilada de la *Bundespost*, Elke también llevaba años ocupando una pequeña vivienda de correos. Hecha esa aclaración, Vargas se despidió con su sobria cortesía. No había dicho ni una palabra de más.

Devolví el móvil a Héctor. Él me miró con júbilo.

—Escucha esto: Elke nos espera a las cuatro y media en su casa. Según Vargas, tiene muchas ganas de conocerme y me contará el secreto. Así ha dicho el cura literalmente: el secreto. ¡Tu artículo está salvado! Esta comida nos ha dado suerte, ¿no te parece?

22

Como nos sobraba tiempo hasta la hora de visitar a Elke, Héctor sugirió regresar al hotel y aprovechar el rato libre para telefonear a la familia. La mención de su clan pareció abrumarle de repente, como si se sintiera culpable por haber disfrutado de la comida en mi presencia. Con urgencia sacó la Visa de la billetera. Hizo una seña al camarero. Cinco silenciosos minutos después, pagó el festín y nos despegamos de las sillas que habíamos calentado dos largas horas. Yo sentía las rodillas tan esponjosas como si fueran de mousse. No supe si la blandura se debía al Riesling, o a lo mucho que se nos había soltado la sinhueso en ese restaurante. Héctor se puso el abrigo en silencio. Le imité, igual de callada. Caminamos hasta la puerta. Mientras abandonábamos el reservado donde la imprudente de Clara Rosell había jugado con Héctor a la seducción, miré hacia el techo. De la claraboya circular ya no se descolgaban las pálidas huestes solares para inmolarse contra los manteles. De pronto parecía haberse oscurecido todo a nuestro alrededor.

Ya en la calle, anduvimos bajo la capota gris que había ocultado el sol, taciturnos como si hubiéramos olvidado la lengua en la marisquería.

—Este nublado parece de nieve, ¿verdad? —comentó Héctor, justo cuando entrábamos en el vestíbulo del hotel.

Asentí con la cabeza. Me sentía cada vez más débil, aunque empezaba a vislumbrar que el culpable de mi estado no era el vino. Tampoco una indisposición, sino algo mucho más grave que ya no tenía solución: la fiereza de mis impulsos sexuales. ¿Por qué a mí se me manifestaban siempre laxándome las rodillas y haciéndome andar como si fuera Groucho Marx?

A la altura del ascensor, Héctor dijo que prefería subir andando. Al fin y al cabo, sólo era un piso. Le seguí escaleras arriba. Delante de su habitación, situada hacia mitad del pasillo, nos detuvimos y acordamos reunirnos a las cuatro menos cuarto en el hall. Después, Héctor abrió su puerta y desapareció. Yo seguí mi camino, flotando sobre la moqueta como una nube de ectoplasma. Con dedos lacios encajé la tarjeta en la cerradura y entré en mi cuarto. Colgué el abrigo dentro del armario y me quedé en ropa interior. A duras penas resistí la tentación de destapar la cama y regalarme una siestecita para arrancarme la flojedad de las células. No era cuestión de quedarme traspuesta. Si por alguna de ésas Héctor también se dormía, echaríamos a perder entre los dos la única entrevista de ese estúpido viaje que parecía aprovechable. Mejor llamaba a casa. Después me daría una buena ducha. Eso me despejaría.

Paquita tardó en descolgar. Cuando por fin lo hizo, su tono gangoso no dejó dudas sobre la magnitud de su resfriado.

—Su marido no ha venido a comer —informó a través de la sordina mucosa—. Dice que tiene trabajo. Para mí que es canguelo por si le pego el constipado. Y si no lo han cogido los críos, angelitos míos, tan pequeños, ¿por qué lo iba a pillar él, eh? ¡Su marido es un flojo! ¡Se lo digo yo! Si le tocara trabajar en la anguila como a mi pobre Quimet...

El difunto cónyuge de nuestra asistenta, un pescador de anguilas de El Palmar, se ahogó en la Albufera el día antes de las primeras elecciones democráticas en España. Aún no llevaban casados ni dos meses. La gran pena de Paquita era que su hombre no hubiera vivido hasta la mañana siguiente para poder votar a Adolfo Suárez, el político más guapo y varonil de todos los tiempos, y que no le hubiera legado un hijo de recuerdo. Porque si Dios no hubiera sido tan ruin con ella, no le habría secado la matriz cuidando a los niños de otras y ahora estaría disfrutando de sus nietos. Y es que las criaturas eran la bendición del hogar. Incluso las que salían borricas. En ese punto solía enfilarme por encima de sus bifocales, para no dejar dudas sobre la identidad de esas criaturas borricas.

Como me sabía de memoria la historia del malogrado Quimet, más la de su padre y sus tres hermanos, todos pescadores de anguilas y aún en este mundo, corté antes de que Paquita se explayara a costa del finado. Llamé a Emilio al bufete. Mi otra mitad anunció a bocajarro que su madre recogería a los niños del colegio para evitarles todo contacto con la dichosa Paquita. No podía imaginar la cantidad de virus que espolvoreaba esa mujer al abrir la boca. Y eso sin mencionar sus estornudos, cuyo potencial contaminante dejaba en mantillas al de la nuclear de Chernóbil cuando reventó. De hecho, a él ya le había traspasado los microbios, porque le dolían la garganta y cada hueso del cuerpo. Me disgustó que mi suegra, el único globo aerostático del mundo propulsado con bombones de licor, estuviera la tarde completa al cuidado de mis hijos. Seguro que los atiborraría de chocolate y gominolas hasta dejarles la tripa como adoquín. Tampoco me hizo gracia la hipocondría que empezaba a desarrollar mi marido. Pero a casi dos mil kilómetros de distancia, me dio pereza protestar. Alabé la decisión de Emilio. Aunque eso no le satisfizo. Gruñó que los críos estaban cerriles desde que me había ido y no paraban de preguntar cuándo volvía su mami. ¿Y cómo iba a decirles él que su madre andaba por Alemania en compañía de un tipo insípido al que encima hacía de intérprete, eh?

Quedaba claro que Emilio estaba de pésimo humor. ¿Por

qué nuestros diálogos telefónicos eran tan absurdos últimamente? Había logrado que me sintiera fatal por haber permitido que Héctor me invitara a comer. Y por el peligroso juego de seducción que nos trajimos entre manos. Cuando Emilio colgó diciendo que tenía mucho trabajo y que ya hablaríamos por la noche, se me habían ido las ganas de ducharme. Subí los pies encima de la cama y apoyé la espalda contra el cabezal de madera. Consulté el reloj. Disponía de veinte minutos para vegetar a mis anchas. Decidí aprovecharlos. Ya me metería luego en la ducha. Viré el torso a la izquierda y alargué el brazo hacia los botones del hilo musical. Odio la música descafeinada, pero ver la tele aún me apetecía menos. Y necesitaba compañía sonora. Giré la rueda de las emisoras. Irrumpió la dulce voz de Cliff Richard. Debía de haber dado con un canal nostálgico.

Congratulations and celebrations
when I tell everyone that you're in love with me...

Como tantas veces en los últimos días, me visitó mi madre desde alguna celda de la memoria. Estaba de pie en la cocina del piso de Valencia y tarareaba esa canción, removiendo con un cucharón el sofrito de la última paella dominical que cocinó en vida. «Congratulations» fue, junto con el repertorio de la Piquer y las pachangas sesenteras de Conchita Bautista, la banda sonora que amenizaba sus tareas domésticas. Papá toleraba de mala gana la intromisión de Cliff Richard en su hogar. Le tenía una inmensa ojeriza. Más aún que a los Beatles y al fideo con boca de buzón, como apodaba él a Mick Jagger. La primera vez que vimos cantar en la televisión alemana a aquel jovencito de rostro angelical llamado Cliff, papá decretó que le daba muy mala espina porque parecía de la acera de enfrente, y si no, al tiempo. Mi padre fue quien más se alegró cuando Massiel relegó a Richard al segundo puesto en el Festival de Eurovisión de 1968. Porque donde estuviera una española con buenas piernas, enfatizó esa noche, que se quitaran los amariconados hijos de la Gran Bretaña.

Sólo dos días antes de que nuestra Massiel triunfara en Eurovisión, habían matado a tiros a Martin Luther King en un hotel de Memphis. El 6 de junio asesinaron del mismo modo al candidato demócrata a la presidencia de Estados Unidos, Robert Kennedy, hermano del difunto JFK. En agosto, las tropas del Pacto de Varsovia pisotearon la Primavera de Praga con sus carros de combate. Y en el mes de mayo ocurrió algo que hizo de la juventud un valor en alza: los estudiantes parisinos tomaron La Sorbona y pusieron de moda las utopías que muchos jóvenes abrazaríamos en los setenta para desafiar a nuestros padres. Hasta España se desperezaba con cautela del letargo de la dictadura. Pero para la familia Rosell, no hubo aquel año otro acontecimiento digno de pasar a la historia que el Festival de Eurovisión. Desde que mis padres compraron el cochambroso televisor a la peluquera de las piernas exhibicionistas denostada por papá, cada primavera veíamos el evento reunidos en casa con Trini, Ezequiel y Rosa Mari. Los hombres remojaban la cena en litros de tinto español, si estaba a buen precio en el supermercado, o se conformaban con cerveza de la marca Hannen Alt, la preferida de papá. Después del postre se adobaban las empapadas vísceras sorbiendo coñac alemán o incluso hispano, si quedaba algo del Fundador o Carlos III contrabandeado por papá a la vuelta de las vacaciones de verano. Para las mujeres había naranjada, un dispendio inusual en la austeridad de nuestro hogar. Rosa Mari y yo olvidábamos abofetearnos y hasta Anita sufría un excéntrico ramalazo de amor patrio. El entusiasmo colectivo se venía abajo a la hora de las votaciones, nunca pródigas con España. Papá argüía entonces que Europa nos tenía manía y por eso los jurados racaneaban con los votos. Ezequiel añadía que por esa antipatía le robaban los partidos a la selección nacional de fútbol cuando jugaba contra Alemania. Y papá clausuraba la ronda de disparates quejándose de que los malditos cuadraos tenían más suerte que don Balbino, el cura rojo de su pueblo al que los falangistas fusilaron tres veces durante la guerra civil sin lograr matarle ninguna, por lo que la parca se aburrió y le permitió morir de viejo.

En abril del sesenta y ocho hacía tiempo que habíamos abandonado el habitáculo alquilado al señor Nelles, a su señora Galina, a los enanitos culigrandes del jardín y al perenne rugido de los aviones, para mudarnos a Oberkassel, un barrio de cierto abolengo que alineaba sus casas señoriales al otro lado del Rin. En un solemne edificio de dos pisos, los Rosell ocupábamos la vivienda de conserje en el sótano, enfrente del cuarto donde palpitaba la caldera de la calefacción central y al lado del lavadero. Allí la dueña había instalado en un rincón el retrete y la ducha que no cabían en la morada de sus súbditos. Aun así, mamá estaba contenta porque ya no tenía que llevar a sus hijas a los baños públicos donde Cristo perdió la túnica. Por eso no se quejaba de que la lúgubre cocina semejara el corredor de la muerte y sólo hubiera un angosto dormitorio en el que compartíamos catre Anita y yo. A casa salimos y ahorramos buenos marcos, le oíamos decir cuando se comprimía con papá por la noche en el sofá cama de la salita. Papá seguía empleado en correos. Al regresar del trabajo nutría de carbón a la insaciable caldera, cuidaba el jardín trasero y hacía todas las chapuzas de mantenimiento que se originaban. Mamá limpiaba la escalera, el piso de la dueña en el entresuelo y el apartamento de su anciana madre, una arpía desalmada que se atrincheraba en la primera planta y acostumbraba a deslizar el dedo índice sobre los muebles para ver si mamá había quitado bien el polvo. *Frau* Larsson, la propietaria cincuentona, era profesora de piano y viuda de un hombre de negocios sueco que en lugar de hijos le dejó inmuebles y cierta fortuna. Lo de la fortuna lo afirmaba mamá, que siempre adoró a los millonarios, ya fueran reales o imaginarios. Cuando *Frau* Larsson se ahogaba las tardes de domingo en la soledad de su viudez, bajaba al sótano y nos invitaba a sus veladas musicales, cuyo público se reducía a nosotros cuatro y el perro salchicha de la señora. En el salón, tan amplio que habrían cabido dos conejeras como la nuestra, nos ofrecía tarta de manzana casera que siempre se le quemaba en los bordes. Como colofón se sentaba con Anita ante el piano de cola y tocaba piezas musicales impregnadas de melancolía. Con los años deduje que eran *Nocturnos* de Chopin.

El día anterior al Festival de Eurovisión, las chicas de mi clase vaticinaron al unísono que vencería Inglaterra, porque tenía la mejor música pop. Rosa Mari afirmó lo mismo nada más entrar en casa, la tarde del 6 de abril. Incluso Anita, a sus cinco años y medio, apostó por Cliff Richard porque era el más guapo. Trini no tenía favorito. Yo me alineé con mamá. A las dos nos gustaba el checo Karel Gott, un cantante melódico con cara de acelga, muy famoso en Alemania, que iba a representar a Austria. Ezequiel no opinó. Papá se cargó de razón y afirmó que la nena de Cliff Richard no tenía categoría para ganar. Luego apremió a las mujeres para que hicieran pronto la cena. Así les daría tiempo de recoger la cocina antes de que empezara la Eurovisión.

Cuando llegó la hora de acomodarnos ante el televisor, papá se acercó al flaco armario con vitrina que formaba parte del mobiliario aportado por la dueña, y sacó la botella de Fundador que trajo de Valencia escondida en el maletero del Volkswagen. El tesón de los aduaneros franceses y alemanes convertía al coñac de contrabando en un tesoro de incalculable valor, reservado para las celebraciones muy importantes. Papá y Ezequiel invadieron el sofá. Anita se enroscó como una gata al lado de nuestro padre. Mamá llevó a los hombres dos copas y se dejó caer en un sillón. Trini ocupó el otro. A Rosa Mari y a mí nos quedó la alfombra, un retal desflecado que también pertenecía a la señora Larsson. Mi padre llenó con solemnidad de cura los cálices barrigudos.

—¡Este año ponen el festival en color! —exclamó mamá—. Si tuviéramos una tele de esas modernas...

—Pronto compraremos una Grundig en color. Ya verás, Delfina —prometió papá. Tomó un generoso trago de coñac—. O mejor, una Telefunken. ¡Ésas son las mejores!

—Pues como no acertemos en la Lotto —murmuró ella entre dientes.

El himno de Eurovisión impuso silencio en la sala. Catorce ojos se adhirieron sin pestañear al logotipo que enviaba Londres a los hogares de la Europa dividida por el Muro de Berlín. Asomó la presentadora, una señora muy rubia, tan pálida como las aspirinas que tomaban mis padres cuando les dolía la cabeza. Se llamaba Katie Boyle.

—Estos ingleses son más blancos que las sábanas de hospital —se mofó papá—. Claro, tanto tomar el té...

Ezequiel soltó por lo bajini una risilla gutural. Siempre fue parco en palabras y el vino ya le había aniquilado la lengua durante la cena.

—Pues bien elegante que va esta señora —dijo Trini—. No como la espingarda inglesa que ganó el año pasado. ¡A quién se le ocurre cantar descalza y con esa saya! Si parecía un ciprés...

—Pero la canción era muy buena —intervino mamá.

Trini meneó la cabeza. Los ojos se le abultaron, hasta parecerse a las pelotas de goma maciza que hacían furor en el colegio y botaban tanto que rompían todo cristal que tocaban.

—A mí me gustó más la de Raphael. Tenía mucha melodía...

—¡No ganó porque nos tienen manía! —sentenció mi padre—. Os lo digo yo. Y ahora, atentos, que va a salir el de Portugal. ¡No quiero oír ni una mosca!

Entre las cuatro paredes se expandió un respetuoso mutismo. Sólo lo rompió mamá para loar la voz de Karel Gott, tras haber cantado en cuarto lugar. Luego nadie abrió la boca hasta que Katie Boyle anunció a Cliff Richard. El público presente en el Royal Albert Hall de Londres le saludó con patrióticos aplausos. Su actuación nos dejó a todos muy chafados. Anita rompió la hipnosis colectiva batiendo palmas al grito de *Toll!** Papá torció el gesto, pero no regañó a la niña de sus ojos por aclamar a un hijo de la Gran Bretaña.

—¡Qué canción tan pegadiza! —dijo mamá.

—¡Menudo ritmo! —alabó Trini.

Me temí que España iba a quedarse otro año sin dar en las narices a la engreída Europa.

—Este inglés será un maruso, pero la canción tiene garra —admitió mi padre desde una esquina de la boca—. Aún ganará.

—A ver qué hace la nuestra. —Mi madre solía aferrarse a la esperanza cuando los demás ya la habíamos perdido. Pero no la movía el optimismo, sino simple tozudez.

—Por lo menos no cantará en catalán como quería hacer el Serrat ese —graznó Trini, presa de una repentina indignación—. ¡Habráse visto cosa igual!

Ezequiel despertó del letargo. Farfulló con su lengua fofa:

—Es que los catalanistas lo quieren todo para ellos.

Mi padre asintió con la cabeza.

—Y que lo digas, Ezequiel.

Los adultos se ensañaron con Joan Manuel Serrat, el primer candidato a cantar en Londres, que fue defenestrado porque sugirió interpretar la canción en catalán. La discusión subió

* ¡Fantástico!

de tono hasta ahogar las actuaciones de los representantes de Noruega e Irlanda. Entonces apareció la incolora Katie y presentó a Massiel, una chica robusta y dentona que salió a luchar por España con el arrojo de Agustina de Aragón cañoneando a los franceses. Llevaba un vestido blanco muy corto, con grandes flores superpuestas que en nuestro televisor lucían grises. Mamá murmuró que vaya chicas tan modernas que había ahora en España. Vi a papá menear la cabeza con desaprobación. Seguían sin gustarle las minifaldas y las descaradas que se las ponían. Nada más extinguirse el último lalalá, Trini exclamó que la bata de la Massiel era preciosa y pensaba coserse una igualita para ir el próximo verano a su pueblo. Ezequiel izó los pesados párpados de reptil.

—¡Ya te cuidarás de ir enseñando las piernas como esa fresca!

—Pero ¡si es la moda, Zequi!

—¡Ni moda, ni modo! Mi mujer no se viste de pendón. ¡Hasta ahí podríamos llegar!

Enfurruñado, Ezequiel entornó los ojos y se volvió a aletargar. Trini no le replicó. Frunció los labios y permaneció muda mientras actuaron los dos últimos cantantes. También durante la votación, que arrancó pisándonos el alma como si fuera una colilla tirada en la acera. Cliff Richard cumplió durante un tiempo con las expectativas que media Europa había puesto en él. Pero cuando nadie creía ya en milagros, Massiel le fue alcanzando hasta situarse un puesto por detrás de él.

—Bueno, si quedamos segundos no vamos mal —se alegró mamá, la optimista por tozudez.

—Y porque nos tienen manía —matizo mi padre—, que si no nos haríamos los amos...

—¡A ver, a ver, que van a votar los cuadraos!

Eran las primeras palabras de Trini desde la reprimenda de

su marido. Los ojos le palpitaban de emoción como corazones esféricos.

—A saber lo que nos darán ésos —gruñó Ezequiel.

El jurado alemán concedió sólo dos puntos al Reino Unido.

—¡Bien! —gritó mi padre—. ¡Que se joda el inglés!

—Calla un poco, Enrique —le reprendió mi madre—. A ver si nos dan algo.

Alemania siguió repartiendo votos. Ninguno fue para España. Hasta que de repente oímos:

—*Spain: six points. Espagne: six points.*

El marcador patrio escaló de golpe a veintinueve puntos. El inglés quedó varado en veintiocho.

—¡Olé por Alemania! ¡Que se joda la Gran Bretaña! —voceó papá.

Su esposa le llamó al orden:

—Enrique, no digas tantas palabrotas delante de las chicas. Además, aún no hemos ganado. Falta Yugoslavia.

El representante del jurado yugoslavo se dispuso a recitar sus votos. España no arañó ninguno más. El Reino Unido tampoco. El marcador se afianzó en veintiocho puntos para Cliff Richard y veintinueve para Massiel. En la angosta salita de los Rosell, cuatro adultos y tres niñas miraron el televisor sin atreverse a pestañear, no fuera a desvanecerse la inesperada dicha. ¡Por primera vez en la historia, España había ganado el Festival de Eurovisión! ¿Qué importaba que hubiera sido por un punto de diferencia? Al cabo de diez días nadie se iba a acordar de eso, prometió papá. Saltó del sofá y rellenó las copas hasta que la botella de los grandes festejos quedó exprimida como un pomelo.

—¡Hurra por los cabezas cuadradas! ¡Somos los mejores!

Ezequiel se puso en pie. Ya no parecía un reptil aletargado.

—¡España! ¡España! —voceó.

Los dos alzaron sus barreños de coñac y brindaron con estrépito. El cristal resistió de puro milagro. Mamá y Trini abandonaron los sillones y se abrazaron entre saltitos.

—¡Qué alegría! ¡Qué alegría! —exclamó Trini.

Mi madre no dijo nada. Sólo brincaba aferrada a su amiga. Ésta botaba con tal júbilo en sus ojos de huevo, que parecía una ranita simpática recién emergida de la charca. Descubrí que mamá llevaba engarzadas entre las pestañas diminutas perlas lacrimosas. Anita rompió a aplaudir.

—*Toll! Toll!*

Me despegué de la alfombra para sumarme a la fiesta. De reojo vi que Rosa Mari hacía lo mismo. Nos dimos la mano. La temperatura de nuestros dedos fue de veinte bajo cero. Poníamos mucha más pasión cuando nos atizábamos.

—Ahora a callarse todos, que va a cantar la Massiel —ordenó papá.

Anita fue la última en levantarse. Se colocó junto a papá. Las dos familias nos quedamos de pie para ver a la vencedora y digna representante de la añorada madre patria. Ezequiel y papá se libraron de las copas vacías. Se estrecharon por la cintura y mecieron los cuerpos al ritmo de la música. Las mujeres corearon *la-la-la-laa... la-la-la... la-la-laa...*, copiando los movimientos de las tres chicas que le hacían los coros a Massiel. De repente, papá soltó a Ezequiel, que se tambaleó en su profunda ebriedad como un tentetieso, y aupó a Anita en brazos.

—¡Donde esté una española con buenas piernas... —aulló— que se quiten los amariconados hijos de la Gran Bretaña! ¡Viva España!

Su benjamina germanizada le secundó. Eso le colmó de dicha. Emocionado hasta lo más hondo del tuétano, anunció que el próximo año compraríamos champán de ese que bebían los ricos. ¡Palabra de honor! A mamá se le roció el rostro de estrellas. Trini acercó la cabeza a su amiga. Le oí cuchichear que iba a hacerse un vestido como el de la Massiel y que se aguantara el moro de su marido. Para eso le tocaba trabajar como un hombre en esa tierra de Dios. Ezequiel no oyó nada. Estaba demasiado borracho.

Trini nunca llegó a coserse el vestido de la discordia. Ni se puso jamás minifalda. Mamá tampoco.

23

Elke nos abrió la puerta vestida con pantalones y un elegante blusón que no disimulaba su exceso de carne. Iba discretamente maquillada. Su pelo blanco, cortado con un estilo muy juvenil, se ondulaba alrededor del rostro. Me asombró la lisura del cutis en una mujer que ya rondaría los setenta años. Era muy alta. A primera vista sólo reconocí de la joven de las fotografías el azul limpio de los ojos. Entonces su mirada se demoró sobre Héctor y le contempló durante una eternidad. La oronda señora resplandeció en una sonrisa, provocada quizá por el recuerdo del otro Héctor Laborda que murió dos veces en una vida. Mientras duró el destello, vi bajo el quicio de la puerta a la muchacha que enamoró al padre de Héctor y, tal vez, al recio jesuita llamado Antonio Vargas Maldonado.

—Usted se parece mucho a su padre. —La melancolía borró de golpe a la joven Elke. Quedó la sexagenaria, que se pasó por el pelo una mano jaspeada de manchas pardas y se apartó de la puerta—. Ah, perdón. En estos últimos tiempos no recibo muchas visitas y no sé comportarme. Entren, por favor.

Aprecié su esfuerzo por domar el acento germano. Héctor carraspeó muy quedo. Parecía aturdido. Pasé tras él a un vestíbulo minúsculo, casi tan pequeño como el de la buhardilla del viejo Laborda, pero muy limpio y luminoso. Elke cerró y señaló una de las tres puertas que agujereaban el recibidor como si fuera un queso gruyer. Accedimos a un saloncito de decoración inesperadamente moderna. Ante la pared de enfrente, pintada de blanco y adornada con una reproducción gigantesca de *Los girasoles* de Van Gogh, nos aguardaba un sofá azul y a su izquierda un sillón del mismo color. Sobre una mesita, Elke había dispuesto lo necesario para tomar café. Un detalle que me hizo evocar las serenatas al piano de la melancólica señora Larsson. Y a aquellas viejitas para las que mamá hacía la limpieza cuatro décadas atrás. La morriña me royó a traición la boca del estómago.

—Tomen asiento, por favor —sugirió Elke—. El sofá será más cómodo.

Héctor y yo nos quitamos los abrigos y obedecimos. Al otro lado de la habitación parpadeaba el televisor sobre un mueble de pino. Elke lo apagó con el mando a distancia. Un marco de plata a la derecha de la pantalla alojaba a un rubito sonriente, de pelo cortado al cepillo. ¡El niño de las fotografías que hallamos en el piso de Laborda! A escasos centímetros del televisor y el retrato, una mesa de escritorio sustentaba un ordenador portátil con la tapa levantada. Varios peces de colores surcaban el acuario virtual del salvapantallas. Elke era una anciana moderna. En lugar de atiborrar su piso de figuras de porcelana y periquitos alborotadores, atesoraba tecnología punta. Abrí el bolso y saqué la grabadora que me había prestado Mark. La dejé encima de la mesita, al lado de la taza que me correspondía. Pedí permiso a Elke para grabar la conversación. Ella no puso objeciones. Por primera vez desde que me incorporé al periódico, me sentí como una periodista de verdad.

—He preparado café y tengo un poco de pastel —agregó Elke, aún de pie. Su sonrisa mostró una dentadura blanca de superficies inmaculadas. Postiza, sin duda. Ninguna mujer de su edad conserva esos dientes de nata montada—. A esta hora es costumbre beber café en Alemania. —Me miró —. Usted... es Clara, ¿verdad?

Asentí con la cabeza.

—Antonio ha dicho que ha vivido en Düsseldorf. Conocerá bien nuestras costumbres, ¿cierto?

Le dije que sí. Esta vez hice trabajar las cuerdas vocales. Ya valía de cabecear como un asno. Elke lució de nuevo los dientes que le habrían permitido integrarse en el reparto de *Las chicas de oro* y posó sobre Héctor una mirada que chorreaba nostalgia como una sábana mojada.

—Ustedes... eh, Antonio no ha dicho... ¿son casados uno con otro?

Héctor y yo nos sonrojamos. Fue él quien contestó:

—No, no. Bueno, sí estamos casados, pero cada uno con su cónyuge. Nosotros... no somos... pareja.

—Ah... —murmuró ella—. Yo he pensado... —Se interrumpió como si creyera haber sido indiscreta—. Es igual lo que he pensado. Las mujeres viejas somos torpes. Voy a traer el café.

Nos dejó solos. Miré a Héctor. A él parecía habérsele pasado el sofoco. Yo aún sentía escozor en la cara.

—Qué señora tan moderna —susurró él—. ¿Te has fijado en el portátil que tiene? Parece bueno. Encima la tía navegará por internet y todo...

Regresó Elke, balanceando una bandeja de madera de pino con una cafetera de cristal y un dulce que no logré identificar. Desplegó la carga sobre la mesa auxiliar. Incrustó sus generosas carnes entre los brazos del sillón, al lado de Héctor, y señaló lo que al final resultaba ser una tarta de ciruelas.

—¿Tomarán algo de pastel?

Héctor miró con suspicacia esa muestra de repostería alemana. Sonrió con media boca nada más.

—Yo probaré un poco sólo, Elke —dijo, derrochando encanto a granel—. Es que estoy a régimen. Uno se hace mayor y el médico ya le va vetando ciertos alimentos...

Menudo morro tenía. Esa faceta mentirosa aún no la conocía. ¿O acaso le sobraba en la sangre algo más que unas insignificantes cifras de colesterol? Nuestra anfitriona se derritió. Cortó una porción delgada para él. Yo me resigné a que me llenara el plato de calorías. Alguien debía hacer aprecio a tanta hospitalidad. Elke sirvió el café y puso a nuestro alcance una jarrita con crema de leche. Suspiró.

—Yo soy feliz de hablar español después de tanto tiempo. Antes hablaba bien. Me enseñó su padre, Héctor. También fui a una clase para aprender cuando era joven, pero ya no conozco a españoles para practicar en su idioma. Sólo hago chat con un grupo de España algunas noches, si no puedo dormir...

Vaya, la corazonada de Héctor había dado en el blanco. Elke chateaba por internet. Quién sabe si no practicaría hasta cibersexo de lo más tórrido con algún solitario asentado en las antípodas.

—Pero eso no es hablar —matizó ella—. Con Antonio utilizo el alemán. Cuando vivía su padre, Héctor, le visitaba alguna vez y hablábamos español, pero muy poco. Él no quería conversación. Tenía una grande tristeza aquí. —Elke se señaló el orondo pecho—. Pero... mejor comienzo por el principio. Usted ha venido para que le hablo de su padre. Es lo que debo hacer. Y quiero decirle que era un hombre bueno. Mucho temperamento, eso sí. Era muy... —Me interrogó con mirada—. ¿Cómo dicen en España: machista?

Yo estaba dando cuenta de mi trozo de tarta y tardé un poco en responder. De paso conecté la grabadora. La conversación empezaba a ponerse interesante.

—Él siempre quería controlar a la mujer —continuó Elke—, ser el jefe. Pero tenía un corazón muy grande y... sí, nosotros discutíamos por eso, y él se enfadaba mucho, pero después me decía: Vale, Elke, tú tienes razón. En España he aprendido de otra manera, pero ahora estoy en Alemania y debo adaptarme... Él quería que los demás eran felices. Así era su padre, Héctor, hasta que...

Los ojos de Elke se llenaron de lágrimas entrometidas. Las ocultó enseguida bajo los párpados. Levantó la taza y bebió en silencio. Héctor ya se había comido su laminita de dulce. Preguntó, con la voz degradada a un susurro:

—Nos ha dicho Vargas que mi padre y usted se conocieron en un bar cercano a la estación central, cuando él trabajaba allí descargando los trenes correo...

Elke bajó la taza hasta tocar con ella su regazo y alzó los párpados. El iris de color celeste ya lucía despejado.

—Sí. En el sesenta y dos. Yo tenía veinticinco años entonces. La vida corre muy deprisa. Un día eres joven en el espejo, y a la mañana siguiente eres una señora vieja y las personas que tú has querido mucho ya no están... —Agitó la mano libre como rubricando lo dicho—. Cuando vi a su padre entrar en la cantina esa mañana, pensé que era muy guapo. Tenía negro el pelo y los ojos verdes, pero no era moreno de piel como en Alemania pensábamos que eran todos los españoles. Era muy blanco. Igual que usted, Héctor... Usted es muy, muy parecido...

No me sorprendió el intenso rubor de Héctor. Bajo la mirada anhelante de Elke, lo raro era que el pobre no acabara destellando como las luces de un intermitente. Ella se señaló el labio superior con el dedo índice.

—Su padre no llevaba barba. Tenía un bigote muy fino, justo encima de la boca. Como pintado con lápiz... anticuado entonces ya. Yo reía mucho con eso. Hasta que una mañana... él lo había afeitado. Y me dijo, en alemán muy malo aún: Así no te ríes más de mí. Y entonces tuvimos mucha risa los dos. Sólo necesitábamos vernos cinco minutos y ya éramos felices.

—¿Intimaron enseguida? —preguntó Héctor con cautela.

—¡Oh, no! —replicó ella, no sabría decir si sorprendida o indignada—. Yo sabía que él era casado y tenía un hijo en España. Siempre decía que pronto iba a traer a su familia. Enseñaba fotos algunos días. Usted era un niño muy guapo. —Elke sacudió la cabeza con súbita energía—. No, nosotros no tuvimos intimidad enseguida. Hablábamos y éramos contentos de estar juntos. No más. En mi juventud no era bien visto que una chica salía con un hombre casado. Además, él era extranjero. En Alemania había mucho prejuicio contra los *Gastarbeiter,* los extranjeros que venían a trabajar. Yo no quería un lío..., ¿se dice lío, verdad?

Héctor respondió inclinando la cabeza. Parecía impaciente por saber cómo cayó su padre en las redes de la pasión. Al mismo tiempo, su desasosiego crecía conforme nos acercábamos a esa parte de la información.

—Yo no quería un lío con un extranjero casado —recalcó Elke—. Tenía un prometido alemán. Era mecánico de máquinas en Henkel y queríamos casarnos pronto. Pero todo vino diferente.

—Y... ¿Vargas también frecuentaba la cantina? —murmuré. Me había acordado del jesuita y no me cuadraba que un religioso viera gestarse una relación adúltera ante sus narices sin intervenir para impedirlo.

—Él venía al principio. Después, ya no —Elke miró a Héctor—. Yo creo que a Antonio no le gustaba que su padre iba..., no, fuera a verme en cuanto salía del trabajo. Yo le enseñaba alemán, ¿sabe? Su padre aprendía muy deprisa. Era listo. Y así pasábamos mucho rato, pero no nos dábamos cuenta de que ahí había amor. Antonio, sí. Él es muy inteligente. Muy buena persona. Y gran ayuda para mí. También ahora. Creo que Antonio vio pronto la realidad y no le gustó. Pero él no es persona que se mete en la vida de los demás y se... quitó de en medio. Se dice así, ¿verdad?

Héctor asintió de nuevo con la cabeza.

—No piense que soy indiscreto, Elke —murmuró—, pero... me gustaría saber cómo empezaron su relación. Si no le molesta contárnoslo, claro.

Ella sonrió. La joven Elke asomó durante dos o tres segundos. Después se esfumó.

—No tengo problema. Usted está en su derecho a saber. Yo... me encontré con su padre en un baile de empleados de correos. Poco antes de Navidad. Yo aún no era contratada en correos. Después entré a trabajar allí hasta que jubilé, hace un tiempo. Entonces tenía una amiga, Rita, y ella era allí... mecanógrafa en la oficina central. Y mi amiga quería ir a ese baile y no se atrevía sola. Me dijo: Ven conmigo, Elke, tendremos mucha diversión. Mi prometido trabajaba esa tarde y yo pensé: Por una vez que escapo de Herbert, no va a haber problema. Él nunca sabrá. Y fui con Rita al baile. —Una nube de melancolía emanó de Elke y espesó el aire de la habitación—. En cuanto entré en la sala vi a su padre. Era un imán para mis ojos. Hablaba en un rincón con un grupo de hombres, creo que todos extranjeros. Antonio estaba también. Antonio era el padre espiritual de los emigrantes españoles. Los hombres se sentían solos y él escuchaba a todo el mundo... —Intercaló una breve pausa para arrancar el relato con más brío—. Pero mejor regreso con su padre. Yo no podía moverme de la puerta, sólo mirarle desde allí. Y de pronto, él volvió la cara y me vio. No se imaginan cómo vino deprisa a donde yo estaba, sonriendo muy contento. Y yo... —Elke suspiró como si se nos fuera a ahogar ahí mismo atragantada con sus propias palabras—, yo también tuve gran felicidad de verle. Aquí dentro. —Se dio golpecitos en la tripa gordezuela que abombaba el blusón.

La imaginé sintiendo revolotear en el estómago ese amor inoportuno, cuando era una joven alemana llena de recelo contra las oleadas de forasteros desarrapados que llegaban en trenes de emigrantes con la regularidad de la marea. Le costaría lo suyo aceptar que se había enamorado de un extranjero casado. Y el viejo Laborda, al que Vargas había definido como un hombre muy chapado a la antigua, acabaría escindido entre la lealtad a su familia y una pasión inadmisible para un católico tan rígido como debió de ser.

Elke había enmudecido. Héctor se estudiaba los dedos milímetro a milímetro. Yo no tenía ánimo para hablar. El silencio nos fosilizó a los tres dejándonos como a esos insectos que permanecen atrapados durante siglos dentro de una gota de resina. Fue Elke quien rompió la embarazosa mudez.

—Recuerdo todo con detalle. Colgaba en el techo una bola de pequeños espejos que daba vueltas y enviaba lucecitas a cada rincón de la sala. También había un árbol de Navidad en una esquina, al lado de la mesa donde estaba…, eh, ahora necesito ayuda, Clara, para que Héctor comprenda. ¿Cómo se dice en español *Punsch*?

Me dirigí a Héctor, que seguía investigando sus dedos con afán científico.

—Es una especie de ponche.

—Gracias —dijo Elke—. Bien, en la mesa había un gran recipiente de cristal con ponche y Héctor, bueno… —Miró al hijo del hombre que puso su vida patas arriba—, su padre, me llevó allí. Llenó dos vasos y bebimos… un poco tontos… sonreíamos… No sabíamos qué decir… La música venía de una pequeña orquesta de baile muy mala. El cantante, un hombre gordo y viejo, cantaba en alemán mi canción favorita desde muy jovencita cuando vi una película de Cary Grant. Creo que en español se llama *Noche y día.* A lo mejor ustedes no conocen. Son de la generación de Andreas. La de sexo, drogas y rock'n roll, ¿no es así?

¿Quién sería ese Andreas coetáneo nuestro? ¿El niño rubio

de las fotografías? Héctor interrumpió su estudio dactilar y levantó la vista.

—*Noche y día* de Cole Porter. —Una sonrisa abrillantó sus ojos de diablo con el fulgor que a mí me desmigajaba las rodillas—. Es una canción preciosa, Elke. Los de mi generación no sólo escuchamos a los Rolling Stones.

Elke inspiró. Su pecho se elevó y descendió.

—Su padre me invitó a bailar. Yo reí, muy tonta. Él rió también y levantó el dedo. Así... —Balanceó el índice derecho como si nos reprendiera con él—. *Du immer lachen über mich*. Tú siempre ríes de mí, dijo en su mal alemán. Y reímos mucho los dos. Bailamos juntos mi canción, después otra... y muchas más. Yo sabía que debía volver con Rita, o mejor marcharme de ahí, pero no tenía fuerza para irme. Antonio miraba desde el otro lado de la sala. Parecía enfadado con nosotros. Ahora sé que estaba preocupado por lo que ocurría. Y de pronto, su padre, Héctor, me besó en la boca. Un beso muy corto. Muy rápido. Y se puso rojo. Me pidió perdón. Dijo que había sido una falta muy grande y no volvería a ocurrir... Y yo... yo olvidé a Antonio, a Rita, a Herbert, mi pobre mecánico de máquinas, olvidé todo porque estaba enamorada de un hombre que no era alemán y tenía esposa y un hijo en España. Sabía que no estaba bien, claro, pero era tarde para escapar. Usted igual no puede comprender. Sé que causé muchos problemas en su familia y casi no conoció a su padre por mi culpa...

Héctor no la dejó acabar. Con la mano derecha le apretó el brazo regordete y dijo con inmensa ternura:

—Elke, usted no es culpable de nada. Enamorarse no es un crimen.

Ahora sí que sonrió nuestra anfitriona. ¡Y cómo! Se había rendido sin condiciones al hechizo de Héctor y él se acababa de echar a los pies de la mujer que enloqueció a su padre en el pasado.

—A partir de nuestro beso en el baile —continuó Elke— yo iba a visitarle algunas veces a su habitación de la residencia donde vivía. Estaba prohibido. Las normas eran muy estrictas. Pero su padre sabía convencer al portero, un viejo un poco loco, muy amigo de él. Necesitábamos estar juntos y también... dormir juntos. Era igual que una droga.

—¿Y cuánto tiempo estuvieron así? —Héctor expulsó una tosecilla de turbación—. Quiero decir, viéndose a escondidas.

—Casi un año. Hasta que un día su padre dijo que éramos inmorales y no podíamos seguir así. Además, en dos semanas iba a llegar su familia de España. Él ya tenía vivienda buscada en una..., ay, no sé si es correcto decir: colonia de casas de madera, propiedad de la empresa donde trabajaba... He olvidado explicarles que su padre había cambiado el trabajo de Correos por otro en Demag, una fábrica de máquinas para construcción en el barrio de Benrath. Allí cerca estaban también las viviendas para los trabajadores extranjeros. —Me miró—. ¿Conoce el palacio de Benrath?

Respondí que sí, llena de respeto por esa mujer. Pese a la serenidad irradiada por su persona, la melancolía que ensombrecía a veces sus facciones delataba que fue arrojada al mismo abismo donde se rompió Laborda, el infierno cuya naturaleza rehusaba revelarnos Vargas, y había logrado sobrevivir.

—Antes, cuando Andreas era pequeño, en domingo íbamos los tres a pasear por el parque del palacio. Ahora voy yo sola a andar. Algunos días me acompaña Antonio y hablamos del pasado. Es bueno conversar con alguien sobre lo que ocurrió.

Ese Andreas sólo podía ser el niño rubio que se parecía a Héctor. Y desde luego, tenía relación con el infierno que destruyó al viejo Laborda.

—Entonces, ¿esa tarde mi padre y usted cortaron? —apuntó Héctor.

—Sí, fue la última vez que subí a su habitación. Pasamos seis meses sin vernos. Un tiempo muy duro. Para los dos. Y una tarde nos encontramos en la calle. Por casualidad. Él me invitó a tomar café en una pastelería. Allí hablamos mucho rato y quedamos para otro día, en mi casa. Yo ya trabajaba en correos y había alquilado una habitación con cocina. Antes no era normal como ahora que las chicas jóvenes solteras se van de casa, pero mi padre bebía, era violento... y me emancipé. Así que su padre me visitaba en mi pequeño nido. Los dos nos sentíamos muy mal con tanto engaño, pero las ganas de estar juntos eran más fuertes... Y después de algunos meses, quedé embarazada... de Andreas.

El hermano alemán de Héctor nos sonreía en blanco y negro desde el otro extremo de la habitación. A mi lado, Héctor sorbía café con inquietud. Sin duda, él también intuía lo cerca que estábamos de conocer el secreto custodiado con tanto celo por Antonio Vargas Maldonado. Liberó las manos y preguntó:

—¿Y el embarazo motivó la separación de mis padres?

—No enseguida. Vinieron meses muy duros. Yo estaba dispuesta a tener a mi hijo sin matrimonio. Soy muy fuerte para esas cosas. Pero su padre sentía mucha culpa. Para él, lo nuestro era inmoral y el niño, el castigo. Él no quería abandonar a su familia, pero tampoco a mí. Así estuvimos un tiempo de... tira y afloja. Se dice así, ¿verdad?

Le confirmamos que sí.

—Y entonces su madre supo lo nuestro por una vecina, también española. Aún no sé cómo nos descubrió esa mujer. Hubo una discusión muy grande entre sus padres. Muy fuerte...

—Ya, en la cocina del barracón donde vivíamos —comentó Héctor.

Ella dio un respingo, sin duda involuntario.

—¿Se lo ha dicho Antonio?

—No, es uno de mis escasos recuerdos de Alemania. ¿Hubo gritos, verdad?

—¡Gritos horribles! Yo sé por Antonio, que me lo contó todo. Su madre cogió un cuchillo y amenazó que iba a matarse. Cuando su padre intentó quitárselo, ella le hizo un corte en el brazo. Por suerte, pequeño. Al final pudo calmarla y la acostó en la cama. Luego llamó a una vecina amiga y a usted le llevó donde Antonio. Pasó con él dos días, hasta que su madre estaba más tranquila.

—Y a raíz de ese follón, mis padres se separaron…

—Usted y su madre regresaron a España. Ella juró a su padre que nunca más iba a ver a su hijo. Y lo cumplió. Nunca le permitió visitarle. Él le recordaba a usted mucho. Sobre todo ahora, cuando era un viejo triste que pasaba el día mirando una botella de coñac español que trajo hace más de cuarenta años.

La mención de la botella de Fundador me ató un nudo en el estómago. Casi me eché a llorar al imaginar al pobre anciano contemplando su reliquia en la más absoluta soledad. Luego me acordé de la Biblia apoyada sobre las rodillas del difunto. Y del salmo que al parecer había estado leyendo. ¿Por qué no los había mencionado Elke? Sofoqué el brote de sentimentalismo y pregunté:

—Pero ustedes llegaron a vivir juntos, ¿no?

Elke balanceó los rizos níveos.

—Fuimos a vivir juntos enseguida, sí. No podíamos casarnos porque Héctor nunca iba tener el divorcio. Eso era muy difícil para él. Decía que vivíamos en un pecado. Era muy católico. Creyente a la manera española. Yo soy más… liberal, creo. Pero aun así fuimos felices, hasta que…

Héctor se humedeció los labios con la lengua. Parecía nervioso. O deseoso de aprovechar la repentina pausa de Elke en su propio beneficio.

—Y… permítame otra pregunta, Elke —arrancó—. El hijo

que tuvieron..., Andreas, está claro que es... hermano mío por parte de padre. ¿Habría alguna posibilidad de que... nos conociéramos?

¿Cómo podía estar Héctor tan ciego? ¿Es que no se había dado cuenta de que jamás podría conocer a su hermano alemán? Con disimulo le hinqué el codo entre las costillas. Él dio un brinco. Me interrogó desde el rabillo del ojo. La mujer que amó a su padre se limpió las lágrimas con las yemas de los dedos. Tomó aire. Susurró:

—Andreas fue asesinado hace treinta años, Héctor.

Él se desinfló como un flotador recién rajado con una navaja.

—Perdóneme, Elke —farfulló—. No sé cómo no he caído en que él... Es que de crío estaba loco por tener hermanos. Me hacía tanta ilusión la idea de que Andreas fuera, en fin... ¡Lo siento, de verdad!

Ella se levantó muy despacio. Su osamenta debía de estar minada por la osteoporosis, o quizá tuviera algún problema de articulaciones, porque le costó lo suyo ponerse en marcha y cruzar el salón entre vaporosos revuelos del blusón. Regresó sujetando el marco donde se alojaba el niño que nunca alcanzó la pubertad.

—Esta fotografía la hizo su padre dos semanas antes de desaparecer Andreas. Tenía diez años. Ahora tendría cuarenta. Ya dije antes: era de su generación, la de sexo, drogas y rock'n roll.

Elke encajó el trasero en el sillón y se extravió en la contemplación del retrato infantil. Ya no conservaba rastro de la joven alemana que se enamoró de un inmigrante español en 1962, ni se parecía a las actrices lustrosas que interpretaron a *Las chicas de oro* para televisión. Le habían caído encima los sesenta y siete años que tenía, y muchos más. Ninguno de los tres abrió la boca. El silencio se nos adhirió a la piel como la costra de sangre seca a una herida. Se me ocurrió que la situación tenía su ironía. Ahora disponía de información sobre el viejo Laborda, conocía hasta la desgracia que le arrojó de una patada al sótano del infierno, y no sabía si iba a ser capaz de aprovechar su dolor para medrar en el periódico. Me sentía como una criminal por seguir grabando la conversación. Elke limpió con la manga del blusón el cristal que cubría la fotografía.

—Andreas desapareció el último día de clase antes de Navidad. Le buscamos sin parar, preguntamos a sus amigos, a los maestros. Ellos dijeron que había salido del colegio para ir a casa. Nunca llegó. Al día siguiente fuimos a la policía. En la Nochebuena preparamos los regalos de Andreas debajo del árbol, aunque no sabíamos nada de él. Fue muy duro. Y finalmente, en la mañana de Nochevieja, nos telefoneó la policía. Un señor que paseaba con su perro por el bosque, el Grafenberger Wald, ¿ lo conoce, Clara?

Asentí sin voz. Claro que lo conocía. Papá nos llevó muchos domingos por la mañana a pasear entre sus árboles. Hubo un tiempo en que ese bosque del extrarradio adquirió una fama siniestra porque aparecieron varios cadáveres en sus lindes. ¿Y si alguno de ellos fue el del infortunado Andreas?

Elke tragó saliva. O lágrimas. O lo que fuera.

—El perro de ese hombre encontró un cuerpo entre hojas viejas y arbustos. Era un niño. Había... —Su voz derrapó entre las cuerdas vocales. Le costó enderezarla—. Lo siento, esto es muy duro de contar. Voy a ser breve. El niño era nuestro Andreas. Había sido violado y después estrangulado.

El silencio se solidificó en plomo. Héctor sirvió café y bebió el suyo a tragos compulsivos. Yo le imité. Cualquier cosa menos lloriquearle a Elke en las narices. Ella hizo gala de un asombroso autodominio. Claro que llevaba tres décadas comiéndose las lágrimas.

—Su padre quedó destruido, Héctor —dijo, con la voz superviviente del derrape—. Los dos nos hundimos, pero yo he recuperado algo de vida con el tiempo. No sé por qué yo sí, y él no. Quizá soy más fuerte... No lo sé... Después de morir Andreas, su padre empezó a beber. Tuvo problemas en el trabajo. Entonces ya había vuelto a correos. No fue despedido porque allí todos conocían su pena, pero fue trasladado a la sección de limpieza. Él vivió aquello como una vergüenza. Por suerte estaba Antonio, que fue de gran ayuda para mí. Entre los dos conseguimos que Héctor dejara el alcohol. Pero él se hizo un fanático de la religión. Decía que lo de Andreas había sido el castigo de Dios por nuestra inmoralidad. Se volvió machista conmigo. Muy violento. Yo ya había perdido a mi hijo. No podía soportar también lo que..., en lo que se había convertido Héctor. Y un año después de morir Andreas, le abandoné.

—¿Y la policía encontró al... al que lo había hecho? —tartamudeé. Necesitaba saber que la alimaña capaz de destruir tantas vidas acabó pudriéndose en la cárcel, igual que el pobre Laborda se consumió en la apestosa y sucia prisión de su dolor.

—La policía detuvo a un hombre, sí. Vivía en la misma calle que nosotros. Le conocíamos de vista. Pero quedó en libertad. No había suficientes pruebas. Héctor y yo estábamos seguros que había sido él. La policía también. Pero sin pruebas, no hay castigo.

—Debió de ser terrible para ustedes que el criminal quedara impune.

Elke susurró, con un átomo de voz apenas audible:

—Ese hombre...

Una capa de hielo escarchó sus ojos y le selló la boca. Yo sentí un escalofrío resbalando por mi columna vertebral. No había esperado un hermetismo tan glacial. Miré de soslayo a Héctor en busca de ayuda. Pero él no estaba en condiciones de aportar su encanto para aliviar la repentina tirantez del ambiente. Vegetaba reclinado contra el respaldo del sofá, arrugado y mustio como un trapo viejo. Elke, la viejita de pelo blanco cortado a la última moda, lustraba con la manga el cristal que protegía el retrato de Andreas. Su rostro hierático se asemejaba a una máscara de escayola.

De pronto, me asaltó la certeza de que esa mujer no iba a contarnos más sobre el asesinato del niño. Y no era sólo el dolor acumulado lo que le impedía hablar. Sospeché que, además del cadáver ultrajado de su hijo, ella y el difunto Laborda enterraron tres lustros atrás algo más que nadie debía sacar a la luz. Ni siquiera el primogénito que se crió en España lejos de su padre. Y mucho menos, una periodista entrometida. El secreto que Elke velaba en comandita con Antonio Vargas Maldonado extendía sus tentáculos mucho más allá de lo que los dos estaban dispuestos a revelarnos. Y la clave del misterio nos aguardaba dentro del Salmo 51 y en alguno de los tres sucesos reseñados en la maltrecha hoja de periódico conservada durante años dentro de la Biblia de Laborda.

Alargué la mano derecha hacia la mesa y apagué la grabadora.

24

—Vaya tela —susurró Héctor. Elke acababa de cerrar la puerta de su piso y estábamos solos en el angosto y oscuro rellano. Él encendió la luz—. Un poco más y acabo llorando a moco tendido.

—Es que lo del chaval es… espeluznante.

—Y que lo digas.

Nos miramos como un par de pánfilos, sin decidirnos a descender los dos pisos que nos separaban del portal. Héctor se abrochó el chaquetón con movimientos torpes.

—¿Bajamos?

Asentí. Nos deslizamos escaleras abajo en fila india. Yo la primera. Él detrás. Alcanzamos el portal sin haber intercambiado ni una palabra. Quise abrir la puerta de la calle. Ése fue el momento que eligió Héctor para hablar:

—Bien, seamos optimistas: al fin sabemos lo que le ocurrió a mi padre. Por lo demás, sigo siendo hijo único, pero tú tienes el permiso de Elke para escribir el artículo con lo que nos ha contado. Estás salvada, Clara.

Conmovida por su interés retiré la mano del pomo. Me volví y le apreté el antebrazo, almohadillado por el chaquetón y el grueso jersey de color aceituna gordal. Héctor se sonrojó.

—Te hacía mucha ilusión tener un hermano, ¿verdad?

Él se encogió de hombros. Envuelto en cuero negro y en la bruma de su desazón, me resultó más guapo que nunca. La tentación de besarle me embistió como un toro de lidia. Con gran esfuerzo me embuché el inoportuno impulso. Sólo me faltó taparme la nariz, como hacía de niña cuando mamá me obligaba a tragar el jarabe para la tos.

—Reconozco que sí —admitió él—. De crío me sentía como un bicho raro por ser hijo único cuando mis amigos tenían un montón de hermanos, como correspondía a aquellos tiempos en los que hacer el amor y procrear iban en el mismo lote.

En otro trago acre empujé el último resquicio de tentación por la boca del estómago. Inspiré hondo. Él sonrió desde el ángulo oeste de su boca. Temí que se nos echara encima un momento lelo, o uno peligroso, que sería mucho peor. Se imponía abrir de una vez por todas la puerta antediluviana de esa finca y salir a la calle. El frío congelaría cualquier riesgo. Despegué las pupilas de Héctor. Me coloqué los guantes. Estiré la mano derecha para girar el pomo. Y me vino a la cabeza el súbito hermetismo de Elke tras haber mencionado el asesinato de su hijo. La sutileza con la que encauzó la conversación hacia su fin. Lo pronto que me vi con Héctor en el rellano de la escalera. Recogí los dedos enguantados y dije:

—¿Sabes una cosa? Me da la impresión de que Elke no nos ha contado toda la verdad.

—¡No jodas! —exclamó Héctor—. ¿Cómo nos iba a mentir en algo tan terrible?

—No digo que nos mintiera —maticé—. Sólo que nos oculta algo. Desde que habló del asesinato del crío, no hemos podido sacarle nada más. Hasta me atrevo a afirmar que nos ha puesto de patitas en la calle. Con mucha finura, desde luego, pero nos ha despachado.

Él amagó otro encogimiento de hombros.

—Hombre, sí. Ya me había dado cuenta. Pero ponte en su

pellejo. Ahora que igual estaba medio en paz, aparece el hijo del tío con el que vivió la pasión de su vida y remueve sus recuerdos. ¡Y menudos recuerdos!

—Nos oculta algo, Héctor. ¡Seguro!

La sonrisa de Héctor me golpeó tiznada de escepticismo. Y una pizca de burla.

—Clara...

—¡Vale, es sólo una intuición! —le corté. No estaba dispuesta a escuchar objeciones. Y menos aún ironías de las suyas, por muy atractivas que me resultaran—. Pero estas corazonadas nunca me fallan. Recuerda que acerté cuando supuse que le había pasado algo al crío.

El escepticismo se extinguió en los ojos de Héctor. Quedó una migaja de su socarronería.

—Al final va a resultar que eres un poco bruja, Clara Rosell. —Se subió las solapas del chaquetón y rió entre las barbas—. Una bruja fascinante, que conste.

Por primera vez desde que le conocía, me disgustaron sus palabras. Habían sonado a la superioridad desplegada por los hombres ante lo que ellos llaman intuición femenina. Me apresuré a justificarme:

—¡Esto no es brujería! Tenemos ante las narices varias pistas que nos quieren decir algo: el salmo que leía tu padre cuando le dio el infarto, los tres sucesos de la hoja de periódico que guardaba dentro de la Biblia y la carta que le mandó a tu madre hace años. Ahí está la respuesta a tanto secretismo. Lo malo es que no sé cómo interpretar estos datos en su conjunto.

Héctor me miró. Una nube de desasosiego le ensombrecía el entrecejo.

—Ves relación entre los pecados de los que habla el Salmo 51 y los dos mandamientos que decía haber infringido mi padre, ¿verdad? No desvarié tanto a mediodía —dijo muy bajito—. Adulterio y... asesinato... —murmuró, estirando las palabras como si las mascara para digerirlas mejor—. ¿Crees que mi padre pudo haber matado a alguien?

Negué con la cabeza.

—A tanto ya no me atrevo. Eso es aventurarse mucho. Pero cuando volvamos al hotel, consultaré la copia de la página de sucesos que me mandó el periodista alemán.

Él suspiró como si así pretendiera limpiarse de ansiedad. Se adelantó hacia la puerta, alargó la mano derecha y tiró del pomo.

—Anda, salgamos de aquí. No podemos echar la tarde en este portal. Los vecinos van a pensar que somos unos mangantes y acabarán llamando a la policía.

Fuera había anochecido. Miré hacia arriba. Del cielo nocturno se desgajaban escamas blancas y atravesaban el halo de las farolas para romperse sobre la carrocería de los coches, sedimentarse en la acera o enredársenos en el pelo. Los arbustos y el suelo del jardincito rectangular al otro lado de la calle ya comenzaban a blanquear. Héctor exclamó:

—¡Vaya, está nevando! ¡Y cómo!

Su felicidad infantil disipó del todo mi conato de enojo. Una sonrisa se me asentó en los labios.

—¿Y si volvemos andando al hotel? —propuso él—. No estamos muy lejos, ¿no? Es que no sabes cómo me priva la nieve.

—¡Estás loco! Acabaremos empapados. Se te hará polvo el cuero del abrigo. —En ese punto me volví malévola—: ¡Se enfadará tu mujer!

Él ni se inmutó.

—Venga... sólo cinco minutos. Cinco minutitos y nos subimos a un taxi. Por favor...

El condenado Héctor mendigaba igual que los niños mimosos. En realidad, a mí también me apetecía pasear un ratito bajo el torbellino de nieve. Pero no en su compañía. Eso era tan peligroso como cobijarse bajo un árbol en medio de una tormenta con aparato eléctrico.

—¿Sabes que estás como una regadera?

—Mujer, no vemos nevar así todos los días.

Fui incapaz de resistirme a su despliegue de insistencia y atractivo. Héctor me ofreció el brazo con gesto de caballero decimonónico. Ladeó los labios en su característico balanceo de ironía. Me enganché a él. Al instante me sentí en la gloria. Y en el infierno. Cruzamos la calle amarraditos los dos de espumas y terciopelo, como habría cantado María Dolores Pradera de habernos visto. Yo pisaba con mucho cuidado. No sólo por temor a un patinazo, también a causa de la inoportuna debilidad de las rodillas. Mi particular síndrome de Groucho Marx. Menos mal que Elke vivía en un callejón sin salida donde apenas había tráfico. Sólo hubiera faltado que resbaláramos al unísono, cayéramos cuan largos éramos y nos atropellara un coche. O nos partiéramos el cuello —cada uno el suyo— por culpa del empeño de Héctor en hacer tonterías. Alcanzamos sin percances el jardincillo, que parecía haber sido espolvoreado con azúcar glasé por un gigante juguetón. Héctor se detuvo ante un seto enharinado. Me solté de su brazo. Ya valía de intimidades fuera de lugar. Él aprovechó su libertad para colocarse delante de mí. Nos quedamos cara a cara.

—Me encanta el silencio de la nieve. ¿Y a ti?

Un hombre capaz de ponerse romanticón entre el bailoteo de copos cada vez más gordos suponía un peligro muy grave. Miré a nuestro alrededor. El jardín y la calle estaban desiertos. Ese atardecer invernal, Héctor y yo debíamos de ser los únicos ingenuos capaces de platicar al aire libre sin el cobijo de paraguas ni gorros. Él abrió una sonrisa tan grande que la boca semejaba a punto de establecerse por su cuenta. Se rascó la aleta derecha de la nariz con el índice de su mano desnuda, seguramente a medio congelar. Vi la excusa óptima para salirme por la tangente.

—¡No me digas que no has cogido guantes!

—Se me han olvidado en el hotel. Y no veas lo bien que me vendrían ahora. Creo que me plantaría hasta la gorra de los Village People.

—Eres un desastre —logré articular.

—Lo sé. Claudine me dice lo mismo cada dos por tres.

De repente se puso serio. Me apresó los brazos con sus manos enrojecidas de frío. Tras una inquietante mirada, espesa de gravedad, murmuró entre la niebla de hielo que despedía su boca:

—¿Sabes? La vida tiene cosas de bombero. Llegas a una edad en la que crees tenerlo todo encauzado: el trabajo, la familia, hasta tus pequeñas diversiones de cada día. No esperas sorpresas. Ni falta que te hacen. Y entonces se cruza en tu camino una desconocida y sientes emociones que, de tan olvidadas, ni echabas en falta ya. Y tus esquemas acaban pataleando panza arriba como escarabajos.

Me inundó el pánico bajo el tupido remolineo de copos. Tragué saliva y susurré:

—A tu padre debió de darle muy fuerte con Elke. El pobre lo pasaría fatal, siendo tan católico como era.

—No estaba hablando de mi padre, Clara. —La voz de Héctor sonaba tan débil como si la ahogara el frío silencioso que nos rodeaba—. Y tú lo sabes. ¿Verdad que lo sabes?

Ya no podía seguir haciéndome la tonta. El hombre con ojos de diablo se me estaba insinuando, mientras se nos congelaba el tuétano ante la casa de la mujer por la que enloqueció su padre cuarenta años atrás. Quizá Elke hasta estuviera espiando desde la ventana de su saloncito blanco cómo el hijo de aquel hombre emprendía el mismo camino que su progenitor. ¿Y qué esperaba Héctor de mí? ¿Qué era lo que deseaba yo? Necesité una eternidad para reunir un puñado de palabras.

—Héctor, no juegues conmigo —musité y la boca se me secó—. Tengo cuarenta y cinco años, dos hijos pequeños y un trabajo que pende de un hilo. No estoy para meterme en aventuras. A los dos se nos ha pasado la edad de hacer tonterías.

—¡Esto no es un juego! —La vehemencia de Héctor, impregnada de solemnidad y algo de candor, me sacudió la boca del estómago—. Yo no soy de los que buscan aventuras con todas las tías que se cruzan en su camino. Esto es algo que no puedo controlar. Caí como una mosca en cuanto me sonreíste en el vestíbulo de la fábrica, el día que te presentaste allí. Ahora lo sé. Creo que Claudine me caló enseguida. Por eso puso tantas pegas cuando le dije que pensaba hacer este viaje contigo. ¿Quieres saber cuándo me di cuenta de lo que siento?

Encogí los hombros. Tenía la sensación de ser una marioneta manejada por dedos torpes. La situación escapaba a mi control, y aún no sabía si eso me aterraba o me alegraba.

—Ayer —respondió Héctor—. En el piso de mi padre. Noté algo así como una sacudida al cogerte la mano. Y cuando saltaste del sofá y escapaste a la otra punta de la habitación, supe que estaba perdido. —La sonrisa ondulante se dilató hasta formar el delta que ya me sedujo en nuestro primer encuentro—. Me dio miedo, ¿sabes? Mucho. Sentir algo así a estas alturas es un incordio. Para qué engañarnos. Pero al mismo tiempo es tan... hermoso. —Se interrumpió. Tomó aire. Ahora fue él quien movió los hombros con impotencia. O tal vez disculpa. Nunca he sido hábil interpretando los ademanes de la gente—. Ya sé que no debería decirte esto, Clara. Tú tienes tu vida, y maldita la gracia que te hará escuchar tonterías mientras se nos hielan aquí hasta las células madre. No pensaba decirte nada. ¡Lo juro! Pero... ya has oído en casa de Elke cómo las gasta la vida cuando la toma con alguien. Vete a saber dónde y en qué condiciones estaremos el día de mañana. No quiero arrepentirme en el futuro de haberme guardado los sentimientos por miedo. Y... en fin... —Me soltó los brazos y dejó caer los suyos como si le fallaran las fuerzas—. ¡Ya está todo dicho! Cierro la caja de los disparates. Si te he hecho sentir violenta, te pido disculpas y prometo no volver a sacar este asunto. Puedes considerar mis palabras un impulso inoportuno, si quieres. Yo sólo pretendía... —Una ansiosa inspiración desgajó sus palabras— confesarte lo que siento. Nada más.

Ni un mísero sonido quiso abandonar mi garganta. Me moría de frío. De pánico. De indecisión. Porque en esos momentos no podía escabullirme como hice en el piso del viejo Laborda. Héctor y yo habíamos pasado los dos últimos días lanzándonos el uno al encuentro del otro, para retroceder un segundo antes del impacto. Ahora cada uno se asomaba al negro abismo del otro. No nos quedaba una sola vía de escape. Y en el fondo de aquel pavor, me alegré de que se nos hubieran agotado. Mientras tomaba la decisión más arriesgada de mi vida, supliqué en lo hondo de mi cabeza perdón a Emilio por lo que estaba a punto de hacer. Y a los niños por permitir que el deseo carnal arrinconara mi instinto de madre. Que me perdonara también Mark, por desoír sus advertencias y seguir montada en un tren que avanzaba demasiado deprisa sobre un terreno inestable. Porque tenía la certeza de que si daba a Héctor con la puerta en las narices, me arrepentiría cada día de los que me quedaran por vivir. Noté en mi boca la sonrisa que abría a ese hombre las puertas de mi corazón enloquecido. Héctor me observaba con la blandura de un muñeco de nieve a punto de derretirse al sol. Debía de haber olido mis pensamientos como si en lugar de varón fuera perro.

No me asombró la ardiente gelidez de sus labios, cuya piel se había cuarteado por nuestra absurda exposición al frío. Ni el sabor a caramelo de su lengua. Ni siquiera la inadmisible cercanía de su perfume, calcado al que le regalé a mi marido en Nochebuena. Un aroma que me hizo retroceder durante un segundo al portal de la calle Ruzafa, donde el beso de Emilio interrumpió una de nuestras inocentes charlas matinales. Y también al piso de Emilio, donde esa misma tarde la voz de una jovencísima Lena Horne me recibió cantando «Stormy Weather» en el tocadiscos del destartalado salón. Por la noche, cuando los dos prometimos romper con nuestras respectivas parejas, él confesó haber matado la espera buscando una música acorde con el aguacero que llevaba horas azotando la ciudad. Ahora, veinte años después, no había notas musicales acariciándome el oído. Ni hebras de lluvia flagelando los cristales del pasado. Sólo el silencioso descenso de la nieve sobre un modesto jardincillo de la ciudad alemana que cobijó mi infancia. Y la lengua que se retorcía bajo mi paladar no era la del hombre que decidió abandonar a mi hermana por mí. Pertenecía a otro, casi un desconocido, cuyo fuego me devolvía la efervescencia juvenil de la carne, la euforia que licua la razón igual que una naranja y en cuyo jugo se ahogó el recuerdo culpable de Emilio. Cerré los ojos, resignada a disolverme sumergida en Héctor Laborda, el hombre que miraba a través de esmeraldas, como un terrón de azúcar en un café con leche. Atrapada entre sus brazos traspasé la línea roja que marca los límites a las incautas que se enamoran a destiempo. Y en ese momento ni siquiera me inquietó que ya no hubiera vuelta atrás.

Héctor se separó de mí. En mi boca quedó sabor a menta y canela, como narraba la vieja copla de la Piquer: «Vimos desde el cuarto despertar el día, y sonar el alba en la torre la vela. Dejaste mi brazo cuando amanecía y en mi boca un gusto a menta y canela...». Levanté los párpados. Pasé la lengua por los labios, igual que una adolescente a la que ha dado el primer beso el chico de sus sueños. Él susurró:

—Será mejor que nos pongamos a cubierto, ¿no?

No supe si eso había sido una mera sugerencia de carácter práctico, o su invitación a encamarme con él. De todos modos, asentí con la cabeza.

—Si salimos a la avenida por la que hemos llegado —sugirió mi voz agonizante—, seguro que pasará algún tranvía o taxi que nos lleve al hotel.

—Mejor un taxi, ¿no? —dijo él.

Su mano derecha me acarició una mejilla. La sonrisa, a medio camino entre la picardía del hombre maduro y la timidez de un muchacho inexperto, despejó cualquier duda sobre la propuesta de ponernos a cubierto. El pánico asomó de nuevo.

—Vamos —susurró Héctor.

Me envolvió los hombros con su brazo. A través de la presión percibí su miedo. Tan denso como el mío. O tal vez más. ¿Se habría acordado de Claudine mientras nos besábamos, igual que yo evoqué a Emilio durante un instante fugaz? Héctor me condujo con tiento a través de la nevada. Los minutos se estiraron cual goma de mascar, hasta que logramos parar un taxi cuyas ruedas batían el puré de nieve que ensuciaba la avenida. Una vez acomodados en el asiento trasero, los labios de Héctor se aproximaron, impacientes, para cubrir mi boca de esa humedad dulce que siempre atribuí a los besos de la adolescencia. A la saliva que el inalcanzable Stefan regaló a Sabine ante mis narices, una tarde otoñal de 1972. A lujuria clandestina saboreada a escondidas de los adultos. Sólo que Héctor y yo dejamos de ser adolescentes décadas atrás. Y no íbamos a ocultar el ávido sondeo mutuo, ni nuestras intenciones, cada vez más nítidas, a aquellos severos padres de los setenta, sino a los cónyuges que habíamos dejado en España. Un latigazo de culpabilidad me hizo apartarme de él. Su barba me raspó la piel. Fui asaltada desde el retrovisor por la mirada desaprobadora del taxista alemán. Tomé aire. Me estaba asfixiando.

—Aquí no, Héctor. Parecemos quinceañeros.

Sus ojos me acariciaron. Brillantes de júbilo y deseo.

—Así es como me siento esta tarde —mascullo.

Hundió la cara en mi pelo. Escuchar su inspiración glotona aumentó mi culpa. Era la segunda vez en mi vida que iba a acostarme de tapadillo con el hombre de otra. Porque tenía claro que sólo una catástrofe podría evitar lo que me aguardaba al final del trayecto. Héctor comenzó a besuquearme el cuello. Un golpe de calor me humedeció entre las piernas. Separé un poco los muslos. El conductor envió otra advertencia a través del espejo.

—Héctor —cuchicheé. Tomé su cabeza entre mis manos y la alejé con suavidad. Al instante eché de menos su proximidad—. Por favor. Este hombre está a punto de mandarnos a hacer puñetas. Sólo nos quedan dos o tres calles.

—A sus órdenes —me susurró al oído y miró por la ventanilla—. Cada vez nieva más. Mira que si no podemos salir del hotel.

Se giró hacia mí. Esbozó una sonrisa de sátiro perseguidor de ninfas desprevenidas.

—No tardarán en echar sal... —observé. Por matar los nervios de la impaciencia, añadí—: ¿Sabes de qué acabo de acordarme?

A mi derecha, él negó con la cabeza.

—De cuando era cría y me lanzaba cuesta abajo con el trineo.

Divisé entre la cortina de nieve la calle peatonal donde se hallaba nuestro hotel. Mi sino estaba a punto de cumplirse. Tragué saliva.

—¿Aquí, en plena ciudad? —preguntó él. Me cogió la mano izquierda y la acarició con delicadeza. Sus dedos ardían como brasas.

—Sí. En todos los parques había alguna ladera que se llenaba de trineos en cuanto cuajaba la nieve.

—Lo pasarías de maravilla.

—Bah, no creas. Me tocaba llevarme a Anita.

El rostro de Héctor se aproximó de nuevo. Me habría gustado adelantarme y ser la primera en besar, para beber su energía hasta no dejarle ni una gota. Sólo me contuvo la cara de perro dibujada en el retrovisor. Me aparté. Intenté hablar de bagatelas para mantener a raya al demonio de la carne. No pude. El brusco frenazo del conductor acabó con el dilema.

—*Endstation!** —rugió el germano.

Héctor echó un vistazo al taxímetro y sacó un billete del bolsillo. Tras haber guardado el cambio que le devolvió el conductor, abrió la puerta y descendió con cautela. Desde fuera me tendió una mano para ayudarme a salir.

—Ten cuidado. El suelo resbala.

Me aferré a su extremidad ardorosa. Más por el placer de sentir su carne que por necesidad de ayuda. Antes de sacar mis huesos del vehículo, oí murmurar al taxista: *Geile Ausländer.*** En cuanto pisé la nieve crujiente de la acera, Héctor cerró la puerta. Me rodeó el hombro con el brazo derecho. Y me dijo al oído, con sorprendente naturalidad:

—¿Vamos a mi habitación?

Asentí con la cabeza. En mi cuarto se alineaban dos camas y en una de ellas había dormido Anita. No quería compartir a Héctor con la huella que habría dejado el perfume de mi hermana en las sábanas. Me agarré a su cintura. A nuestras espaldas arrancó el taxi. Oí cómo se alejaba. Enfilamos la calle del hotel. Recorrimos entrelazados cincuenta metros de baldosas cubiertas por nieve fresca, que nos hacía resbalar a cada paso. Algunos taberneros echaban paletadas de sal ante la puerta de su local. Un hombre en anorak azul hacía lo mismo delante del hotel. El

* ¡Fin de trayecto!

** Extranjeros salidos.

recepcionista comentó algo de un temporal de nieve que iba a azotar esa noche a Alemania. Lo habían anunciado los noticieros de todos los canales. Le sonreímos, pero no nos entretuvimos más allá de la cortesía básica. Buscamos a toda prisa la escalera.

Antes de apoyar el pie en el primer escalón, Héctor se detuvo en seco. Farfulló que debía ir al lavabo. Me soltó y atravesó el vestíbulo hacia los servicios de la cafetería. Le aguardé a pie de escalera, preguntándome qué misteriosa indisposición le impedía utilizar el baño de la habitación. Él regresó enseguida, aturdido y rojo como un cangrejo recién sacado del cocedero. Subimos a la primera planta sin hablar. El silencio me hizo ser consciente de lo que iba a suceder. Volví a sentirme muy culpable. Desde la tarde lejana en que Emilio me encadenó a su cuerpo veinteañero, no había tocado a otro hombre. Ahora de aquel ardor sólo quedaba rutina. Pero el hábito puede atar tanto como la pasión más desaforada. A lo largo de los años me había acostumbrado al olor de mi marido. Al suave tacto de su piel. A esos ojos que se le achinaban al reír. Incluso a la demasía creciente de su carne. De pronto me lanzaba al furtivo descubrimiento de otro hombre. Un perfecto desconocido que necesitaba visitar el baño antes de acostarse con una mujer. Una pelota de dudas me golpeó, cortándome la respiración. ¿Y si me decepcionaba la desnudez de Héctor? ¿Y si resultaba ser impotente, o un eyaculador precoz? ¿Podría echarme atrás sin quedar como una ñoña?

Alcanzamos la puerta de su habitación, a mitad de pasillo. Él introdujo la tarjeta dentro de la cerradura. Abrió y se apartó para dejarme paso. Entró detrás de mí, cerró despacito y me contempló muy quedo. De nuevo los dos frente a frente. Héctor torció los labios en un mohín indeciso. Su voz temblaba cuando farfulló:

—Estoy nervioso, ¿sabes? Mucho. Es que... desde que conocí a Claudine... no he...

—Te entiendo —susurré—. A mí me pasa igual. Si lo has pensado mejor y quieres...

—¡No, eso no! —me interrumpió—. De ninguna manera. ¡Me arrepentiría toda mi vida! Pero... si tú lo has pensado mejor...

Moví la cabeza a izquierda y derecha. Dejé caer con cuidado el bolso sobre la moqueta, no fuera a romperse la grabadora de Mark y me quedara sin material para el artículo por haber sucumbido a la libido.

—¡Estoy decidida!

Cada gesto que hizo Héctor a continuación delató el valor que reunió para dar su propio salto mortal: el beso, impregnado de la misma humedad culpable que en el taxi; el inquieto ajetreo de sus dedos cuando me desanudó la bufanda y la dejó caer al suelo; la impaciencia de sus manos mientras abrían los botones de mi abrigo. Me lo quité para ganar tiempo. Lo tiré sobre la alfombra. Él hizo lo propio con su chaquetón de cuero. Ese gesto debió de envalentonarle. Sonrió con repentina audacia. Y yo supe que había dejado de amedrentarme la incógnita de su desnudez. Daba igual lo que pudiera hallar bajo sus ropas. Nada lograría apagar ya mi ansia de ese hombre.

Héctor se despojó del jersey de color aceituna. Idéntica suerte corrió la camiseta blanca que llevaba debajo. Su torso, adornado por un discreto rodal de vello oscuro, no exhibía la musculatura de un asiduo al gimnasio, pero sí la pulcra delgadez de un hombre que cuida su dieta, aunque sea por imposición marital. Héctor se agachó para arrancarse los zapatos. Le agradecí que enseguida liberara los pies. Siempre me ha dado risa ver a un hombre desnudo con los calcetines puestos. Sobre todo si son de esos que parecen medias. Ya incorporado, él se desabrochó con urgencia la bragueta. Bajó la cremallera y sacó del pantalón de pana sus piernas rectas, también delgadas pero para nada enclenques.

—Esto es lo que hay, Clara Rosell.

¡Ansié devorar bocado a bocado a ese hombre, tan codiciable en su madurez, que parecía reacio a quitarse los calzoncillos blancos de algodón! ¿Sería un olvido, o formaría parte de su ritual amoroso? Me aproximé. Colgué mis brazos alrededor de su nuca. Ordené a la punta de mi lengua acariciar la sonrisa con la que él parecía suplicar perdón por no ser más joven, o más apuesto, o lo que se creyera obligado a ser. Lamí como una gata su cuello. Libado el caramelo que se deshacía en suspiros, me incliné un poco y mordisqueé sus pequeños pezones, que me apuntaron con repentina osadía. Más abajo, exploré la llanura del vientre con las yemas de los dedos. Un gemido brotó de su boca y me arrulló el cogote.

—Déjame verte —suplicó—. Llevo muchos días imaginando cómo será tu cuerpo.

Reparé en que yo aún no le había mostrado la figura recién adelgazada, que aun así odiaba ver en el espejo por no ser la que adoró Emilio cuando esperábamos ser jóvenes para siempre. Muerta de vergüenza por lo que quedaba de aquella Clara, me enderecé y me arranqué la camiseta de lycra pasándola por encima de la cabeza. Héctor rogó que le permitiera abrir los corchetes del sujetador, un preámbulo que le fascinaba desde que era un mocoso. Me desprendió a cámara lenta el complicado ingenio de encajes y aros apuntaladores, el mejor amigo de la mujer madura. En una embestida de cobardía me tapé los pechos con las manos. ¡Qué insensatos estábamos siendo! Mira que hacer striptease a nuestros años, en lugar de ir al grano sin detenernos a mirar! La voz de Héctor me reprendió.

—No te escondas, Clara. ¡Me encanta tu cuerpo! Es estupendo.

Sacudí la cabeza.

—Me da mucho corte. Soy mayor, he tenido dos hijos... y...

—Tonterías... —susurró él, muy dulce—. Eres una mujer

maravillosa. Desde que te vi por primera vez... me gustas tanto que me quedo sin habla.

Me despegó con calma las manos de los senos. En sus ojos nadaba tal sinceridad, que me animé a emprenderla con los vaqueros elásticos. Asomó el tanga de encaje blanco que me regaló Emilio en noviembre para celebrar que había adelgazado los primeros cinco kilos. Me deshice del obsequio de mi marido. Héctor dio medio paso al frente. Frotó su carne candente contra la mía. Los labios se acoplaron a mi boca. Vertieron en ella gotas de pasión sazonadas con algo de culpa. Como si la sombra de Claudine nos observara agazapada en el rincón más oscuro de la habitación. O tal vez fuera la de Emilio. O las dos cogidas de la mano. Hice un esfuerzo por echarlas de la escena del crimen. Si ya no había vuelta atrás, ¿qué pintaban ellos aguándonos la fiesta? Ya tendríamos tiempo de pagar con la moneda de la culpabilidad el juego que estábamos iniciando. En la vida todo tiene su precio. Hasta las fugaces visitas de la felicidad.

El fuego que Héctor encendió en mi pubis hizo cosquillas a la columna vertebral. Zarandeó las entrañas. Me abrasó el corazón y se asentó en las ingles. Por encima del ombligo me rozó el bulto nacido en el centro de los calzoncillos blancos. Muy pronto iba a probar lo que había detrás de esa tela. El pavor se presentó de nuevo para recordarme las reglas del sexo en los tiempos del sida. Nosotros estábamos incumpliendo la esencial. Me separé un centímetro de Héctor. Sólo uno.

—Espera... ¿No deberíamos usar condones? Bueno..., yo... no llevo. Como no suelo...

Él me miró con mucha picardía.

—Tranquila. Tengo varios. Los he comprado en el servicio. No he ido a mear, ¿sabes? Es que hay una máquina.

Sonrió. Le sonreí. Señalé con el índice al recalcitrante residuo de su ropa interior.

—Eso no vale… —susurré—. Tienes que enseñarlo todo. Como yo.

Héctor obedeció sin remolonear. Me gustó su tesoro. Aunque él no me dejó ejercer de mirona. Me arrastró de la mano hasta la cama. No hacía falta ser la audaz Samantha de *Sexo en Nueva York* para tener la certeza de que después de tanta indecisión, al fin iba a degustar la esencia de Héctor Laborda, el hijo de un viejo emigrante que murió más solo que la una en su miserable y maloliente buhardilla.

25

Héctor jadeaba a mi izquierda, tumbado boca arriba, con los antebrazos doblados bajo la nuca. Le oí susurrar:

—En las películas, ahora es cuando el tío se fuma un pitillo y se pone a largar rollos trascendentales.

Volteó el cuerpo sobre el costado derecho. Levantó la cabeza y apoyó la mejilla en la palma de la mano, hincando el codo en el colchón. Ya no resoplaba. La sonrisa que brotó de su mirada me provocó un terremoto en la tripa. Justo donde dicen que se manifiesta el amor. Una debilidad melosa me salpicó el cuerpo con carne de gallina.

—Tú no fumas... —dije.

—No —rieron ahora sus labios—, pero puedo ponerme trascendental. Por ejemplo, puedo decir que llevaba una eternidad sin follar así. Que me siento como si tuviera veinte años... ¡No! ¡Borra eso! Me siento muchísimo mejor. ¡Y que me he enamorado de ti como un ternasco, Clara!

Le sonreí mi respuesta a los ojos, hasta que una nube de culpabilidad oscureció la dicha. Porque lo que había hecho con Héctor no era una aventurilla para endulzar la rutina de mi mediana edad. Porque no sabía cómo iba a presentarme ante el hombre que le robé a mi hermana décadas atrás, llevando a Héctor hospedado en la parcela del vientre donde tiembla el amor. Y porque Emilio me conocía demasiado bien para no percatarse de mi infidelidad. No le llevaría ni un segundo olfatear en mi piel la huella del otro.

—¿Qué es un ternasco?

Héctor me acarició el pecho izquierdo con la mano libre. Sentí un escalofrío de placer.

—Un cordero joven, nunca mayor de noventa días, que en Aragón guisamos al horno y acompañamos con patatas a lo pobre. Es una carne muy tierna. Y un bocado exquisito.

—Como tú —murmuré. Obvié preguntarle en qué consistía el invento de las patatas a lo pobre. No me apetecía intercambiar recetas de cocina en ese momento.

—Mis carnes ya están durillas para un asado de ese tipo —se burló él. Enseguida se puso muy serio—. ¿Sabes una cosa?

—¿Qué?

—Me da mucho miedo lo que nos está pasando.

—A mí también —admití, pero no quería enturbiar el goce de su cercanía analizando nuestro futuro. O tal vez, la ausencia de un futuro común. Señalé la bolsita de látex que aún llevaba puesta. Su miembro se ondulaba lánguido como una lombriz—. ¿No te quitas eso?

Él incorporó el torso. Se quedó sentado en la cama. Me alegré de que no se le marcaran lorzas en esa posición. Resultaba evidente que la dieta a la que le sometía la semifrancesa era eficaz.

—Ahora mismo, señora periodista. Es que necesitaba recuperarme.

Héctor bajó los pies al suelo y se levantó. Tras quitarse el condón con mucho cuidado de no derramar ni una gota de líquido, caminó indolente hacia el cuarto de baño. Entró, dejándose la puerta abierta. Yo sólo fui capaz de constatar un hecho: Héctor poseía una buena retaguardia. Pero no pude pensar más, porque irrumpió en el cuarto el pitido electrónico de mi móvil. El primer reflejo fue consultar el reloj que aún me ceñía la muñeca. Las siete y cinco. Demasiado temprano para que me llamara Emilio. Pero ¿y si a pesar de todo era él? El corazón me clavó en la garganta una tanda de latidos como colmillos. Sumergida en semejante desasosiego, ¿cómo iba a ocultarle mi traición? Corrí a la otra punta del cuarto, donde aún estaba mi bolso tirado sobre la moqueta como un boñigo. De reojo vi a Héctor asomándose a la puerta del baño. Me volví. Escruté su cara. También había inquietud.

—¡No hables ahora! —decreté—. Es mi móvil.

Héctor hizo un gesto afirmativo con la cabeza y volvió a recluirse en su madriguera. Esta vez cerró la puerta.

Saqué el móvil del bolso. Me temblaban las manos. ¡Qué mal se me daba eso del adulterio! Se me ocurrió comprobar la pantallita. Ese número no era el de mi marido. Tampoco era del bufete. Ni el de casa. Aunque el prefijo sí era de Valencia. ¿Y si Raúl había hecho otra de las suyas y Emilio llamaba desde un aparato público en urgencias? Descolgué, rogando a Dios, al destino, o a quien correspondiera, que no les hubiera ocurrido ninguna desgracia a los críos. La voz me salió delgada como un fideo del cero.

—Diga...

—¡Ya era hora, Clarita! ¿Tan ocupada estás con el hijo del emigrante que no coges el teléfono?

El alivio me hizo suspirar y exclamar a la vez:

—¡Mark! ¡Qué alegría!

Me arrastré hasta la cama. Alojé el trasero entre la ropa revuelta. Ya no tenía edad para resistir sobresaltos de ese calibre. Ni para meterme en estos berenjenales amorosos.

—Te noto muy nerviosa —ironizó la voz de Mark—. Ay, esos ojitos verdes como el trigo verde...

El susto no me había dejado ganas de bromear. Y menos, de oír chascarrillos sobre la mirada de Héctor.

—¿Cómo has conseguido este número?

—Se lo he sacado a Laura, de Personal. Ya sabes que el tío Mark tiene amigos hasta en el infierno.

Yo estaba muy susceptible y me pregunté si Mark no llamaría por encargo de Ramón. Desde mi llegada a Düsseldorf, no le había telefoneado ni una sola vez para darle novedades. Seguro que estaría impaciente. Y yo, vaya periodista de pacotilla que estaba hecha. Debí haberme acordado de tranquilizar al jefe. Mi supervivencia en el periódico dependía de detalles como ése.

—Oye, si llamas de parte de Ramón, dile que ya tengo material para el artículo.

—Ay, *filla*, cuánta desconfianza —rezongó él—. Si me mandara llamarte nuestro ínclito jefe, te lo habría dicho bien claro. Sólo quiero saber cómo se defiende tu alma cándida de esos ojos verdes... —Canturreó desde las entrañas del móvil—. Ojos verdes verdes con brillo de faca que se han clavaíto en mi corazón... —Cortó la emulación de la Piquer y susurró—: ¿Ya se ha desatado la tormenta?

Miré hacia el cuarto de baño. La puerta seguía cerrada. Héctor era el colmo de la discreción. Y de la paciencia, porque hacía falta mucha para aguantar allí dentro en pelota picada y sin un sitio donde sentarse cómodamente.

—¿A qué te refieres?

—Ay, Clara, a mí no me engañas. Eres transparente como una gota de ginebra. Ha habido tema, ¿verdad?

Imaginé a mi amigo sentado ante el ordenador, sonriéndole a la pantalla con la expresión de gremlin libertino que asignaba a los asuntos picantes. Ojalá no estuviera cerca Ricardito, haciendo oreja como era su insana costumbre. Tragué saliva mientras pensaba qué contestar. Tras segundos de infructuosa reflexión, cuchicheé:

—Ahora no puedo hablar. Ya te contaré a la vuelta.

—Ay, ay, ay… si ya sabía yo que me harías algo así. Y encima te habrás enamorado, claro. Tú no eres de las que se conforman con un devaneo light. —La voz de Mark abandonaba el auricular melosa como la de un cura incrustado en el confesionario. No me habría sorprendido nada si me hubiera ordenado rezar tres padrenuestros y cuatro avemarías para lavar mis pecados—. No sabes lo preocupado que me tienes, criatura mía.

—Mark, a la vuelta hablamos —insistí—. Ahora no puedo, de verdad. Es que…

—Estás con él, ¿no? —me interrumpió la voz de la sabiduría.

—Sí…, bueno, ahora mismo Héctor está… en el baño.

—Héctor —murmuró Mark con pastosa ironía—, qué hermoso nombre para tu guerrero del antifaz. Porque le habrás obligado a usar antifaz, ¿no?

Abrumada por su paternalismo, me quedé en blanco. ¡Vaya conversación tan embarazosa! Mark me regaló desde la distancia un suspirito benévolo.

—No temas, querida. Ya te dejo en paz. Veo que no es buen momento para charlar. Además, ya estás pillada en la trampa y no te salva ni el mismísimo Robin Hood… —Emitió un gruñido—. Ay, qué guapo estaba Errol Flynn en esa película, qué perniles le hacían los leotardos verdes. ¡Dios mío! Ya no quedan hombres así. —Me llegó un nuevo suspiro densificado por la libido—. Mira, te voy a dar mi móvil por si necesitas hablar con un alma amiga. Y de paso me describes al detalle las piernas de tu galán. Y otras partes del cuerpo, claro… ¡Apunta, si conservas fuerzas para escribir!

Mark era el colmo. Cogí un bolígrafo que había sobre la mesita, arranqué una hoja del bloc de notas y le obedecí, agradecida porque se me ofreciera como confesor. Buena falta me iba a hacer.

—Oye —le amonesté nada más acabar—, de esto ni una palabra a nadie, ¿eh?

—¡Sabes de sobra que yo no chismorreo! —protestó él, haciéndose el ofendido—. ¡Ay, cómo te embrollas la vida, criatura de Dios! Con lo fácil que sería follar sin implicarnos... si supiéramos cómo diablos hacerlo.

Aún me dedicó un sermón sobre el abismo al que se despeñaban las almas cándidas como la mía, me aconsejó que telefoneara al jefe cuanto antes y por fin tuvo a bien despedirse. Dejé el Nokia encima de la mesita. Anduve descalza hasta el baño. La suave fibra de la moqueta me acarició las plantas de los pies. Abrí la puerta de un tirón. Héctor estaba sentado en el borde de la bañera. Cruzaba los brazos delante del pecho y se miraba los pies con expresión de aburrimiento. Se había enrollado la toalla grande alrededor de la cintura y me recordó a Sinuhé el Egipcio, el protagonista de la novela de Mika Waltari, cuando, recién desplumado por la pérfida cortesana Nefernefernefer, entra a trabajar de embalsamador en la Casa de la Muerte, cubierto tan sólo por un delantal como los esclavos y los boyeros, según cuenta el autor.

—Ya he terminado —murmuré.

Héctor levantó la cara.

—Menos mal. Con toallón y todo, se me ha quedado el culo como el hielo. Está un rato fría la porcelana esta... Y el suelo, ni te digo.

Movió los dedos de los pies como si hiciera la ola con ellos. Despegó el trasero de la bañera. Ya de pie, se masajeó los glúteos con las manos sin despojarse de la tela blanca. Acabada la tarea, me pasó el brazo derecho por encima de los hombros y me condujo sin palabras fuera del cuarto de baño. Cuando alcanzamos la cama, liberó mis omóplatos y se arrancó la toalla de egipcio para dejarla caer sin miramientos encima de la moqueta. Se tumbó con indolencia sobre las sábanas arrugadas y extendió los brazos hacia arriba.

—Ven.

Me acosté a su lado sin hacerme rogar. Él me aprisionó entre sus cuatro extremidades. Quedé incrustada dentro de Héctor como una ostra en su concha. Una gran concha de ojos verdes que aún tenía los glúteos y los pies fríos.

—¡Mira que eres discreto! —me burlé—. Podrías haber salido tranquilamente, en vez de congelarte el culo en la bañera.

—No quería incordiarte mientras hablabas con tu marido —explicó él—. Yo también procuraré estar solo cuando llame a Claudine. Es mejor así.

—No era Emilio. Era un compañero del periódico.

—¿Ah sí? ¿Está bueno?

—Pues debió de ser guapetón de joven. Ahora se le ve ajadillo. Es que es un señor mayor. Y además, no le gustan las mujeres.

—Mejor.

—¿Estás celoso? —le chinché.

—¡Pues sí!

Me alarmó la energía con la que había formulado esas dos palabras. Ya no parecía estar bromeando.

—¿De verdad? Eso no me lo esperaba de ti.

Él asintió con la cabeza.

—Soy muy celoso. Lo reconozco. Pero no suelo incordiar con eso. Sufro los celos en silencio, como padece el personal las hemorroides en los anuncios de la tele... Oye, ¿y si nos tapamos?

Aprobé la moción. Él me liberó y elevó el torso como si hiciera abdominales. Atrapó con las manos un extremo del edredón y lo echó por encima de nosotros. Bajo la bóveda textil, su carne se apretó de nuevo contra mi cuerpo. Ya le iban entrando en calor los glúteos. También los pies. Sentí en mi piel la presión de su culebrilla satisfecha. Sus palabras me acariciaron el pelo antes de introducirse en mi oreja.

—¿Sabes?, me gustaría estar siempre pegado a ti como una lapa. Me encanta el tacto de tu piel, tan suave. Y ese calorcillo tan acogedor que despides. Besarte es como comerse un melocotón fresquito en una tarde de verano. Pensaba que no volvería a experimentar algo así... a mis años.

Permanecimos un buen rato enredados uno dentro del otro, como las ramas de una planta trepadora enmarañadas por un vendaval. Ni siquiera hablamos. Tal era la quietud, que oí latir el corazón en el torso de Héctor. Después me di cuenta de que era el mío. Por desgracia, siempre se cuela algún pensamiento ingrato para romper la paz de los culpables. Yo me acordé de mi marido, ultrajado por el flamante adulterio que había visto venir la impertinente de mi hermana. Y del móvil, que aguardaba en la mesita la llamada que me arrojaría de nuevo al infierno de la zozobra.

—Tengo que llamar a Emilio cuanto antes, o se me adelantará él...

—Y yo a Claudine. —Héctor arrastraba las palabras como si las pronunciara con desgana—. Lo haré pronto también. Espero que no me cale. Cuando pone en marcha las antenas de psicóloga, no se le escapa nada.

Alcé un poco la cabeza para mirarle a los ojos. Vistos desde tan cerca lucían transparentes como dos cristales teñidos de verde.

—¿De verdad que nunca le habías puesto los cuernos?

Él sonrió. Una red de arruguitas le agrietó los contornos de los párpados. Pensé que sus ojos no se achinaban al reír como los de Emilio.

—¿Por qué te iba a mentir?

—No sé... Los hombres a veces no decís toda la verdad.

—Yo sí. Soy así de raro. ¿Y tú? ¿Te habías ido de picos pardos alguna vez?

—¡Jamás!

Él entonó una risa más cristalina aún que su iris.

—¿Ves? Estamos en paz. Los dos somos unos pardillos en esto.

—¿Y nunca has tenido tentaciones?

—¡Pues claro! No soy de piedra. En estos últimos años ha habido muchas. Pero siempre se impuso el cerebro. Hasta que apareciste tú.

—Va a resultar que eres un tío calculador, Héctor Laborda. Aunque creo que en el fondo, lo intuía.

Él se despegó de mí. Levantó el tronco hasta quedarse sentado. Flexionó las piernas bajo el edredón como si quisiera tocarse el mentón con las rodillas. De esa guisa me contempló desde arriba. En su rostro se arraigaba la desconcertante gravedad de quien pretende hacer aclaraciones importantes.

—Te equivocas. No soy calculador. Sólo aproveché mi oportunidad cuando me la pusieron delante sin haberla buscado. —Apoyó los antebrazos sobre las rótulas—. Yo me crié en lo más bajo, Clara. Cuando era niño, en mi casa salíamos adelante con las cuatro perras que ganaba mi madre cosiendo trapos para las pretenciosas del barrio. Hasta que a Pierre se le ocurrió confiar en mí, sólo fui un macarrilla que no sabía hacer la O con un canuto y al que la gente de bien miraba por encima del hombro. Incluso después de casarme con Claudine. Y me casé muy enamorado, que conste. Nunca perseguí dar el braguetazo, pero cuando vi mi oportunidad, claro que me agarré a ella. ¡Con uñas y dientes! Y no pienses que me salió gratis. Invertí mi juventud en esa fábrica, sacrifiqué mi relación de pareja, hasta me perdí la infancia de mis hijos. Ahora gano dinero y dentro de muy poco podré comprar las acciones de Pierre. ¿Cómo iba a arriesgar lo que había conseguido con tanto esfuerzo, por un revolcón sin más?

Se inclinó sobre mí y me acarició la mejilla con una de sus grandes manos. Al mismo tiempo dejó caer un beso fugaz en mis labios. Cuando apartó la cara, dijo:

—Por eso tengo miedo. Porque aquí ya no manda el cerebro. Ni siquiera el sexo. Esto es algo mucho más peligroso, y no sé qué voy a hacer cuando vuelva a casa.

—A mí también me va a costar... —murmuré.

—¡Qué pardillos somos, Clara!

Nuestra absurda situación me hizo reír. Él se agregó y volvió a deslizarse bajo el edredón. Las carcajadas de ambos acabaron enmarañándose igual que nuestras extremidades. De pronto, Héctor cortó el torrente de hilaridad. Murmuró, muy serio.

—¿Te das cuenta de que nos está pasando lo mismo que a mi padre y a Elke? Qué ironía, ¿no?

Le di la razón moviendo la cabeza. Al final iba a acabar aceptando la teoría de Anita y Vargas. El destino existía. Y se había propuesto liar la vida de Héctor con la mía, igual que veinte años atrás me interpuso a mí en el noviazgo de Anita con Emilio. Pero ¿deseaba yo que ese sino impertinente me apartara de Emilio y de mis hijos?

—Hablando de Elke —Héctor inspiró ruidosamente—, ¿sigues convencida de que nos oculta algo relacionado con la muerte del crío?

Aliviada por la oportunidad de desviar la conversación de nuestro complicado sino, exclamé:

—¡Ya lo creo! Ella y Vargas están tapando algo importante. Es más, diría que llevan muchos años haciéndolo.

—¿Tienes a mano la copia de la página de sucesos que guardaba mi padre?

—Está en mi habitación. Pero la traigo ahora mismo y le echamos un vistazo.

Me separé de él y abandoné el tibio cobijo del edredón. Ya de pie, busqué con los ojos dónde había quedado mi ropa. No hallé nada que estuviera cerca. Me resigné a recopilar las prendas recorriendo desnuda la habitación. Héctor me observaba con sonriente regocijo desde la cama. Por disimular la repentina vergüenza, le amenacé con cobrarle esa exhibición haciéndole posar para mí en cueros a la primera oportunidad. En respuesta recibí una risa juguetona que le confirió un aire de gamberrillo tierno. Durante un segundo vislumbré cómo fue cuando se cruzó en su vida una chica llamada Claudine. Volví a sentir pena por la juventud que no compartimos. Desde la inoportuna melancolía intenté sonreírle. Me acoplé deprisa la ropa interior, los vaqueros y la camiseta. Saqué mi tarjeta-llave del bolso y abandoné la habitación, dejando la puerta entornada.

Tardé muy poco en regresar con la página de sucesos escaneada por Benno Hoffmann. Héctor esperaba apoyando la espalda contra el cabezal que había tapizado con la almohada. Fui hacia allí y le entregué la hoja. Mientras él la desplegaba, yo me desembaracé de la ropa. Esta vez la coloqué sobre un sillón. Enseguida me metí en la cama con él, que estudiaba el papel muy atento. En cuanto me acomodé a su lado, se arrimó y me tapó con mimo. Le agradecí el detalle. También el calor de su piel adherida a la mía.

—No sé para qué me empeño en leer esto. —Su risa me acarició la oreja—. No entiendo nada. Tienes que contarme la película.

—Eso está hecho…

En cuanto posé la vista sobre el documento, pensé que en ese diario dedicaban más espacio a la publicidad que a las crónicas de sucesos. Y que tenía razón Hoffmann. Por el formato de la página y de los anuncios, esa antigualla debía de datar de los años setenta. Me aclaré la garganta.

—El primer suceso es el atropello mortal de una niña de ocho años en la Berliner Allee. Para que te hagas una idea, es una importante avenida del centro. Está relativamente cerca de donde tiene Vargas el despacho. El conductor se dio a la fuga. Y no dice más. Ya ves que no han puesto ni foto.

Héctor movió la cabeza en un gesto de asentimiento.

—En la siguiente crónica se extienden un poco más. Informan sobre una pelea en una taberna del casco antiguo, donde un borracho mató a otro de un botellazo.

—Parece una peli de vaqueros —bromeó Héctor, señalando con el dedo la fotografía que acompañaba la crónica—. ¿Este garito es el lugar del crimen?

—Sí. Menudo antro. No me extraña que acabaran a botellazos... Bueno, pasemos al último artículo. —Leí el breve texto que el periódico ni se había molestado en ilustrar con imágenes—. Este sólo cuenta el hallazgo del cadáver de un hombre con múltiples heridas de arma blanca. Lo encontró un matrimonio cuando paseaba por un bosque del extrarradio, el Grafenberger Wald.

Tuve una corazonada, pero antes de que pudiera transmitírsela a Héctor, él exclamó:

—¡Vaya palabrita! ¿No sonaba así el nombre del bosque donde apareció Andreas?

—Muy sagaz, Sherlock Holmes. Te me has adelantado.

—Hay que ser más rápido, doctor Watson —bromeó él—. ¿Qué opinas? ¿Podría haber relación entre el fiambre ese y el asesinato del niño?

Me encogí de hombros. Recordé algo que me dijo Mark al poco de conocernos: «El periodista es como un lebrel. Le dejan correr a donde le dicta el olfato, pero pobre del que no dé con la liebre». Yo andaba rastreando el espejismo de una liebre entre conjeturas que tenían la solidez del hojaldre. Decidí ser prudente.

—Tendríamos que saber cuándo publicaron las noticias. Según el periodista alemán que me mandó esto, el original está tan estropeado en los bordes que no se ve la fecha ni el nombre del periódico, aunque por el formato él lo sitúa en los años setenta. Y creo que tiene razón. Sólo hay que ver estos anuncios... —Levanté el papel y lo agité en el aire—. Y yo, además, descartaría que esta página sea de un diario sensacionalista del tipo *Bild* o *Express*. Ese tipo de publicaciones siempre han tenido una composición más abigarrada y habrían sacado punta a semejantes historias, en lugar de encajarlas entre tanta publicidad.

—Lo ideal sería investigar en alguna hemeroteca, ¿no?

—No disponemos de tiempo para revisar periódicos viejos —objeté.

—¿Y si vamos a un ciber y buscamos por internet?

Sacudí la cabeza. Se me acababa de ocurrir una solución que no se hallaba en ninguna hemeroteca, tampoco en un cibercafé. Ahora mismo, nuestra única esperanza era el casanova del periodismo germano que disfrutaba flirteando a distancia con desconocidas.

—Tengo una idea mejor. Podríamos pedir ayuda a mi colega alemán... Vaya, casi olvidaba que tú le conoces. Hablaste con él por teléfono. Fue él quien me dio el número donde localizarte.

—¡Ostras, el pavo que maltrataba el español! Y menudo nombre tenía. Igual que una bofetada.

—Benno Hoffmann.

—Lo que digo... ¡Un sopapo a traición en la trompa de Eustaquio!

—¡Cómo eres! —Le acaricié la mejilla igual que si se hubiera convertido en mi niño. Él sonrió—. Tengo su teléfono. Si quieres le llamo mañana y le pido que nos busque información en el archivo de su periódico. Igual me manda a paseo, pero... se puede intentar.

Héctor reflexionó durante un momento. Su rostro se oscureció.

—Dime una cosa, Clara: si encontramos algo turbio, ¿lo sacarás en el artículo?

—¡Claro que no! —proferí, ofendida por su duda—. ¡Te doy mi palabra de que sólo contaré lo que he grabado esta tarde! No pretendo averiguar el secreto para divulgarlo a los cuatro vientos. Y menos tratándose de tu padre. Me mueve la curiosidad. Nada más.

—La señora periodista —murmuró Héctor—. Tu tenacidad fue una de las muchas cosas que me gustaron cuando apareciste en la fábrica, ¿sabes?

Tenacidad, había dicho. Jamás en la vida creí poseer algo así. Él emitió un débil suspiro.

—Y ahora... —murmuró—. ¿Qué te parece si salimos de aquí para alimentarnos como Dios manda y luego pasas la noche conmigo? Creo poder afirmar que aún me queda cuerda. Y te prometo que no ronco, no hablo en sueños, ni doy patadas. Sepa usted que soy un chollo, señora.

Volví a sentir pánico. Me moría por aceptar su propuesta, pero a la vez temía compartir la intimidad de mi sueño con un hombre que no era Emilio.

—No sé... Se me hace raro dormir con alguien que no sea...

—Clara, a mí me ocurre lo mismo. Pero debemos aprovechar el tiempo que...

Héctor se interrumpió a mitad de frase, aunque no me fue difícil completarla en la mente. Él sabía tan bien como yo que lo nuestro tenía las horas racionadas.

—Vale. Me quedaré. Espero que a mi marido no le dé por llamarme esta noche a mi habitación.

26

Desperté sudorosa y con un estropajo por lengua. A mi lado percibí la respiración sosegada de Héctor. Dormía con la paz de un niño de pecho. Aún me tenía aprisionada bajo el brazo con el que me rodeó la cintura cuando nos rendimos al cansancio. Su torso me abrasaba la espalda de calor. Tal vez por eso estaba tan sofocada. Decidí abrir la ventana. El fulgor amarillento que se colaba por una rendija de la contraventana me guió la mano para encender la lámpara de la mesita. Héctor no se inmutó. Se dio la vuelta y quedó en posición fetal. Leí la hora en la esfera del reloj: la una y cinco. Apagué la luz y salí de debajo del edredón. Atravesé la penumbra ambarina hacia la ventana. Desbloqueé la palanca y separé un poco la hoja. Quedó una abertura que permitió la irrupción del frío invernal. Por ahí me asomé a la calle. La nieve seguía dejándose caer con indolencia. Una espesa capa ocultaba los adoquines allá donde nadie se había molestado en echar sal. Las repisas de las ventanas parecían haber sido ribeteadas con encaje blanco. Un banco de madera frente al hotel se esponjaba lechoso como si lo hubieran forrado con mousse de limón. El ordenado descenso de los copos poseía un efecto hipnótico. Recordé el cuento de los hermanos Grimm donde una viejecita llamada *Frau* Holle sacudía su edredón en un fantástico mundo paralelo y las plumas que escapaban de él caían a la tierra y la cubrían de nieve. Era el favorito de Anita cuando era pequeña. Yo lo odiaba, porque en una función del colegio me tocó interpretar a la niña fea y vaga que acaba regada con brea por no haber sido hacendosa.

Desde que los Rosell volvimos a Valencia, había visto nevar muy pocas veces. Ahora me daba cuenta de que añoraba los inviernos blancos de mi infancia. Y el aroma del abeto natural que invadía nuestra salita cada Navidad y se mezclaba con la fragancia dejada en las manos por las mandarinas españolas que compraba mamá en el supermercado. Me sacudió un escalofrío. Quise atribuirlo al fresco llegado del exterior. Regresé a la cama y me deslicé bajo el edredón. Pasé el brazo por encima de Héctor. Él seguía enroscado como un feto dentro del vientre materno. Despedía el calor de una bolsa de agua caliente. Le di un beso en la espalda y cerré los ojos.

Pero en lugar de conciliar el sueño enseguida, mi cerebro dio un brusco salto en el tiempo y se clavó en una tarde de diciembre del setenta y tres. El invierno enviaba tropas de copos barrigudos que asediaban la ciudad con disciplina militar. A las tres, los tejados de enfrente habían dejado de ser negros. La nieve blanqueaba las aceras y arropaba con algodón el asfalto de nuestra calle. Anita y yo llevábamos más de media hora asomadas a la ventana. Nos habíamos comido una tableta entera de chocolate y, al pasar junto al árbol de Navidad, habíamos tirado una bola de cristal azul que se desintegró en cuanto tocó la alfombra. Mamá nos regañó por los dos delitos y por tener la ventana abierta con el frío que hacía. Pero nosotras seguimos vigilando la calle, bien avenidas como nunca jamás. Esperábamos a papá, que había ido al concesionario Ford para recoger el coche que encargó semanas atrás. Nuevo de trinqui, según mamá, no de segunda mano como los dos Escarabajos que habíamos tenido, uno azul y otro rojo. Anita y yo habíamos visto fotografías en los catálogos. Un modelo largo de cuatro puertas con ángulos cuadradotes, tan aerodinámico como una caja de zapatos. Las dos ardíamos de impaciencia por ver el vehículo al natural. Hasta habíamos olvidado reñir. Anita propuso bautizar al coche con el nombre de Bertie, porque visto de frente se parecía a un chico de su clase. Sonrió como la esfinge cuya foto ilustraba el libro de grandes enigmas de la historia que compró papá al Círculo de Lectores, del que se hizo socio para que sus hijas leyéramos libros en español y no perdiéramos las raíces. Se me ocurrió que el tal Bertie sólo podía ser el primer amor de mi hermanita.

Papá apareció a las cuatro. Aparcó la caja de zapatos en batería dentro de un hueco al lado del portal. El color vainilla lo había elegido mamá. Decía que los coches claros no se ensuciaban tanto como los oscuros y por eso Onassis siempre viajaba en una limusina de tono marfil.

—¡Mamá, ya llega papi! —berreó Anita.

—¡Virgen de los Desamparados, el coche nuevo! —gritó mamá desde la cocina. Llevaba un rato arrancándoles el corazón a tres kilos de manzanas para hacer compota. Oí correr el agua del grifo. Al segundo estaba mamá detrás de nosotras, secándose las manos con el delantal. Se asomó por encima de la cabeza de Anita.

—Precioso. Y nuevecito de trinqui —murmuró.

Cuatro pisos más abajo, papá salió del coche. Levantó la cabeza. Nos saludó con la mano. Le cruzaba la cara una sonrisa tan ancha como el Rin a su paso por Düsseldorf.

—Se llama Bertie, mami —dijo Anita.

Mamá no acusó recibo. Corrió hacia el recibidor para abrirle la puerta a su otra mitad. Anita y yo fuimos detrás. A los pocos minutos, nuestro padre llegó sin resuello. Debió de haber subido la escalera a toda velocidad.

—¡Ya tenemos el coche! —exclamó—. ¡Nuevecito a estrenar!

Abrazó a mamá. Después a Anita. Por último a mí.

—Hala, a poneros guapas todas, que nos vamos a Benrath a visitar a los Manolos.

Manolo y Pepita eran amigos de mis padres y también valencianos. Tenían una hija de mi edad llamada Inés y dos hijos mayores, que se divirtieron haciéndonos rabiar a las chicas hasta que se les espesó la barba y dejaron de hacernos caso. Cada verano, papá rivalizaba con Manolo para ver quién llegaba a Valencia invirtiendo menos días de conducción. Hasta la fecha siempre había ganado Manolo, que poseía un Alfa Romeo bastante veloz pese a ser un vejestorio adquirido de segunda o tercera mano.

—Pero Enrique —protestó mamá—, acabo de meter las manzanas en el horno. ¡Y nieva a todo nevar! ¿Y si se nos atasca el coche y nos congelamos como el Doctor Zhivago?

—¡Pamplinas, Fina! Si el coche tiene mejor calefacción que esta casa. ¡Hala, apaga el horno, que nos vamos a estrenar el Forito!

—Se llama Bertie, papá —dijo Anita.

Mi padre le dio dos palmaditas en la coronilla. Comandó:

—¡Venga, que no tenemos todo el día!

Mamá refunfuñó por lo bajini, pero corrió a desconectar el purgatorio donde se asaban las manzanas. Después ayudó a Anita a vestirse. Yo me puse pantalones de pana negros con perneras acampanadas y un jersey de cuello vuelto del mismo color, surcado en horizontal por rayas blancas, que me compró mamá en las rebajas del invierno anterior. Desde entonces había engordado y el suéter me daba traza de morcilla cebra, pero era lo más moderno de mi guardarropa. Las tres fuimos rápidas. A las cuatro y veinte estábamos todos sentados en el coche nuevo. El escay azabache de los asientos rechinaba bajo nuestros traseros. Papá movió la palanca del cambio de marchas. Vi que se había puesto guantes de conductor. Eran nuevos.

—Punto muerto, marcha atrás, primera, segunda. ¿Ves Fina? Igual que en los otros, pero más suave.

Soltó el palitroque. Alargó la mano derecha y giró el botón de la radio que se pavoneaba en el centro del salpicadero. Papá ya nos había anticipado que era de la marca Blaupunkt, un aparato de categoría. El Escarabajo rojo, nuestro coche anterior, sólo llevaba un soporte donde se insertaba el transistor que bajábamos de casa y funcionaba con la batería del coche. El falsete de Demis Roussos gimió *Goodbye, my love, goodbye*.

—Demis Roussos, *toll!* —exclamó Anita.

—¿No te tengo dicho que en casa hablamos español? —rugió mamá.

—Deja a la *xiqueta*, mujer. ¿Oyes qué bien suena? Mejor que el concierto de Año Nuevo ese de Viena que te vuelve loca... Tanto vals y tanta gaita... ¡Chicas, a bajar los pitorrillos del seguro!

Anita y yo obedecimos. Papá desbloqueó el freno de mano y salió marcha atrás a la calzada. Conectó el limpiaparabrisas. Las escobillas trituraron rítmicamente los copos que osaban invadir el cristal. La caja de zapatos de color vainilla nos transportó con firmeza hasta el final de nuestra tranquila calle. Me giré y miré por la luna trasera. Las ruedas habían mancillado la espuma blanca recién caída. Salimos a la avenida y papá nos integró en el denso tráfico de la Oberbilker Allee. Allí una gacha de nieve sucia cubría el asfalto y dificultaba el tránsito. El coche que circulaba delante de nosotros frenó en seco y obligó a papá a detenerse.

—¡*La mare de Déu*, Enrique! Nos van a dar un golpe. ¡Mira cómo nieva!

—¡No seas exagerada, Fina! Si ya están echando sal por ahí delante. ¿No ves el camión? Y en cuanto se deshaga el tapón, el Ford tirará como un bólido de carreras. Menudo invento... esto del coche.

Los dedos de papá tamborilearon sobre el volante de plástico rígido.

—Aunque España también ha dado sus inventos, ¿eh? —añadió—. ¡Y si no, mirad el submarino! Lo ideó un español, pero nos lo robaron. ¡Por envidia! A ver, Clara, ¿quién inventó el submarino?

Me conocía la respuesta de carrerilla. Cuando papá se enredaba en esa matraca, me preguntaba siempre a mí.

—¡Isaac Peral!

—Y el helicóptero, ¿eh? ¿Qué me decís del helicóptero? Pues otro robo morrocotudo, porque también lo inventó un español. A ver, ¿quién fue el padre del helicóptero?

Voceé, para evitar que se me adelantara Anita:

—¡Juan de la Cierva! Y lo llamó autogiro...

—¡Pues ya veis! —clamó papá—. ¿Ahora quién se acuerda de Juan de la Cierva? ¡Ni la madre que lo parió! Y luego lo de la Coca-Cola. A ver, chicas: ¿qué es la Coca-Cola? Zarzaparrilla de toda la vida. ¡No hay más! Pues ésa nos la quitaron los americanos y ahora se están forrando con ella. ¡*Lladres*, que son unos *lladres!* Fijaos bien lo que os digo: ¡si a todos los ladrones les diera por echarse a volar, nos taparían el sol!

Papá enmudeció de indignación. Me di cuenta de que Demis Roussos había hecho mutis por el foro. En su lugar, Mireille Mathieu cantaba «La Paloma» en alemán con denso acento francés. Los coches seguían atascados.

—¡Qué voz tiene esta chica! —se extasió mamá—. Ya pueden decir misa, pero canta mejor que la Edith Piaf esa.

Su marido seguía enfurruñado con su propia disertación. De pronto, la sintonía de las noticias ahogó a la Mathieu. Papá nos ordenó callar. Quería oír el parte, que con el jaleo del coche no había podido escuchar Radio Nacional de España en todo el día. Subió el volumen. La voz del locutor, tan grave como la de Freddy Quinn, un cantante que debía el éxito a sus espesas baladas marineras inspiradas en el puerto hamburgués de Sankt Pauli, trabucó las erres de la primera noticia al pronunciar el nombre de Carrero Blanco, presidente del gobierno de Franco, muerto esa mañana en el centro de Madrid a causa de una explosión, supuestamente de gas. Papá se echó las manos a la cabeza.

—¡Madre mía, madre mía!

—Pobre hombre. —Mamá estaba consternada—. ¿Habrá sido el butano?

—¡Qué butano ni qué ocho cuartos, Fina! ¡Eso ha sido un atentado! ¡A ese le han puesto una bomba! ¡Te lo digo yo!

La caravana avanzó sin previo aviso. Papá reaccionó enseguida. Manipuló la palanca de marchas y el Ford se movió.

—¡Habrán sido los separatistas esos de las Vascongadas! La ETA esa. ¡Seguro! ¡Si aún se va a armar otra guerra civil! ¡Ya lo verás, Fina! Ya lo verás…

—Enrique, por Dios, no será para tanto…

—¿Que no es para tanto? En cuanto volvamos a casa pongo una conferencia para hablar con Nicolás. A saber si no estarán ya con el estado de excepción.

Mamá se santiguó.

—Jesús, María y José…

Cerca de las cinco llegamos a casa de Manolo y Pepita. Hacía un lustro que la familia se había mudado del barracón de madera donde se hacinaban todos y ahora ocupaba una pequeña planta baja en un bloque edificado en el suburbio Benrath y propiedad de la fábrica donde trabajaba Manolo. El matrimonio no sabía nada de lo ocurrido en Madrid. Los dos palidecieron. Aventuraron la palabra «atentado». Papá aportó su teoría de los separatistas vascos. Manolo meneó la cabeza, murmuró *redéu, redéu* y nos hizo pasar a la salita. La cortina que la aislaba de la minúscula cocina estaba abierta. En el aire flotaba olor a algo dulce. También a lentejas y fritura. Vi que Inés no estaba. Pepita informó que había ido con sus hermanos al centro español. La banda de los chicos empezaba a tocar los jueves a las seis y les gustaba ir pronto para preparar los instrumentos.

Los hermanos de Inés ya eran hombres hechos y derechos. O eso pensaba yo desde mis quince años. Alfredo había cumplido los veinte. Poseía una frondosa cabellera negra que le cubría las orejas, cultivaba patillas en forma de hacha y nunca se abrochaba las camisas a la altura de la pechera. Trabajaba de mecánico en la misma fábrica que Manolo. Durante sus ratos libres tocaba la guitarra eléctrica en un grupo pop bautizado como Los Benidorm. A veces cantaba en inglés macarrónico temas de Engelbert Humperdinck y Tom Jones, cuyas letras se aprendía a fuerza de escuchar los discos. Se hacía llamar Freddy, porque sonaba más internacional para un músico. Guillermo, el mediano, tenía dieciocho años e iba para tornero. Era bajito y enclenque. Su rizada melena castaña se abombaba por encima de la cabeza y le convertía en un champiñón dotado de extremidades como alambres. Apaleaba la batería en la banda y había elegido el alias de Willy. Yo suspiraba por Freddy desde el día en que descubrí el vello negro que exhibía la abertura de su camisa.

Me senté junto a Anita en una esquina del sofá, resignada a aburrirme en compañía de una mocosa y cuatro adultos preocupados por la madre patria. Pepita sacó bizcocho, recién horneado según receta española, café para los adultos y leche con Nesquik para las niñas. Dijo que el local donde tocaban los chicos no estaba lejos. Preguntó si me apetecía ir a verles. Yo me emocioné al pensar en el torso despechugado de Freddy. Miré a papá y la ilusión se me resquebrajó como un muro mal construido. No le había hecho ninguna gracia la propuesta.

Pero Manolo poseía alma de mediador. Era un relaciones públicas nato cuando aún no había sido acuñado ese término. Sacó un paquete de cigarrillos de un bolsillo de su pantalón abombado y colguero, lo puso delante de papá y se ofreció a acercarme en coche. Mi padre atrapó un pitillo. El centro español estaba cerca, argumentó Manolo, mientras le daba fuego con un mechero arrebatado a sus holgados calzones, precursores de los que en el futuro pondrían de moda los raperos. Y era de confianza, añadió. Allí iban sólo españoles, gente recta que respetaba la moral. No como esos degenerados de los cuadraos, que eran unos viciosos dejados de la mano de Dios. Además, los chicos cuidaban de su hermana y harían lo mismo por mí.

La intercesión de Manolo surtió efecto. O tal vez fuera la nicotina del cigarrillo. El caso es que papá cedió. Con voz de oso Yogui correteando por el Parque de Yellowstone gruñó que él llevaría a su hija en el coche nuevo. Lo tenía aparcado en la acera de enfrente. Recién estrenado. De trinqui. Manolo y Pepita saltaron de la inquietud por el futuro de España a la sorpresa integral. Manolo corrió a asomarse a la ventana. Fuera ya había anochecido del todo.

—¡Menuda máquina! —exclamó, y volvió a arrojar el magro trasero sobre el sillón—. Un Ford Consul L, Pepi —informó a su mujer. Luego se dirigió a mi padre—. Con eso vas a llegar a Valencia antes que en avión.

Papá se esponjó de orgullo.

—Se llama Bertie —intervino Anita.

Los adultos se deshicieron en alabanzas sobre los automóviles modernos y el país donde un trabajador podía adquirir un cochazo como ése, en lugar de tener que conformarse con los Seiscientos que se arrastraban como caracoles por las carreteras de España. Claro que para eso nos tocaba vivir lejos de la *terreta*, concluyeron al unísono, siempre a remojo por la dichosa lluvia y sin ver el sol ni los domingos, que ya nos parecíamos al fantasma de la ópera. Mamá exclamó que pasó mucho canguelo viendo esa película, aunque sufrió más con la del conde que parecía tísico y mordía el cuello a las jovencitas para chuparles la sangre. Al oír eso, casi me atraganté con el Nesquik. Los vampiros me inspiraban terror. Observé a Anita de reojo. La alienígena ni se había inmutado.

—Pero, Fina, que asustas a las *xiquetas* —le recriminó papá.

Mamá replicó que no era para tanto y la conversación se extinguió sin más. A papá le entró de pronto mucha prisa por llevarme al centro español. Apremió a Manolo, que no se hizo de rogar y fue en busca de su pelliza. Mi progenitor recalcó que a las ocho me recogería con mamá y Anita para volver a casa, porque al día siguiente había escuela. Se levantó y se puso la zamarra. Yo me embutí en el maxiabrigo de antelina con cuello de peluche, que saqué a mis padres el invierno anterior en premio por mi único notable en matemáticas. Anita se quedó enfurruñada. Papá había decretado que era demasiado pequeña para ir a bailar.

Seguí a los hombres a la calle. Atravesé detrás de ellos la cortina de copos hasta alcanzar el Ford. Manolo meneó la cabeza con admiración envidiosilla. Ocupó el asiento del copiloto. A mí me tocó ir en el de atrás. Papá se calzó los guantes. Inició el ritual de la puesta en marcha. Yo imaginé el torso exhibicionista de Freddy y mi corazón batió la sangre al ritmo del motor recién arrancado. Manolo nos guió durante diez minutos por las calles nevadas de la periferia, hasta que llegamos a una calleja angosta de escaso tráfico. Papá aparcó delante de un inmenso portón de madera roja que parecía la entrada a un garaje. Sobre él refulgía una corona luminosa donde ponía: Centro Español La Castañuela.

Bajamos del coche. Un viento gélido nos bombardeó con albóndigas de nieve. Papá echó la llave y se detuvo para contemplar su tesoro. Manolo exclamó:

—¡Hala, Enrique, vamos p'adentro que aquí hace un frío que pela!

El interpelado le hizo caso con desgana. Seguimos a Manolo hasta la puerta roja. Dos chavales melenudos de unos veinte años vinieron hacia nosotros desde la dirección contraria. Al sur de sus cazadoras, los pantalones de campana ceñían generosas protuberancias entre el paréntesis de las ingles. Vi a papá cabecear con desaprobación ante tamaño despliegue de virilidad.

Los melenudos se nos adelantaron y abrieron la puerta. Penetramos tras ellos en ese pedacito de España incrustado en un suburbio de Düsseldorf. Nos cerró el paso un grueso cortinón de tela oscura. Los chavales lo apartaron. Todos nos colamos al otro lado del telón. Al instante nos agredió una algarabía de voces humanas y decibelios salvajes. La música, escupida por un altavoz al lado de la entrada, me zarandeó el pecho. Justo en el punto donde latía el deseo de ver a Freddy. Pese al ritmo chambón que apaleaba los oídos, distinguí el estribillo: «Un rayo de sol, oh, oh, oh». El aire, espeso de tabaco, sudor y pachulí, se podía trinchar como un pollo recién asado. En la penumbra de una nave se retorcían figuras espectrales por culpa de la luz que volvía fluorescentes sus prendas blancas. Desde el techo, una bola forrada de minúsculos espejos espolvoreaba al girar un millón de lucecitas. Se abrió un pequeño hueco entre los danzantes y descubrí una tarima al fondo del destartalado hangar. Allí estaba mi amor. Rascaba las cuerdas de su guitarra eléctrica y coreaba «oh, oh, oh». A pesar del guitarrón, que le tapaba el frontis como un sinuoso mandil, distinguí sus pantalones negros y la camisa roja de chorreras al estilo de Engelbert Humperdinck. La hendidura pectoral mostraba el torso de hombrón, adornado en el centro con una inmensa esfera de plata. Me derretí a punto de caramelo. Papá me cogió de un brazo y arrastró lo que quedaba de mí detrás de Manolo. Serpenteamos entre los cuerpos bailones hacia un cogollo de mesas arrinconadas. En una se sentaba Inés con otras dos chicas. Las tres sorbían brebajes rojizos alojados en vasos de tubo. Inés se atragantó al divisar a su padre. Entre estertores se estrujó una sonrisa. Manolo inclinó medio cuerpo sobre ella y le dijo algo al oído. Enseguida, ella arrancó de la silla su enorme trasero, cautivo de unos vaqueros a punto de reventar, y vino hacia mí. Inés estaba bastante más gorda que yo, pero lucía su abundancia carnal como si fuera un don de la madre naturaleza. Me dio dos besos, que se extraviaron en el aire antes de alcanzar las mejillas, y me presentó a sus amigas. La pechugona de melena leonada se llamaba Nieves. La delgadita del pelo corto era Ana. Me quité el abrigo, lo dejé encima de una pila de prendas que tapaba una silla y tomé asiento al lado de la flacucha. Me inspiraba más confianza que la leona. Manolo profirió un ¡hasta luego, chicas!, e inició la retirada. Papá me advirtió: ¡Cuidadín! y siguió a su amigo. A los tres minutos se acercaron los melenudos de la entrada y sacaron a bailar a Inés y a Nieves. Los cuatro parecían conocerse muy bien. Me quedé sola con Ana. Vino un camarero añejo y menudo como una quisquilla.

—¿Qué va a ser, guapa?

Por no desentonar, pedí lo que tomaban las otras.

—¡Marchando un San Francisco! —berreó la quisquilla al aire.

Desde la mesa vecina, una voz masculina se impuso a la ruidera:

—¡Jefe, tráeme un gin-tonic que estoy asecaíllo!

—¡Vaaa!

El camarero se retiró. Por fin pude mirar hacia el escenario. Freddy se había hecho a un lado con la guitarra. A la izquierda del chaval que tocaba el órgano electrónico, Willy apaleaba la batería y balanceaba con brío su cabeza de champiñón. En el centro de la tarima se contoneaba, cual Elvis Presley en Las Vegas, el cantante oficial de Los Benidorm, un chico mofletudo y redondo como un queso holandés. Cantaba con energía: «¡Help, ayúdame, en tu amistad he puesto toda mi fe! ¡Help, ayúdame, y tiéndeme la mano de un hermano...!». Reparé en que los cuatro miembros de la banda vestían de rojo y negro. Aunque el más guapo sin duda era Freddy. Le sonreí desde mi alejamiento. Él no movió ni un músculo facial. Seguro que no me había visto.

Cuarenta y cinco minutos después, Ana y yo seguíamos solas. Y mudas. Habíamos desistido pronto de conversar, porque el altavoz que colgaba encima de nuestras coronillas impedía oír hasta la propia voz. A sorbitos breves estirábamos el brebaje de color fresa, aguado sin remedio por lo que al principio fueron cubitos de hielo. El calor del ambiente resudaba loción de afeitar, agua de colonia dulzona y excitación sexual a granel. Al cantor rollizo le había brotado un cerco oscuro bajo cada axila. Agarrado al micrófono, proclamaba con fruición:

Por eso se oye este refrán:
¡Que viva España!
Y siempre la recordarán:
¡Que viva España!

Ante nuestras aburridas narices, Inés y Nieves se mecían con sus galanes en un pasodoble caótico. Consulté el reloj. Las siete y quince. Faltaban tres cuartos de hora para que papá, mamá y Anita vinieran en mi rescate. El aburrimiento me hacía añorar incluso a mi hermana. De repente cesó la música, dejándome un molesto silbido en los oídos. Vi cómo Freddy se descolgaba la guitarra y la apoyaba con mimo contra la pared al fondo del escenario. El teclista pasó la mano derecha por su melenita, copiada a la del príncipe de las galletas *Príncipe*

DeBeukelaer, y se alejó. Willy se desembarazó de los palillos de la batería. Se puso en pie, aunque apenas se notó el cambio de postura. El vocalista mofletudo se enjugó el sudor de la frente con un pañuelo y gritó al micrófono:

—¡Amigos, vamos a refrescarnos un rato! ¡Os dejamos con ese fenómeno de Junior! ¡Y cuidadín las manos, que luego van al pan!

El cuarteto abandonó el escenario en desbandada. Sonó «Perdóname», el éxito que había cosechado ese año en España Junior, ex integrante del dúo Juan y Junior. Yo compré el *single* en Valencia durante las vacaciones de agosto y cuando la eclosión hormonal de la pubertad me volvía cursi, o sea todos los días, escuchaba a Junior en el tocadiscos que compartíamos Anita y yo en nuestra habitación. Lástima que nadie me sacara a bailar esa canción. Vi a Freddy saltar de la tarima. La esperanza resucitó. Pero nada más pisar el suelo, mi amor fue devorado a besos por una rubia espigada de aspecto teutón. Me sumergí en el San Francisco aguado para ocultar el dolor. Ana se levantó y se aferró a su bolso de bandolera. Parecía aún más desanimada que yo.

—Voy a la *toilette*. ¿Te vienes?

Dije que no tenía ganas de hacer pis. Me quedé sola, con la cabeza gacha y observando de reojo cómo Inés y Nieves mantenían a raya los palpamientos de sus marcadores de paquete. Percibí que alguien se había parado ante la mesa. Levanté la vista con recelo. Fui asaltada por la sonrisa de un champiñón del que nacían brazos y piernas como alambres.

—Estás muy linda, Clara.

Desde niño, y pese a ser hijo de valencianos de pura cepa, Willy hablaba castellano con el deje de Speedy González, el roedor mexicano de los dibujos animados que siempre correteaba de un lado a otro voceando «¡Arriba, arriba!».

—¿Te apetece bailar?

Por fin alguien me rescataba de ese espantoso tedio. Arriba, arriba, estuve a punto de gritar. Me colgué del hombro el bolsito de polipiel y salté de la silla. Willy me guió hasta la pista de baile. De cerca seguía siendo un tapón de alcuza. Subido a sus zapatones de plataforma, no debía de sacarme más de dos centímetros. Y eso siendo generosa en el cálculo. Pero se había vuelto guapo de cara. Incluso más que su hermano. Y lucía asombrosamente viril. Un temblorcillo me flageló el estómago encharcado de San Francisco. Willy me rodeó la cintura. Intentó arrimarse. Demasiado pronto. Apoyé las manos sobre sus hombros y concentré toda mi fuerza en mantenerle a distancia. Era el ritual de las que fuimos educadas para ser decentes aunque nos costara la vida. Junior deleitaba a la parroquia con su voz melosa.

Perdóname,
por todo lo extraño que soy
quisiera decirte hoy
que sueño poderte alcanzar...

Las manos de Willy incrementaron la presión alrededor de mi cintura. Decidí dejarle avanzar un poquito. El denso aroma de su loción de afeitar me invadió la pituitaria. Detecté el rastro de su transpiración de hombre recién salido de la adolescencia. Y fui consciente de que me gustaba el hermano retaco de Inés. Eso agravó el aleteo en la tripa. Sin querer dejé de empujar contra sus hombros. Él fue rápido. Aprovechó la brecha y me estrechó un poquito más. Me defendí clavándole los codos en el pecho, pero ya había perdido toda convicción.

Y es por ti por lo que yo quiero vivir
no importa si piensas de mí
que no te puedo comprender...

—La última vez que te vi eras una chiquilla —susurró Willy—. Ahora eres una mujer.

La súbita emoción me hizo tragar aire. Saliva no me quedaba. Me rendí sin condiciones y retiré la protección de los codos. Willy dio el empentón decisivo. Mis pechos se aplastaron contra el poliéster escarlata de su camisa. En contraste con Freddy, él se abrochaba todos los botones menos uno. Sentí el roce de un bulto caliente a la altura del pubis. Me dio vergüenza mirar hacia abajo, aunque pese a mi grandísima ignorancia sospechaba qué podía ser. Dos escalofríos seguidos fustigaron mi cuerpo virginal. Recosté la cabeza sobre el omóplato del inesperado pretendiente, como había visto hacer a las guapas de clase en las fiestas donde nadie me sacaba a bailar.

De repente, me taladró la oreja derecha una risita pegada a una voz de chica:

—Clara, tu padre está fuera. Dice que salgas ya.

Willy se despegó como si le hubieran mordido mis pezones. Levanté la vista con cuidado. Me ardía la cara igual que cuando me ponía a tomar el sol en la playa del Saler y me convertía en churrasco antes de transcurridos quince minutos. La embajadora burlona era Inés. ¿Cómo era posible que ya fueran las ocho? Consulté el reloj. Las saetas marcaban las siete y media. Eso era típico de mi padre. Aguarme las fiestas era su especialidad. Willy oteó alrededor con aire de preocupación. Dibujó una sonrisa inquieta.

—Adiós, Clarita. ¿Vendrás a bailar otro día?

Me apresuré a decirle que sí. Él me estampó un beso en la mejilla izquierda. Al retirarse, su boca rozó la mía. En mis labios nació un cosquilleo que resbaló por la columna vertebral. Estallé por dentro como los petardos de la *mascletà* que vimos cuando papá se empeñó en llevarnos a Valencia por Fallas, en marzo del setenta y uno. Me despedí con la mano, corrí hacia la mesa para recuperar mi abrigo y huí lejos del champiñón guapo que me había hecho temblar. Abandoné La Castañuela de estampida, con las llamas del infierno abrasándome cada recodo de las entrañas.

Nunca más en mi vida oí tocar a Los Benidorm. Ni volví a ver a los hermanos de Inés. En abril del setenta y cuatro, Freddy se casó de penalti con la novia alemana que le comía a besos. La pareja fue a vivir al barrio del aeropuerto. Con el tiempo y mucha dedicación, engendró otras dos criaturas bajo las nubes surcadas por los supositorios de plata que, según papá, volaban a Madrid o Barcelona. Willy corrió peor suerte. Se ahogó en agosto cuando se bañaba en la playa del Perellonet, donde sus padres habían invertido en un destartalado apartamento los marcos ganados lejos de casa. Pepita y Manolo dijeron que había sufrido un corte de digestión por haberse metido en el agua sin reposar las dos horas de rigor después de la paella. Pepita nos regaló una pequeña fotografía de Willy como recordatorio, que fue desterrada por mamá a la caja de hojalata donde guardaba los retratos de cualquiera que no fuera de la familia. Yo se la robé en un descuido y la pegué dentro de mi diario. Ahora el pobre Willy vive en el trastero del garaje y comparte un arcón con otras reliquias de mi adolescencia germana. La última vez que me dio por pasar las hojas desflecadas por el tiempo, el pobre muchacho me sonrió amoroso bajo su *txapela* capilar, estancado en la eterna juventud de los que mueren antes de ser mancillados por la madurez.

27

Abrí los ojos. Héctor aún dormía profundamente, enroscado en sí mismo como una espiral de carne y huesos. Durante toda la noche no había emitido el más leve ronquido, ni me había molestado hablando en sueños. Tampoco recibí de él patadas accidentales. Pero en esta vida la perfección es una quimera inalcanzable. Al adoptar esa intrincada postura, acabó invadiendo tres cuartas partes de la cama y pasé la noche haciendo equilibrios sobre el filo del colchón. Me acordé del pobre Emilio, que era un gran roncador pero no se salía ni un centímetro de su territorio. Volví a sentirme muy culpable. ¿En qué lío me estaba metiendo?

Héctor levantó los párpados. Creí descubrir confusión en sus ojos somnolientos. Pero enseguida la borró una sonrisa que se contagió a los labios. Desenrolló la espiral y se incorporó de cintura para arriba. Me dejó caer en la boca un beso que convirtió la culpabilidad en pánico.

—¿Qué te pasa? —preguntó con súbita preocupación—. ¿No te gusta despertar conmigo?

—¿Por qué no me iba a gustar?

—No sé. Pones una cara muy rara.

—Es que... ¿Tú no te sientes culpable por... lo que estamos haciendo?

El rostro de Héctor se nubló de golpe. Murmuró:

—Claro que sí. No soy un cínico. Ni un adúltero crónico. Pero no me arrepiento. ¿Qué quieres que te diga? Haberte conocido es lo mejor que me ha pasado en los últimos años. —Se recostó de nuevo e invirtió varios segundos en desperezarse como si fuera un gato mimoso. Una sonrisa restauró su optimismo—. Y he dormido de maravilla contigo. Eso sin contar lo que hicimos antes de quedarnos fritos. Para eso no tengo ni palabras.

—¿Sabes que anoche casi me dejaste sin cama? ¿Siempre ocupas todo el espacio?

Me alcanzó su risa desde la almohada que ocupaba.

—Ése es mi lado oscuro cuando duermo. No todo va a ser bueno. Claudine lo soluciona dándome codazos. Esta noche te concedo carta blanca para que repelas mi invasión. Pero ¡no te ensañes!

Sentí un puyazo en las tripas. El hecho de haber saboreado cada rincón de Héctor antes de dormirme, no me había librado de sentir un profundo malestar al oírle hablar de su mujer nada más despertar.

—¿Cómo sabes que volveré a dormir contigo? —bromeé.

—No lo sé. Pero lo deseo...

Me acarició con esa mirada de súplica que se le daba tan bien. Creo que ni siquiera era consciente de lo mucho que recurría a la seducción zalamera para conseguir lo que quería. Y le daba buen resultado. Al menos, conmigo. Supe que esa noche volvería a tragarme mis sentimientos de culpa para yacer a su lado, comprimida como una sardina arenque en la franja de cama que me dejaría. Y encima, me daría pena coserle a codazos.

—Ojalá nos hubiéramos conocido antes —me oí murmurar. No tardé en arrepentirme de lo dicho, pero aun así seguí hablando. Soy de las que nunca callan a tiempo. Al fin y al cabo, me metí en el lío de escribir un artículo para el que no estaba preparada por no haber sabido cerrar la boca en su momento—. Cuando éramos jóvenes. Aunque entonces no te habrías fijado en mí. Seguro. Teniendo a Claudine...

Él se deslizó hacia mí. Me recluyó dentro de un abrazo de octópodo. El calor de su piel despertó nuevas ansias de devorarle cachito a cachito. Hacía una eternidad que un hombre no me apasionaba de esa manera. Veinte años, para ser exacta.

—Clara, estas cavilaciones no llevan a ninguna parte —me susurró al oído—. Ya es bastante complicado lo que nos está pasando. No lo embrollemos más aún... —Inspiró con fuerza y propuso—: Y ahora, ¿qué te parece si nos duchamos y bajamos a desayunar? A mí, tanto follar me da hambre.

Yo no sentía ganas de abandonar la protección de la cama para enfrentarme a la realidad, consistente en llamar a mi marido después de la ducha y contarle novedades a Ramón antes de que me diera por desaparecida o me incluyera en alguna lista negra, suponiendo que esto último no lo hubiera hecho ya. Habría preferido seguir bañándome en la esencia de Héctor bajo el edredón. Pero accedí. Él se separó y alargó un brazo hacia la mesita de noche. Cogió su reloj de pulsera. Informó a voces de que eran las ocho menos cuarto. Acto seguido propuso que compartiera la ducha con él. Me resultó tentador, pero al final opté por asearme en el baño de mi habitación. Así llamaría a Emilio, para cerciorarme de que no había descubierto mi incursión en el cuerpo de otro. Héctor perfiló un mohín de contrariedad que enseguida transmutó en sonrisa, y dijo que le vendría bien estar solo para telefonear a Claudine. ¡Qué pronto estábamos aprendiendo las reglas básicas del adulterio!

Salté de la cama y me vestí a medias. Recogí el resto de mi ropa y me lo colgué por encima del brazo izquierdo. Ya colocaría las prendas con orden dentro del armario. Abrí la puerta empleando la mano libre. Antes de salir al pasillo, la voz de Héctor me retuvo desde la cama:

—Clara, estoy pensando... lo que dijiste anoche de pedir ayuda al periodista del nombre rotundo, ¿sigue en pie?

—¡Por supuesto! Puedo hacer la llamada en cuanto bajemos a desayunar.

Él hizo una mueca. Su torso desnudo sobresalía con indolencia matinal del edredón que aún le tapaba de cintura para abajo.

—¿Sabes? No quisiera irme de aquí sin haber averiguado lo que nos ocultan Elke y Vargas. —Se encogió de hombros—. Al menos, creo que debería intentarlo.

La pérfida libido me instigaba a desembarazarme de la ropa, regresar a esa cama y olvidarme de telefonear a Emilio, a mi jefe y al periodista alemán de voz seductora que seguramente sería un callo. Pero no debía desatender así a la realidad. Sonreí a Héctor porque no se me ocurrió qué contestarle. Abandoné la habitación en silencio y cerré la puerta.

A las diez y media en punto, Benno Hoffmann en persona acudió a recibirnos al vestíbulo de la redacción donde trabajaba, sita en un edificio de oficinas erigido en medio de un polígono industrial de las afueras. Para llegar hasta ahí, Héctor y yo habíamos atravesado en taxi todo el centro de la ciudad y sus arrabales más escondidos. Ya no nevaba, pero allá donde no había alcanzado la sal esparcida por los servicios municipales, la nieve cubría de nata montada las aceras y los setos decorativos que ribeteaban algunas calles. La gente caminaba con la cabeza tocada por gorros y el cuello liado en aparatosas bufandas. Igual que en los heladores inviernos de mi infancia, tan lejana que a veces parecía la de otra persona. Por suerte, a

Héctor no le había dado por encajarse la gorra que le regaló Claudine para Reyes. Antes de salir, me enseñó el engendro de cuero que parecía inspirado en el porno de temática sadomaso, pero no accedió a probárselo delante de mí. Alegó que no deseaba permanecer en mi archivo de recuerdos con ese aspecto tan ridículo, y se apresuró a devolver la aberración a lo más hondo de la maleta.

Hoffmann confirmó con creces la teoría de Mark sobre lo decepcionantes que son en persona los hombres cuya voz suena sugerente al teléfono. Nuestro periodista de a pie era un gigante albino de cabello crespo, prominente barriga y piel sanguínea, que sin duda ya no cumpliría los cincuenta y cinco años. Tal vez, ni los sesenta. A juzgar por su expresión de sorpresa cuando me pasó revista, él también debió de haberse formado una idea bien diferente de la realidad. Sin embargo, remató el escrutinio con una expresión complacida, lo que me infundió esperanzas acerca del resultado de esa visita y la vigencia de mi sex-appeal.

Nuestro anfitrión abrió una sonrisa calcada a la del ogro Shrek y nos instó a seguirle a través de un pasillo largo y minimalista. Lamentaba no poder invitarnos a tomar una buena cerveza, comentó en alemán, pero en ese desierto sólo disponían de máquinas de refrescos y otras que destilaban un nauseabundo café. Encogió los hombros y murmuró algo acerca de lo absurdo que era emplazar la redacción de un periódico en la periferia y de los inconvenientes de trabajar en el destierro. Delirios de directivos jóvenes con la cabeza llena de pájaros, concluyó cuando alcanzamos el final del corredor, que se ensanchó en un amplio semicírculo. Allí aguardaban los citados expendedores de bebidas y otro de chucherías. El ogro hurgó dentro de un bolsillo de su pantalón de pana, sostenido por un raído cinturón de cuero justo debajo de la tripa. Extrajo un puñado de monedas. Nos miró.

—¿Café leche, café negro, azúcar, no azúcar? ¿Bebida fría mejor? —voceó—. Ah, mi español... ¡muy malo! Él ya conoce...

Señaló a Héctor con un índice que semejaba una salchicha de Frankfurt gigante. Su corpachón tembló en sucesivas carcajadas. Héctor mostró el colmillo derecho como un dóberman al obligarse a sonreír. Susurró «café negro» con voz cavernosa. No parecía caerle simpático Hoffmann. Yo pedí el mío con leche y sin azúcar.

—¿Qué puedo ayudar a colega española, ja, ja, ja?

Tomé un sorbo del bebedizo prefabricado. No sabía en qué idioma responder. Si lo hacía en alemán, Héctor se quedaría a dos velas. Y hablarle a Hoffmann en español no iba a resultar nada útil. Seguro que no asimilaría más de dos o tres palabras sueltas. Opté por el inglés. Era el idioma en el que se comunicó con Héctor por teléfono. Cabía esperar que entendiera lo básico. Inspiré y comencé a exponerle el asunto. Enfrente de mí, Héctor bebía pausadamente y observaba la escena con cierta sorna por encima del borde de su vaso. Nuestro periodista de a pie escuchó mi introducción en silencio. De pronto, movió la cabeza a izquierda y derecha y se lamentó en alemán de que su jefe hubiera desechado la sugerencia de escribir un artículo sobre ese pobre *Gastarbeiter* muerto en la más absoluta soledad. ¡Qué gran trabajo de interés humano habría podido hacer! Luego alabó a mi superior, que había demostrado poseer más olfato periodístico que el suyo. Pese a no gustarme de Ramón más que el trasero, y no todos los días, di la razón al colega. Y caí en la cuenta de que yo también había saltado al alemán. Vi a Héctor apartar el plástico de los labios y sonreír con ironía burlona. Hoffmann se dio cuenta. Plisó la bocaza en una mueca de disculpa.

—*Sorry, sorry* —exclamó—. *I forget you speak not German.*

Era evidente que el inglés del ogro tampoco daba mucho de sí. Héctor debió de pensar lo mismo. Sugirió a Hoffmann que hablara alemán si le resultaba más cómodo. Yo iría traduciendo sus palabras. Definido el idioma oficial de la estrambótica reunión, pude ir al grano. El colega escuchó sin interrumpirme, columpiando la cabellera crespa con semblante benévolo. Cuando acabé, abrió una sonrisa que le habría permitido engullirme entera sin problemas. Vociferó que su camarada española era muy afortunada esa mañana. No andaba demasiado agobiado de trabajo, cosa inusual en el oficio que compartíamos, y podía buscar en el archivo información sobre ese espantoso infanticidio. Si además encontraba en la jungla de su escritorio la hoja de periódico que se llevó de la buhardilla del anciano, me la daría con mucho gusto. Todo esfuerzo era poco para ayudar a una compañera venida de tan lejos.

Resumí sus palabras en español para Héctor que, lejos de responder algo cortés, taladró a Hoffmann con una mirada de sorprendente hostilidad, se aclaró la garganta y echó el vaso vacío a una papelera cercana.

Hoffmann no dio muestras de haber captado tanta animosidad. Prometió ponerse a investigar enseguida, no fuera a encargarle el jefe algún trabajo urgente y le impidiera cumplir su palabra. Si las pesquisas daban sus frutos, podría decirme algo concreto por la tarde. Me pidió un teléfono de contacto. Saqué del bolso una tarjeta, subrayé el número de mi móvil y se la tendí. Luego farfullé algunas palabras para agradecerle su ayuda. Él restó importancia al favor y propuso que nos reuniéramos los tres esa noche en alguna taberna de la Altstadt para saborear buena cerveza. Le agradaba sobremanera la compañía de los españoles.

—¡Españolos: sangría, tortilla! —berreó, levantando el pulgar derecho—, Yo Costa Brava en verano… excelente.

La perspectiva de perder el poco tiempo que teníamos oyendo encadenar tópicos a ese gigante, me puso los pelos de punta. Espié la reacción de Héctor. Su ceño se había afilado todavía más. Yo enrojecí de apuro. Vaya situación. De repente, Hoffmann nos observó muy atento bajo los arbustos que tenía por cejas. Una ola de malicia invadió su rostro. Ya veía que *Herr* Laborda y yo estábamos muy ocupados, afirmó, de nuevo en alemán. No problema, podíamos dejar el encuentro para cualquier otro día.

Al decir eso dejó traslucir tal soledad, que me sentí muy miserable cuando asentí y le reiteré mi gratitud. Acabé el café y me desembaracé del vasito y de los posos turbios que nadaban en él como renacuajos. Poco nos quedaba por decir. Los tres nos miramos en incómodo silencio, hasta que Hoffmann sofocó un bostezo y murmuró que convenía ponerse manos a la obra. Por el pasillo espartano nos capitaneó de regreso al vestíbulo. Allí estrujó a cada uno la mano derecha entre su diestra sudorosa, a mí me prometió llamarme después de comer y se retiró todo lo deprisa que le permitió su voluminoso cuerpo. Héctor y yo nos dirigimos hacia la puerta giratoria de la entrada. A través del cristal, vi que nevaba con gran intensidad. Revolví en el bolso hasta dar con el móvil y un papel donde llevaba apuntado el número de una compañía de taxis.

—¡Joder, con el ogro de Pulgarcito! —exclamó Héctor—. ¡Qué plomazo debe de ser!

La tensión acumulada por la embarazosa conversación me estalló en forma de carcajadas.

—Si supieras que ha propuesto vernos los tres esta noche para beber cerveza. Hemos escapado de milagro.

Héctor exhibió los dientes en una sonrisa muy diferente a las muecas que había dibujado en presencia de Hoffmann.

—Menos mal. Con lo gordo que me ha caído.

—Tampoco exageres —le amonesté—. Parece buena persona.

—Pues a mí me recuerda al tendero de mi barrio. Era un grandullón rubicundo como éste, que se las ingeniaba para toquetear a las crías cuando las mandaban las madres a por sal. Hoy en día le habría caído un buen puro por acoso sexual. Seguro. —Se rió y agregó—: Cambiando a un tema más estimulante, ¿sabes que cada minuto me enciendes más? Si no nos estuviera mirando la recepcionista loro de ahí detrás, que no pierde detalle, te morrearía aquí mismo hasta dejarte sin respiración. Y luego te haría el boca a boca para reanimarte.

Me halagó el deseo que alborotaba la mirada de Héctor. En mi estómago empezó a batir alas el pájaro de la lujuria. Le pinché:

—¿Siempre eres así de insaciable, o es el morbo de estar lejos de casa?

Él alargó una mano y me acarició el rostro. Sus ojos chisporroteaban como si fueran dos bengalas.

—Hacía siglos que no sentía estas ganas de follar, Clara. No me reconozco ni yo. Anda, date prisa en llamar un taxi. Hasta que nos dé noticias este pavo, tenemos mucho tiempo para entregarnos a los deleites carnales. Eso, suponiendo que nos llame.

—Parecía sincero —murmuré, mientras marcaba el número de la compañía de taxis—. Creo que nos ayudará. Y eso que no has sido nada agradable con él.

Héctor se excusó con un leve encogimiento de hombros, aunque no parecía arrepentirse gran cosa de su actitud hostil.

—Lo siento. Seré más amable la próxima vez.

Después de haber solicitado el taxi, tuvimos que aguardar un buen rato ante la cristalera de la entrada, hasta que acudió a recogernos un Mercedes del color de las limusinas que mamá asoció siempre a su admirado Aristóteles Onassis. Salimos a la calle, atravesamos el telón de copos algodonados y nos acomodamos en el asiento trasero. Héctor no esperó a que arrancara el conductor para rodearme los hombros con su brazo y atraerme hacia sí. Acabé soldada a su carne forrada de cuero. Recosté la cabeza contra su pecho, que se elevaba y descendía al ritmo impaciente de su respiración.

—No sabes las ganas que tengo de meterme en la cama contigo —me susurró su voz al oído.

—¿Y qué harás en la cama? ¿Dormir y callar, como el ratoncito que quería casarse con la Ratita Presumida?

—¡Yo seré el Lobo Feroz de Caperucita y te comeré de arriba abajo!

Como si pretendiera ensayar su papel, me dio un mordisquito en la oreja que yo no apoyaba contra su chaquetón. Nació un hormigueo que desembocó en un rosario de deliciosas convulsiones.

—Pero antes lameré hasta el recoveco más escondido de tu cuerpo —me susurró al oído—. ¿Y sabes lo que haré contigo cuando te tenga indefensa entre mis fauces?

—No. Adelántamelo.

—Para abrir boca te besaré en la frente. Muy suavecito. Como hacía con mis hijos cuando se ponían malos de pequeños y quería comprobar si tenían fiebre.

—Te chamuscarás los labios, porque estoy ardiendo como una tea.

—¡Puedes quemarme vivo si quieres, Clara! Y si me abrasas los labios, te acariciaré los párpados con la lengua. Y te haré cosquillitas en esas pestañas tan largas que tienes. Y luego me convertiré en un ratón para roerte los lóbulos de las orejas. Y te morderé en el cuello hasta que no quede ni un milímetro de piel por comerte.

—No deberías decirme estas cosas en un taxi —le recriminé—. Me estás poniendo como una moto y me da vergüenza dar la nota.

De soslayo, vi cómo el conductor despegaba la mano derecha del volante y ponía en marcha la radio. El tañido de una guitarra se apropió del reducido espacio. Le siguió la voz de un hombre que cantó en brasileño:

Sem você
Sem amor
É tudo sofrimento.

Héctor vertió en mi oído su risa de chaval que aún luce la inocencia intacta.

—Hoy estamos muy formales. Y este taxista no es como el de ayer. Ya ves… el pobre nos pone hasta música.

—Será para aislarse de nosotros…

—Da igual —se entusiasmó Héctor—. Lo que cuenta es el resultado. ¿No te parece romántico atravesar semejante nevisca en un taxi alemán con musiquilla brasileña de fondo? Porque el que canta es Chico Buarque, ¿no?

—Creo que sí…

Él suspiró con ese ímpetu de veinteañero que le asaltaba cuando me manoseaba dentro de un taxi. A lo mejor estaba haciendo realidad una de sus fantasías eróticas más recónditas. Héctor murmuró:

—La banda sonora ideal para decirte lo que te haré cuando me haya comido tu cuello. ¿Lo quieres saber?

Sin despegar la cabeza de su pecho, la moví un poquito hacia arriba y hacia abajo. Mi pubis ya palpitaba con alas de mariposa y una dulce humedad me empapaba entre las piernas como si se me hubiera escapado el pis.

—Bajaré un poco más —musitó Héctor con voz de diablo tentador— y me zamparé esos pezones sonrosaditos que tienes. Primero el izquierdo, luego el derecho. Tienen un gustillo muy dulce, ¿sabes? Igual que las gominolas de mora. Y de eso entiendo mucho. Cuando compraba golosinas a mis hijos de pequeños, siempre les mangaba la mitad.

—¿Y qué harás cuando me hayas comido los pezones?

—Seguiré mi camino hacia el Polo Sur y te besaré el vientre hasta que la lengua se cuele en el valle de tu ombligo. Allí la dejaré descansar un rato. No mucho, porque enseguida la llevaré a escalar el monte de Venus. Y cuando alcance tu pequeña roca del tesoro, sorberé hasta la última gota de ese juguillo que destila y me sabe a gloria bendita. Todo eso te haré si me dejas... y mucho más, porque me has rescatado de la grisura donde llevaba años vegetando.

Desafié a la debilidad que me jaspeaba la piel con carne de gallina. Levanté la cabeza unos centímetros. Me desgajé de su abrazo e intenté escudriñar sus ojos a través de la membrana lacrimosa que comenzaba a cegarme. Tuve que hacer un esfuerzo por bromear.

—¡Eres todo un poeta!

Él me colocó una mano sobre cada mejilla. Acarició mis pupilas con el roce esmeralda de su iris. Tomó aire y declaró, muy serio:

—¡Por ti sería capaz de dejarlo todo, Clara! Mis planes de futuro en la fábrica, a Claudine, incluso a mis hijos. Ellos ya no me necesitan. Una palabra tuya y pongo mi porvenir en tus manos. ¿Y sabes por qué? Porque me he enamorado como jamás creí que pudiera enamorarme a estas alturas.

Me limpié las gotas estancadas entre los flecos de los párpados. Pensé en Fran y Raúl, y en el padre de las criaturas, que esa mañana no había dado muestras de sospecha y ahora mismo estaría trabajando en su bufete, con el escritorio cubierto por varias capas de documentos, como era su desastrosa costumbre, sin saber que su mujer se cocía en su propio jugo dentro de un taxi alemán, encastrada como una perla entre los brazos de otro. La lealtad hacia el hombre con el que compartía mi vida desde los veinticinco años me obligó a balbucear con las sobras de mi voz:

—Nosotros no tenemos porvenir.

Una sombra cubrió el rostro de Héctor con alas de cuervo.

Meu amor
Meu amor
Nunca te ausentes de mim
Para que eu viva em paz
Para que eu não sofra mais...,

cantaban a coro Chico Buarque y mi corazón irresponsable. Me propuse ser más juiciosa que ese órgano alocado. Se lo debía a mis hijos. Y al pobre Emilio. Afiancé la voz cuanto pude para recalcar:

—Tú estás más soldado a Claudine de lo que crees, y no sólo por amor. Tus ambiciones, tus ingresos, tu vida entera gira alrededor de ella y su familia. Si dejaras todo eso por mí, tarde o temprano te arrepentirías. Y yo sé que si me marcho contigo perderé a mis hijos. Emilio nunca me concedería su custodia. Seguro que haría lo mismo que hiciste tú cuando te abandonó Claudine. Mis hijos son muy pequeños. Me necesitan. ¡Y yo a ellos! Y Emilio no merece que le haga daño. —Conforme desenrollaba la madeja de argumentos sentí una inmensa pena por nuestro amor, condenado a morir tan joven e inocente—. ¡Yo te quiero, Héctor! Pero para nosotros no hay futuro. Ya no somos jovenzuelos. A nuestra edad, los dos sabemos que a la larga ninguna pasión puede compensar tantas renuncias.

—No hablas en serio, ¿verdad? —respondió Héctor en un susurro—. Dime que no estás segura de tus palabras...

Sacudí la cabeza. Sentía tal desdicha por haber sido agorera, que acabé tragándome ríos de lágrimas para no echarme a llorar delante de él.

—Tienes razón —logré articular—. No estoy segura de nada. Lo único seguro es que has vuelto mi vida del revés, Héctor Laborda.

—Y tú la mía, Clara. No sabes hasta qué extremo…

28

Héctor se había dormido con la cabeza empotrada entre mis senos, como si acostarse conmigo le hubiera devuelto a su primera infancia de lactante satisfecho. Recordé que veinte años atrás, Emilio también se cobijaba en mi regazo al acabar nuestras incursiones en el territorio mágico desvirtuado ahora por la cotidianidad. Acaricié el cogote sudoroso del hombre que no era mi marido y me estaba utilizando de almohada. Eso bastó para verme flagelada por sentimientos de culpabilidad. ¿A mi edad y con dos hijos pequeños por criar, tenía derecho a enredarme hasta el cuello en el cepo del amor? Tal vez debí haber parado los pies a Héctor cuando se me declaró en el parquecillo frente a la ventana de Elke. Pero de haber obedecido a la voz de la razón, no habría saboreado el néctar de un hombre de ojos esmeralda que, a sus cuarenta y muchos años, conservaba el cabello, la esbeltez y una buena dosis de vigor. Héctor era uno de esos trenes que ya no suelen detenerse en el apeadero de la mujer madura. En mi caso, el último sin lugar a dudas. Y yo me había aupado a él sin plantearme siquiera si deseaba proseguir el viaje hasta el final, o me convenía ponerme a salvo cuanto antes en la vía muerta donde aguardaban mi marido y mis hijos, a los que no quería perder por nada del mundo. Al mismo tiempo, sabía que había llegado demasiado lejos con Héctor para alejarme de él sin sufrir daños emocionales.

Apreté su cabeza contra mis pechos. Su barba me pinchó la piel. Héctor resolló como si se estuviera ahogando, pero no despertó. Le solté para no privarle de oxígeno. Ante lo absurdo de la situación me reí sola, como los locos y los tontos del pueblo, según me regañaba mamá cuando me pillaba carcajeándome sin motivo aparente. Ahora sí que había una razón para la hilaridad. Una razón de peso. Porque, ¿quién iba a vaticinar, cuando el amigo de Emilio me enchufó en la redacción del periódico, que por reconstruir la vida de un viejo emigrante recién fallecido, acabaría poniéndole cuernos a mi marido en la ciudad que décadas atrás abandonamos los Rosell para regresar a la *terreta*?

Un nuevo brote de culpabilidad me hizo pensar en papá, fanático del recato de las mujeres y censor de las costumbres alemanas por considerarlas licenciosas en grado sumo. Al juzgar mi fechoría a través del prisma que habría aplicado él, sentí vergüenza por haberme lanzado en plena madurez a probar el fruto prohibido del adulterio. ¿Y si Clara Rosell, que siempre se tuvo por una persona íntegra y más o menos buena, sólo era un ser ruin que se apropió con malas artes del novio de su hermana y ahora cometía la bajeza de engañar a ese hombre con otro? Sí, concluí mi sesión de autofustigamiento, era una miserable de la peor calaña. Por eso nadie de la familia me perdonó jamás el daño que hice a Anita. Ni siquiera ella, pese a su magnánima e inesperada visita. Y menos aún, nuestro padre. Su extravagante lógica seguía siendo que de haberse casado mi hermana con Emilio, la desdicha no le habría llevado a enredarse con un alemán desgalichado, mucho mayor que ella, para irse con él a Alemania y parir a dos criaturas de cabeza cuadrada y casi albinas.

Papá no tendría planeado eso para sus hijas cuando nos

anunció, una calurosa tarde de agosto del setenta y cuatro, nada más subir a casa de tía Julia desde el bar donde había estado tomando chatos de vino con el tío Miguel, que se había encontrado en el portal a Lluiset, el empolloncete del quinto cuyo padre era ferroviario y un cascarrabias de armas tomar. Ahora el pitagorín trabajaba de ingeniero de caminos en la empresa que construía la autopista del Mare Nostrum y todos le llamaban don Luis, como si fuera el ministro de Obras Públicas. El otrora Lluiset se había ufanado de que el país marchaba viento en popa y ya no hacía falta buscarse los garbanzos entre los bárbaros del norte. Sin ir más lejos, en la construcción del tramo de autopista de Valencia a Alicante, un hombre deseoso de trabajar podía sacarse unas buenas pesetillas, con pagas extras incluidas. Desde sus años mozos, Lluiset tenía la irritante costumbre de ensalzar las bondades del franquismo en cuanto abría la boca, aunque sólo fuera para respirar. Papá, que a sus cuarenta y tres veranos andaba roído de nostalgia por la madre patria, debió de abrir unos ojos como platillos volantes. Y rogó a don Luis que contara con él si salía algo para un cabeza de familia cumplidor, que conducía como Fangio y tenía el carnet de primera. Don Luis prometió tenerle en cuenta y le obsequió con un distinguido apretón de manos. Todo esto nos lo refirió papá en el comedor de tía Julia, mientras cenábamos huevos fritos con longanizas y morcillas de cebolla. La ilusión de regresar a Valencia le había quitado hasta las ganas de mojar pan en la yema, su máxima debilidad gastronómica después de la compota de manzana con azúcar y canela. Vibró de entusiasmo durante el resto de las vacaciones, pero tres semanas después regresamos a Alemania en el Ford seminuevo cargado hasta la baca, sin que don Luis hubiera dado señales de vida.

Una tarde de mediados de septiembre, cuando nadie se atrevía ya a mencionar al empollón traidor en presencia de papá, sonó el teléfono en casa. Descolgó mamá. A dos metros de distancia supe que era la tía Julia por lo mucho que gritaba. Mamá se santiguó varias veces. Las llamadas internacionales eran caras y la gente de a pie sólo recurría a ellas para comunicar desgracias familiares. Pronto una sonrisa de alivio hendió la cara de mi madre. Le oí decir que Enrique telefonearía en cuanto volviera del trabajo. Y colgó enseguida para no hacer gastar más pesetas a su cuñada. Le pregunté qué quería la tía, pero ella no soltó prenda. Cuando mi madre se proponía guardar un secreto, se volvía hermética como esos envases al vacío que empezaban a invadir las estanterías de los supermercados. Fue papá quien desveló el misterio durante la cena. Por fin habían llegado noticias de don Luis a través de la tía Julia, informó. El caballero, porque lo era, le había ofrecido un trabajo en la autopista. Y él lo había aceptado, sí señor. Teníamos ante nuestros ojos al futuro chófer personal de don Jacinto, el jefe de don Luis y de toda la delegación de Valencia. Un pez gordo donde los hubiera. Y es que era hora de volver a casa, recalcó alborozado. Estaba harto de ser un extranjero entre cabezas cuadradas y de vivir sin ver el sol como si fuera un murceguillo de la huerta. Y le habían prometido un buen sueldo. Además, si volvíamos a Valencia, mamá podría dejar la dichosa fábrica de las pomadas y quedarse en casa para cuidar de su familia. Papá calló. Se encajó en la boca un trozo de bratwurst, que masticó con fruición.

A mi madre se le había nublado el semblante. Llevaba un año trabajando en la cadena de una empresa de productos cosméticos y había trabado amistad con dos alemanas a las que papá tildaba sin piedad de descocadas. Pese a la dureza del destajo, mamá sonreía más a menudo que cuando limpiaba casas ajenas por horas. Creo que empezaba a sentirse libre, aunque no lo suficiente para contradecir a papá en cuestiones importantes. Aquella noche, su reacción fue dejar de cenar. Descubrí que a Anita le temblaban las comisuras de los labios como pajarillos en trance de pasar a mejor vida.

Éste era el momento ideal para volver, insistió papá, y tomó un generoso trago de cerveza. Porque Clarita se hacía mayor y el día menos pensado se pondría a festejar con un alemán. Dentro de unos años, Anita imitaría a su hermana y si las dos se casaban con cuadraos, ¿cómo iban a volver ellos a Valencia, dejándose a las *xiquetas* donde Jesucristo perdió hasta las abarcas? Anita no captó la lógica del argumento. Estalló en sollozos y gritó:

—*Ich möcht' nicht in Spanien leben! Ich kann Valencia nicht aussteh'n!**

Saltó del banco rinconero como una gata rabiosa y corrió a encerrarse en nuestra habitación.

—Ay, Dios mío... esta niña... siempre tan rebelde...

Mamá se arrancó dos lágrimas de las mejillas con el dorso de la mano y fue a la nevera para traer el cuenco de la compota. Papá meneó la cabeza. Murmuró:

—*Redéu!* A las mujeres no hay quien os entienda.

Yo me acordé de mis primas, que al nacer agosto ya parecían carbonillas de tanto ir a la playa, mientras yo resplandecía más blanca que Moby Dick, la malvada ballena a la que perseguía el capitán Ajab en la última novela que encargamos al Círculo de Lectores. Decidí que cuando viviéramos en Valencia, subiría al *trenet* todas las tardes de sol para ir a tostarme sobre la ardiente arena de la Malvarrosa. Y Marlene, la listilla de mi clase, no podría echarme en cara que en España había una dictadura feroz donde nadie osaba abrir la boca y la policía mataba a la gente clavándole un punzón de hierro en la nuca. En los últimos meses habían hablado mucho de España los noticieros de la tele. Sobre todo en la primavera, cuando

* ¡No quiero vivir en España! ¡No me gusta Valencia!

millares de personas se manifestaron en toda Europa contra el gobierno de Franco por haber ejecutado a un polaco y a un estudiante anarquista. Ante las imágenes de las manifestaciones, papá dijo que los europeos nos tenían manía y que algo habrían hecho esos tipejos para acabar en el garrote vil. Mamá se compadeció de las madres de esos pobres chicos. Su marido saltó con que eso eran pamplinas, porque la gentuza de esa calaña estaba mejor muerta que deshonrando a España. Y no se volvió a hablar del tema en casa.

El 15 de octubre por la mañana, los Rosell salimos por última vez del pequeño piso alquilado a la *Deutsche Bundespost*. La semana anterior nos habíamos despedido en familia de Manolo y Pepita, que todavía vestían de luto cerrado por la muerte de su hijo mediano. Inés, el único retoño que aún vivía con ellos, había salido a dar una vuelta con las amigas, comentó su madre. Supuse que andaría en compañía de los marcadores de paquete con los que ella y Nieves destrozaron pasodobles en La Castañuela, la tarde en que bailé con Willy. Me costaba creer que el pobre ya no existiera. Y que no pudiera calificarme nunca más de linda con su acento copiado al ratón Speedy González. Ni rozarme los labios con su boca. Precisamente cuando se había vuelto guapo de cara.

Papá consideró de buenas maneras visitar también a los padres de Oscarín, de los que él y mamá se habían distanciado con los años sin que llegara a trascender la causa, si es que hubo alguna. Su microscópica vivienda en el barrio de Holthausen, cerca de la Henkel, donde el padre trabajaba en la cadena de producción, nos recibió con el ambiente mal ventilado y cargado de alta tensión. Tras un incómodo conato de charla, la señora Pura se fue de la lengua. Segregando lagrimones como pelotas de ping-pong, confesó que Óscar había sido expulsado del instituto nada más empezar el curso. ¿Quién nos va a enderezar a este chico ahora, Dios mío?, lloriqueó. Su marido la fulminó con mirada de verdugo. Ella selló la boca y nos quedamos sin conocer más detalles sobre la fechoría. A la media hora apareció el facineroso, con la rayada chupa de cuero apestando a garito porrero del Barrio Viejo. Nos sonrió con ojos de niebla bajo sus cejas siamesas y desapareció rumbo a su cuarto. La atmósfera se fraguó como el cemento. Enseguida, papá saltó del sillón y alegó que debíamos irnos porque nos quedaba mucho por embalar.

El último domingo antes de partir, mis padres invitaron a comer a Trini, Ezequiel y Rosa Mari. Mamá solía jactarse de que, pese a la tremenda dificultad de guisar paellas en una cocina de gas y sin garrofón, el arroz le salía mejor que en La Pepica esa de la Malvarrosa. Aquel mediodía se colmó de albricias hasta que Trini exclamó, con la boca llena de arroz, pollo y desconsuelo, que todos volvían a casa menos ellos. Rompió a llorar y se sonó con la servilleta de la mantelería que antaño bordó mamá para su ajuar. Ésta perdonó a su amiga el ultraje textil y le dispensó un sincero abrazo de consuelo. Los hombres ahogaron la perplejidad en la sangría mezclada por Ezequiel para la ocasión. Anita siguió comiendo impávida y Rosa Mari aprovechó la confusión para susurrarme al oído que España era más primitiva que el África de Tarzán y ella prefería mil veces quedarse a vivir en Düsseldorf. Mi mejor enemiga de infancia fue consecuente con sus palabras. Cuando años después le salió a Ezequiel un trabajo en Madrid, Rosa Mari estudiaba enfermería, se había echado un novio germano y se negó a acompañar a sus padres, que volvieron a España solos. La hija rebelde se casó con el alemán y cumplió el destino del que papá quiso apartar a sus hijas como fuera, aunque sólo lo logró con una. Ahora, Rosa Mari y Anita son buenas amigas y hasta organizan encuentros familiares en Düsseldorf y Berlín.

El día del regreso vimos partir el camión de la mudanza desde la acera. Amontonaba en el buche nuestros muebles más preciados, la tele en color y el tocadiscos hi-fi, ambos recién adquiridos con miras a la repatriación. A las diez y cuarto dejamos atrás la ciudad que nos había cobijado durante doce años. La mañana andaba flaca de luz. Los días llevaban semanas adelgazando a un ritmo vertiginoso. Llovía como si todos los angelitos del cielo se hubieran aupado a una nube para ponerse a hacer pis a la vez. Mamá se santiguó. Solía hacer la señal de la cruz al inicio de cada viaje, aunque fuera un trayecto de cinco minutos para ir al supermercado o al aeropuerto, adonde acudíamos muchos domingos para ver despegar desde la terraza los aviones que, según mi padre, siempre volaban a Madrid o a Barcelona. De repente, mamá onduló las manos como si fuera una bailaora y arrancó la tonadilla que vimos cantar a Lola Flores en un programa de la televisión española: «... lo que quieres es que te coma el tigre, que te coma el tigre...».

Mi madre se había ido ilusionando poco a poco con la idea de volver a Valencia. Planeaba reformar el piso vacío de arriba abajo. Tiraría el tabique de uno de los dos dormitorios pequeños para convertir el comedor en salón comedor, un proyecto que me disgustaba porque me obligaría a seguir compartiendo habitación con Anita. También quería alicatar el baño y la cocina hasta el techo, y arrancar la media bañera de pobres donde apenas cabían los pies de un hombre, para poner una como la de la Elizabeth Taylor en esa película sobre Cleopatra, además de un bidé de categoría. La casa de los Rosell iba a ser un palacio. La envidia del barrio, porque para eso habían trabajado tantos años en el extranjero como mulos de carga. Su hombre recalcaba entonces que sesenta y cinco metros cuadrados no hacían un palacio, ni siquiera una piso residencial como los que daban a la Hípica y al parque de los Viveros, aunque en lo demás estaba de acuerdo. El día de la partida le hizo hasta los coros en el coche con su mejor voz de oso Yogui garbeando por Yellowstone. Al oírles cantar con tal alegría, Anita inauguró el recital de sollozos que nos amargó el viaje. Le tendí el primer pañuelo de papel. Ella se sonó rabiosa, abrió la ventanilla y arrojó la celulosa marchita a la autopista. Cuando llegamos a la aduana francesa, ya se nos habían volatilizado de esa manera dos paquetes enteros. Papá abandonó el coche y atravesó la espesa lluvia para cambiar en una garita los últimos marcos por francos. De vuelta con su botín y empapado hasta las cejas, sentenció que ya no éramos alemanes de pega, sino españoles de *la millor terreta del món*. Anita se echó a llorar tras una hora de calma por extenuación. Le alargué otro pañuelo y quise abrazarla. Mi hermanita me apartó de un empujón.

Esa noche dormimos dentro del coche en un aparcamiento de Besançon, bajo el halo amarillento de una farola cuellilarga, mientras la lluvia golpeaba la carrocería con sus dedos de agua. A las siete de la mañana, papá nos despertó dando voces de sargento. Ya no llovía, pero una humedad gris nos ablandaba los huesos anquilosados. Papá se frotó los ojos y proclamó que íbamos a desayunar por todo lo alto en un bar. Por una vez consentiría que los gabachos le sacaran los francos. Pero una y no más, santo Tomás, porque no pensaba volver a salir de la *terreta* en toda su vida. Rió a carcajadas. Se acarició la barriga como un Buda feliz. Un cuarto de hora después, entramos en la primera cafetería que habíamos visto abierta desde el Ford. Ribeteaba la barra una cenefa de hombres somnolientos que rumiaban cruasanes con la boca blanda de madrugar. Nuestro páter familias nos guió hacia una mesa en la terraza acristalada que daba a la calle. Mi hermana protestó cuando me adelanté y le quité la silla junto a la ventana. Se desahogó pellizcándome un brazo. Mamá abortó el motín, amenazando con dejar sin desayuno a la que se portara como una verdulera. Su benjamina torció la boca y se dejó caer al lado de papá. De repente, mamá me acarició la coronilla. Dijo que Clarita era una mujer y podía tomar *café y olé*. Acepté presurosa la oferta que me distinguía de Anita. Al principio el brebaje me amargó la lengua, pero le eché dos terrones de azúcar y mojé dentro un *curasao* crujiente. Anita sorbió medio vaso de leche mirándome al bies.

Antes de marcharnos de Besançon, papá accedió a parar ante el gigantesco reloj floral que embelesaba a mamá, proclive a admirar cualquier objeto que se ajustara a su particular concepto de glamour. Obsesionado por inmortalizar cada segundo de aquel viaje histórico, nuestro padre abordó a un anciano que paseaba a un caniche deshilachado de hosca mirada. *Mésie, silvuplé,* una foto?, le rogó. El otro se detuvo, profirió *Mais oui* desde lo hondo de la laringe, disparó la Kodak Instamatic a una distancia de metro y medio y devolvió la cámara a papá. Después se alejó tirando del desabrido can.

Arribamos al paso fronterizo de La Junquera cuando ya se condensaba el crepúsculo. Papá abrió la ventanilla. Se nos coló en el coche una ráfaga de aire tibio y seco. Detrás asomó la única ceja de un señor uniformado. Papá le entregó la documentación. El policía no alisó el entrecejo al saber que regresábamos de la emigración. Tampoco sonrió. Basculó la mano derecha y gruñó: Circulen. Papá se enfurruñó, hasta que aparcó delante del bar contiguo. Al pisar suelo patrio resucitó su alegría. Pidió a mamá la cámara. Abordó a un camionero con traza de compatriota, que arriaba sus huesos soñolientos de un tres ejes, y le concedió el honor de retratarnos ante el Ford moteado de insectos muertos. Otro documento histórico fue apresado en la Instamatic. Papá quedó tan satisfecho, que nos arrastró dentro del bar para merendar. Así haríamos callar al perrillo de las tripas hasta llegar a La República, el hotel de carretera próximo a Gerona donde últimamente pernoctábamos al inicio y al final de las vacaciones. Apoyado contra la barra de railite anunció, con tono de director de circo entusiasta, que en La República nos invitaría a sangría. Y Anita y yo podríamos comer todos los helados que quisiéramos. Pero cuidadín con ponerse malas, porque al día siguiente tocaba madrugar.

—*Sangría, ekelhaft!** —esputó Anita, que no había probado bocado desde el desayuno de Besançon.

—¡Tú no tienes edad para tomar sangría! —saltó mamá—. ¡Y te tengo dicho que en casa hablamos español!

Papá se apresuró a terciar:

—Deja a la niña, mujer. Dentro de poco hablará español por los codos, que te lo digo yo... A ver, atentas: ¿quién de vosotras sabe cuántos metros de profundidad tiene el lago de Bañolas?

Yo no tenía ni idea y guardé silencio. Anita se echó a llorar.

—Sesenta y dos, ¡borricas! —nos regañó papá—. No lo olvidéis, que eso es cultura...

A mí me hizo poca mella la profundidad de ese lago. Preferí centrarme en explotar la dadivosidad de papá. Pedí un bocadillo de morcilla de cebolla y Coca-Cola, una bebida que mamá nunca nos compraba en Alemania porque había que ahorrar. Entre bocado y bocado dejé vagar la vista por el bar. Ya no éramos *Gastarbeiter*, me arengué para mis adentros. Nunca más regresaríamos a la austeridad de la vida alemana con el rabo entre piernas tras la quimera de agosto. ¿Sería el otoño en Valencia tan melancólico como el de Düsseldorf? ¿Cómo se presentaría la primavera? ¿Revivirían los jardines valencianos bañados en oro por los narcisos, se esponjarían las lilas como palomitas de maíz y brotarían de la tierra húmeda regimientos enteros de tulipanes?

A mi derecha, dos chavales de pelo largo llevaban un rato cuchicheando y comiendo trozos de patata forrados con ma-

* ¡Sangría, qué asco!

yonesa y salsa de tomate. El verano anterior, papá nos invitó en el bar de abajo a merendar esos terrones picantes que corroían la lengua. Fulgencio, el dueño, llamaba al invento patatas bravas. ¿Cómo podían hablar mis vecinos con esa dinamita en la boca? Sentí curiosidad por saber qué decían. Hice oreja, sin dejar de masticar. Tenía hambre.

—Te digo que Franco no dura mucho —murmuró el chico que estaba a mi lado—. Este verano se ha salvado por los pelos, pero a la próxima flebitis cae.

—No sé… es más duro que la grama —objetó el otro.

—¡Caerá! ¡Y el régimen también! Lo de Puig Antich ha sido una machada porque saben que están acabados. Y más solos que la una. Desde lo de los claveles, ya no les apoya ni Portugal.

Me giré para verles la cara. El más cercano era guapo. El otro semejaba un *ratolí* de iglesia, como calificaba mamá a los muy escuálidos. Los dos lucían tupidas barbas de color azabache. Vigilé a mi padre por encima del bocadillo. Él andaba enfrascado explicando a su costilla que el baño era pequeño para alojar bidé y bañera a la vez. ¡Qué alivio! Si hubiera reparado en los barbudos, les habría llamado en sus narices bolcheviques, o algo peor. Y a mí me gustaban. Bueno, sólo el bello. Se parecía al joven canadiense que suplió a nuestra profesora de inglés cuando ésta se accidentó, y nos envenenó a todas sus alumnas de amor taquicárdico. Ojalá pudiera quedarme con los de las melenas, en lugar de tener que aguantar los lloros de Anita y las monsergas de mis padres.

El *ratolí* se percató de mi espionaje. Hizo una seña a su amigo. El otro sonrió un poquito en diagonal. Me sonrojé como un queso de Gouda. Desvié la mirada. Ya no me apetecía hincharme de morcillas. Los de las barbas no aludieron más al vejete medio muerto que no remataba la faena de morirse. Al poco rato pagaron las patatas y se alejaron. Papá les vio pasar por delante de él, meneó la cabeza y murmuró que hasta España estaba llena de peludos protestones que ya ni usaban maquinilla de afeitar.

Al mediodía siguiente entramos en la ciudad del Turia y sus ocho acequias, con los nervios destrozados por la incesante llorina de Anita y seis paquetes de pañuelos menos. Desde el cielo nos saludó el sol amansado por el otoño. El aire resplandecía en ocre y naranja. Papá aparcó ante nuestro portal. Bajó del coche muy despacio. Se masajeó la espalda y alisó con las manos el pantalón a la altura del trasero. Mamá saltó del asiento con más brío. Oí cómo papá le sugería que llevara a Anita donde tía Julia para que bebiera mucha agua fresca, no fueran a secársele los sesos de tanto lloriqueo. A mí me nombró su ayudante para subir las maletas. Una gran injusticia. Era la niña de sus ojos quien debía trabajar de bracera para purgar su amotinamiento, no yo. Pero me cuidé mucho de protestar. No estaba el horno para bollos.

Cuando entramos en casa de tía Julia, tras haber bajado el equipaje de la baca y haberlo subido en el ruidoso ascensor hasta nuestro piso, Anita se sentaba ante la mesa del comedor. Mojaba magdalenas gigantes en un tazón de Cola Cao. La muy bellaca sonreía como una princesita de cuento. A su alrededor se desplegaba el comité de bienvenida: el tío Miguel, tan pelón como siempre; la tía Julia, con la oronda carrocería cubierta por una anchurosa bata de flores; el tío Nicolás en compañía de la tía Cloti, y mis primas, bronceadas como si las hubieran untado con betún marrón. El tío Nicolás había traído hasta a la abuela Felisa, que vivía con ellos desde que el abuelo minero falleció de enfisema pulmonar. Seguro que la había transportado en brazos, porque la matriarca de los Rosell apenas podía caminar. Hundida en uno de los balancines de tía Julia, quedaba de su persona una pasita de Corinto, casi ciega por culpa de la diabetes, y en vías de perder también su extraordinario oído. La abuela era la única que nunca hacía caso a Anita. Como si su cerebro no hubiera llegado a registrar el nacimiento de la nieta gestada en tierras remotas porque papá se olvidó de la marcha atrás. Aun privada de vista como estaba, debió de sentir mi presencia a través de algún sistema de radar, porque graznó desde su rincón:

—Acércate, Clarita...

Papá me ordenó por señas que obedeciera. Atravesé el comedor y di a mi abuela un beso en la frente. Olía a lavanda mezclada con su avanzada senectud.

—A ver qué te han hecho esos demonios —dijo.

Me incliné para que pudiera aproximar su oreja a mi pecho. El lóbulo le había dado de sí por el peso del pendiente de oro adornado con una piedra negra. El ladrillo dorado se balanceó cuando la abuela meneó la cabeza. Luego izó una mano de esqueleto y enjugó entre temblores las lágrimas que le regaban los surcos de las mejillas. Abrió la boca hueca de dientes para evocar a su difunto marido, que fue a buscar el pan de sus hijos al extranjero, donde los diablos de pelo rojo le cambiaron los pulmones por carbón. Fui rescatada por el tío Miguel.

—Hala, abuela, no me canse a la chica, que ha hecho un viaje muy largo.

Me alejó de las peripecias del abuelo Nicolás en Alès.

—¿Estás contenta de estar en España, Clarita?

Aún no lo sabía con certeza, pero respondí que sí. El semblante de mi tío se nubló de profundo misterio. Advirtió en voz baja que a partir de entonces, me convenía tener mucho cuidado con lo que dijera. Y jamás debía meterme en política, porque en España no había tanta manga ancha como en Alemania y me buscaría problemas. Y a mis padres. Y a toda la familia. Y es que en España la política siempre había traído grandes desgracias. El tío enmudeció. Me condujo hasta la mesa oviforme, coronada por el frutero de cristal de tres pisos donde tía Julia exhibía sus frutas de cera. Fui besuqueada y estrujada por el resto de la familia, como si llevaran mil años sin verme, cuando sólo hacía mes y medio que nos habíamos ido a Alemania al acabarse las vacaciones. Anita había desaparecido. Mamá comentó sonriente, que la *pobreta* estaba agotada de tanto berrinche y le habían dejado acostarse en la cama de los tíos. Me inflamé de odio hacia mi hermana, a la que permitían impertinencias por las que yo habría cosechado bofetadas como monas de Pascua.

Una semana después, Anita y yo hicimos nuestro debut en un instituto español. Yo gocé de una efímera popularidad entre la élite de mi clase cuando se corrió la voz de que había vivido en Alemania. Al descubrirse que sólo era una inocentona de ideas anacrónicas y no traía bajo el brazo ninguna revelación política de la Europa democrática, me arrojaron al purgatorio donde se asan desde el origen del mundo los empollones, los feos y los alienados. Un día supe que el regreso a Valencia nunca haría de mí una extrovertida chica española de las que enseguida hablaban por los codos, porque en los cimientos de mi persona era más alemana de lo que jamás habría creído. Aunque mucho menos que mi hermana Anita y el viejo Konrad Adenauer.

29

A las tres y media sonó mi móvil. Sufrí el sobresalto de rigor, que me empujó a separarme de Héctor en una centésima de segundo. Al quedarse sin su almohada humana, él dio un brinco, abrió los ojos y murmuró: Tranquila, mujer. Aportó desde su breve sueño una sonrisa de lactante bribón, a la que sólo sobraban los dientes y la barba, se levantó con indolencia y transportó sus huesos hasta el baño. Antes de descolgar consulté la pantallita. Mostraba un número desconocido que parecía de teléfono móvil. Pulsé el botón.

—¿Sí...?

—*Frau* Rosell?

¡El ogro Shrek! Desde que Héctor y yo abandonamos la redacción de su periódico y nos sentamos en el taxi para intercambiar susurros picantes, había olvidado por completo a Benno Hoffmann y su cabellera crespa. Una actitud desastrosa por mi parte. ¿Cómo iba a sacar algo en claro de este viaje si mi horizonte se reducía a explorar la carne de Héctor? Al otro lado del teléfono, el colega no se perdió en rodeos de cortesía. Su voz hirvió de entusiasmo como un géiser, cuando reveló que había consultado varias fuentes a su alcance y tenía información muy sabrosa sobre el anciano *Gastarbeiter* y el asesinato del hijo. Propuso quedar esa misma tarde para entregarnos sus pesquisas. Daba la casualidad de que en ese momento se hallaba en el centro de Düsseldorf. Acababa de entrevistar a un tiburón local de las finanzas y estaba recargando las pilas en una cervecería próxima a la plaza del Ayuntamiento. Solía permitirse esas licencias cuando el trabajo le llevaba cerca del hermoso casco antiguo de la ciudad por donde, sin duda, ya habría dado algún paseo con mi buen amigo *Herr* Laborda. Eso último lo dijo con un timbre de voz muy mordaz.

Miré a Héctor. Había regresado del cuarto de baño y se acababa de sentar con sigilo en un extremo de la cama. Desde allí me observaba atento. Su sonrisa de media luna me impulsó a acercarme a él y darle un pellizco juguetón en un muslo. Él sonrió. Respondió haciéndome cosquillas en el costado más próximo. Siempre he sido muy cosquillosa y tuve que reprimir las carcajadas. Tapé el teléfono con la mano. Susurré:

—Es Hoffmann.

Héctor recibió la buena nueva trocando la risita en un rictus sarcástico. Despejé el agujerillo del móvil y repliqué al ogro que nos alojábamos cerca de la plaza del Ayuntamiento, aunque no podíamos acudir a la cervecería antes de treinta minutos. Hoffmann se conformó murmurando *Na, gut*,* aunque rogó que fuéramos puntuales. Llevaba mucho rato lejos de la redacción y no le convenía enfadar al tiquismiquis de su superior, ya de por sí poco predispuesto a su favor. Me dio las señas del local y colgó sin más.

—Hoffmann nos espera dentro de media hora en una cervecería. Está muy cerca de aquí —informé a Héctor. Me dio por reír. El escenario del encuentro le venía como anillo al dedo a ese hombretón lastrado por el peso de la barriga cervecera—. Ha venido al centro a hacer una entrevista y, citando sus propias palabras, se ha metido en una taberna para recargar las pilas.

* Bueno, vale.

Héctor soltó un bufido de menosprecio.

—Se estará poniendo ciego de cerveza. El color de cara que tiene ese tío no es de tomar agua mineral.

—Pobre hombre. Encima de que nos ayuda. Dice que ha consultado varias fuentes y ha encontrado información muy interesante sobre lo del crío.

—A saber qué entiende ése por interesante. —Héctor se puso en pie—. Bueno, tenemos el tiempo justo para darnos una ducha y adecentarnos. Si nos presentamos con esta pinta, le dará un infarto por exceso de imaginación, porque tiene una cara de calenturiento...

Nos duchamos juntos, aunque no hubo tiempo para recrearnos en frivolidades de naturaleza erótica. Tuvimos que secarnos a toda velocidad y nos vestimos aún más deprisa. Yo me pinté un poco los labios y me peiné, pero la prisa impidió añadir más retoques. Concluido el adecentamiento, quedaban sólo cinco minutos para llegar puntuales a la cita. Cogimos los abrigos, que aguardaban sobre el respaldo de uno de los sillones. Caminamos hacia la puerta. En eso, sonó la estridente «Cabalgata de las valquirias». El móvil de Héctor. Casi sufrí un síncope del susto. Él también se estremeció. Sacó al intruso del bolsillo y echó un cauto vistazo a la pantalla.

—Es de la fábrica —murmuró, sin levantar la vista. Parecía contrariado y aliviado a la vez. Pulsó el botón de descolgar. El fastidio se extendió sobre su cara conforme fue avanzando el diálogo—. Vale. Te llamo dentro de cinco minutos. Ahora estoy ocupado.

Cortó con brusquedad. Fue hacia el pequeño escritorio delante de la ventana. Dejó el teléfono encima del tablero y me miró pesaroso.

—¡Problemas en Producción! Ya llevaban demasiados días dejándome tranquilo.

—No te preocupes. Puedo ir sola a hablar con Hoffmann.

—Le vi tan chasqueado que bromeé—: Prometo traerte un informe completo de la reunión.

Él apartó la silla de la mesa. Se sentó y meneó la cabeza.

—No creas que me hace gracia dejarte a solas con el pesado ese, pero esto es muy urgente. Si quieres, te puedo llamar al móvil dentro de una media hora o así. Eso te daría una excusa para despegarte de él si se pone muy plomo.

—No hará falta. El pobre tiene ganas de hablar, pero no atosiga.

—Como quieras. ¿Te parece que te espere en la cafetería?

Asentí con la cabeza. Abrí la puerta y salí deprisa al pasillo. Héctor se quedó sentado, tecleando un número en su móvil. Antes de cerrar me dio tiempo de ver el frunce de contrariedad que se había vuelto a pinzar entre sus cejas.

La cervecería donde aguardaba Hoffmann estaba a dos manzanas del hotel. Hice el recorrido dando zancadas de soldado, como me echaba en cara papá cuando mis andares le parecían poco femeninos, es decir, durante toda la adolescencia y parte de la veintena. Pese al trote apresurado, llegué con cinco minutos de retraso. Mal comienzo. Pocos alemanes perdonan la impuntualidad. Contra todo pronóstico, a Hoffmann no pareció importarle la tardanza. Le hallé incrustado con viso de marmota en una madriguera forrada de madera oscura, medio oculta detrás de un extremo de la barra. Remojaba la mirada como si fuera una magdalena en una jarra de cerveza gigante, a esas alturas casi vacía. Al percibir mi presencia rescató del líquido la vista náufraga y me miró con el iris acuoso de alcohol. La sonrisa de ogro Shrek se le escurrió hacia un lado cuando se levantó, me tendió la mano y volvió a encajarse en el rincón. No preguntó por *Herr* Laborda, un detalle que no supe si interpretar como buen o mal presagio. De momento, decidí sentarme enfrente de él. Dados sus ojos vidriosos, parecía lo más prudente. El posavasos de cartón bajo la jarra de

Hoffmann lucía una nutrida ristra de palotes trazados a bolígrafo. Por lo visto, los camareros germanos mantenían el hábito delator de apuntar así las cervezas consumidas por los clientes.

Mi colega abrió la bocaza y me asaltó con una diatriba entusiasta, más bien incongruente, a favor de la cerveza Alt, la variedad que se destila en Düsseldorf, un néctar dotado de sólido cuerpo y agradable acíbar, muy apreciado por el buen entendedor. Y a propósito, añadió sin transición, podía llamarle Benno. Vació la jarra de un trago. Hizo una seña al camarero, un hombrecito de facciones orientales que secaba vasos detrás de la barra agitando un paño blanco. El otro acudió enseguida. Nos miró expectante desde sus ojos rasgados. Yo me animé a pedir una Alt. Ante todo debía sintonizar con mi informante. ¿No era eso lo que hacían los eficientes periodistas en *Lou Grant,* la serie de televisión tan famosa de los años setenta? Hoffmann señaló su recipiente vacío. Levantó el grueso índice de la mano derecha. Masculló algo ininteligible y se reclinó contra la madera que revestía la pared. El asiático se retiró tan silencioso como se había presentado.

Ya disculparía su divagación cervecera, farfulló Hoffmann desde la sima de la garganta. Es que ese día hacía dos años que su mujer puso pies en polvorosa, quince días después le asignaron un jefe de veintiocho años, y al mes pasó a mejor vida el caniche que no quiso llevarse la traidora, un animal repipi al que él profesaba cierto cariño. Superada esa cadena de reveses, ahora su único aliciente en la vida era saborear el noble derivado de la cebada. Bueno, matizó pesaroso, debía confesar que la soledad le había legado otro vicio: el de comer cacahuetes y galletitas saladas ante el televisor. De ahí sus desavenencias con la báscula que olvidó su ex en el cuarto de baño.

Apareció el camarero y no me vi obligada a responder a tanta incongruencia. Benno Hoffmann se incorporó a cámara lenta. Agarró por el asa la jarra nueva y se vertió gaznate abajo la mitad del contenido. Gruñó ufano como un cerdito. Recostó el lomo contra el respaldo. De esa guisa reposó varios segundos. Por fin movió una mano y levantó la gastada cartera de cuero que había guardado a su lado. La colocó sobre el regazo para abrirla con dedos escurridizos. De allí sacó un fajo de folios de papel reciclado, que su mano temblona me tendió por encima de la mesa. Emitiendo un nuevo gruñido, apartó el carterón al lugar de donde lo había cogido.

Eché una ojeada rápida a los documentos. Eran fotocopias a tamaño reducido de hojas de periódico. Conté cinco en total. La última llevaba cogida con un clip una piltrafa amarilla y grasienta, que adiviné inmensa pese a haber sido plegada hasta reducirla a tamaño DIN A 4. Sin duda, el original de la página de sucesos que el padre de Héctor guardó en su Biblia. Hoffmann no me dio tiempo a desplegarla, ni a leer los titulares de las copias. Chasqueó la lengua y afirmó, inundado de súbita euforia, que había husmeado en el archivo de la redacción, aparte de consultar a un colega del otro diario que cubrió el suceso en el setenta y cuatro. Tan sabroso fue su hallazgo, que se tomó la libertad de llamar inmediatamente al inspector que antaño se encargó del caso y cuyo nombre figuraba en una de las crónicas. Era un viejo amigo suyo. Sobre todo viejo, puntualizó con sarcasmo etílico, porque le faltaban dos meses para jubilarse.

El arrebato de Hoffmann me contagió de optimismo. Presentía que ese hombre estaba a punto de revelarme algo importante. Levanté la jarra y bebí casi sin respirar. La espuma amarga me trocó la lengua en adoquín, pero me daba una excusa para no hablar. No se me ocurría nada que decirle al borrachín de enfrente.

Por desgracia, prosiguió Hoffmann, tras haber tomado aire y cerveza, el policía no se hallaba en comisaría. Tuvo que dejarle recado de que le devolviera la llamada. Pero no había motivo de preocupación, exclamó levantando la manaza derecha. Lo tenía todo bajo control. Conocía bien a su amigo Schubert. Era un hombre cumplidor. Seguro que le llamaría pronto. Él, por su parte, me telefonearía al móvil en cuanto el otro le aclarara las dudas que le habían surgido al leer las crónicas.

Vaya con el dichoso inspector. Podría haberse escaqueado cualquier otro día. Bebí más cerveza. Ahora para sofocar la decepción. La falta de costumbre con el alcohol me aupó a una nube de guata. Empezaron a zumbarme los oídos.

Hoffmann giró la voluminosa muñeca izquierda. Entornó los ojillos y consultó el reloj. ¡Hora de volver al trabajo!, voceó. Pese al acolchamiento alcohólico del aparato auditivo, me sobresalté. Era la primera vez que ese hombre levantaba la voz desde que me había sentado con él. Hoffmann añadió que aún debía dar forma a la entrevista con el ejecutivo agresivo y resolver algunos asuntillos pendientes. Pero llamaría en cuanto el policía diera señales de vida. ¡Prometido! Recomendó que mientras tanto fuera leyendo los artículos fotocopiados. Eran breves, pero material de primera para quien supiera interpretarlos. Y se percibía a la legua que yo era buena periodista.

Ese Hoffmann debía de llevar la vista muy turbia ya, pensé desde mi propia e innecesaria pítima.

Él despegó el orondo trasero del banco de madera, se embutió con flema en una trenca desaliñada y asió la cartera con la mano izquierda. La derecha me la tendió con ademán amistoso. Me puse en pie. Le estreché el conjunto de salchichas que tenía por dedos. Apenas tuve tiempo de columpiar la lengua de trapo para darle las gracias. El ogro retiró su manaza, dijo que me invitaba a la cerveza y profirió un cavernoso *Tschüs*. Anduvo dando tumbos hacia la barra. Bajo los párpados gravados de alcohol, le vi pagar y alejarse con paso inseguro.

Me dejé caer sobre el banco. Apoyé la cabeza contra el respaldo de madera y cerré los ojos. La taberna se había convertido de pronto en un tiovivo que daba alegres vueltas a mi alrededor. ¿O era yo la que rotaba montada en un caballito de cartón piedra? Menuda dengue estaba hecha. Me había emborrachado con una dosis de cerveza equivalente a una mísera caña. Y es que no se podía andar por la vida copiando los modos de unos periodistas televisivos de los años setenta. Era como si a un policía se le ocurriera imitar a Starsky y Hutch, o los médicos diagnosticaran aplicando el sistema del doctor Gannon. Así jamás me abriría camino en el periódico.

Después de cinco minutos en los que urdí otros ciento ochenta disparates, logré ponerme en pie y arrastrar mis huesos hasta la salida. No recuerdo si dije adiós al camarero. Sólo que el buen hombre seguía secando tubos de vidrio con el paño blanco. En lugar de disminuir, los vasos se le debían de multiplicar como los panes y los peces de Jesucristo. Exhibí mi desequilibrio beodo sobre las aceras, despejadas de nieve por los previsores servicios municipales. Intenté despegar la vista de las baldosas. No fue una idea afortunada. Floté durante varios segundos en la burbuja de mi melopea cervecera, hasta que logré enderezarme y seguir avanzando en línea recta hasta el hotel.

Héctor aguardaba en la cafetería, tal como había prometido. Estaba sentado a la mesa de siempre y leía una revista. Al acercarme, la cerró. Era un ejemplar del *Time*. ¿De dónde lo habría sacado? Me tambaleé cuando me incliné para besarle en la boca. Sus labios conservaban un leve sabor a café. Él sonrió con cierta preocupación.

—Te noto rara. ¿Qué has bebido?

Experimenté un inmenso alivio cuando me senté sin percances a su lado.

—Una insignificante cerveza para seguir el juego a Hoffmann. Pero como casi nunca bebo cerveza…

Él reaccionó estallando en carcajadas. Meneó la cabeza y me pasó un brazo por encima del hombro.

—Clara Rosell, has visto demasiadas películas de detectives que se hinchan de whisky para sonsacarle al soplón de turno.

—En realidad fue una serie de televisión —murmuré, sin saber por qué le seguía la broma—. ¡Y eran periodistas!

—¿Ah, sí? ¿Cuál?

—*Lou Grant*.

—Ésa era muy buena —manifestó Héctor. Me miró como Mefistófeles en su día guasón—. Pero ahora ya no se lleva lo de ponerse trompa mientras curras. No es políticamente correcto.

—Te estás burlando de mí. ¡Eso no está bien!

Héctor respondió con más risas. Cuando se le acabaron, me liberó y saltó de la silla.

—Voy a pedirte un café, a ver si vuelves al mundo.

Regresó poco después con una taza del tamaño de un barreño. La colocó delante de mí y volvió a ocupar su sitio.

—No hacía falta traerme medio litro —protesté—. No estoy tan mal.

—Porque no te ves. —Vaya si le divertía mi lamentable estado—. Pero te sienta bien la chispa. Te da un aire de borrachita etérea. Lástima que no me pongan las alcohólicas... Y ahora, a lo nuestro: ¿Te ha dicho algo interesante el tipo ese?

Tomé varios sorbos del café gigante. Saqué del bolso los papeles donados por Hoffmann. Los desdoblé.

—Me ha hecho fotocopias de lo que salió en la prensa hace treinta años. Aún no he podido leer nada. Ese tío no paraba de hablar. Menos mal que se ha ido pronto. —Bebí unos tragos más de cafeína reparadora—. Parece buena persona, ¿sabes? Está pasando una mala racha. Su mujer le abandonó hace dos años y a las dos semanas le pusieron de jefe a un pipiolo de veintiocho primaveras que le debe de tener ojeriza. Para frustrar a cualquiera, ¿no?

Héctor no contestó. Estaba claro que nada de lo que hiciera el bueno de Hoffmann lograría redimirle ante sus ojos. Yo eché un vistazo a la ofrenda del borrachín. En primer lugar separé del clip la vieja página de sucesos que había dormido tantos años en la Biblia de Laborda. La desdoblé. Era casi tres veces mayor que los folios a los que acompañaba. Los bordes aún estaban más maltrechos de lo que revelaba la copia enviada en su día por Hoffmann. Resultaba del todo imposible leer la fecha y el nombre del diario. A saber por dónde habría pasado esa piltrafa antes de acabar dentro de la Biblia, que a su vez estaba hecha una porquería. Me asaltó la misma repugnancia que sentí en el mugriento piso de Laborda. Héctor suspiró.

—Vista esta ruina al natural, tenemos un argumento más para situar las tres noticias en la época del asesinato de Andreas, ¿no?

Asentí con la cabeza.

—En cuyo caso —continuó él—, el fiambre acuchillado que encontraron en el bosque podría estar relacionado con ese crimen. —Me miró pensativo. Al instante, su cara se ensombreció como si le aterrara lo que acababa de cavilar—. ¿Te parece que leamos el resto?

Plegó la hoja con aprensión y la deslizó hasta el otro extremo de la mesa. Yo examiné la generosa aportación de mi colega. Había fotocopiado cinco artículos breves, que hasta se había molestado en enmarcar con rotulador fluorescente. Tres procedían de su periódico y los dos últimos de otro diario. Inicié la lectura de la primera hoja.

—Vamos a ver… esto es del 28 de abril del setenta y cuatro. Lo mejor será que traduzca sobre la marcha, ¿no?

Héctor murmuró que sí. Volví a centrarme en el papel.

—Aquí habla de la detención del presunto asesino de Andreas Laborda, de diez años de edad, hijo de un español afincado en Düsseldorf desde 1961, casado con una ciudadana alemana, los dos empleados en Correos. El detenido se llama Josef Schmidt, soltero, treinta y dos años, dependiente en una tienda de papeles pintados y artículos de bricolaje. Se sospecha que también podría estar implicado en la muerte de otros dos niños cuyos cadáveres fueron hallados en el Grafenberger Wald. Uno en marzo del setenta y tres y el otro en octubre de ese mismo año. —Busqué los ojos de Héctor. Un brillo ansioso los barnizaba ahora como si tuviera mucha fiebre—. ¡Qué macabro! Es el bosque donde apareció Andreas…

—Y nuestro fiambre pasado a cuchillo —insistió Héctor—. No lo olvides…

—Hay una foto del sujeto, aunque no se ve gran cosa. Entre la mala calidad de la fotocopia y que el tío se tapa la cara…

Separé el folio y se lo tendí a Héctor. Él echó una ojeada rápida a la instantánea y me lo devolvió.

—Poco se ve aquí. ¿Qué más pone?

—Sólo comenta la desaparición de Andreas y cómo lo encontró un señor que paseaba al perro el 31 de diciembre por la mañana. Ya ves que el artículo es escueto. A ver este…

La fecha del segundo documento era el 4 de mayo del setenta y cuatro.

—Escucha esto: Josef Schmidt, detenido el 27 de abril por la violación y el asesinato de Andreas Laborda, de diez años, hijo de… bueno… —Me salté la línea que informaba sobre los padres del pequeño—, esto ya nos lo sabemos de memoria. Sigo: Josef Schmidt es puesto en libertad por falta de consistencia de las pruebas que había contra él. Tampoco se ha podido demostrar su implicación en los otros crímenes. Y esto es todo.

—Lee el siguiente…

El tercer folio reproducía una hoja de periódico del jueves 10 de julio. Repasé el breve artículo, emplazado justo en el centro de la página. El previsor Hoffmann también lo había resaltado con rotulador fluorescente. Traduje el titular:

—¡Identificado el hombre que fue hallado muerto el martes en el Grafenberger Wald!

Miré a Héctor. A esas alturas, creo que él sabía tanto como yo cuál iba a ser el nombre del muerto. Y de qué manera le habían dado el finiquito. Bajé los ojos y leí en silencio las líneas que seguían al encabezamiento en negrita.

—Creo que esto no te va a sorprender —anticipé—. El muerto del bosque es Josef Schmidt, el presunto asesino de Andreas. —Me adentré en la crónica, breve pero sin desperdicio—. Atento ahora: el cadáver estaba medio enterrado entre la maleza, en el mismo lugar donde apareció el cuerpo del pequeño Andreas Laborda en diciembre del año anterior. Y le habían asestado quince cuchilladas. Vamos, el tío acabaría cortado en rodajas como la mortadela. ¿Qué te parece?

Héctor se pasó la lengua por los labios.

—¿Cuántos artículos quedan?

Conté los folios.

—Dos más. Ya son de la competencia. Hoffmann hasta ha pedido ayuda a un colega.

—Tradúcelos, por favor —me pidió Héctor, ignorando mi alabanza del ogro al que tanto despreciaba—. Me temo que aquí hay mucho tomate.

Bebí más café para humedecerme la boca. La prisa por descubrir novedades, y tal vez la cerveza que bebí con Hoffmann, me la estaban secando. Desde luego, ya no quedaba duda de la relación entre el muerto hallado en el Grafenberger Wald y el asesinato del pequeño Andreas. Pero ahora nos acechaba otra incógnita, cuya respuesta tal vez nos desvelara el secreto en cuya ocultación se afanaban Elke y Vargas Maldonado. Y presentí que esa revelación no iba a ser grata para Héctor.

—Vamos allá. —Dejé la taza encima del platillo de porcelana—. Este artículo es del 22 de agosto del setenta y cuatro. —Nada más leer el titular, el corazón me dio tal vuelco que me olvidé de traducir. Avancé en silencio hasta la mitad del escrito.

—¿Qué dice? —apremió Héctor.

Me quedé mirándole. ¿Cómo podía resumirle con delicadeza lo que un periodista anónimo escribió casi treinta años atrás sobre ese padre al que apenas conoció, pero al que de alguna manera ansiaba querer y respetar? Susurré:

—Dice que el 21 de agosto la policía llamó a declarar al padre de Andreas Laborda, el niño hallado muerto el día de Nochevieja del año anterior, como principal sospechoso del asesinato de Josef Schmidt.

El rostro de Héctor me resultó cadavérico cuando preguntó:

—¿Y ya está? ¿No pone más?

—Nada que no sepamos. Hace el habitual resumen de lo que le ocurrió al crío y de cómo apareció el cuerpo de Schmidt. Y se acabó.

—Veamos el último.

Dejé la hoja encima de las que ya había leído y cogí la quinta. El artículo marcado por Hoffmann era tan escueto como los otros. Estaba fechado el 23 de agosto.

—Éste empieza resumiendo el caso, desde que aparece muerto Andreas hasta el hallazgo del cadáver de Schmidt. Luego habla de tu padre como principal sospechoso del asesinato de Schmidt y... —Saltó otra sorpresa que había aguardado escondida entre las letras—. Vaya, resulta que le pusieron en libertad el mismo día.

—¿No explica por qué le soltaron tan pronto?

—No. Lo único interesante es que nombra al inspector que llevó el caso: Franz Schubert. —Me pasé la mano por la frente y aparté el pelo de la cara. ¿Cómo había podido olvidarme del inspector escaqueado?—. ¡De este hombre me habló Hoffmann! No me acordé de decírtelo antes. Como venía medio borracha...

A Héctor se le escapó una sonrisilla.

—Hoffmann llamó al inspector para hacerle unas preguntas —continué—. Resulta que es un viejo amigo suyo. Pero el poli no estaba en su puesto, así que le dejó recado de que le llame. A mí me prometió que en cuanto Schubert le aclare las dudas que le surgieron al leer los artículos, me telefoneará al móvil.

La mirada de Héctor había ido clavándose en mí conforme le hablaba de Schubert. Parecía muy nervioso. Abrió la boca y dijo, casi en un susurro:

—Empiezo a arrepentirme de haberme puesto a escarbar, ¿sabes? Porque el tema está bien claro: el vicioso ese viola y asesina a Andreas. Al cabo de un tiempo, la policía le descubre y le detiene, pero deben soltarle por falta de pruebas. Y unos meses después, aparece su cadáver acuchillado en el mismo sitio donde él ocultó el del crío. Y todas las pistas conducen hacia mi padre, que treinta años después muere de un infarto en una buhardilla asquerosa mientras lee el Salmo 51, según nuestro amigo Vargas la súplica penitencial por excelencia, donde David pide perdón al Señor por haber cometido los pecados de adulterio y asesinato. Y para rematar, tenemos la carta que encontré en casa de mi madre, en la que mi padre se acusaba de haber infringido dos de los diez mandamientos y de tener las manos manchadas por su gran culpa. —Forzó una sonrisa amarga que no alegró su cara—. ¿Quién se cargó al tal Schmidt, doctor Watson?

No tuve valor para contestar a su pregunta retórica. Héctor se aclaró la garganta y arrancó con más energía:

—¡Mi padre liquidó al asesino de su hijo! Y eso es lo que llevan tapando Vargas y Elke treinta años.

Expulsó el aire con fuerza. Como si pretendiera arrancarse así la angustia. Yo seguía sin saber qué decirle para mitigar tanta ansiedad. Temí que se me echara a llorar de un momento a otro.

—Lo que no entiendo —continuó Héctor, haciendo acopio de autodominio— es por qué la policía le soltó enseguida.

—A lo mejor se equivocaron y no fue él.

Héctor sacudió la cabeza.

—¿Tú qué harías si un desalmado matara a un hijo tuyo después de haber abusado de él y tuvieras que ir a reconocer el cuerpo del crío al depósito de cadáveres? Imagínate que estás segura de quién le hizo eso, pero no hay forma legal de meterle mano. ¿Qué harías?

—No lo sé. Y prefiero no pensarlo. Es demasiado horrible.

Él profirió, con vehemencia:

—¡Yo sería capaz de cargarme a esa bestia con mis propias manos! Aunque acabara en chirona de por vida. Aunque me arrepintiera a cada segundo de haberme dejado llevar por el odio. Elke dijo ayer que el pervertido ese vivía en la misma calle que ellos. ¿Lo recuerdas? ¿Te imaginas viéndole la cara a diario al tipo que vejó y mató a tu hijo, sabiendo que la policía no tiene nada para meterle entre rejas?

Me encogí de hombros. ¿Qué respuesta esperaba de mí?

—Mi padre mató a ese criminal, Clara. No tengo la menor duda. ¿Y sabes qué? ¡Le comprendo! —Héctor volvió a menear la cabeza e inspiró para tranquilizarse—. El pobre debió de ser un buen tipo, con el que la vida se ensañó a conciencia. Y si pudiera rebobinar el tiempo, ¡iría a verle a esa mierda de buhardilla donde vivía y le daría un abrazo! —Un brusco temblor en la voz le hizo callar. Sorbió mocos sin molestarse en disimular—. Perdona —susurró al cabo de unos segundos—. No suelo ponerme tan melodramático.

Al mirarle, descubrí en sus ojos un brillo desconocido. Héctor bajó los párpados como si se avergonzara. Le acaricié la mano que apoyaba sobre el tablero de la mesa. Él alzó la vista.

—Habría que averiguar por qué le soltaron tan pronto —planteó, algo más tranquilo—. Pero no se me ocurre cómo. A Vargas no podemos recurrir. Ése no nos dirá ni pío. Y no tengo estómago para ir a casa de Elke con estas fotocopias y hacerle pasar un mal rato. Esa mujer ya ha sufrido bastante.

—Nos queda Hoffmann. Aunque te caiga gordo, es nuestra última esperanza...

Me interrumpió el brusco pitido de mi teléfono. Abrí el bolso. Lo saqué y consulté la pantallita.

—Hablando del rey de Roma... ¡Qué pronto llama!

Descolgué. No tuve tiempo ni de hablar.

—*Clara?* —berreó el periodista de a pie—. *Hier ist Benno. Ich darf Sie doch Clara nennen, nicht wahr?**

—*Natürlich*** —contesté.

Eso pareció alegrarle. Expuso, satisfecho y agitado a la vez, que le acababa de telefonear Schubert. El inspector ni siquiera había necesitado consultar el expediente del asesinato de Andreas Laborda. Enseguida le dijo que se acordaba del caso como la peor frustración de su carrera. Un recuerdo ingrato que algunas noches aún le hacía ver el pálido rostro del pequeño cadáver y la pavorosa desolación de los padres. Y entonces sentía de nuevo esa pegajosa impotencia por no haber logrado hallar las pruebas necesarias para encerrar al asesino. Un tipo tan pervertido como listo, que jugó a su antojo con la policía al ratón y al gato. Para el inspector fue tan profunda la humillación de sentirse peón en el ajedrez de ese degenerado, que se alegró cuando el monstruo apareció acuchillado en

* Soy Benno. ¿Puedo llamarla Clara, verdad?

** Naturalmente.

el bosque. Eso lo reconoció sin eufemismos, contó Hoffmann. Su amigo Schubert era un hombre muy sincero. También le confesó haber sufrido lo suyo, cuando las primeras pesquisas le llevaron derechito hasta el padre de Andreas, un inmigrante español que llevaba trece años residiendo en Düsseldorf. Aunque antes de que pudieran sacarle algo útil al sospechoso, apareció en comisaría la esposa alemana del *Gastarbeiter* en compañía de un religioso español. Los dos declararon que la tarde de autos el sospechoso estuvo en casa con ellos y no se movió de allí. La señora les explicó que desde la muerte del niño, el religioso iba a visitarles varias veces a la semana para hacerles compañía y conversar. Lo que hoy en día llamaríamos apoyo psicológico, añadió Hoffmann con repentina sorna.

Le oí suspirar dentro del auricular, antes de añadir que su amigo el inspector afirmaba no haberse tragado nunca esa coartada, pese a ser perfectamente aceptable desde el punto de vista legal. Incluso ahora, tres décadas después, el olfato del policía seguía insistiendo en que el padre del pequeño se tomó la justicia por su mano. Pero en el setenta y cuatro decidió dejar las cosas como estaban. Aún no sabía si hizo bien o mal, aunque ¿a quién le importaba a estas alturas? En su día cogió afecto a ese matrimonio, sobre todo a la señora, tan guapa y digna en su dolor. El marido era más temperamental. Incluso salvaje a ratos. La sangre española, sin duda. Claro que una desgracia como ésa podía sacar lo peor de cualquiera.

Aquí cesó la verborrea de Hoffmann. Tomó aire. Lo expulsó con el ímpetu de un búfalo. Y anunció que le convenía ponerse a trabajar raudo en lo suyo, si no quería escalar varios puestos en la lista de prejubilables. Sentía no disponer de más tiempo para su colega, pero así era la vida de un maduro periodista de infantería, sin esposa ni caniche que le lamiera los zapatos al entrar en casa.

Le di las gracias de todo corazón y prometí invitarle a una

cerveza Alt la próxima vez que fuera a Düsseldorf. Cuando nos despedimos, sentí hasta cariño por él. El buen hombre se había molestado mucho en ayudar a una persona a la que no conocía de nada.

—¿Qué te ha dicho? —urgió Héctor.

Necesité unos segundos para ordenar los datos aportados por Hoffmann. Cuando concluí la exposición, Héctor golpeó el tablero de la mesa con la palma de la mano.

—Clara, ¿qué te parece si hacemos una visita sorpresa a nuestro amigo cura?

30

Vargas irrumpió como un vendaval en la sala de espera a la que nos había confinado su secretaria, una teutona bien entrada en años que bizqueaba horrores del ojo derecho. Durante nuestro primer encuentro con él me había forjado la idea de que era un hombre curtido y sereno, de los que no dejan traslucir sus emociones ni bajo coacción. Ahora sus rasgos de luchador transmitían una honda inquietud. Como si intuyera que no nos había incitado la cortesía a visitarle de nuevo y sin previo aviso. Nos agasajó con una sonrisa que me pareció forzada. Su apretón de manos fue mucho menos enérgico que el de la mañana anterior, casi precavido.

—¡Héctor, Clara! ¡Vaya sorpresa! ¿Qué puedo hacer por vosotros?

Héctor se aclaró la garganta. Yo escondí la mano derecha en el bolsillo del abrigo y apreté los dedos en un puño de nerviosismo. Ojalá el reciente descubrimiento no espoleara a Héctor a responder al jesuita con brusquedad y ponerle en nuestra contra, ahora que habíamos llegado tan lejos en la indagación.

—¿Nos puede dedicar unos minutos, Antonio? —dijo él, desplegando su cortesía más seductora—. No le robaremos mucho tiempo.

Deshice el puño. De momento, no íbamos mal. Vargas vaciló unos segundos antes de contestar:

—*Natürlich*. Por supuesto, hijo. Pasemos a mi despacho.

Nos guió hasta su oficina. Ocupamos las mismas sillas que el día anterior. Héctor la de la derecha, yo la de la izquierda.

—Elke me dijo ayer que le parecisteis encantadores los dos —dejó caer Vargas.

Opté por sonreír y mantenerme callada. Era mejor dejar que abriera fuego Héctor. Esa batalla era más suya que mía.

—A nosotros también nos cayó muy bien Elke —contestó Héctor—. Es una gran señora. Comprendo que mi padre se volviera loco por ella.

Vargas meneó la cabeza con brusca melancolía.

—Sí, era y sigue siendo fácil amarla. —Apoyó los robustos antebrazos encima del escritorio. A su rostro regresó la cautela—. Bien, vosotros diréis.

Héctor no se dedicó a marear la perdiz. Expuso con precisión de detective lo que habíamos averiguado sobre el asesinato del pequeño Andreas y sobre la muerte del presunto asesino, aunque eludió cuidadosamente revelar nuestra fuente de información. Las facciones de Vargas se contrajeron de inquietud. Temí que se levantara de la silla, nos agarrara a cada uno del pescuezo y arrastrara nuestros cuerpos fuera de su despacho. Puede que Héctor albergara el mismo temor, porque enseguida edulcoró su voz con la sacarina de la persuasión.

—Antonio, tenemos razones para deducir que mi padre mató al asesino de Andreas y que usted y Elke le proporcionaron la coartada que le salvó de ir a la cárcel.

Vargas abrió la boca para hablar, pero Héctor levantó la mano derecha a modo de freno y enlazó sin tregua las siguientes palabras. El otro se mordió el labio inferior y se resignó a seguir escuchando.

—Entiéndame, Antonio. No estamos aquí para interrogarle ni pretendemos juzgar a nadie. Y menos, a mi padre. Apenas le conocí, pero después de lo que he averiguado sobre él me inspira un gran respeto. No miento si le digo que me gustaría haber hecho algo por reencontrarme con él cuando aún vivía. Y quiero dejar bien sentado que lo que usted nos diga no saldrá de aquí, sea lo que sea. A mí no me interesa manchar el nombre de un muerto. Y Clara…

Héctor colocó su mano izquierda sobre la mía y la apretó. Sentí cómo mi rostro se convertía en un brillante rubí. A Vargas se le escapó una exigua sonrisa que se coloreó de picardía. No dejé acabar a Héctor y el jesuita se vio otra vez privado del turno de palabra.

—¡Señor Vargas, prometo no incluir en mi artículo nada que pueda perjudicar a Héctor o a cualquiera de ustedes!

—Llámeme Antonio, mujer —dijo él, con imprevista ternura. Quién iba a pensar que nuestro bloque de hormigón se ablandaría de sopetón como si fuera mantequilla caliente. Héctor aprovechó el cambio de actitud y retomó la palabra:

—Mire, es cierto que nunca me preocupé de averiguar qué clase de persona era mi padre, ni me importaba si estaba vivo o muerto. Ahora sé que no era un indeseable como me hicieron creer. ¡No me niegue la última oportunidad de conocerle mejor!

Vargas entrelazó las manos, recreando la vista en sus dedos de púgil.

—Desde que decidí consagrar mi vida a Dios —susurró con la cabeza gacha—, he sufrido dos crisis de fe. Sólo dos, pero fueron devastadoras…

Héctor y yo nos miramos con disimulo. Vi que él estaba tan sorprendido como yo por el inesperado giro de la conversación. Vargas levantó los ojos. Encajó su mirada en la de Héctor como si se hubieran quedado los dos solos en el despacho.

—La primera... —añadió, sin molestarse en reforzar la languidez de su voz— se desencadenó cuando conocí a Elke el mismo día que tu padre. Era una mujer tan alegre y espontánea. Y su belleza... ¡Qué puedo decir de su belleza! Habéis visto fotografías suyas de entonces. Desde que mi amigo y yo pisamos aquella cantina, supe que por esa mujer estaría dispuesto hasta a abandonar la Iglesia. Todo lo que siempre me había parecido importante perdió su razón de ser. Pero ella se prendó de Héctor, y en un segundo se me escaparon la fe y la mujer que me la había arrebatado. —Vargas encogió los hombros, que por su anchura semejaban hechos de granito—. Me resigné a que el Señor la hubiera destinado a otro, volví al redil y prometí velar por su felicidad y la de sus seres queridos. Eso es lo que llevo haciendo cuarenta años, que se dice pronto. Ahora sólo me queda rogar a Dios que no se lleve a Elke antes que a mí. No soportaría vivir sin tenerla cerca.

Vargas calló y posó la mirada en el dorso de sus manazas. A mi lado, Héctor se mordisqueaba el labio superior como si no supiera qué decir ni cómo comportarse. Yo permanecí callada, a la expectativa. El jesuita inspiró y reanudó el desconcertante soliloquio:

—La segunda vez que perdí la fe fue cuando lo del pequeño Andreas. Mis creencias no me sirvieron para explicarme por qué Dios permite que existan fieras capaces de hacer a un niño lo que aquel criminal le hizo a él. Cuando Héctor fue a reconocer a su hijo al depósito, vigilé que el funcionario le mostrara sólo la cara. Y antes convencí a Elke para que se quedara fuera. Desde hace treinta años cargo con los horribles detalles que me contó aquel inspector. Schubert se llamaba. Igual que el compositor. Franz Schubert.

Vargas meneó la cabeza. Descubrí la gasa de lágrimas que se había desplegado entre sus párpados.

—Nadie sabrá jamás de mis labios lo que ese pervertido le hizo a mi pequeño. ¡Nadie!

Deshizo el nudo de los dedos, apoyó las palmas de las manos sobre la mesa y se levantó muy despacio, como si cada gramo de su carne le pesara dos kilos. Dijo, con esa voz reblandecida que no le pegaba a la imagen de fortaleza que nos dio en la primera entrevista:

—Con vuestro permiso, necesito salir para hacer una llamada. Sólo serán unos minutos. Si me perdonáis...

Tragó ruidosamente y abandonó el despacho. Héctor me cogió de nuevo la mano y me dijo al oído:

—Aún acabaré pensando que fue nuestro cura quien se cargó al asesino de Andreas. ¿Tú le crees capaz?

Respondí con un encogimiento de hombros. Quién puede adivinar lo que esconde cada ser humano en las criptas de su alma.

—No sé qué decir —cuchicheé, casi sin voz. Me daba apuro que Vargas pudiera oírme—. A mí me parece un hombre íntegro. Si lo hubiera hecho él, seguro que se habría entregado a la policía.

—¿Para qué iba a entregarse? —objetó Héctor—. Proporcionando una coartada a mi padre, salían del atolladero los dos.

—No sé, Héctor...

Él guardó silencio. Se concentró en acariciarme el dorso de la mano y parte del antebrazo. El cosquilleo de la emoción reptó por mi espina dorsal. Y, desde luego, el despacho de Vargas no era el lugar propicio para dejarse llevar por accesos de lujuria. Quise pedir a Héctor que se detuviera, cuando él paró el inoportuno sobeteo y susurró:

—Hay que ver lo loquito que está el tío por Elke.

—De eso ya me di cuenta ayer. ¿No te fijaste en la cara que ponía al hablar de ella?

—La verdad es que no. Estaba demasiado ocupado cabreándome con él. De todas maneras, las mujeres sois más perspicaces para esas cosas.

Sentí la sombra de Vargas a mi lado y di un respingo. No le había esperado tan pronto. ¿Y si nos había oído cotillear? Héctor soltó mi mano. Los dos nos erguimos en las sillas como niños pillados en falta por el maestro a su regreso al aula tras una breve ausencia. El jesuita rodeó el escritorio y se sentó. Hilvanó una mueca meditabunda que se volvió mordaz en cuanto su mirada cayó sobre nosotros. Parecía divertirle nuestro apuro. Apoyó los codos encima de la mesa. Sujetándose la barbilla con las manos unidas en una pelota, propuso:

—Si os parece bien, vamos a trasladar esta pequeña reunión a casa de Elke. No tardaremos mucho en llegar. Vive bastante cerca de aquí y precisamente hoy he venido en coche. Tal vez estaba escrito que os presentaríais de esta manera...

—Antonio, no hemos querido...

Vargas no permitió a Héctor rematar la frase:

—No te preocupes, hijo. Ha llegado la hora de aligerar la conciencia. —Se despegó de la silla por segunda vez. Parecía más decidido que antes. También algo más ágil—. ¿Vamos?

Imitando su ejemplo nos pusimos en pie. Le seguimos fuera del despacho. En el hall, Vargas se detuvo para coger el abrigo y dar una breve explicación a su secretaria. La señora asintió, con cierta extrañeza en el ojo insumiso, y regresó a su tarea de golpear el teclado de un ordenador conectado a una pantalla anticuada y cabezona. Dado el tamaño del invento, no me extrañó que la pobre mujer bizqueara tanto.

—Antes iba andando a todas partes —observó Vargas dentro del ascensor—. Pero últimamente, algunas distancias se me apoderan. Achaques de la edad...

Le estudié de reojo. Llevaba bajo el abrigo de tweed un traje gris marengo combinado con una recia camisa negra. Sin corbata. Al parecer, no era partidario de esa prenda y menos aún del clásico alzacuellos. Tampoco se había protegido la garganta con una bufanda. Exhibía muy buen aspecto para ser un hombre de setenta y tantos años. Robusto y frágil a la vez. Igual todavía saltaba alguna chispa de deseo entre Elke y él cuando se reunían para hablar del pasado. O desde mucho antes. Ella abandonó al viejo Laborda casi treinta años atrás y en aquel tiempo los dos hombres andarían al inicio de la cuarentena. Seguro que Vargas conservaría buena planta entonces. Su morfología era de las que maduran bien. ¿Se vería azotado por la tentación de ir a la caza de la mujer amada, una vez rota la relación entre ella y Laborda?

El coche de Vargas, un Opel Kadett con más antigüedad que las pirámides de Egipto, la esfinge y el busto de Nefertiti juntos, aguardaba en el aparcamiento de la estación central de ferrocarril, situada a un paso del edificio donde Vargas dirigía la fundación que investigaba la emigración. Tenía su ironía que ahora el jesuita trabajara cerca del lugar donde él y Laborda conocieron a Elke en el sesenta y dos. Estuve a punto de preguntarle si aún existía esa cantina, pero no me pareció oportuno ni venía a cuento. Cedí a Héctor gustosamente el asiento del copiloto. Desde atrás podría observar mejor la pugna soterrada entre él y Vargas. Aunque hoy parecían muy compenetrados. Como si se hubieran convertido en padre e hijo.

Tardamos unos diez minutos en llegar a la calle de Elke. Pese a estar en pleno centro, al tener salida sólo por un extremo era lo suficientemente tranquila para no verse desbordada de tráfico ni coches estacionados. Nuestro cicerone aparcó delante del jardincillo donde Héctor me besó por primera vez. Jirones de nieve mullida forraban aún los setos y las ramas de los arbustos. Héctor se volvió. Me sonrió por el hueco entre los dos asientos delanteros. La respuesta aleteó en mis labios y voló como un pájaro hacia él. Vargas no dio muestras de haber advertido el intercambio de sonrisas. Bloqueó el freno de mano. Paró el exhausto motor y sacó la llave de contacto. Héctor y yo bajamos casi al mismo tiempo. Desde fuera vimos a Vargas descender del vehículo enlazando movimientos cansinos. Su forma física no debía de andar pareja con su buen aspecto. Cerró la puerta y deslizó la llave dentro del bolsillo derecho de su abrigo de tweed. Echó a andar delante de nosotros. Ante el portal de Elke pulsó uno de los timbres. De inmediato, el zumbido de la cerradura nos invitó a pasar. Él empujó la puerta. Sujetándola con una mano, hizo gestos con la otra para inducirnos a entrar en el patio. Luego sugirió que subiéramos delante. Alegó que de un tiempo a esa parte no se llevaba muy bien con las escaleras.

En la segunda planta, Elke nos esperaba bajo el quicio de la puerta. Llevaba un holgado jersey azul celeste sobre pantalones negros de punto, que conferían a sus caderas la redondez de una codorniz bien alimentada. No llevaba maquillaje y transmitía mucho menos lustre que el día anterior. Era evidente que la habíamos pillado en ropa de andar por casa y se había adecentado a toda prisa. Aun así, su antigua belleza resplandeció cuando Vargas alcanzó el rellano, resoplando como una locomotora de vapor, y sus ojos grises se asomaron a los de ella. Se regalaron el uno al otro sonrisas tan dulces como la tarta de ciruelas que esa mujer nos ofreció para acompañar el café. A mí me pasó por la cabeza que la libido es lo único que resiste intacto a la decrepitud del cuerpo y sólo muere cuando se nos para el corazón.

—Esta escalera cada día me cansa más —masculló Vargas entre los jadeos que silbaban en la caverna de su pecho.

Dentro del vestíbulo olía a café recién hecho. Elke nos hizo pasar al saloncito pintado de blanco. Tanto el televisor como el ordenador estaban apagados. Nos quitamos con cierto incomodo los abrigos y las bufandas. Elke alargó los brazos para coger nuestras prendas. Antes de abandonar el cuarto con ellas en la mano, dispuso que Héctor y yo ocupáramos el sofá azul. Le obedecimos sin rechistar. Sobre la mesa auxiliar nos esperaban la cafetera y cuatro tazas. Cuando Elke regresó, Vargas le sugirió que se sentara en el sillón. Él trajo una silla de la cocina y se acomodó enfrente de Héctor. Le miró a los ojos. De su boca escapó un suspiro. O tal vez aún le quedaban por expulsar jadeos de cuando subió la escalera.

—Bien, hijo. Ha llegado el momento. Son demasiados años cargando con este peso.

Elke se inclinó hacia delante. Cubrió con la mano el antebrazo de Vargas. Él ahuecó el plumaje como un pajarillo confiado.

—Antonio, es mejor que cuente yo.

—Está bien. Lo haremos como tú digas.

Los dedos de Elke se demoraron sobre el brazo de su amigo. Por fin los retiró. Tuve la repentina sospecha de que ese hombre le proporcionaba algo más que ayuda espiritual en sus horas bajas. Luego recordé que Vargas no llegó a abandonar la Compañía de Jesús. Y no daba la impresión de ser uno de esos curas que juegan a dos bandas. Claro que podía estar equivocada.

—El asesino de Andreas se llamaba Josef Schmidt —murmuró Elke—. Era vecino de nuestra calle. Vivía en las casas al otro lado, pero no en el bloque justo enfrente, sino uno más abajo. Desde nuestro dormitorio podíamos ver su ventana del cuarto de estar. No saben lo duro que era tener a ese hombre tan cerca... —Una rápida inspiración desgajó sus palabras—. Cuando el juez decidió que no había suficientes pruebas para culparle del asesinato, Héctor cayó en una depresión aún más grande que antes. Todos sufrimos mucho entonces, también Antonio, aunque nuestro dolor no era nada comparado con el de Héctor. Se obsesionó con ver a ese monstruo castigado. Pero Schmidt quedó en libertad y Héctor se volvió loco...

Elke cortó el goteo de palabras. Se irguió en el sillón. Levantó la cafetera de cristal y nos ofreció. Ninguno quisimos. La angustia que había invadido esa habitación era de las que contraen el estómago. La oronda señora se arrellanó en la butaca y tomó aire. Eso no suavizó los surcos que de repente envejecían su rostro. Sentado en la silla robada de la cocina, Vargas volvía a respirar con preocupante fatiga. Viéndoles tan torturados casi me ahogué de congoja. Héctor me apretó la mano. La suya también ardía de sudor. Pero el contacto con sus dedos me calmó el impulso de huir por piernas.

Tras conocerse la sentencia, prosiguió Elke, cada vez que entraba en el dormitorio veía la estampa depauperada de Héctor al trasluz de la ventana, acechando con avidez los movimientos de Schmidt. Ella se colocaba de vez en cuando a su lado y juntos espiaban al monstruo en su guarida. Durante aquellas noches de estío aprendieron su rutina según la luz que iluminaba los visillos de su cuarto de estar. Si los flagelaba un parpadeo azulado, sabían que estaba viendo la televisión. Cuando resplandecían en amarillo, interpretaban que Schmidt cenaba bajo la potente lámpara del techo. Varias veces distinguieron su silueta de pie tras los visillos luminosos y supieron que el monstruo también les observaba a ellos. Pero llegó el día en que Elke se hartó del insano espionaje. Reanudó el trabajo en Correos y se habituó a visitar a Antonio en su casa al concluir la jornada laboral. Hablar con él le hacía más llevadero aquel dolor y le daba fuerza para soportar la imagen de Héctor de pie ante la ventana, cada día más flaco y más taciturno. Para evitar verle desde la cama, dilapidó sus noches insomnes tumbada en el sofá mientras él se consumía entre los visillos como un mosquito descarriado.

Un atardecer de estío, Héctor salió de la habitación con

ojos febriles y atravesó el saloncito en tres zancadas. Pasó por delante de Elke sin decir nada. Apenas hablaba ya desde que fue hallado el cuerpo de Andreas. Enseguida, ella oyó que se cerraba la puerta del piso. Despegó con esfuerzo el cuerpo apático del sofá y se aproximó a la ventana. Desde allí vio a Héctor caminando encorvado bajo el denso crepúsculo. En la mano derecha llevaba un bulto alargado que Elke no logró identificar. Varios metros delante de él avanzaba la silueta de Josef Schmidt. El monstruo.

Pasadas las tres de la madrugada, Elke yacía aún despierta en el cuarto de estar cuando oyó ruido de llaves en el vestíbulo. Luego el impacto de la puerta. Y el fúnebre chasquido de la cerradura. Identificó los pasos de Héctor y sintió una terrible repugnancia hacia él. Empezaba a aborrecer al espectro taciturno que en ese mismo instante pasaría por delante de ella para ocupar el puesto de vigilancia en el dormitorio. Pero él no entró. Los oídos de Elke registraron el gorgoteo del agua en el baño. Dedujo que Héctor había abierto un grifo. Tal vez el del lavabo. Permaneció atenta al incesante fluir del líquido. Y aisló otro sonido. Como si Héctor restregara algo con un cepillo. Se acordó entonces de cuando obligaba a Andreas a cepillarse las uñas antes de acostarse. La imagen del pequeño le hirió tanto que brincó del sofá e irrumpió en la oscuridad del corredor, hendida por una daga de luz que escapaba del baño a través de la puerta entornada. Ciega de ira, Elke empujó la madera para exigir a ese demente que dejara de molestar en mitad de la noche.

Héctor se inclinaba sobre la pila. Al oírla entrar, un espasmo le sacudió los hombros. Alzó la cabeza con lentitud de tortuga temerosa. Su cara macilenta se reflejó en el centro del espejo. Elke vio las lágrimas que le patinaban mejillas abajo. Y el brillo de fiebre que envilecía sus ojos gatunos. Los mismos que en tiempos latieron dentro de su corazón. Huyendo de aquella execrable estampa, dejó resbalar la vista hacia el lavabo. Y vio la porcelana salpicada de motas rojas. Y un cordón de agua deslizándose sobre el cuchillo de trinchar la carne. La hoja aún estaba jaspeada de sangre. Héctor soltó el cepillo con el que había estado frotándose las uñas. Hizo una mueca y murmuró:

—*Ich habe Andreas gerächt.**

Ella advirtió la franja granate que orlaba los puños de su camisa y le temió como jamás había temido a nadie. Quiso salir corriendo para llamar a la policía. O a Antonio. Incluso al vecino de al lado. Pero el pavor le impidió moverse y secó sus cuerdas vocales. El ser maligno del espejo la observó inmóvil, hasta que un brusco sollozo distorsionó el silencio de su imagen. Elke se vació de miedo y sólo le quedó una inmensa pena por el padre huérfano de hijo. Fue hacia él muy despacio. Cogió sus manos y le cepilló las uñas igual que en otra vida hizo con las de Andreas. Arrancada la sangre de la piel, le secó los dedos con papel higiénico que echó al retrete, cerró el grifo y alejó a Héctor del lavabo. Mientras le iba empujando hacia la puerta, descubrió en el suelo una bolsa de plástico tiznada de rojo. Al lado, los guantes que Héctor usaba en invierno, manchados de la misma sustancia. Él no se resistió cuando le arrastró hasta el dormitorio. Allí se dejó desvestir como si fuera un niño de pecho. En cuanto estuvo en pijama, Elke le hizo acostarse y le obligó a tomar dos somníferos. Héctor cerró los párpados y se durmió al instante.

Nuestra anfitriona calló, vertió café en su taza y se lo bebió como si tragando contuviera las lágrimas que ya asomaban a sus ojos. O quizá necesitaba combustible para narrarnos cómo guardó la ropa manchada y el resto de pruebas en la bolsa de hacer la compra, que escondió bajo el fregadero. Frotó el cu-

* He vengado a Andreas.

chillo con el estropajo y lo guardó en el fondo de un cajón. Por último fue al baño y restregó el lavabo y el suelo con ríos de detergente. Al acabar quedó tan exhausta que le fallaron las piernas. Tuvo que sentarse en la tapa del váter, donde sollozó por el hijo al que no volvería a arropar, por la fiera que había suplantado a Héctor y porque en el fondo de su alma mutilada celebraba la desaparición del monstruo de enfrente.

A las cinco recuperó fuerzas para telefonear a Antonio. Él acudió muy alarmado por el extraño aviso. En cuanto vio la cara de Elke, cerró la puerta y la abrazó durante una eternidad bajo la tenue luz del plafón. Puesto al corriente de lo ocurrido, Antonio demostró poseer muy buenos reflejos. Se ofreció a llevarse las prendas delatoras a su buhardilla, donde conservaba una estufa de carbón que el dueño jamás se había molestado en retirar. El trasto llevaba inactivo muchos años, pero serviría para ir quemando las pruebas poco a poco, sin peligro de provocar un incendio o ser descubierto. Luego propuso bajar a la calle para inspeccionar el coche en busca de huellas que acusaran a Héctor. Lo hallaron limpio como una patena. Al despertar horas después, Héctor les confesó que había usado los guantes para conducir de vuelta a casa desde el bosque donde acabó con Schmidt. Llevaba semanas planeando su venganza hasta el detalle más insignificante.

—Pero la policía dio con él —me atreví a intervenir—. ¿Se les escapó entre todos alguna prueba?

Ahora contestó Vargas:

—Sospecharon de Héctor, porque un vecino observó desde su ventana a un hombre que merodeaba entre los coches aparcados llevando a Schmidt del brazo. No pudo verle bien la cara, pero creyó reconocer a Héctor. En esa calle, quien más y quien menos sabía lo ocurrido y al testigo le extrañó que fueran los dos juntos. A nosotros, Héctor nos contó que obligó a Schmidt a ir hasta allí, amenazándole con clavarle una navaja en los riñones. Una vez en el coche abrió el maletero, le golpeó en la cabeza, le empujó dentro y se lo llevó al mismo bosque donde encontraron al niño.

—Y en cuanto supieron que mi padre estaba siendo interrogado en comisaría, ustedes acudieron para proporcionarle la coartada —apuntó Héctor.

—En efecto —respondió Vargas con calma—. Nada más llamarme Héctor desde allí, localicé a Elke y fuimos sin perder ni un minuto. Había que darse prisa, por si la policía conseguía sacarle algo. Pero llegamos a tiempo…

—Antonio —empecé con cautela; no quería meter la pata por hablar más de la cuenta—. Tengo una duda. Que conste que no pretendo censurar nada de lo que hicieron esa noche. Es sólo una pregunta. Si me permite hacérsela.

—Adelante, hija. Ya que hemos llegado hasta aquí, no vamos a andarnos ahora con remilgos…

—Hum… ¿siendo usted sacerdote, no habría sido más lógico convencer a Héctor para que se entregara a la policía, en lugar de eliminar las pruebas y proporcionarle una coartada falsa?

Vargas me sonrió con triste mordacidad.

—Soy sacerdote, Clara, ¡no el sheriff de Dodge City! ¿A quién hubiera beneficiado que Héctor acabara en la cárcel? Él empezó a pagar por su crimen mucho antes de cometerlo. Y siguió expiándolo durante el resto de su vida. Podéis creerme, para él cada nuevo día era una prolongación de su infierno. —La caja torácica de Vargas silbó cuando la llenó de aire inspirando. Susurró—: Además, yo estaba en deuda con él. Le había traicionado.

Escruté su semblante de boxeador curtido en demasiados rings. ¿Cómo pudo haber traicionado a su amigo? De soslayo advertí que Héctor también le miraba con curiosidad. Vargas suplicó a Elke permiso con los ojos.

—Voy a contarlo —dijo—. Llevo treinta años culpándome por ese error.

Ella bajó la mirada hasta sus rechonchos pies calzados con zuecos ortopédicos.

—No fue un error. Para nosotros es tarde ya, pero siempre estuve segura de que no fue un error…

Vargas meneó la cabeza.

—Nunca debí dejarme llevar. Tenía mis principios. ¡Hice unos votos! Para poder vivir en paz, un hombre debe ser consecuente con sus creencias. —Se aclaró la garganta. Era la primera vez que le oía hacer eso—. La tarde en que mi amigo mató a ese criminal, Elke y yo habíamos estado… juntos. En mi casa.

La mano de Héctor presionó la mía. No me hizo falta mirarle para saber que pensaba lo mismo que yo. Vargas torció la boca en un rictus amargo.

—Vuestras caras me dicen que habéis comprendido, así que no daré más explicaciones. No sé por qué ocurrió. Nunca lo habíamos hecho antes. Ni repetimos después. —Miró a Elke y su rostro se revistió de almíbar—. Tal vez la culpa fuera de esos ojos oceánicos, como decía el viejo Neruda. Es muy difícil resistirse a algo tan hermoso, aun sabiendo que estás traicionando a Dios y a tu mejor amigo, y te arrepentirás toda la vida. Yo cargo con esa culpa desde aquel día. Las equivocaciones suelen pegarse a la conciencia. Aunque al mismo tiempo sean… lo más bonito que te ha ocurrido jamás. —Se paró a respirar y exclamó con rotundidad—: ¡Había traicionado a Héctor y mi deber era ayudarle! Aunque al pobre no le sirvió de mucho. Nunca se recuperó de lo de Andreas, ni escapó del infierno que cargaba dentro… ¡Ninguno de nosotros volvió a ser como antes!

Vargas echó una ojeada a Elke, que le contemplaba sin disimular su embeleso. Se me ocurrió que el viejo Laborda fue la pasión que cegó a esa mujer, pero el verdadero amor que le habría dado serenidad era el recio jesuita sentado enfrente de Héctor. El hombre que después de probar la carne decidió ser consecuente con su voto de castidad.

—Tu padre mató a ese malnacido —recalcó Vargas, dirigiéndose a Héctor—, pero no fue el único que deseó su muerte. Aquí dentro. —Colocó la mano derecha sobre el pecho—. Me alegré de que ese tipo hubiera recibido su merecido. Yo mismo habría acabado con él, de haber tenido valor. —Empezó a jadear como si tuviera el corazón muy enfermo de tanto cargarlo con sentimientos inadmisibles y ese atroz secreto—. Andreas era como un hijo para mí. Le miraba a los ojos y veía a su madre... —El rostro cuadradote se le iluminó fugazmente, pero se apagó enseguida—. Sé que como sacerdote es mi deber condenar la venganza de Héctor y lo que hicimos nosotros para encubrirle. Sé que nunca debí convertirme en cómplice de aquel crimen, aunque lo hubiera desencadenado otro mucho peor. Pero también soy un hombre y tengo mis agujeros negros. Y de todos modos, dentro de muy poco me tocará responder ante Dios de lo que he hecho mal en esta vida.

—¿Y mi padre llegó a enterarse de..., digamos... de su equivocación con Elke?

Vargas negó con la cabeza.

—Como comprenderéis, creímos conveniente ocultárselo. En su situación, nuestra sinceridad no le habría hecho ningún bien. Además, Elke y yo no volvimos a... caer. Lo que ocurrió aquella tarde quedó atrás para siempre...

Observé de reojo a Elke. Por la expresión de su cara deduje que ella habría continuado de buena gana aquel amorío con Vargas.

Tenía gracia el resultado de mi temeridad periodística. Escarbando en la vida de un hombre que murió leyendo un salmo de penitencia que habla de adulterio y asesinato, acompañado únicamente por una vetusta botella de coñac español, había dado con un infanticidio cometido treinta años atrás, la venganza perpetrada por el padre del niño y ahora un triángulo amoroso en toda regla, con el morbo añadido de que uno de sus vértices era sacerdote. Qué pena que no pudiera incluir en el artículo ni la mitad de esta historia. Habría sido un bombazo.

Vargas suspiró.

—Bien, ya conocéis nuestro secreto. Después de treinta años cargando este peso, creedme si os digo que sienta bien compartirlo con alguien.

Elke asintió, moviendo levemente la cabeza.

—Espero que hagáis buen uso de la información. No por mí, sino por Elke.

La advertencia de Vargas me pareció innecesaria. Incluso ofensiva. ¿No le habíamos prometido de sobra que mantendríamos la boca cerrada?

—Puede estar seguro, Antonio —le tranquilizó Héctor—. Seremos respetuosos con lo que nos han contado.

No hacía falta ser un as de la diplomacia para percibir que todos aguardaban mi declaración de intenciones.

—Tienen mi palabra de que en el artículo sólo incluiré lo que nos contó Elke ayer.

Elke y Vargas se sonrieron el uno a otro, después a nosotros. Quedó sellado el pacto de silencio. Igual que en las películas de mafiosos. ¿Nos mandaría liquidar Vargas a través de algún sicario, como un vengativo capo de la mafia, si nos diera por irnos de la lengua? A mi lado, Héctor tosió.

—Antonio, ¿podría decirnos en qué cementerio está enterrado mi padre? Le parecerá un sentimentalismo fuera de lugar, pero me gustaría visitar su tumba. Ya que no me reencontré con él en vida, por lo menos...

Dejó la frase inconclusa, como si le avergonzara su pregunta. Vargas le premió con una sonrisa paternal.

—Nada de sentimentalismo, hombre. Yo mismo puedo llevaros mañana si no tenéis inconveniente en volver a subir a mi cacharro. Eso sí, tendría que ser pronto. A las ocho como muy tarde. Después tengo toda la mañana ocupada.

Le aseguramos que las ocho sería buena hora. Vargas propuso esperarnos en la cafetería del hotel. Eso también nos pareció bien. Y de pronto, ninguno de los cuatro supo qué decir. El mutismo se espesó hasta convertirse en denso y pegajoso. Fue Héctor quien se decidió a acabar con él:

—Bueno, creo que ya hemos abusado bastante de la hospitalidad de Elke. Se está haciendo tarde y será mejor que nos vayamos. ¿No te parece, Clara?

Yo asentí con la cabeza. Creo que teníamos las mismas ganas de largarnos de allí, porque nos levantamos a la vez. Una vez incorporados, nos soltamos las manos. Elke tardó algo más en ponerse en pie. Salió del cuarto de estar encadenando sus anquilosados pasos de posible reumática. Vargas nos imitó con mucha pesadez de miembros y fue a devolver la silla a la cocina. Regresó unos segundos antes de que Elke entrara con nuestros abrigos y las bufandas. Nos los pusimos en un santiamén. Vargas se ofreció a llevarnos al hotel en el viejo Kadett. Pese a su impecable saber estar, las pupilas rodeadas de acero delataron un gran alivio cuando rehusamos la oferta. Nos estrechó la mano por turnos y se dejó caer como un fardo en el sillón. Allí le dejamos, con la cabeza reclinada contra el respaldo y los ojos entrecerrados. Por primera vez desde nuestra entrevista inicial, vi en él a un anciano casi tan cansado de vivir como mi padre.

Elke nos acompañó hasta el vestíbulo. Nos deseó mucha suerte y repartió un caluroso apretón de mano a cada uno. A mí me regaló una sonrisilla tejida con la picardía de la complicidad. Tuve bien claro cómo interpretarla. Salí de su casa presa del sonrojo más violento que recuerdo. Ella pulsó el interruptor de la luz de la escalera, murmuró *Auf Wiedersehen!** y cerró la puerta lentamente. Héctor y yo nos dirigimos en silencio hacia los escalones para bajar al patio. No habíamos avanzado ni medio metro, cuando él me cortó el paso en medio del rellano y me enredó en un abrazo tan enérgico que ya me vi volviendo a casa con todas las costillas quebradas.

—No aguanto ni media hora sin tocarte —me susurró al oído—. Te quiero mucho, Clara.

—Yo también te quiero.

Me dejé estrujar sin mover ni las pestañas. Nada debía romper el hechizo de ese momento. Cuando se apagó la luz, no me solté para volverla a encender. Era mejor seguir a oscuras. Así Héctor no descubriría las lágrimas que ya sentía viajar por mis mejillas. Porque acababa de comprender que en cuanto las ruedas de nuestro avión tocaran la pista de aterrizaje del aeropuerto del Prat, me caería encima el dilema más duro de toda mi vida.

* ¡Hasta la vista!

31

La noche se había solidificado sobre la ciudad cuando abandonamos el patio de Elke. A mi lado, Héctor se movía como aplastado por las terribles confesiones de los dos ancianos. Patinó al pisar la parte de la acera donde quedaba una capa de nieve helada y estuvo en un tris de caerse. A mí no me dio tiempo ni de reaccionar. Claro que tampoco habría tenido suficiente fuerza para sujetarle.

—¡Joder, casi me mato! —exclamó, nada más recuperar el equilibrio después de la última contorsión—. A ver si encontramos un taxi antes de que nos partamos la crisma.

Me pasó el brazo por encima del hombro. Yo me agarré a su cintura. Entrelazados caminamos hacia la avenida donde ya paramos un taxi la tarde anterior. La inusual torpeza de Héctor y su silencio delataban cuánto le pesaba la verdad sobre su padre. Yo no me atreví a decirle algo que le animara. Tampoco se me ocurría nada adecuado. Y en cualquier caso, era mejor dejarle tranquilo hasta que él mismo decidiera romper su retraimiento. Recorrimos con cuidado la calle oscura y a esa hora despoblada de peatones. Pensé que si uno de los dos resbalaba ahora, nos estamparíamos a la vez hechos un revoltijo de carne y huesos.

—La vida es una mierda —murmuró Héctor con voz endeble—. Mi padre había creado aquí su familia con Elke, era más o menos feliz, y de repente, llega el pervertido ese y lo destruye todo. No me extraña que hiciera lo que hizo. Lo que me pregunto es cómo se puede vivir treinta años con esos recuerdos dentro. Y tanto sufrir, para acabar muriéndose más solo que un perro en una pocilga llena de mugre.

—Todo el mundo muere solo... —se me ocurrió.

—Algunos más que otros, Clara —recalcó él, tan afligido que temí un estallido de llanto—. Ojalá hubiera intentado conocer a mi padre cuando estuve a tiempo. Ahora ya no podré hacerlo jamás. —Se quedó callado de nuevo. Al cabo de unos minutos, exclamó—: ¡Hay que ver con el cura! Menudo triángulo amoroso hemos descubierto. ¿Tú crees que aún le apretará las clavijas a Elke?

Advertí lo mucho que se esforzaba por disimular su angustia frivolizando. Me reí.

—¡Qué bruto eres!

—¿Por qué? —preguntó él, más animado—. A los curas también se les pondrá dura... digo yo. Y aunque los dos sean viejitos, aún se les pueden ocurrir muchas herejías. Además, nuestro Vargas tiene pinta de mantenerse en forma.

Intenté sacudir la cabeza. Adherida a Héctor como estaba, apenas logré moverla unos milímetros.

—No creas. Se fatiga mucho cuando hace esfuerzos. ¿No te diste cuenta de lo cansado que llegó después de subir sólo dos pisos? Para mí, que ese hombre padece del corazón.

—Mal rollo, entonces —bromeó él—. Cualquier día se le queda seco a Elke en plena faena.

—¡Eres incorregible! —Le di un pellizquito en la cintura. Él simuló un quejido—. Yo diría que ésos no se han vuelto a meter mano. A mí Vargas me parece un tío muy consecuente. Desde el primer día. Si él decidió no seguir adelante con Elke, estoy segura de que lo cumplió a rajatabla.

—Pues se miran muy acaramelados. Como ves, esta vez sí que me fijado en los detalles.

—Por eso mismo estoy segura de que Vargas dice la verdad y no han vuelto a tocarse —insistí—. Si se hubieran hartado de follar en los últimos treinta años, ya se les habría enfriado la calentura añeja que llevan. ¡Ésos no han vuelto a echar un polvo, Héctor! ¡Y viven del recuerdo de su única vez!

—¡Qué retorcida me está resultando usted, señora periodista!

Héctor intensificó la presión del brazo sobre mi hombro. Sentí su lengua acariciándome la oreja. Pese a que la temperatura debía de andar bajo cero, me trepó a la cara una intensa ola de fuego. Busqué el sosiego de su boca donde guarecer mis labios. Él dejó de mover los pies, los míos se detuvieron y nos sorbimos uno a otro el frío de la piel, hasta que mi lengua se coló en la cueva que sabía a menta y canela, para trenzarse con la carne húmeda del hombre que me encarcelaba en la burbuja de su pasión.

—Retorcida no. Observadora —quise matizar cuando pude hablar.

Por toda respuesta, Héctor se echó a reír. Entre bromas y achuchones de adolescentes alcanzamos la vía principal. Allí el tráfico de coches era fluido, aunque no vimos aproximarse ningún taxi. Aguardamos un buen rato en la esquina, sin separarnos ni medio milímetro. Por fuera nos azotaba el frío del invierno centroeuropeo, pero bajo los abrigos borboteaba la lava de nuestra lujuria entrada en años. Pese a las capas de ropa que nos aislaban a uno del otro, sentía el deseo de Héctor en cada poro de la piel. Mis hombros lo percibían bajo el paraguas de su brazo, y me lo regalaba su boca en forma de niebla helada cuando la volvía hacia mí.

—Vaya rasca —exclamó Héctor—. Como no pase pronto

un taxi, habrá que decidir un plan alternativo o acabaremos como si nos hubieran metido en el congelador.

—¿Sabes lo que estoy pensando?

—No...

—Que me choca la forma de ver las cosas de Vargas. Lleva media vida loco por Elke y cuando consigue acostarse con ella, sacrifica esa relación por sus creencias. Eso es algo muy propio de los hombres. Anteponéis vuestros grandes ideales, o simplemente vuestra conveniencia, a los sentimientos.

Héctor se separó de mí. Me miró. Parecía pensativo, incluso melancólico.

—Las mujeres también hacéis eso —observó, muy suave—. Tú la primera.

—¿Yo?

—Sí, tú. —Frunció una sonrisa de niño que estrena orfandad—. En cuanto lleguemos a Barcelona mañana, te despedirás de mí para volver con tu marido y tus hijos como si no hubiera pasado nada entre nosotros. Lo leo en tus ojos cada vez que te miro. Ellos me chivan que has tomado tu decisión.

Me sentí culpable y quise justificarme.

—Tengo dos hijos pequeños. No puedo arriesgarme a perderlos. ¡Son mi vida!

Él se encogió de hombros. Me tranquilizó que lo hiciera sin asomo de rencor.

—No te estoy reprochando nada. Ni mucho menos. Los dos somos mayorcitos. Sabíamos dónde nos metíamos. Yo tengo muy claro lo que siento por ti. También lo que estoy dispuesto a sacrificar. Pero es obvio que mis cálculos no coinciden con los tuyos. —De nuevo alzó los hombros—. Las cosas son como son, no como nos gustaría que fueran. Se aceptan y ya está.

—No es justo que me hagas sentir tan mal —murmuré.

—Yo no pretendía eso —se defendió él—. Lo que he dicho

me ha salido de forma espontánea. A lo mejor debería haberme callado. Pero tengo razón, ¿verdad?

—Héctor, sólo me he enamorado de verdad dos veces en mi vida. La primera de Emilio, hace veinte años. ¡Ahora de ti! Te quiero mucho, pero nunca haré nada que me aleje de mis hijos y ponga en peligro su estabilidad afectiva. No podría ser feliz sin ellos. Y tú te acabarías arrepintiendo de haber sacrificado tu proyecto de comprar la fábrica.

—¡Te aseguro que no! Esto que nos está pasando es único en la vida. Merece la pena lanzarse...

Sacudí la cabeza. Una parte de mí deseaba dar la razón a Héctor y sucumbir a la pasión sin pensar en nada más. Pero Fran y Raúl me mantenían atada a la realidad. Y también al hombre que los engendró.

—Somos demasiado mayores para correr esa clase de riesgos.

—Lo que te ocurre es que no piensas abandonar a Emilio —me echó en cara Héctor—. Le quieres más que a mí. Reconócelo.

En ese instante sí que parecía dolido conmigo. O celoso. Me resultó absurdo que un hombre recién enredado en una relación adúltera sintiera celos del marido de su amante. Pero entonces recordé mi irracional aversión hacia Claudine, con la que jamás había cruzado una palabra ni lo haría en el futuro, y comprendí lo que envenenaba a Héctor. En el fondo, cada uno de nosotros sabía que el otro no había soltado amarras con su pareja, y quizá no lo hiciera nunca.

—Y tú aún quieres a Claudine, Héctor. Vas tan lanzado porque estamos lejos de casa. En cuanto llegues a Zaragoza, te olvidarás de mí y de todo lo que me estás proponiendo.

—¡Eso no va a ocurrir! —afirmó él con rotundidad—. Yo también soy consecuente con lo que decido, no sólo tu héroe Vargas. Pero... es igual. Cambiemos de tema. Sé que estoy siendo infantil. Perdóname. No vale la pena estropear así nuestra última noche. Hay que disfrutarla hasta que el cuerpo diga basta. ¿No crees?

Asentí con la cabeza. En ese momento divisé un taxi libre entre la marabunta de automóviles. Levanté el brazo derecho para indicar al conductor que se detuviera. Él se arrimó a la acera y paró delante de nosotros. Dentro, el aire era espeso debido a la calefacción y, quizá, a la transpiración del taxista, un señor con hechura de gnomo que no parecía muy limpio. Pero se estaba calentito. Pensé en el ahorrativo Emilio. Si supiera el dinero que habíamos gastado en taxis desde que llegamos a Düsseldorf, le daría un síncope de los gordos. Héctor se desabrochó el chaquetón. Emitió una de esas risillas que le hacían parecer tan joven.

—Como alguien me pregunte qué he visto estos tres días en Alemania —ironizó él—, no sé qué voy a contestar. Como no describa los taxis, la oficina de Vargas con esa secretaria bisoja que tiene, el pisito de Elke, o la pocilga donde murió mi padre...

—No olvides la cama gigante de tu habitación —le interrumpí—. Ni mi cuerpo...

Él suspiró con pesar. Me echó el brazo por encima de los hombros y me atrajo hacia sí.

—Tu cuerpo es lo más bonito que he visto... y no sólo en este viaje. Pero eso no podré contarlo.

Habíamos cometido tantos actos inconfesables durante las últimas veinticuatro horas... Recosté la cabeza contra su pecho. Sentí su rostro inmóvil sobre mi pelo y su respiración tibia se asomó dentro de mi oreja. Pero los labios no buscaron mi boca para besarla. Ni siquiera intentaron besuquearme una parcelita de piel. Así, en silencio y muy quietos, recorrimos el breve trayecto hacia el hotel donde nos aguardaba nuestra última noche como amantes. Empezó a resquebrajarse mi decisión de confinar a Héctor a la caverna del recuerdo en cuanto aterrizáramos en Barcelona. ¿Cómo iba a vivir el resto de mi vida sin verme reflejada en el verdor cristalino de sus ojos? ¿Y si aceptaba su descabellada propuesta de unirme a él? Casi me asfixié de miedo al pensar en ello.

El taxi nos dejó a las ocho y cuarto ante el extremo de la calle donde estaba el hotel. Para entonces, ya había empezado a recuperarme del susto provocado por la fisura en mi decisión.

—Hay que ver cuánto aguanta la nieve en esta santa tierra —observó Héctor, mientras caminábamos cogidos de la mano sobre los adoquines despejados de hielo por obra y gracia de la sal—. ¿Qué quieres que hagamos ahora? ¿Cenamos algo antes de que sea más tarde y nos manden a hacer puñetas en todos los restaurantes?

—¿No prefieres subir directamente a la habitación?

Le vi sonreír con picardía entre sus barbas, por siempre de corsario.

—Naturalmente. Lo de cenar era por si tienes hambre. Como aquí son tan raros con los horarios.

—Prefiero comerte a ti. Y si luego nos da por alimentarnos, no creo que tengamos problemas. Me he fijado que en el hotel hay una especie de servicio de habitaciones.

—Entonces no perdamos tiempo.

Ante la cama de matrimonio que presidía su habitación, Héctor cumplió a rajatabla el propósito de no perder tiempo, incluso a la hora de despojarse de la ropa. Lo hizo con más urgencia que nunca. Casi a la desesperada. Yo le imité. Al fin y al cabo, era nuestra última noche. Ese pensamiento reavivó el miedo a perderle en la irreversibilidad del pasado. Pero el temor se desvaneció pronto, porque la boca de Héctor cubrió la mía y sentí el calor de su torso contra mis pechos. El miembro me hizo cosquillas por encima del ombligo. En cuanto me bajaba de los tacones, Héctor se agrandaba y su apéndice se aproximaba a mi pecho. De repente, él se despegó.

—Espera, tengo una idea.

Se dio media vuelta y alargó el brazo derecho hacia el panel de botones negro alojado en la pared, encima de la mesita de noche.

—¿No te habías fijado en que tenemos hilo musical? —preguntó triunfal.

—Claro, lo descubrí nada más llegar. En mi habitación también hay.

—Ya verás… —dijo él, deleitándome con un primer plano de su espalda y lo que suele quedar más abajo.

—¡No te entretengas! —apremié.

Héctor no necesitó girar el botoncito muchas posiciones. Al instante, nos invadió el inconfundible fraseo de Frank Sinatra. Reconocí la melodía. Era «Noche y día». No pude evitar imaginarme al padre de Héctor, todavía joven y tocado con su anticuado bigotillo de español criado bajo el franquismo, bailando ese tema con la bella alemana de ojos azules ante la mirada celosa de su amigo sacerdote, enamorado a su pesar de la misma mujer.

Héctor volvió la cara. Me miró con gravedad.

—¡Esto es la bomba! Ahora va y nos sale la canción que bailó mi padre con Elke en la fiesta esa de Correos. No dirás que esto no es cosa del destino.

Justo lo que me faltaba. Héctor también se agarraba al cuento del destino. ¡Y el sino no pintaba nada en esa habitación! Éramos Héctor y yo quienes íbamos a decidir nuestro futuro al día siguiente.

—Es pura casualidad —objeté.

Él se despegó del panel y dio el paso que le separaba de mí. Dobló el torso en una afectada reverencia.

—¿Baila, señora periodista?

La última vez que ansié el cuerpo de un hombre hasta perder la razón, tenía veinticinco años y no me avergonzaba exhibir mi carne desnuda. En esos momentos estaba a punto de cumplir los cuarenta y seis y un demente de ojos gatunos pretendía arrancarme de la tranquila órbita de mi vida, haciéndome danzar con él como Dios nos trajo al mundo a los dos.

—¿En pelotas?

—Claro. Es como mejor se baila. ¿No lo sabías?

Meneé la cabeza y susurré:

—Estás piradísimo, Héctor Laborda. No te salvaría ni el doctor Freud si le diera por resucitar.

Él se rió. Colocó su mano derecha sobre mi cintura. Con la otra me agarró la extremidad izquierda y la elevó a la altura de los hombros. Empezó a mover los pies descalzos al ritmo compuesto por Cole Porter. Encima sabía moverse con garbo. Seguro que Claudine le había arrastrado a algún cursillo de bailes de salón.

—¡Me encanta estar chiflado! —me ronroneó al oído—. Llevo muchos años viviendo en una ratonera de trabajo y cordura. ¡Estoy harto de mi vida, Clara! Aburrido de ser responsable, de hacer siempre lo más conveniente, de planificar el futuro. ¡Déjame disfrutar de ti! Aquí… y ahora.

Inclinó la cabeza. Me mordisqueó el cuello con pasión, como si pretendiera así enfatizar lo que acababa de decir. Ojalá su vehemencia no me dejara marcas rojas en la piel. Emilio tardaría bien poco en descubrirlas. Los labios de Héctor descendieron apresurados por mi canalillo, se extraviaron entre los pechos y, tras doblarse su dueño como una navaja plegable, me atraparon el ombligo y encajaron en su cavidad esa lengua versátil que sabía ondularse como una culebra juguetona. Creí que la enviaría a explorar la selva que aguardaba un poco más abajo, pero Héctor se incorporó. Me atrapó las mejillas con esas manos que siempre me parecieron grandes para él, desplegó una sonrisa y la cerró enseguida para sellarme la boca con roces fugaces que derivaron en un beso de los que roban la respiración. Creo que ya me obnubilaba gravemente la falta de oxígeno cuando él se apartó y susurró, con los ojos relumbrando de pasión:

—¡Quién me iba a decir hace tres días que me pasaría esto!

Las tinieblas del cerebro me impidieron grabar en la memoria cómo llegué a la cama. Aunque recuerdo que acabé tumbada de espaldas sobre el edredón doblado. Héctor, arrodillado ante la cama como un penitente, o un sumo sacerdote a punto de oficiar su ritual pagano, me palpaba la carne yaciente con el entusiasmo de Stevie Wonder cuando manejaba el teclado de su órgano electrónico. Frank Sinatra seguía cantándonos al oído desde el hilo musical, pero había cambiado de canción. Ahora entonaba «I've Got You Under My Skin». Y Héctor se introducía más y más bajo mi piel con sus caricias de seda, hasta que ocurrió lo que yo ansiaba desde hacía rato. Su cara se inclinó sobre mi pubis, la culebra traviesa abandonó su cavidad bucal y se adentró en mi selva anhelante para explorar cada milímetro de su territorio. Me derretí en la boca de Héctor mientras él bebía mi ser con avaricia, como un náufrago sediento tras llevar años confinado en la ínsula de la cordura.

No recuerdo si Sinatra seguía entonando alguna bella reliquia de Cole Porter, o había sido sustituido por otro cantante cuando Héctor arrancó los labios de mi carne exhausta, tan liviana que creí levitar como si fuera una mística. Él se levantó del suelo. Me contempló desde arriba con rocío en los ojos. Sonrió y abrió el cajón de la mesita, donde alojaba los preservativos que había ido comprando en la máquina del servicio masculino. Sacó uno, rasgó el envoltorio de plástico y extrajo la fundita de látex.

—¿Quieres que me ponga encima?

Sólo reuní fuerzas para asentir con la cabeza. No me importaba la postura. Ansiaba sentirle dentro como fuera y que esa noche no se acabara nunca, para no verme forzada a despedirme de él. Héctor se sentó en el borde de la cama, inclinó la cabeza sobre mi cuello y dejó resbalar la boca muy despacio por la piel hasta atraparme un pezón. Lo mordisqueó como haría un niño con su chupete, se sació con el gemelo y sólo entonces se acopló encima de mí para ofrendarme los pequeños trucos que había aprendido en su vida anterior con Claudine. Al acabar, sus cuerdas vocales vertieron en mi oído un rosario de jadeos de macho exhausto y el cuerpo se derramó como la gelatina sobre el mío. Me abracé con fuerza a la carne que me aplastaba. Así permanecimos una eternidad, o tal vez unos cuantos segundos, hasta que los músculos de Héctor se tensaron y él abandonó mi gruta muy despacio. Se arrojó de espaldas sobre el lado izquierdo de la cama recién deshecha. Yo ya había descubierto que ése era su modo de acabar la faena: tendido panza arriba como un escarabajo, aunque sin patalear. Le oí exhalar un suspiro prolongado. Después exclamó:

—¡Ahora mismo voy a abrir la ventana y grito a los cuatro vientos cuánto te quiero!

—¡No lo hagas! Cogerás una pulmonía y quedarás inservible para el sexo.

—Bueno, entonces te cuento lo que se me acaba de ocurrir. ¿Vale?

—Vale.

Él se atiborró el pecho de aire y dijo:

—He pensado que me he tragado por lo menos cinco litros de ese líquido tuyo. Ahora mi metabolismo extenderá tu esencia por todo mi cuerpo, me la asentará en las células y te llevaré dentro de mí hasta que me muera. A donde vaya, tú vendrás conmigo...

Me incorporé a medias y le observé desde arriba. Sonreía satisfecho como un lactante que acaba de saciar el hambre.

—¡Qué loco estás! ¡Y cómo he perdido la chaveta por ti!

Él se echó a reír antes de que su rostro adquiriera un aire circunspecto, como si fuera uno de esos curas rancios a los que tanto odiaba.

—Escucha, ¿y si llamamos al aeropuerto y aplazamos el vuelo hasta pasado mañana? Ya contaremos cualquier excusa en casa. Sacaríamos veinticuatro horas más para nosotros. ¿Qué te parece?

Estuve a punto de gritar que sí. Que ansiaba apurar otro día enredada entre sus brazos y piernas, para dejarme exprimir gota a gota como si fuera una naranja. Pero me tragué las palabras. ¡No podía hacer eso! Alguien debía conservar un gramo de cordura en medio de tanto despropósito.

—Tenemos que regresar mañana —le reconvine, adquiriendo el tono de maestra de escuela cascarrabias. Me sentí como una aguafiestas—. Cuanto más nos metamos en esto, más nos costará volver a la realidad. Cada polvo que echamos nos encadena más a esta locura, ¿no lo ves?

—¡Sólo veo que estoy loco por ti! —declaró él con vehemencia—. ¡Loco de atar! Me está ocurriendo lo mismo que a mi padre con Elke. Es como si me hubiera poseído su espíritu desde el más allá, para asegurarse de que por fin comprendo lo que le pasó. ¡Y ya lo creo que entiendo al pobre hombre!

En la habitación se habían colado las tinieblas sicarias de la realidad. No debía permitir que irrumpiera así la tristeza. Era nuestra última noche. Teníamos derecho a ser felices mientras durara. Incorporé el torso. Me incliné sobre Héctor. Le arranqué el condón saturado y acaricié con la lengua su pene escurridizo. Cuando entró en cuarto creciente, aparté un poco la cara.

—¿Sabes qué? Yo también voy a llenarme de ti hasta que no me quepa más. Y te advierto que se me da muy bien lo que voy a hacerte…

Con la cabeza hundida en la almohada, él desenrolló su sonrisa más bribona.

Entonces irrumpió el arisco sonido de mi móvil. De un salto me quedé sentada en la cama. Con el corazón a punto de escapárseme a través de la boca sazonada por Héctor, alargué la mano hacia la mesilla en busca del inoportuno artilugio. No estaba. Recordé que ni siquiera lo había sacado del bolso. Dando otro brinco me puse en pie y desplacé mi cuerpo laxo hacia la butaca, en el otro extremo de la habitación. Ahí era donde lo había arrojado nada más entrar. Abrí la cremallera. Extraje al intruso y consulté el número reflejado en la pantalla. Era el móvil de Emilio.

32

Vargas nos guiaba entre dos hileras de tumbas hacia la salida del cementerio católico de Benrath. Ristras de lápidas asomaban como hortalizas entre el merengue sólido que tapizaba la tierra. Las de forma rectangular lucían un penacho de nieve en la parte superior, al igual que las cruces. Los bancos de madera que jalonaban el camino central, pavimentado con adoquines, parecían estar secos, aunque nadie en su sano juicio se habría sentado allí a platicar con sus muertos. Hacía demasiado frío. Nosotros no habíamos invertido más de diez minutos en contemplar de pie la tumba donde Héctor Laborda, padre, reposaba junto al pequeño Andreas, cuya sonrisa desdentada nos saludó en blanco y negro desde un marco oval. Un búcaro de cristal prendido al mármol exhibía un ramillete de flores naturales de aspecto desmejorado. Según Vargas, Elke llevaba décadas yendo todos los domingos a renovar el modesto adorno floral, incluso en lo más crudo del invierno. Él había adoptado la costumbre de acompañarla desde que también yacía allí su amigo Héctor. Tal vez algún día se atrevieran a confesarle la traición que cometieron treinta años atrás, añadió y le sonrió a la lápida con un rictus de culpabilidad. Como agnóstica, pensé que a esas alturas al pobre Laborda poca mella podría hacerle la confesión de su amigo. Pero Vargas era sacerdote y daba la impresión de creer lo que predicaba.

—Como ya habrá podido deducir desde que nos conocimos —intervino Héctor—, no soy creyente y no espero encontrar nada al otro lado de la muerte…

Vargas abrió su enorme sonrisa. Una bandera de vaho ondeó en el aire durante unos segundos. Se había subido el cuello del abrigo y ocultaba las manos desnudas en los bolsillos. Tampoco ese día llevaba bufanda ni corbata. Héctor no paraba de frotarse las manos enguantadas y hacía al menos cinco minutos que sorbía mocos sin interrupción. Yo había empezado a hacerlo mucho antes que él.

—Pero en este momento, me gustaría que los muertos estuvieran en algún lugar desde donde nos puedan ver. —Héctor se encogió de hombros—. No sé si mi padre se alegraría de tenerme delante de su tumba y de la de Andreas, pero… aquí estoy…

Creció hasta las orejas la sonrisa de Vargas.

—No quiero parecerte un cura empalagoso, pero estoy seguro de que te está viendo y se alegra…

Otro vaivén de omóplatos por parte de Héctor zanjó el asunto.

—Lo que está claro es que el pobre no tuvo suerte en la vida —sentenció. Sacó un pañuelo del bolsillo y se frotó la nariz roja de frío. Luego se dirigió de nuevo a Vargas—. Si le parece bien, podríamos volver ya. Usted tiene cosas que hacer y nosotros…

Se interrumpió y bajó la vista hasta el suelo. Pese al frío, sentí fuego en el rostro y en las orejas. Antes de acudir a la cita con Vargas en la cafetería del hotel, Héctor había pagado un día más por su habitación con la idea de apurar las horas que nos quedaban antes de ir al aeropuerto. Miré a Vargas, que a su vez nos observaba con su habitual sagacidad en los ojos y remató el escrutinio esbozando un mohín pícaro. Supe que nos había calado. A ese hombre no se le escapaba nada.

Nos llevó diez minutos regresar a la puerta principal desde la tumba de Laborda y su hijo. Vargas andaba bastante más despacio que nosotros y había empezado a emitir jadeos preocupantes. Eso reforzó mi teoría de que sufría alguna afección cardíaca. Al caminar con tal lentitud, pude recrearme en contemplar la disposición de los sepulcros entre árboles aquejados de alopecia invernal y arbustos rebozados con nieve de varios días. A diferencia de los cementerios españoles, que acongojan con sus laberínticos pasillos retorciéndose entre nichos forrados de mármol oscuro, los de Alemania no sobrecogen. Al haber sido concebidos como parques que en verano se llenan de flores y césped, invitan a pasear en compañía de los muertos sin sentir escalofríos.

Vargas nos condujo de vuelta al centro de Düsseldorf. Cuando los tres nos apeamos de su anticuada cafetera sobre ruedas, después de un trayecto silencioso durante el que nadie abrió la boca, eran poco más de las nueve y media. Vargas vino hacia nosotros y se despidió primero de Héctor, dándole un abrazo entre campechano y paternal. Éste se dejó envolver por los brazotes del jesuita. Hasta le sonrió de oreja a oreja. Pese a sus diferencias de tipo religioso, tuve la impresión de que habían llegado a apreciarse. Héctor prometió llamarle a la fundación si volvía por Düsseldorf, aunque lo hizo con la boca chica. Aclarada la cuestión de su padre, no parecía ansioso por regresar. A mí me correspondió otro estrujón de Vargas, reforzado por un beso perfumado con aftershave en cada mejilla. Prometí enviarle a su oficina una copia del artículo sobre Laborda. Él nos dijo «cuídense», sonrió hasta achatársele la nariz pugilística y rodeó el vehículo para sentarse de nuevo al volante. Héctor me pasó el brazo por encima del hombro. Convertidos en siameses sin importarnos lo que pensara Vargas, enfilamos la calle del hotel.

No habíamos recorrido ni tres metros, cuando recordé el viaje de papá a Alemania en el tren de emigrantes, junto a aquel compañero que bautizó el convoy como el Tren de la Ilusión. Un hombre con estudios llamado Antonio, apodado el Poeta, que muy bien podría haber sido Antonio Vargas Maldonado. Y yo, necia de mí, le había dejado escapar sin haberle preguntado si conoció a mi padre. Giré la cabeza, con el corazón latiendo a mil por hora y temiendo que él hubiera arrancado. Pero el prehistórico Kadett seguía en el mismo sitio, aunque el motor ya gemía lastimero. Debía darme prisa si quería llegar hasta allí antes de que Vargas moviera el coche. Me solté de Héctor.

—¡Ve delante y espérame en la habitación, que aquí hace mucho frío! Tengo que preguntarle a Vargas algo muy importante. Luego te explico.

Sorprendido, Héctor asintió con la cabeza.

—No te entretengas…

Me apresuré hacia el Kadett, cuidando de no resbalar. A través de la ventanilla del copiloto vi a Vargas desbloquear el freno de mano. Deprisa golpeé el cristal con los nudillos acolchados por los guantes. Él se volvió hacia mí, sonrió sin disimular su extrañeza, volvió a poner el freno y giró la llave de contacto. El anciano motor enmudeció. Vargas estiró el torso hacia la puerta derecha. Giró la manivela para bajar el cristal.

—¿Qué ocurre, Clara?

—¡Señor Vargas! Bueno, Antonio. Es que… había olvidado hacerle una pregunta y…

—Un momento, que salgo…

El cristal se elevó muy despacio. Vargas abrió su puerta y descendió con la dilación de sus miembros añosos. Rodeó el morro del coche. Vino hacia mí sorteando varios túmulos de hielo acumulados junto al bordillo.

—Bien, usted dirá…

Tragué saliva. No sabía ni por dónde empezar.

—No sé si recuerda que le comenté que viví en Düsseldorf con mis padres…

—Claro que me acuerdo, mujer. Lo contó la primera vez que hablamos por teléfono. Soy viejo y a veces me falla la memoria, pero de eso me acuerdo, sí.

—Es que mi padre me contó hace poco cómo llegó a Alemania. Él vino en el sesenta y uno, en un tren de emigrantes que les trajo a Colonia. Y… bueno, igual le parece descabellado todo esto, pero… me habló de un compañero de vagón al que apodaban el Poeta. Era el único de esos hombres que tenía estudios, según mi padre. Y cuando salieron de Madrid, el Poeta animó a la gente diciendo que iban a ganarse el futuro de sus hijos y que viajaban en el Tren de la Ilusión, porque cada uno llevaba la suya en la maleta y no había dos iguales.

En la sonrisa de Vargas se filtró melancolía a raudales.

—Hum…, mi padre me dijo también que ese hombre se llamaba Antonio y… como usted habló el otro día del Tren de la Ilusión, pensé si no será aquel poeta del que habla mi padre. Ya sé que es…

Me callé. De repente, me sentía como una majadera preguntando algo tan ilógico. Con la cantidad de hombres y mujeres que emigraron a Alemania en aquellos ferrocarriles cochambrosos con asientos de madera, era absurdo pensar que Vargas pudiera haber sido compañero de viaje de papá.

Él asintió con la cabeza. Murmuró:

—Yo vine en uno de esos trenes. En el sesenta y uno. Durante muchos años, el gobierno franquista fletaba cada jueves un convoy de trabajadores que salía con rumbo a Colonia.

Mano de obra a granel para alimentar el milagro económico alemán. ¿Cómo se llama su padre?

—Enrique Rosell. Debe de ser de su edad, más o menos.

Vargas me miró pensativo. Parecía andar hurgando en cada rincón de su memoria.

—Rosell... —pronunció con lentitud, como si el apellido de mi familia fuera la clave para acceder a algún archivo. Tras un rato de reflexión, dijo—: Compartí asiento con un tal Rosell, valenciano, buen chico. Casi recién casado. Lo sé porque me lo contó él. Una vez en Düsseldorf, coincidí con Rosell trabajando en la cadena de producción de la Henkel. Ya sabe, la fábrica de productos de limpieza. A los tres meses me cambié a Correos y no volví a verle. Y de eso hace ya cuarenta años... —Su mirada quedó atascada en una espiral de melancolía—. Claro que a mi edad, cualquier cosa ocurrió hace muchos años...

—Mi padre me enseñó una foto donde estaba con tres compañeros de la Henkel. Se la hizo un tal Domenico, italiano. Me señaló a uno de esos hombres y dijo que era el Poeta. Otro se llamaba Moscú. Bueno, no se llamaba así. Era su apodo porque...

—Era comunista —me interrumpió Vargas—. El viejo Moscú y sus arengas... Un buen hombre, pero muy dogmático. Demasiado para mi gusto. No había forma de razonar con él. Falleció hace veinte años de cáncer. Era ateo, pero cuando le llegó la hora me dejó darle la extremaunción. Nunca sabré si se volvió creyente in extremis, o le empujó el miedo a la nada... —Cortó bruscamente el hilo de sus recuerdos—. Así que usted es la hija de aquel Rosell. Él me enseñaba fotos de su *xiqueta*, como decía, pero quién iba a pensar...

—Después tuve una hermana. —No sé por qué saqué a relucir a Anita. Ella no pintaba nada ahí.

—¿Y qué tal está su padre?

tomado su decisión, sea consecuente con ella. Ése es mi consejo. Y perdone la insolencia de meterme donde no me llaman.

—No ha sido insolente, Antonio. Le agradezco su franqueza.

De eso no estaba muy segura, pero me sentía obligada a ser cortés. Él desplegó su descomunal sonrisa y murmuró, esgrimiendo esa benevolencia paternal que tanto le gustaba emplear con Héctor y conmigo:

—Y ahora no haga esperar a Héctor. Estará impaciente.

Nos despedimos por tercera vez. Esperé un rato plantada en la acera para verle subir a su cacharro. Oí rugir al fatigado motor, las ruedas apartaron a la carrocería del bordillo y el Poeta se alejó dentro del renqueante automóvil.

Me di media vuelta y entré en la calle del hotel para ir al encuentro de Héctor.

33

A las tres de la tarde, Héctor y yo subimos al último taxi de aquel viaje. No habíamos ingerido nada sólido desde el desayuno. Estábamos tan exhaustos, que ni siquiera ducharnos juntos había logrado estimularnos. La inminencia de la despedida ya me ahogaba el corazón con riadas de bilis. Dentro del coche, Héctor me apresó una mano y la acarició durante todo el trayecto sin articular palabra. Yo tampoco despegué los labios, sellados con saña por la creciente angustia. Así llegamos al aeropuerto. En cuanto facturamos el equipaje, arrastramos los pies, desganados, hasta la zona de tiendas. Héctor estaba empeñado en comprarle algo a Claudine. Yo buscaba desesperadamente un regalo para los niños. Me sentía una pésima madre por haber dejado esa cuestión para el último momento. Y encima tendría que gastar dinero en cualquier tontería inútil para no presentarme ante mis hijos con las manos vacías. Tras revolver en un bazar surtido de objetos extravagantes, Héctor adquirió un foulard casi tan espantoso como la gorra de cuero que le regaló su mujer para Reyes. Yo compré a cada crío un coche en miniatura de escasa originalidad, pero al menos serviría para rendir mi tributo a la maternidad. Resuelto el problema de los regalos, entramos en una cafetería donde comimos algo que en España calificaríamos de montaditos y Héctor se atiborró de café negro. Tres días atrás, se había burlado en el Prat de su costumbre de combatir con cafeína el miedo a volar. Luego había ironizado sobre su hábito de acariciarle la mano a Claudine para calmarle la angustia de las alturas. Ahora tal vez me dedicaría a mí esas carantoñas. Aunque me pegaba más que manoseara mis dedos con la pasión furtiva destinada a una amante. A fin de cuentas, eso era yo: su amante de cuarenta y ocho horas. Salvo que me lanzara con él a una aventura incierta, sacrificando lo que más esfuerzo me había costado conseguir en la vida: mis dos hijos.

El embotamiento me duró todo el viaje, que padecimos inmersos en un triste mutismo. Apenas intercambiamos una decena de sílabas. Nada más sentarnos en el avión, Héctor me atrapó una mano entre las suyas y no la soltó ni cuando la azafata nos puso delante la bandeja del almuerzo, que no tocamos siquiera. Yo mantuve la cabeza recostada sobre su hombro como una novia adolescente, hasta que se perfilaron al otro lado de la ventanilla los edificios de Barcelona, convertidos en casitas para jugar al Monopoly. Ya mientras esperábamos en la zona de embarque, me había cerciorado de que el azar no nos había colocado cerca a ningún conocido de Valencia. Creo que Héctor también escrutó desde el rabillo del ojo a nuestros futuros compañeros de vuelo. El regreso a la realidad empezaba a minar la audacia de los días anteriores.

Cuando la voz de la azafata nos exhortó a abrocharnos los cinturones para aterrizar, dentro de mí luchaban a brazo partido las ganas de iniciar una nueva existencia junto a Héctor contra el instinto de conservar mi vida actual, incluidas sus pequeñas alegrías, mi precario trabajo en el periódico y la sombra de la rutina ahogando mi relación de pareja. Al pisar tierra firme, me pregunté si Héctor seguiría dispuesto a sacrificar por mí lo que había logrado en el pasado, más lo que esperaba del futuro. Pero no me atreví a plantearle la duda. No era el momento. En silencio aguardamos ante la cinta transportadora a que nos devolvieran el equipaje. Cuando lo rescatamos, Héctor abrió la cremallera de un bolsillo lateral. Guardó allí la bolsa de plástico que cobijaba el foulard de Claudine. Yo hice lo mismo con el regalo de los niños. Encadenando pasos morosos buscamos la salida de la terminal. Dos o tres metros antes de alcanzar la última frontera que nos separaba de la realidad cotidiana, Héctor se detuvo. Soltó el asa de su maleta. Expulsó uno de esos carraspeos que solía enviar de avanzadilla a las observaciones embarazosas.

—Clara, no he querido decir nada durante el vuelo por no abrumarte, pero antes de que salgamos por esa puerta, te recuerdo que si cambias de opinión y decides... bueno, ya sabes, te estaré esperando. Un telefonazo... y soy todo tuyo.

Sacudí la cabeza con terquedad. ¿Por qué hablaba Héctor a última hora como si fuéramos actores de un culebrón latinoamericano? Decidí hacer un esfuerzo por ser realista, ya que él no parecía dispuesto a mantener los pies en el suelo.

—En cuanto vuelvas a tu vida, te arrepentirás de lo que me estás proponiendo y desearás que no te llame.

—¡Yo no soy de los que se desdicen! Ya sé que tres días no bastan para conocer a alguien, pero creía que eso lo tendrías claro. ¿Sabes?, nunca me había sentido tan feliz, ni tan motivado en la cama, como estos días contigo. Ni siquiera cuando me enamoré de Claudine.

A punto estuve de abrazarle en medio del aluvión de pasajeros que nos sorteaban para no arrollarnos. Pero la razón me obligó a ser firme.

—Vamos a buscar un taxi —murmuré—. No nos sobra tiempo para llegar a la estación.

Él se volvió a aferrar a su maleta con gesto resignado.

—Sí, será mejor. No vayamos a perder nuestros trenes.

Echó a andar hacia el portón que convertía en humo nuestra utopía de los últimos días. Franqueamos al mismo tiempo el umbral de lo cotidiano. Al otro lado, una multitud de desconocidos aguardaba con impaciencia a que saliera la persona anhelada. De repente, la mano libre de Héctor se acercó a la mía y la apretó con fuerza durante un segundo mágico. Luego soltó mis dedos, que enseguida le añoraron y se estiraron para recuperar el contacto.

En ese momento descubrí a Emilio, mezclado entre la piña de los que se amontonaban al otro lado de la puerta. Sus ojos me escrutaban rígidos, sin la alegría que ilumina la mirada de quien por fin ve acercarse a su viajero. Una incipiente barba de dos o tres días enturbiaba su mentón. Antes de que mi corazón se retorciera del susto, vi en ese rostro mal rasurado al hombre guapo y barbudo que me enamoró a los veinticinco años. Forcé el regreso de la mano que buscaba a Héctor y la escondí en el bolsillo del abrigo. Luego sólo sentí pánico a que Emilio hubiera visto el último roce entre Héctor y yo. ¿Qué hacía esperándome en el Prat, si habíamos acordado que yo regresaría a Valencia en tren? ¿Y por qué aparecía sin afeitar como si fuera un pordiosero? Me fijé en su ropa. Iba tan impecable como siempre. Intenté sonreír, agité la mano fingiendo entusiasmo y dije a Héctor:

—¡Ha venido Emilio! Está ahí…

Señalé con un patético dedo índice. Saludé un poquito más. De reojo percibí el sobresalto de Héctor. Aunque él era un hombre de recursos. Se rehízo enseguida. O eso quise creer en mi apuro. Juntos dimos el puñadito de pasos que nos separaban de Emilio. Éste no sonrió cuando le estampé en la boca un beso huero, tal vez manchado con el sabor del otro. Me asaltó el maldito aroma del perfume que también usaba Héctor. A partir de ese momento, cada vez que besara a Emilio besaría el recuerdo de mi fugaz amante.

—¡Qué bien que hayas venido! ¿Cómo se te ha ocurrido hacer ese montón de kilómetros?

Emilio me brindó un seco encogimiento de hombros.

—Pues mira...

—¿Y los chicos?

—En casa, con Paquita y sus virus. Ésos hoy no se duermen hasta que no vean a su madre. A final de mes nos tocará pagarle a Paquita un montón de horas extras. —Alargó el brazo derecho y se adueñó de la maleta—. Trae, yo la llevo.

Giré la cara en busca de Héctor. El pobre se había parado a cierta distancia de nosotros y se rascaba el cogote con semblante turbado. Teniendo en cuenta que habían transcurrido muy pocas horas desde nuestra última escaramuza en su cama del hotel, la situación era delicada hasta para un hombre al que siempre había atribuido mucho aplomo. Forcé otra sonrisa.

—Héctor, ven que te presente a mi marido.

Héctor llegó a paso de caracol. Balbuceé dos frases manidas de puro folletinescas. Héctor murmuró «Encantado de conocerte» y tendió la diestra al marido de la que había sido su amante durante dos días. El esposo burlado se la estrechó con suma frialdad. Un síntoma preocupante. Emilio no solía ser tan soso con los desconocidos. Sin duda había observado el roce de manos. ¿O me habrían delatado los nervios anoche, cuando su llamada telefónica me pilló sorbiendo la esencia de Héctor?

Avanzamos sin hablar hacia la salida de la terminal. Emilio tiraba de mi maleta, poniendo cara de estar absorto en una importante tarea. Héctor hacía lo mismo con su equipaje y examinaba el suelo como si buscara billetes de quinientos euros tirados sobre las baldosas. Yo miraba con disimulo a uno, después al otro, preguntándome cómo había podido degenerar la situación en semejante melodrama. De esa guisa pisamos el exterior. Había anochecido. Se nos echó encima un viento invernal y húmedo.

—Vaya, en Düsseldorf hacía frío, pero aquí tampoco nos quedamos mancos —exclamé.

Hablar del tiempo suele disipar la tensión cuando hay que compartir el ascensor con desconocidos, o cuando no se sabe qué decir. En nuestro caso no sirvió para suavizar la tirantez. Emilio se paró en seco junto al bordillo de la acera, justo donde más aire corría. Soltó la maleta y anunció en tono adusto:

—Voy a buscar el coche. Está en el quinto pino, al final del aparcamiento. Es tontería que arrastremos el equipaje hasta allí. Se estropean las ruedas. —Miró a Héctor, igual que habría hecho el sanguinario asesino de una película de terror gore—. ¿Llevas coche, o quieres que te acerquemos a algún sitio?

—No, gracias. Por mí no os preocupéis, que os quedan muchos kilómetros. Yo cojo un taxi ahí delante —Héctor señaló con la barbilla hacia la parada cercana.

Emilio no insistió. Otro indicio inquietante. Él solía ser mucho más cordial con la gente.

—Bueno, me voy pitando. No te importará acompañar a Clara un ratito más, ¿verdad? Ya tienes práctica en hacerle compañía...

La ironía de Emilio rajó el aire como el filo de un escalpelo. Por debajo de la barba, la nuez de Héctor se agitó como una canica saltarina.

—Por supuesto —murmuró, tan bajito que la voz se le extravió en una revuelta de la bufanda.

—Os dejo solos para que os despidáis tranquilos.

Emilio torció una mueca bajo la nariz. Dio media vuelta y cruzó la calle para dirigirse al aparcamiento de enfrente. A Héctor se le escapó un suspiro, no supe si de alivio o de pesar. Me miró lastimero como un gato recién magullado. Sólo le faltó lamerse las patitas.

—Nos toca separarnos antes de lo previsto.

—Es raro que Emilio haya venido a recogerme. Acordamos que volvería en tren. Tengo el billete y todo.

Héctor se encogió de hombros.

—Igual es mejor así. Los trances dolorosos, cuanto antes mejor.

—Creo que se huele algo.

Otra elevación de omóplatos, ésta de impotencia, fue la primera respuesta de Héctor. Luego añadió:

—No sé qué decirte. ¿Siempre es tan seco?

—¡Qué va! Todo lo contrario.

Él sonrió con desvalida picardía.

—A lo mejor lo llevamos escrito en la cara. Y por todo el cuerpo. Hace un rato aún estábamos follando como leones. Y esas cosas... cantan.

El recuerdo de nuestros últimos arrumacos me estrujó un jadeo. El adiós estaba siendo tan grotesco... Los adúlteros de las películas se despedían con romántica grandeza, no azotados como espantapájaros por la ventolera inclemente de Barcelona ante una terminal del aeropuerto, mientras esperaban a que el esposo burlado apareciera de un segundo a otro con el coche. Eso no era lo que las mujeres de mi edad habíamos aprendido viendo el grandioso final de *Casablanca.*

—Tendré que contárselo tarde o temprano.

La mirada de Héctor se oscureció hasta adquirir el color del musgo.

—No piensas llamarme, ¿verdad?

—Te telefonearé cuando te mande el borrador del artículo. Así me das tu opinión.

En sus ojos apareció el brillo irónico que me llamó la atención cuando le conocí, el día después de Reyes.

—No me refería a eso, señora periodista. Y lo sabes.

A falta de valor para replicar, dejé caer la vista al suelo. El viento me empujó un mechón de pelo entre los labios.

—Por detrás de ti se acerca un coche. Creo que es tu marido —advirtió Héctor—. ¿Tenéis un monovolumen plateado?

Me saqué el cabello de la boca. Arranqué la mirada de las puntas de mis botines y dije que sí con la cabeza. Héctor llevaba un ejército de abatimiento atrincherado entre las pestañas. Me acobardé. Estuve tentada de proponerle que huyéramos juntos en el primer taxi que viéramos. Él habló y me salvó de cometer ese desliz.

—Lo hemos pasado bien, ¿no?

Volví a asentir cabeceando. Héctor se estrujó una sonrisa marchita.

—Cuídate mucho, Clara Rosell.

—Lo mismo digo, Héctor Laborda.

—Te quiero...

—Y yo a ti... —articulé como pude.

Le vi pugnar por expandir la mueca de los labios en un triángulo. No lo logró. A mi izquierda, un automóvil se pegó a la acera. Sin necesidad de girarme supe que era el nuestro. El ronroneo del motor cesó. Oí abrirse la puerta del conductor. De soslayo espié los movimientos de Emilio mientras bajaba. No habló, ni nos miró a la cara, cuando se apropió de la maleta y la arrastró hasta el maletero. Parados uno frente al otro como lerdos, Héctor y yo aguardamos a que Emilio regresara para dar el tiro de gracia a nuestro amor tardío. Éste cerró el portón trasero. Se aproximó. Brindó a Héctor una mano rígida e intoxicó aún más la escena esbozando una risita. Precisamente Emilio, que era el paradigma de la simpatía.

—Bueno, Héctor, encantado.

—Igualmente. —El aludido sonrió con el júbilo de un conejo pillado en el cepo.

Fue breve el apretón de manos. Emilio alegó que debíamos ponernos en marcha y caminó hacia el coche sin más ceremonias. Intenté seguirle, pero no logré moverme. Las ganas de llorar me trepaban hasta la garganta como si fueran cucarachas. Héctor arqueó los labios. Parecía un niño haciendo pucheros tras haber sido acosado por el matón de clase. Oí cerrarse la puerta del vehículo. Cuando el motor comenzó a gruñir, yo seguía presa de la catalepsia. Héctor demostró poseer mejores reflejos que yo. Dio un paso al frente. Me besó la mejilla izquierda, luego la derecha. Susurró:

—No te olvidaré, Clara. Ojalá nos hubiéramos conocido cuando éramos jóvenes... y libres.

Antes de que pudiera responderle se separó con torpeza, atrapó el asa de su maleta y se dio media vuelta. Empezó a caminar con paso vacilante hacia la serpiente humana que se retorcía junto a la parada de taxis. Yo repelí la primera ofensiva de las lágrimas cuando abrí la puerta trasera, me quité el abrigo y lo arrojé sobre el asiento. En cuanto me instalé a la derecha de Emilio y me abroché el cinturón, mi marido soltó el freno de mano, giró el volante y nos integramos en la caravana de automóviles que se alejaban presurosos del aeropuerto. Desde el rabillo del ojo derecho intenté retener la última imagen de Héctor, con su abrigo de cuero negro, la barba de corsario honrado y esas manos que en algún tramo de su vida crecieron más de lo que les correspondía. Casi me eché a llorar. Emilio me devolvió a la realidad.

—Así que ese tío es el adefesio soseras que me decías. Pues salvo que esté perdiendo vista, yo diría que tiene buena pinta... Venís muy compenetrados, ¿no?

En las dos décadas que llevábamos juntos, mi marido jamás había sido tan sarcástico conmigo. Me tragué otros tres litros de lágrimas. No quise arriesgarme a responder, por si me fallaba la voz. Recorrimos un trecho en tenso silencio, hasta que Emilio redujo la velocidad en plena carretera y detuvo el coche en el arcén. Me asusté.

—¿Por qué paras aquí? Nos van a dar un golpe.

Emilio desembragó. Puso el freno de mano.

—No voy a esperar a llegar a casa para aclarar esto…

Deglutí más lágrimas y me enfrenté a sus ojos. Ahora me arrojaría a la cara puñados de preguntas ácidas para confirmar sus evidentes sospechas. Y yo… ¿qué debía hacer? ¿Mentirle con todo el cinismo del mundo, o confirmarle a bocajarro lo que él ya intuía de sobra? Para mi sorpresa, Emilio no parecía agrio cuando habló. Más bien ansioso. Y a la vez, enérgico. Tomó aire, lo expulsó con arrojo y dijo:

—Escúchame bien, Clara: ¡no me voy a dejar envenenar por lo que has hecho con ese tío, salvo que vayáis en serio! Te quiero desde que nos presentó Anita hace veinte años y no pienso echar nuestra relación por la borda así como así. ¡Eso que te quede bien claro! En cuanto a… si él te importa, ya lo hablaremos cuando estés… en condiciones.

Tuve que dominarme para no arrancar a llorar delante de él. Emilio alargó la mano derecha. Me dedicó un conato de caricia en el antebrazo.

—Ni te has dado cuenta de que vuelvo a dejarme barba, ¿verdad?

Tragué para despejarme la garganta.

—Vi enseguida que venías sin afeitar —susurré.

Él rescató su extremidad y pasó las yemas de los dedos por los cañones del mentón.

—He pensado que una barba canosa no queda tan mal. A nuestros años, ¿quién no tiene canas?

Me acordé de Héctor, cuyo pelo conservaba casi toda su negrura.

—Yo… —dije.

—¡Eso no vale! —protestó Emilio—. Tú te las tiñes.

—Pues claro…

Se me escapó una risa floja de puro corte. Emilio se sumó a la imprevista verbena. En la semioscuridad del coche, con el mentón manchado por la incipiente barba entrecana, volvió a ser el joven que me besó por sorpresa en el portal de la calle Ruzafa. Sólo que ahora su cuerpo abultaba bastante más, tenía plata asentada en el cabello y yo me había enamorado de otro hombre que sabía a menta y canela, y al que acababa de renunciar. Emilio quitó el freno de mano. Antes de embragar la marcha, añadió:

—Por cierto, te comunico que desde que te fuiste estoy a régimen. Me alimento igual que los grillos.

—¿Y eso por qué?

—Te prometí un cuerpo para el pecado si escribías un buen artículo. ¿No te acuerdas?

—Sí, claro...

—Pues yo he empezado a cumplir mi parte. Ahora te corresponde a ti sorprender al mundo con un artículo cojonudo. Demuéstrale al creído de tu jefe lo que sabes hacer.

—A sus órdenes, mi general.

Emilio puso la primera y abandonó el arcén con cuidado. Tras haber circulado unos metros, nos adelantó un taxi. Intenté distinguir en la noche los rasgos del pasajero que ocupaba el asiento trasero. Era un hombre, de eso estuve segura, pero no logré identificar en él nada que pudiera confirmar la identidad de Héctor. Eso agrandó el vacío en mi corazón. Contemplando cómo se alejaba el vehículo donde tal vez viajaba el hombre que me había besado bajo la nieve, fui consciente de que se habían acabado para siempre las caricias de sus grandes manos, la mirada glauca como una esmeralda recién tallada y esa sonrisa que troquelaba un triángulo entre la barba todavía negra. Y de que le iba a echar en falta toda mi vida. El golpe de lucidez me empujó de cabeza al profundo abismo donde se pudren las almas cándidas que no saben cerrar la puerta a los espejismos. Ojalá hubiera hecho caso de las advertencias de Mark cuando aún estaba a tiempo. Él ya hizo penitencia en ese lugar y sabía que la vida no regala finales felices a los insensatos que se enamoran a destiempo.

Y ahora ni siquiera iba a poder desahogarme llorando por Héctor. Debía esperar hasta bien entrada la noche, cuando mis tres hombres se hubieran quedado dormidos.